赵俊梅与云南大学“独角兽”合影

赵俊梅在丽江

赵俊梅工作照

赵俊梅参加云南省学校禁毒防艾知识竞赛颁奖典礼

赵俊梅参加残运会誓师大会（第三排穿白色T恤左起第三个）

本书主编刘燕

刘燕和她的女儿

刘燕一家三口

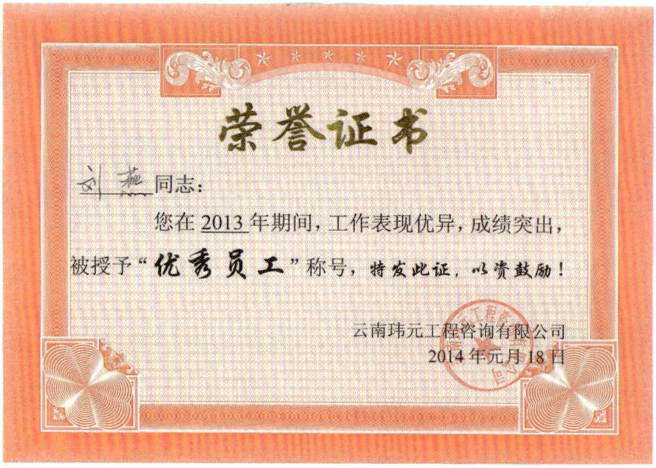

荣誉证书

刘燕同志：

您在2013年期间，工作表现优异，成绩突出，被授予“优秀员工”称号，特发此证，以资鼓励！

云南玮元工程咨询有限公司

2014年元月18日

刘燕荣誉证书

张花艳2010年毕业时与西南科技大学校长肖正学合影留念

张花艳参与项目现场质量安全检查

张花艳和爱人一起参加公司户外活动

5·12地震惊魂后张花艳和同学在操场集中（穿粉色T恤）

罗学娥大学毕业照

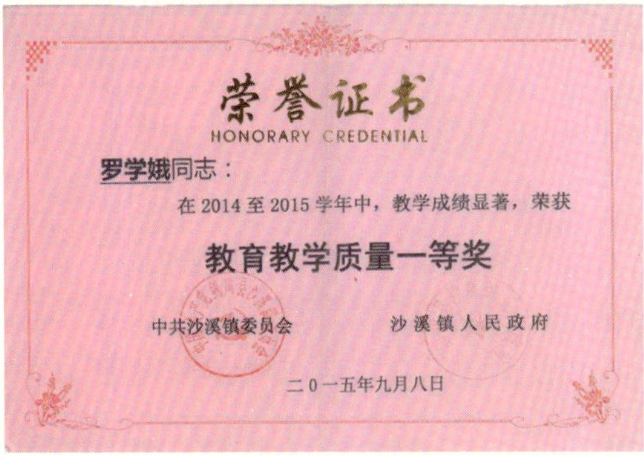

荣誉证书

HONORARY CREDENTIAL

罗学娥同志：

在2014至2015学年中，教学成绩显著，荣获

教育教学质量一等奖

中共沙溪镇委员会　　沙溪镇人民政府

二〇一五年九月八日

罗学娥荣誉证书

罗学娥一家三口

2018 年罗学娥参加薪火教学楼竣工仪式（右起第九个）

罗学娥与她的学生（第三排右起第六个）

杨淑美大学时的照片

杨淑美在深圳参加工作后的照片

杨淑美上大学时在红塔山留影

张燕在贵州小七孔

张燕在柬埔寨与当地两名儿童合影

张燕在石林

张燕在昆明植物园

张大伟在昆明翠湖

张大伟在店里调修测绘仪器

荣誉证书

HONORARY CREDENTIAL

张大伟 同志

在2016年度工作中，兢兢业业、忠于职守、受到公司同仁的一致好评特授予优秀员工称号。

以此鼓励

昆明徕思拓测绘有限公司

2016年12月30日

张大伟荣誉证书

张大伟在深圳爬梧桐山

刘绍川荣获全国教育系统关心下一代先进工作者奖章

刘绍川为知己李宗铭 80 寿辰敬赠“国色天香”挂图

刘绍川常到紫竹院公园养生

刘绍川与他的知己、其书信义务审读员李宗铭合影

1979 年任班主任时的两位学生于 2019 年春节来拜访刘绍川老师与师母

关心下一代工作丛书

改变命运的进行曲

——赵俊梅 刘燕 张花艳等与刘绍川的通信选集

刘 燕——主编

中央民族大学出版社
China Minzu University Press

图书在版编目（CIP）数据

改变命运的进行曲：赵俊梅　刘燕　张花艳等与刘绍川的通信选集／刘燕主编．—北京：中央民族大学出版社，2019.9

ISBN 978-7-5660-1701-7

Ⅰ.①改…　Ⅱ.①刘…　Ⅲ.①书信集—中国—当代　Ⅳ.①I267.5

中国版本图书馆 CIP 数据核字（2019）第 187486 号

改变命运的进行曲：赵俊梅　刘燕　张花艳等与刘绍川的通信选集

主　　编	刘　燕
责任编辑	高　倩
责任校对	杜星宇
封面设计	舒刚卫
出 版 者	中央民族大学出版社 北京市海淀区中关村南大街 27 号　邮编：100081 电　话：68472815（发行部）　传真：68932751（发行部） 68932218（总编室）　68932447（办公室）
发 行 者	全国各地新华书店
印 刷 厂	北京盛华达印刷科技有限公司
开　　本	787×1092（毫米）　1/16　印张：29.5　彩页：8
字　　数	453 千字
版　　次	2019 年 9 月第 1 版　2019 年 9 月第 1 次印刷
书　　号	ISBN 978-7-5660-1701-7
定　　价	128.00 元

本　书

献给中华人民共和国成立七十周年

我们是中华人民共和国的受惠者和传承者

《改变命运的进行曲》编委会

主　编：刘　燕

撰稿人：赵俊梅　刘　燕　张花艳　杨淑美

张　燕　张大伟　刘绍川

赞赏校友助学深情

——剑川县第一中学校长赵广健赞赏刘绍川校友资助贫困生的情意

（代序）

尊敬的刘老师：

您好！

首先让我代表剑川一中全体师生向您表示诚挚的敬意，并致以衷心的感谢！

您于 10 月 28 日寄给我的信，早已收悉，我反复读了三遍，很是感慨，对您的敬意油然而生。总觉得你们这一辈人总把祖国、社会、别人装在心间，充满着无私奉献精神。中国传统美德和共产主义道德品质在你们身上融为一体，洋溢着中国人民最高尚的人类品格和人的积极向上的精神力量，感染和鼓舞着其他人不息地奋斗与拼搏，为中华的崛起和人类的进步做出贡献。

如信中所见，您的成长过程，您的勤奋学习、踏实工作，甚至您所取得的成就，是我们全校师生学习的榜样。尤其是您做人的品格，令我们肃然起敬。我想把您的信向学生宣读，用您平凡的生活、学习经历而又淡泊名利、光明磊落的人生来教育学生，用您优秀的思想品质和勤奋刻苦的学习精神来陶冶学生情操。您是白族人民的优秀儿子，是我们剑川一中的好校友。

此次，您在经济上并不富有、退休金不多的情况下，已开展了“打工助学”活动，还想到家乡的后生学子，用退休后外出“打工”收入的大部分钱来资助困难学生。按常理，您应安享天年，不必为家乡的事忧劳。作为我们，也不该接受一位退休老人的钱，但是，我们认为，这不仅仅是钱，而是一位前辈对一中、对剑川学子的期望和寄托。因此，我们很高兴地接受您的这份珍贵情意，我再次向您表示深深的感谢。

刘老师，我们遵照您的嘱托，专门开了一个会。通过班主任提名，从初中一年级里选了三位学生推荐给您，作为资助对象。这三位学生家庭均在农村，父母都是农民，收入低，经济十分困难。三位学生学习成绩参差不齐，有二位学生（初128班罗学娥，女，玉华村人；初127班王义梅，女，发达村人）成绩较好，有一位学生（初128班刘双福，男，沙溪乡鳌凤村人）成绩差些。然而进校后，他们思想品德优秀，学习很用功，基本符合您提出的条件。我已分别召集了这三位同学，把您的心意和爱心转达给了他们，三个学生很懂事，很感激，他们将给您写信联系。此事，本应早给您回信，但因种种原因一直拖到现在，心里甚感不安，请您见谅。

我校近几年在县委、县政府的关心支持下，也得到了有关部门和社会各界的大力关爱和帮助，发展较快。全校现有19个高中班（含2个高中补习班），8个初中班，高初中学生1504人，有106位教职工。整个校园面积63亩，校园环境优美。教育教学质量直线上升，连续三年每年向各类大专院校输送学生150名左右。但由于学校基础差，仍需要一段时间打基础。学校已逐步进入良性循环。今后剑川一中的教学是很有希望的，我校全体教职工也有决心办好一中，为家乡的教育做出贡献，培养出更多的人才，不辜负家乡人民和诸多校友的期望。

另外，您原来提出资助两名学生，后因张文渤老师转告说可以资助三名学生，故一共推荐了三名学生。以上如有不妥，请您定夺。

就谈这些，我们竭诚希望您回母校看看，给予我们教育教学方面的指导。

敬祝您身体健康！全家幸福！

剑川一中　赵广健

2001年12月6日

为《改变命运的进行曲》献词

《改变命运的进行曲》产生的背景和意义超乎当初设想

专门反映我"退而不休"后助学与奖学思想成果的书，《激励各级学生成才成功的心语》（武昶、贾琳主编，以下简称《心语》）和《两代人的呼应》（从永慧、高华主编，以下简称《呼应》），均作为"中央民族大学关心下一代工作委员会丛书"，先后于2014年和2018年由中央民族大学出版社出版。其中《心语》一书，于2017年荣获北京教育工委"关心下一代优秀读物"一等奖；《呼应》一书，使其序作者和读者感动得热泪盈眶。鉴于这一情况，我把在助学过程中与其他同学通信的成果也尽可能汇集起来，以便使作者互相学习，让更多的读者得到启发。这就是《改变命运的进行曲》产生的背景和初衷。

然而，当初要出版这本新书仅偏重于对助学、奖学成果的补充，但实际结果是，把我助学、奖学的思想成果推向了新高度，使我们作者的思想境界有了新提升。

《改变命运的进行曲》符合作者现实状况和发展需要

尽管有良好的愿望，但征稿和组稿工作走了弯路。我当初以《改变命运的凯歌》为书名发了"征稿启示"，想通过征稿把同学们走上成才成功之路，改变命运的先进事迹和成功经验汇集成书，这不仅有利于作者互相学习，而且会为读者提供丰富的参考资料。然而，得到的是两方面反映，从思想感情上说，有关的书信作者，都真诚地表示不忘记我曾给予他们经济上的帮助或奖励及思想上的引导；但从当前的实际状况上说，他们正面临重重困难，难以按征稿启事的要求提供应征稿件。因为他们虽已完成了学业，走上了工作岗位，并取得了一定积极成果，但他们的个人事业、经济状况和家庭建设都处于继续发展的攻坚阶段，难以理直气壮地唱出改变自己命运的“凯歌”。当初所写的书信需要修改，目前却忙于工作业务、家务，精力有限，挤不出时间进行。这样，我才同刘燕商定，把“改变命运的凯歌”改为“改变命运的进行曲”。这样，既肯定同学们现有的成果、现实的倾向，也符合他们今后的心愿和发展需要。在理解同学实际的基础上，不仅强调从改变命运的“进行曲”这一发展角度来总结过去、规划未来，也强调投稿自愿。值得高兴的是，过去与我通信多年的赵俊梅、刘燕、张花艳、杨淑美、罗学娥、张燕、张大伟同学，按新的征稿启事要求，先后发来了应征稿件，并概述了自己走上成才成功之路的经验和今后的打算。后我又加上了对他们“概述”的点评等，成为本书的基本内容。这样，我们把原有的书信只作为这一“进行曲”的序曲，而把已取得的进步成果作为今后争取更大胜利的基础，把“概述”的重点放在总结现有经验、争取今后更大的胜利上。这既有利于同学们各自增强胜利信心、坚持继续奋斗，也有助于作者之间互相启发、互相促进，从而更好地为后来者、读者提供较全面地理解和发展本书成果的参考。

同时，我也把以往针对其他同学来信所写的“回复”“心语”单独汇集起来，纳入本书，既作为原《心语》的补充，又为唱响《改变命运的进行曲》提供伴奏，也使这本新书从另一个侧面间接地反映了更多作者的心声。因为，正是因为有他们的提示，才有了我写给他们的回信，才能有这些“心语”补充。这样，也使新书内容超越我与七位同学的通信，显得更为丰富多彩。

《改变命运的进行曲》对于人生事业具有深远的意义

书名的改变和内容的补充，更科学地反映了我们为成才成功、改变命运而奋斗的长期性和社会性。现已明确，我们个人成才成功、改变命运的努力要贯穿于整个人生事业的全过程，而不只限于大学毕业、只限于个人某个阶段的成就，也不局限于实现个人命运的变化、奠定个人子孙后代发展的基础，而应该扩展到为他人改变命运做出自己应有贡献的社会事业。这一认识，既符合我个人的人生奋斗历史和发展成就，也为同学们的未来开拓了无限的前景。我能做到的，后来人将比我做得更好。

我出身于旧中国的白族贫苦农民家庭里，从苦难的幼年生活中萌发了改变个人命运的愿望。到了中华人民共和国，我在跟随中国共产党的实践中实现了改变个人的命运。这成功的奋斗经验，使我以自己的切身体验来关心下一代人的发展进步。特别是到了退休年龄后，我自觉地选择和坚持“退而不休”，把回报党和人民对我的培养和帮助，变成激励和帮助贫困学生、奖励优秀学生改变个人命运、报效祖国和献身于服务人民的终身事业。在中国共产党的领导、培养、教育和鞭策下，为改变个人的命运而奋斗，为激励和帮助有志者改变个人的命运而奋斗，为传承我和新一代人为改变个人的命运而奋斗的进行曲，这就是我迄今所进行的人生事业。

把改变个人命运变成为众人服务的终身事业是必要的、可能的、大有意义的。我的实践已证明了这一点。这也是同学们发展的广阔前景和美好愿望。只要朝着这个方向不懈努力，必定会创造出有价值的人生。

如今，在同学们、朋友们、同志们的支持下，也将为读者献上《改变命运的进行曲》的“小合唱”。它将以群体性的、多姿多彩的、各具特色的生动故事，展现出“歌手们”是怎样为改变自己命运而走上成才成功之路的。尤为重要的是，在同学们的“概述”——总结和展望中能看到，他（她）们并不满足于现有的进步和优秀，还要为实现自己美好的理想、人生目标继续努力奋斗。他（她）们已经开拓了通向成才成功之路，正在争取更大的成功，追求自己更远大的目标。本书所唱的“改变命运的进行曲”，将使人们从成才、成功的经验中增强争取更大成功的信心，也将使人们看到真实的故事、历史的足迹和进取的精神，鼓舞有志者、后来者、读者积极跟进和大胆超越。

《改变命运的进行曲》对作者和读者都有美好的期望

这本书所展示的我与七位同学的通信，不仅提供了他们几位走上成才成功之路的具体事迹、故事和经验，而且公布了我单给其他同学所写的书信，这些都有助于鼓励原书信作者自我肯定、互相学习、共同探索、继续前进，也值得有志的青年学生们引以为鉴。

无论从个人改变命运的志向来说，或者从已走上成才成功之路来说，本书作者（通信者）们的一些基本经验是值得读者参考的。当然，每位作者并不满足于已写出的书信，还觉得有不如意的历史局限性，只好在他们自己的“概述”中，或在有关的评论中，加以评论和补充。每位作者现有的作品（包括我的书信和评论），也必然有个人的局限性。因此，我希望读者要善于分析、善于吸取、善于集中书信作者群体性的智慧，并加以发挥，切实把《改变命运的进行曲》变成不断前进的号角、继续前进的驿站。

有志青年为改变个人命运而奋斗，不是单纯的个人行为，而是与我们的社会主义改革发展潮流相适应的，也是长辈们对下一代的希望与寄托。同时，也是新时代青年承担社会历史使命的需要。只有从这种广度和高度来看待为改变个人命运而奋斗，我们才能用发展的社会责任感，来鞭策自己勇往直前，战胜继续奋斗过程中的一切困难。

有志青年为改变个人命运而奋斗，首先要走上成才成功之路。只有勤奋学习，接受学校全面发展的教育，以优良成绩为实力，实现升学的目的，接受高等教育，才能较顺利地走上成才成功之路。因此，不断战胜学习、测验、备考、应考中的困难，或战胜高考失败后“复读”中的困难，就是走上成才成功之路的保证。而战胜困难的基本条件就是，既要充分发挥主观能动性，即在自觉总结自己经验教训的基础上，改进学习方法、提高学习质量，同时，也应主动争取一切可能争取的外部条件来帮助自己，指导自己。

有志青年只有接受党的教育，按共产党员的先进性和纯洁性来要求自己，按高标准要求上好大学，才能更有效地把走上成才成功之路和改变个人命运的实践，逐步发展成为为党、为人民多做贡献的事业，从而逐步创造自己最高的人生价值。

当然，书中所涉及的每位作者，包括我在内，在各自的书信中或评论中，也难免还存在不足之处。因此，希望读者在传承积极因素中，批评、否定不正确的认识和做法，真正体现后来者居上的优势，推进自己事业的发展。

成才成功之道是漫长的、艰巨的；改变命运的含义是可变的、向前发展的。因而都是无止境的，一代胜过一代的。我们要从社会发展的必然性来看待个人与前辈、个人与后辈的关系，学习前人、超越前人，以榜样带动后人，相信后来者居上，让代代沿着继承与发展的道路前进。

刘绍川

2019 年 3 月 10 日

编者的话

——学习成功经验　提升思想境界

2018 年 7 月 26 日收到由张鑫美同学转发的《征稿启事》后，我便加强了与刘绍川老师之间的联系，我们通过电话、邮件等方式频繁地交流。在交流中，刘老师根据我的实际情况，邀请我当他出书的助手。开始刘老师只是让我以征稿“助手”的身份来把同学们联系起来，可是后来有一天，他突然就告诉我，“你就准备好做主编吧”。说实话，我当时的心情真的是又惊又喜。惊的是，因为我以前一直学的是理科，从来没有参与编书的经验；喜的是，因为刘老师肯定了我在“征稿”工作中所发挥的积极作用。从此，我告诫自己一定要好好努力，争取把这份特殊的工作做好，便开始以主编的身份参与了《改变命运的进行曲》的整个编辑过程。

在名义上，刘老师请我当《改变命运的进行曲》一书的主编。而实际上，我并不是刘老师助学、奖学对象中最出色的学生，也不是与刘老师书信交往中的佼佼者。我只不过是当年刘老师帮助的一位学生，是按刘老师的要求和建议，取得了“复读”成功并按高标准上好大学的一名学生，是热心支持刘老师为出版当年他与学生通信成果的助手之一而已。刘老师很看重我对他工作的热情支持，善于利用我目前的条件，把我从他的征稿“助手”，升格为本书的“主编”。这就为我提供了较全面地深入地学习他的助学、奖学思想和事迹的机会，也为我提供了向其他同学学习的机会。特别是使我在向赵俊梅等同学学习先进思想、先进事迹中受益匪浅。因此，我以自己的切身体会为基础，希望并确信本书的作者和读者，通过阅读这本书，也能得到更广泛更深入的启发。

我在协助刘老师征稿、约稿、编稿的全过程中，感受最深的是对本书主旨和特点的理解。刘老师原以为接受过他资助或奖励的、曾与他通信多年的剑川一中的那批学生，早已完成了学业并已就业多年，向他们征集原有的书稿似乎是容易的，甚至还可能得到他们对出版经费的赞助。因此，他以《改变命运的凯歌》为书名发了“征稿启事”。

尽管他当初的愿望是好的，他想通过这一征稿，把同学们走上成才成功之路、达到改变命运的先进事迹和成功经验汇集成书，这不仅有利于作者互相学习，而且能为读者提供丰富的参考资料。然而，遇到的实际情况却出乎他的预料。从思想感情上说，包括我在内的所有受助者、通信者，都真诚地表示不忘记刘老师曾给予经济上的帮助和思想上的引导，但从当前的实际状况上说，他们都还面临重重困难，难以按“征稿启事”的“凯歌”要求提供应征稿件。因为他们虽已完成了学业，走上了工作岗位并取得了一定的积极成果，但他们每个人的事业、经济状况和家庭建设都还处于继续发展的攻坚阶段，难以理直气壮地唱出改变自己命运的“凯歌”。对于他们当初所写的书信需要修改，然而目前却忙于工作业务、家务，精力有限，难以挤出时间进行修改。因此，有关的同学对“征稿启事”反应自然冷淡。于是，我同刘老师商量，要从当前的实际出发，从新的角度来征稿。我们既不能否定以往走上成才成功之路、为改变个人命运而奋斗的成果，又不能满足现状，更不能失去继续进取的方向。于是，我们就把“改变命运的凯歌”更名为“改变命运的进行曲”，希望原书信作者们从继续发展的意义上总结过去的成果，运用以往的经验，坚持向前奋斗，从更高的意义上来看待成才成功、改变命运的社会作用，来唱响“进行曲”。

这一改变不是凭空的，而是有现实的和历史的根据的。它既符合当前我们学生书信作者的实际状况和今后的发展需要，也符合刘老师所提供的人生奋斗经验。这样，我们就以刘老师的言传身教与我们学生书信作者的实际相联系，明确地把个人成才成功、改变命运的奋斗进程，视为个人为社会服务的终身事业，并把这作为《改变命运的进行曲》一书的主旨、核心或中心思想。其目的是，以此来激励本书的作者，也激励凡受过刘老师资助和引导的同学，使他们都能正确看待自己的努力方向。

这样，我们就能使本书所反映的刘老师助学、奖学思想成果，既是对《激励各级学生成才成功的心语》《两代人的呼应》两书的继续和补充，又是对刘老师助学、奖学思想成果的新发展，也成为刘老师与书信作者关于成才成功、改变命运思想的新境界。

征稿的思想要求更高，也更明确。我们不仅强调从改变命运的“进行曲”这一发展角度，来总结过去、规划未来，也强调投稿自愿。值得高兴的是，过去曾与刘老师通信多年的赵俊梅、张花艳、杨淑美、罗学娥、张燕、张大伟和我均按新的征稿启事要求，先后发来了应征稿，都各自概述了自己走上成才成功之路的过程、经验和今后的打算，又加上了刘老师对各人“概述”的点评，还有刘老师对与几位学生书信特点所做的“评述”。这些就构成本书的基本内容。

“把个人成才成功、改变命运的奋斗进程，视为个人为社会服务的终身事业”，不仅是我们必要的正确方向，而且是刘老师早已为我们树立的实际榜样。刘老师出身于旧中国的贫苦农民家庭，从小经历了各种各样的苦难，但他从来没有向命运屈服，决心为改变命运创造条件。他从苦难的幼年生活中和母亲的启发下，萌发了“改变个人命运”的愿望，坚信知识定能改变命运。中华人民共和国成立后，他在中国共产党方针、政策的指引下，通过自己不断的努力、拼搏、奋斗，最终改变了个人的命运。他改变命运的成功经验，促使他把一颗对党和人民的感恩之心，用在了在职时做好本职工作之上，用在了退休后的关心下一代的成长成才成功之上。他到了国家规定的退休年龄后，自觉自愿地选择和坚持着“退而不休”，通过“打工助学”激励和帮助贫困学生、奖励优秀学生，去改变个人的命运，激励他们去报效祖国和服务人民，像他那样去回报党和人民对自己的培养和帮助。刘老师进入高龄后，虽然不能再“打工助学”，但他用自己的退休金继续开展奖学活动。他在本村设立了“文升奖”（“文榜村学生升级升学奖学金”），还为它积累奖励基金。此外，他继续关注下一代的成长成才成功事业，还为国内外大事尽责发声，开展创作活动。他在用实际行动把个人成才成功、改变命运的奋斗进程，变为个人为社会服务的终身事业。现已出版的《激励各级学生成才成功的心语》《两代人的呼应》等书都集中反映了他的这一业绩。他也靠这一事业，不断放射出自己人生的光彩，为我们树立了实际的好榜样。

我在编辑本书的过程中，也有不少感想，但在此难以一一细述，只能概括地说。我和书中的其他师生作者都在唱着“进行曲”，都在发展之中，都在为其他的书信作者和读者提供为改变命运而不断奋斗的真实故事，有值得大家互相学习、彼此吸取的“精华”。我希望读者自己亲自阅读，细心体会。你将会从中得到种种新的启示，增强学习前人、超越前人的信心和勇气，也会得到敢于奋斗、善于奋斗的智慧，更好地走上成才成功之路，加速改变自己的命运，在为中国特色社会主义做贡献的实践中，去创造自己更美好的未来。

在《赵俊梅与刘绍川书信》中，我看到了赵俊梅是出生于矿工家庭的山村学生，她在自己的前进道路上拥有着无数的“唯一”。看到了她是怎样走上成才成功之路的，是怎样从一个成绩并不出众的高中生成为优秀大学生党员的，是怎样在大学毕业后把自己从实践中锻造成为一个“有知识、有能力、有公心的共产党员”的。我从她的书信中和实践中看到，她有自己的崇高理想，能把握住自己的努力方向，能把向老师和其他同学学习的好思想、好作风，变成自己认真苦读的精神，她用辩证思维的思想方法面对自己的挫折和困难，在发挥帮助、带动、服务他人的积极作用中提升了自己的水平。她不但按高标准上好大学，创造优秀成果、享受“精彩”生活，而且把大学阶段的成果变为走上工作岗位的优势，并根据新的形势和任务继续创优，出色地完成本职工作，能做到使党和人民满意，自己满意。她的努力方向更加明确，她的能力不断提高，她的公心更加透明。她成才成功、改变个人命运变成了服务社会、服务人民的切实事业，同时，又把今后更好地服务社会、服务人民，变为使自己不断上进、不断创优的目标和动力。

在《张花艳与刘绍川书信》中，我看到了张花艳是由学校直接向刘老师推荐而获得资助的优秀学生。她有“不服输”的精神，有“从哪里跌倒就从哪里站起来”的品格。她有“不让自己的一生虚度”的人生观和事实表现。她初次高考失败后，就有了把自己羡慕别人变为令别人羡慕自己的“复读”决心，结果取得考上了西南科技大学的新成绩；大学毕业后，在从省外回云南“找工作”过程中，遇到种种困难，甚至还遭到了打击，但她不屈服。她尽全力去维护自己的合法权益。东方不亮西方亮。她在新的就业岗位上重新起步，通过多年拼搏中的业绩表现，取得了自己在单位的有利地位。她也做好了应对产假后复工困难的准备。她相信人生没有过不去的坎儿。这就是她不让自己的一生虚度的现实表现。刘老师结合自己的人生经历，高度赞赏了张花艳的这个具有深远意义的人生观。这使我从中受到了新的启发。我相信，读者也会从他们两人的书信中受到启发。从不虚度人生的高度来应对人生道路上的一切困难，就能充分实现自己的人生价值。

在《杨淑美与刘绍川书信》中，我看到了来自贫穷山村、有兄弟姐妹7人的女生杨淑美，不甘命运的安排，决心要通过学习知识来改变自己命运，摆脱“穷忙”生活的“故事”。她为了走上成才成功之路、改变自己的命运，主动争取刘老师的指导和帮助，灵活运用刘老师的启发，特别是善于从刘老师给其他同学的书信中吸取对自己走向成功有益的要素。她曾独立选择自己的升学去向；在上大学期间，有意识地从多方面为未来的就业奠定基础；大学毕业后，她在筑牢自己就业的基础上，建设起自己的小家，也不忘孝敬老家的父母。她切实地生动地把个人的成才成功、改变命运的成果与为社会服务相结合，与抚养儿女、孝敬父母、回报恩人的行动相结合，用自己朴素的实在的方式，体现了对本书主旨的理解和贯彻，即“把个人成才成功、改变命运的奋斗进程，变为个人为社会服务的终身事业”。因此，她的精神和行为受到了刘老师的赞赏，很值得我们学习领会。

由于历史原因，《张燕与刘绍川书信》仅存有6封，但在该部分内容中，我看到了村里第一位考上高中的女生——张燕为了改变自己的命运和实现自己的抱负而主动向刘老师求助，并用自己的实际行动一步一步地去实现自己的梦想。在其“概述”中，更可以看到张燕为改变自己命运不断拼搏奋斗的经历。张燕虽然没有考上理想中的大学，但她在所就读的大学里按高标准要求自己上好大学，获得了奖学金，加入了中国共产党；大学毕业后虽然未能实现学以致用，不得不选择了与自己所学专业完全脱节的工作，但她发扬了大学阶段创造的优势，创造性地克服了新业务中的艰难困苦，在新领域里取得了好成就，并在工作中不忘提升自己的学历，现已取得云南大学毕业证和学位证。她立志要像刘老师所期望的那样，把成才成功、改变命运变为为中国特色社会主义做贡献的终身事业，也为后来者、下一代做出实际的榜样。这些都是值得我和读者学习的。无论何时何地，无论面对何种困难，我们只要认真对待，坚持努力，就能加以克服，就能取得可喜的成果，就能增强战胜困难的信心。

由于客观原因，《张大伟与刘绍川书信》只存几封。但从张大伟的“概述”中，我们看到他用自己的血与泪写出的教训。张大伟在上高中期间，他身为教师的父亲突然离世，使他在经济和精神上都受到重创。因此，经学校领导的帮助，他获得了刘老师的助学金。但他没有珍视刘老师的资助，没有化悲痛为力量，上好高中、迎接高考。他没有用实际行动来坚持按刘老师的要求认真学习，反而放纵自己，对刘老师的助学活动造成消极影响，才使刘老师取消了对他的资助。如今，他已为自己的自以为是后悔。他当初选择了走弃学打工之路——去深圳打工，是想凭自己的力气开辟自己的一片天地。但在他的“概述”中，却用自己“血与泪”的教训告诫本书的读者——更多的学子：在人生发展过程中，该苦学的年龄，就应该苦学；该奋斗的年龄，就应该奋斗。不要贪图享受现成的或一时的安逸，更不要安于现状，要努力学习，提高自己，改变自己，改变命运，要确信“坚持就是胜利”，只要坚持努力，总有一天会“破茧成蝶”，创造自己的精彩。

在《罗学娥与刘绍川书信》中，我看到了山村女孩罗学娥在父母不支持她读书、父亲不愿为她提供学费的艰难条件下是如何好学上进、努力改变个人命运的。她在上小学时用优异的成绩打动老师为她筹集学费，上初中后，同样以优异成绩被学校直接推荐给刘老师资助。她是在刘老师帮助的那些贫困生中获得刘老师无数“唯一”“特殊关照”的学生。她在成长成才的道路上比其他人吃过更多的苦，甚至在就业过程中也遇到过诸多的困难和不顺，但是在爱心人士的不断帮助下，最终顺利地完成了学业，并成了一名家乡的教师。在工作中她不忘刘老师和其他帮助过她的人，用自己的爱心去教好学生，并用自己的言传身教感化学生，始终不忘站好三尺讲台。她以自己的实际行动为家乡学子树立走上成才成功之路的榜样，愿“玉华山上的那面旗帜”永远迎风飘扬，并为之不断奋斗。我想，她改变命运的故事一定会让更多的读者受到鼓舞和触动。

我在编辑本书的过程中，不仅较全面、较深入地学习了刘老师与同学们的书信内容和精神，也进一步回顾了《刘燕与刘绍川书信》，总结了自己的发展过程，结合重读刘老师对我们之间书信的“评述”，以及对我“概述”的“点评”，我进一步深化了对自己的认识。我从实践中认识到：自觉主动地求教求助，是我获得刘老师经济上和思想上帮助的首要条件；善于学习、身体力行，是我从多方面吸取、运用老师和同学的教益，推动自己进步的基本条件；把个人成才成功、改变命运的愿望与对关注、帮助、期望我的亲人的负责相结合，是我鞭策自己不断前进的动力；真情实意，积极进取，认真负责，是我长期以来获得各方面关心、支持、认可、接纳的基本条件。我的“复读”成功，我的按高标准要求自己上好大学，我的就业成果，我的成家，我如今为同学的无偿编书，都与我上述的条件有关。这也是我继续为成才成功、改变命运唱响“进行曲”的表现。如果说，我的这些感言显得抽象，那就请读者看看书中有关我的内容，独立做出自己的判断吧。

最后，我愿根据自己当前新的认识，再对“不忘初心，方得始终”的概述做个新的概括，我“不忘初心”即：我作为有志青年，为成才成功、改变命运而奋斗到底的决心、意志不变；我作为共产党员，为共产主义奋斗终身的誓言不变；我作为父母的女儿，对报答父母、老师、亲友的恩情不变；我作为女儿的母亲，要做下一代人好榜样的责任心不变。这样，我才能唱响“改变命运的进行曲”，把为成才成功、改变命运而奋斗的进程变成为社会服务的终身事业。这样，我才能把“不忘初心”变成不断争取新进步、努力获得新成果的进程，从而达到“方得始终”的境地。

通过这本书的出版，展示同学们走上成才成功之路的事迹、故事和经验，既有助于鼓励作者自我肯定、继续前进，也值得有志的青年学生们学习借鉴。同学们在学习过程中发现的问题，刘老师在帮助同学解决问题过程中形成的观点、理论、方法，以及作者（通信者）们的一些基本经验，无论从个人改变命运的志向来说，或者从已走上成才成功之路来说，都是值得读者学习、参考的。由于客观原因，通信集并没有完全展示同学们努力之后所取得的成果，因此，同学们附上补充说明的“概述”，将自己为改变命运所做的奋斗和取得的成果一一展现，同时，不忘继续努力奋斗，将“改变命运的进行曲”变成不断前进的动力，砥砺前行。

共产党领导下的社会主义社会，当前依然有许多贫困的人群，但只要坚信命运可以改变，并为之不断努力，那么终究会取得成功。作为当代青年，应该有为改变个人命运而奋斗的长远之志，并应将其升华为为国家、为人民做出自己贡献的理想和力量。改变个人命运，不能只局限于改善个人生存条件的行为，而应有与我们不断发展的社会主义共同富裕相适应的行为。人只有树立了远大目标，才能尽自己所能为之奋斗。只有有了明确的目标，有了奋斗的动力，才能在遇到困难时迎难而上，在暴风雨中不忘继续前行。

“知识是改变命运的前提”，没有方向地盲目乱闯，会离成功的愿望和目标越来越远。有志青年改变命运不是凭空说说，必须付出艰辛的努力。坚持学习，不断武装自己，努力提升自己的各种能力，不断战胜困难，失败后能总结经验教训，为下一次“扬帆”打下坚实的基础。

当然，本书的作者由于时间和学识等原因的限制，为“进行曲”所谱写的“歌词”不可能达到尽善尽美的程度，也难求所有的读者都能“唱”响它，但我想，总会从某一方面得到启示和激励的。我希望读者在学习过程中自觉地吸收对自己有帮助的成功经验和方法，也希望在传承积极因素过程中，批评、否定不正确的认识和做法。

（书信内容按投稿先后顺序编排，特此说明）

本书主编　刘燕

2019 年 3 月 26 日

目 录

赵俊梅与刘绍川书信篇

刘燕与刘绍川书信篇

张花艳与刘绍川书信篇

杨淑美与刘绍川书信篇

罗学娥与刘绍川书信篇

张燕与刘绍川书信篇

张大伟与刘绍川书信篇

赵俊梅与刘绍川书信篇

赵俊梅对走上成才成功之路的概述

为做有知识、有能力、有公心的共产党员而努力

我在中学求学途中，遇到了一个对我后来的发展有着重大影响的人——刘绍川老师。

2003年5月7日，我通过阅读刘老师给朱江培同学的书信后，鼓足勇气给刘老师写了第一封信，很快，就收到了刘老师的第一封回信，那是他花了10个小时的心血，交付打印后还边校对、边修改了三遍的作品。后来，他的这种习惯也促使我养成了反复检查、修改作品的习惯，现在撰写法律文书，我也是写完后反复校对、修改。从那时开始，我跟刘老师保持着通信联系。

刘老师退休后的头十年，到报社、杂志社当编辑，做审稿工作，工作获得的报酬大多用于资助剑川一中的贫困学生。那时，近70岁的刘老师不忘哺育过他的母校和帮助过他的剑川人民。所有这些，都深深地震撼了当时刚上高中的我，我暗暗下定决心：一定要好好学习，像刘老师一样做一名有知识、有能力、有公心的共产党员，做一名真心实意为人民服务的共产党员，做一个越来越自觉、越来越有效地回报党和人民的共产党员！

我认真阅读刘老师给我寄的每一封信，每天都放一封信在书包中，课间休息时看，累时看。他的每一封信，都能给我无穷的动力。读高中时，我虽不是刘老师资助的学生，但我从他身上获得了远胜于资助的精神财富。刘老师通过书信将他的知识、经验、思想、希望传递给我们。当时，很多同学问我“从刘老师的信中可以看出，他很器重你，你为何不提出要他资助你

呢”？我告诉他们，我哥哥虽在读大学，但我父母仍有能力供我上学，我不要加重刘老师的负担。然而，高中毕业后，我主动接受了给我的“奖学金”。

刘老师并非有用不完的钱才去资助贫困生，当时他的退休金仅有1700元，而在北京每个月花费千余元不算多，要交煤气、水、电等费用，要吃饭、看病、社交等，这些都是正常的开支，他完全是为了帮助一些贫困学生改变自己的命运而做贡献的。为资助贫困生，他在报社当编辑、做审读。他在为杂志做审读时，花钱也很节省。本来说好70岁不打工了，但刘老师又“反悔”了，他说他虽然已超过70岁，但体力、精力、能力和兴趣方面，还可以继续做些工作。他说 “打工”对于他来说，不是痛苦的差事，而是一种真正的快乐，是他继续施展自己才华的机会。他还说，北京人才济济，求职竞争也很厉害，在这种情况下，一个人能在某一点上站得住，或有人用，也是不容易的。不管是客观需求也好，主观条件也好，刘老师的“老有所为”是在履行“为共产主义事业奋斗终身”的誓言，是在永葆共产党员的先进性，他以自己的实践经验为基础，用共产党人的世界观、方法论、基本理论，用我们党发展着的先进思想，来引导、鼓励青年们追求真理，追求知识，追求成功。

由于自己偏科以及没有正常发挥，我没能考上所期望的大学。那段时间，我很气馁，很失落，但听了刘老师的建议和意见后，最终，我顶着压力选择去读了云南民族大学的预科，一年后升入了本科。那时，我每天都在给自己重复刘老师说过的话：“一个人一旦选准了前进的目标，就要坚持走自己的路，别管旁人说什么。”进入大学后，我没有因为进入大学这座象牙塔而滋生慵懒的情绪，还是如中学时代那样认真听课做笔记，依旧跑到人数不多的教室去自习，也没有改变经常向老师请教、提问的习惯。在许多同学为逛街、出游、恋爱忙得不可开交的时候，我依旧牢记着刘老师的期待和厚望，在知识的殿堂里遨游着。

一、我的大学生活是积极向上的、富有成果的

1. 背负高校“团学干部”（共青团、学生会干部）使命，为同学谋利益

大学期间，我争当“团学干部” （任班级团支部书记、院团委副书

记、学生会副主席、校社团联合会副秘书长等）。在开展团学工作过程中，我兢兢业业，甘于奉献，在工作中奉献自己的才干，不断提高自身的素质。我的工作得到了本校和本学院领导、老师和广大同学的肯定和支持，我也积累了丰富的经验。随着班主任制度的取消，我校从本部搬迁到“雨花校区”后，我被学院聘为辅导员助理（勤工俭学的一种形式），协助辅导员管理学生，在与同学交往、交谈中，我深入了解同学的具体困难，向学院如实反映他们的困难，争取给予可能的帮助，自己也力所能及地帮助他们解决一些生活、学习中的困难，同时，也与同学共勉，发扬艰苦奋斗的精神。在每次分配三等专业助学金（国家助学金分为一等、二等、三等）、定期困难补助、冬寒衣补助名额时，由于考虑到本班同学大部分都是来自边远山区的贫困学生，都很需要补助，我主动将原本分配给我的名额让给了其他同学。大学期间，我没有领过一次定期困难补助、冬寒衣补助等助困金。

我还记得，2008年6月，为贫困生助学立法，我接受了云南电视台的采访，希望社会能关注贫困学生，为贫困学生争取更多的社会资助；2008年7月3日，巴基斯坦前人权部长、时任联合国人权理事会咨询委员会首任委员伯尔尼一行来校访问，我同样作为学生代表参加了座谈会。在会上，我自豪地介绍了本民族（白族）的服饰和自己所学的专业，伯尔尼先生对我寄予的希望是：将来做一名律师，要尽自己所能维护穷人的利益。

2. 树立坚定的理想信念，追求高远的人生目标

我牢记刘老师的期望，他希望他所资助的学生将来都能成长为有知识、有能力、有公心的共产党人！我于2005年10月1日向党组织递交了入党申请书，购买了党章，自己先读，从而认识到自己该如何去做。2006年6月，我参加了党校“入党积极分子培训班”培训。在学习中，我严格要求自己，不断加深了对党的认识，更加坚定了自己的信念，我以优异的成绩结业，荣获“优秀学员”称号。我牢记刘老师说过的“作为一个争取入党的大学生，应该按照党员的标准、联系当前在校的专业学习、社会工作和日常生活，力争使自己进步得快些，在各方面做得好些……”，我把争取入党、争当三好学生、优秀学生和争取奖学金统一起来，用共产

党员的高标准要求自己，在当时的大学生活中争当先进分子，模范地遵守学校规章制度，坚持用德智体能全面发展的言行和成绩，来为入党创造实际条件。2007年12月29日，我光荣地加入中国共产党，成为一名中共预备党员。在预备期内，我埋头学习，勤奋工作，不仅为学院的“团学工作”（共青团和学生会工作）做出了自己的贡献，而且我也丝毫没有放松学习，各门课程成绩皆优秀，在四年的班级年度德智体能综合考核中，均名列全班第二名，体育成绩达到国家体育锻炼标准。2008年12月29日，预备期满，如期转正。在日常的学习、工作和生活中，我时刻按优秀党员的标准严格要求自己，努力发挥党员的先锋模范作用，争取做一个有知识、有能力、有公心的新一代共产党人!

3. 无尽的坚持与执着的追求，换来学业的硕果

大学期间，我多次被学院、学校评为“优秀青年志愿者”“优秀共青团员”“优秀学生干部”等，曾获得“三好学生”称号（奖金2000元）、“优秀学生奖学金”（2000元）、连续三年获得“国家励志奖学金”（5000元/年，大一年级的学生不具备申请资格），同时，我被省教育厅、团省委表彰为“云南省优秀学生干部”，被教育部、团中央表彰为“全国优秀学生干部”（奖金2000元），2010年毕业时，省教育厅授予我“云南省优秀毕业生”的称号。

二、我走上工作岗位后是不断进取的、称职的

2010年大学毕业后，我通过省考，顺利考入基层法院。参加工作后，我时刻记着刘老师说过的话，他不希望他所资助的贫困生将来仅仅变为一个好妻子或好丈夫，我要用自己的努力和事业的成功，来确定自己应有的社会地位和家庭地位，真正成为社会主义现代化事业的建设者和推进社会主义事业发展的接班人，为社会的发展、人民的利益做出自己的一份贡献。

我从书记员到代理审判员，再到审判员，一步一个脚印地向前走。2016年，全国推进司法体制改革，我通过考试（此时我刚生完小孩，孩子未满月）、考核，成为一名员额法官，当时我是我院第一批员额法官中最年轻的。成为员额法官后，我身上的担子也越发沉重。由于案多人少，平时工作很忙，上班时间基本上就是开庭审理案件、接待当事人、做调解工

作、判后答疑、参加会议。因此，很多法律文书，我都是用中午或者晚上休息时间完成的。虽然地位和作用变了，但我没有忘记自己的初心，做一个有公心的新一代共产党人，做一个让人民满意的好法官！

我目前是一名二级法官，担任刑事审判一庭副庭长（副科），在具体的审判工作中，我不断强化为民、便民、利民意识，增强司法亲和力，观察当事人文化水准和法律意识，做好释法明理、诉讼指导工作，让当事人明明白白打官司。我对每一个案件的办理，都做能到无愧于组织、无愧于群众、无愧于我心。因而，我先后获得了“后勤保障标兵”“办案标兵”“优秀共产党员”“优秀公务员”等称号。我牢固地树立了社会主义法治理念，忠于党、忠于国家、忠于人民、忠于法律，做中国特色社会主义事业的建设者和捍卫者，做一个学习型、实干型、廉洁型法官，努力让人民群众在每一个司法案件中都感受到公平正义。

三、寄语师弟师妹

目前，国家为了让考上大学的贫困学生都能顺利入学，在本专科教育阶段建立起国家奖学金、国家励志奖学金、国家助学金、国家助学贷款（包括校园地国家助学贷款和生源地信用助学贷款）、勤工助学等多种形式的保障体系，入学时，家庭经济特别困难的新生如果暂时筹集不齐学费和住宿费，可在开学报到的当天，通过学校开设的“绿色通道”办理入学手续（我当时也是通过“绿色通道”办理的入学手续）。入校后，再向学校如实申报家庭经济困难，由学校核实认定后，采取相应的措施。所以，我希望师弟师妹们在高中阶段，应把所有的精力都投入学习中，即使家境贫困的同学，都不用担心家庭经济状况无力承担你们的大学学费，党和国家不会让经济困难挡住你们改变个人命运、实现人生价值的道路。同样，你们步入大学后，也千万不要被大城市、大学校园生活环境中的消极影响淡化自己的拼搏精神，要树立正确的人生观、价值观，努力学习，争取获得奖学金，远离“校园贷”，珍惜大学生活，培养专业才能，为实现中华民族伟大复兴的中国梦，贡献自己的一分力量！

四、从实践中获得的感言

这些年，每当自己遭遇挫折、不顺心、不如意的时候，我就会想起刘老师说过的“一个人的发展道路不可能一帆风顺，都不可避免地会经受这样或那样，这时或那时的挫折或失败；只要自己的理想不变，意志不衰、奋斗不息，总会一步一步走向成功和胜利”。

不管我们处在什么时期，不管我们在什么岗位上，我们只要按共产党员的标准去努力，做好本职工作，就会不断取得进步，不断做出成绩来。经过十多年的体验，现在我已能肯定地说，真正为刘老师写给同学们的信而下过功夫的人，是不会后悔的。因为刘老师给我们写的每一封信，都是他字斟句酌、反复修改的作品。他在信中所提到的要求和建议，或许我们一时不理解或不全理解，但现在看来，刘老师是对的，他的要求和建议没有根本做不到的！

人生短暂，时光宝贵，我在为党、为人民、为青年做些有益的事，用自己的实际行动和实际成就，来体现自己生命的社会价值。我和先生目前资助了两个侄子就学，我们也时常跟亲朋好友宣传，每一位家长都应该为了自己孩子的成长、升学、深造，做出自己应有的和可能的贡献，这是无悔的事业，也是为人父母应尽的义务！在有可能条件下，我们也愿意尽自己的微薄力量来资助家乡有志成才、求教求助的贫困生。

赵俊梅

2018 年

刘绍川对赵俊梅“概述”的点评

一位新时代共产党人在前进

赵俊梅虽然不是我所资助的对象，但她对我与同学的书信交流很重视，认真阅读、积极反馈、身体力行，这感动了我，使我对她有了特别的重视。由于双方的不懈努力，我们便自然而然地成为志同道合、彼此信赖、难舍难分的挚友。为了感谢她对我的支持和肯定，她所取得的进步，我以“奖学金”的名义回报了她。

15 年前，即 2003 年 5 月 7 日，赵俊梅阅读了我给朱江培同学的信后，鼓足勇气，给我写了一封探讨人生问题、学习问题的信。当她知道，我为写回信花了 10 个小时的心血、还修改了三遍才寄给她之后，马上也开始培养自己反复检查、修改作品的习惯，还暗暗地下决心一定要好好学习，像我所期望的那样做一名有知识、有能力、有公心的共产党员，也就是做一名真心实意为人民服务的、能回报社会的共产党员！赵俊梅的最可贵之处，就是从此一直朝着自己设定的方向努力。她一方面越来越重视认真读我寄给她的每一封信（包括我写给别人的信）；另一方面她在自己的实践中结合我的要求和建议，把自己暗下的决心逐步地变成现实。从她的“概述”中，我们可以看到她的这个发展过程：

她在高中阶段，刻苦学习，积极支持我的助学事业，使我常以她为榜样，来激励与我有书信交流的资助对象们。她高考受到挫折后，在很气馁、很失落时，重复我说过的话：“一个人一旦选准了前进的目标，就要坚持走自己的路，别管旁人说什么。”于是，她下定决心去就读云南民族大学的预科，直接创造升入本科的条件。

她刚上大学，就把争取入党，争当三好学生、优秀学生与争取奖学金统一起来，用共产党员的高标准要求自己，在当时的大学生活中争当先进分子，严格地遵守学校规章制度，坚持用德智体能全面发展的言行和成绩，来为入党创造实际条件。结果，她加入了中国共产党，受到了学院、学校的奖励，还被教育部、团中央表彰为“全国优秀学生干部”，省教育厅表彰为“云南省优秀毕业生”。她以优秀大学毕业生身份走上工作岗位，从书记员到代理审判员，再到审判员，现已成为一名员额法官。她的地位变了，担子重了，但始终没有忘记自己的初心：“要做一个有知识、有能力、有公心的新一代共产党人，做一个让人民满意的好法官！”她办理的案件都做到无愧于组织、无愧于群众、无愧于其心。从而获得了“后勤保障标兵”“办案标兵”“优秀共产党员”“优秀公务员”等称号。

上述的这些事实充分说明，赵俊梅是一直朝着“要做有知识、有能力、有公心的共产党员”这个根本方向努力的，其成果也是越来越显著的。其实，有知识、有能力、有公心，就是共产党人先进性和纯洁性的具体表现形式。没有知识、没有能力，哪有“先进性”；没有公心，哪来的“纯洁性”。共产党人的本质特征是“有公心”，即在本职岗位上有全心全意为人民服务之心，有为服务对象着想、办事的公德心。有了这样的公心，知识再多也不够用，得继续学习；能力再强也不够使，得不断提高；成绩再多也不满足，得坚持再创新。共产党人有了这样的公心，无论地位怎样变，都不会以权谋私、贪污腐败，不会“自毁长城”、身败名裂，才能跟着党为民众造福、为人类造福的改革发展事业做出自己的新贡献。这是新时代每个共产党人都应该重视的。

刘绍川

2018 年

刘绍川评述他与赵俊梅之间书信的基本特点

与众不同的自愿交流
彼此信赖的师生深情

主动给我写信、自愿与我交流思想的同学不止赵俊梅一位，但她是剑川一中学生里坚持得最久的一位；向我写信，从个人的困难角度向我求教、求助的人不少，但从人生观、做学问的高度向我求教的，她是表现得最真诚最突出的一位。她促使我不得不写了若干重要的复信，我与她进行了较深入的思想交流。在同学间传阅我写给同学们的复信，互相学习，大家都做了，都有一定的收获，而赵俊梅是剑川一中学生里学用结合、做得最认真、最肯下功夫、收获也最明显的一位。向做得好的同学学习好思想、好作风，不是赵俊梅一个人，但她是做得最自觉、最认真的一位。通过我和同学间的书信交往、思想交流和实践检验，我和同学之间的情感在加深，信赖在增强，而我同赵俊梅之间志同道合的信赖达到了彼此依恋、难舍难分的地步。我同助学对象之间的互动既有精神互动，也有“助学金”的经济联系，而我与赵俊梅之间的交流，是纯精神的互助互促互进。不仅如此，赵俊梅对我的要求、建议、期望，所持的认真态度和出色表现，影响了和带动了我的助学对象。她成为我助学事业事实上的好助手、好榜样。

赵俊梅并不是我所资助的对象，而是主动来信向我求教、求助，自愿“走近我”，希望我成为她朋友的学生；她并不是主动与我做思想交流的唯一非资助对象，但她却是他们中坚持得最久并感到交流无悔的学生，现已成为我的一位真诚朋友。赵俊梅的来信或回信，并不受资助关系的“责任”“义务”“利益”的驱使，而是完全凭她自己的真情感悟。读者从她的那些书信中可以看到，她对我给她的信、我给别人的信，以及其他同学写给我的信，都有积极“反馈”（写感受、做评论、能联想、会运用等）。可以看到，她重视把学习别人与展示自己结合起来，让我和有关的人能够了解她所想到的、正在做的和将要努力争取的。她有敢想敢说的勇气，也有能够表达自己思想的能力，而且在写作上是肯下功夫的。凡读过她所写的信的人，都受到了启发。这就是说，她在高中阶段为别人的成功发挥过推动作用。

赵俊梅虽然努力拼搏了，但高考成绩没有达到她的愿望，她自己不好受，所有关爱她的人也为她惋惜。但凡是读过她给我写的信和我在她启发下所写的信的人，都不得不承认，她在备考过程中，对别的同学是发挥了积极影响作用的，至少是激励了同学们奋发进取的精神。正因为这样，我才在她高中毕业后一次性地奖励了她（相当于那时的三年助学金）。

赵俊梅作为一个有美好理想、有崇高目标、有探索兴趣、有开拓勇气、有写作能力的青年学生，只要把发扬自己的优点、特点与更进一步地学习别人结合起来，其前程必将是不同寻常的。赵俊梅随后在读预科、上大学实践中的出色表现，证明了我的预断是正确的。她把自己的新成果看成受到了我对她的影响和启发，而我也在分享其成果中看到了与学生交流的新价值。

刘绍川

2018年10月8日

赵俊梅致刘绍川

做一把新时代里寒光四射的古剑

——赵俊梅以自信的姿态向刘老师求教、求助

刘老师：

我是剑川一中高148班的一名同学，我能否成为您的朋友呢？

记得您给朱江培的信中曾写道："此信给你寄去两份，你可以拿一份让周围同学中对此信有兴趣的人读或加以复印，欢迎他们来信。"但是，每当我想提笔，我又想到您每天有那么多事要做，您会有时间给我回信吗？给您写信的有好多同学，您会在意我的这一封信吗？您为同学们所做的一切让我感动，我敬佩您，很想走近您。您能否进入我的学习生活，教我处理一些学习中的问题？我也想拥有朱江培收到您来信时的喜悦。

您给朱江培的信——关于怎么看待"偏科"问题，我读过很多遍。因为我和朱江培一样都在偏科，所不同的是他更加偏向物理，而我更加偏向政治。中考时我的物理同样没有及格，而政治却是全县第二。对物理，我已付出更大的努力，可效果同样很差。对政治，我也在继续努力，因为我知道以往的成绩只能代表过去，而今后我还想要去读"政法"。当前的问题是每一次考试我都用文科去弥补理科，我现在怕的不仅是物理，还有化学，上课时无论我如何认真地听老师讲，可我还是不能理解。我有时觉得自己真的很无助。

谁不想比别人学得更好些，做得更好些，将来贡献更大些呢？我的自尊心很强，在学校我不仅渴望有朋友，更渴望有对手。因为，我相信，这只会激发我的斗志，使自己越挫越勇。所以，我喜欢挑战。上次，我向朱

江培借阅您给他写的信，他很不愿意，我很过分地对他说了一句：“别太得意，我不相信我不如你。”为了我的这句话，我也更加勤奋，这次期中考我赶上了他。我对自己说：“你终于进入了前五名了。”可我知道这次朱江培发挥得不好，我还会和他比下次的。我同样是很普通的人，我出生在一个工人家庭，是一个矿工子女，到金华中学读初中的第一天，我就对自己说，不要让父母失望。去年，我是矿工子女中唯一考上高中的。跨进一中的那一天，我又向父亲承诺了，我把目光射得很远——北大，很多同学都笑话我。我对自己说，要继续努力，不要放弃，就算三年后你考不上北大，还有中国政法大学，若中国政法大学考不上，还有云大。因为我好强，我也有我的特别，我欣赏自己，尤其相信自己就是一把古剑，光阴会流逝，但无法流失我的锋芒。立起，寒光四射；躺下，四射寒光！我相信您会给我回信，会教我处理我的“偏科”问题。

祝您快乐！

赵俊梅

2003 年 5 月 17 日

克服学习上困难的条件：思想重视、多下功夫、改进方法

——刘绍川向赵俊梅介绍克服学习上困难的必要条件

俊梅：

今天（5月26日）中午11点收到你于5月17日写给我的信，我非常高兴。为了让你尽早收到我的回信，我改变了今天下午的安排，就来写这封信。

本来，在出现“非典”之前，我每天都得去报社打工，每一周完成15块版（每天3块版）的审改任务，但最近压缩了上班时间，每周只要求上两天班，集中时间来完成所分担的工作任务。但是，我的眼睛已经不能连续工作太久，审改完报纸一块版面后就得休息一段时间。因此，我希望编辑们把时效性不太强的版面在周五或周六日先赶出来，以使我分散在几天里来完成周一的工作量。编辑们也很理解我的要求，所以给我提供了方便。于是，24日、25日和26日上午（即周六、周日和周一上午）我都在工作，共完成了9块版的任务。今天中午回来，本来想下午休息半天，也趁机进城去买些保护眼睛的药，所以连电动车也暂时锁在门外，没有像往常下班时那样及时搬回家。然而，反复读了你的来信之后，我的心情已经无法平静下来，连睡个午觉也不可能了，于是只好简单地思考了一下之后，就开始写这封信，信里所谈的认识肯定有考虑不周全之处，就算是为思想交流开一个头吧！

俊梅，由于我没有上过高中，所以在解决高中阶段的学习困难上，我

真帮不上你什么具体的忙，无法“教会”你如何去克服“理科”学习上的困难，只能提出一些想法或重复一些曾给其他同学提过的建议，仅供你参考。

一、要尽可能在中学阶段打好自己的学业基础

你谈到自己也有“偏科”问题，并为此而苦恼。尽管你的“偏科”与朱江培的“偏科”有文理之别，但“太偏”总是不好的，对将来是有潜在危害的。因为，中学阶段（初中、高中）总的说来都是为自己将来的专业学习、一生事业打基础的阶段，在这个阶段“过于偏科”是极不利于较全面地打好基础的，是不利于今后发展的。因此，我希望你再仔细读读我给朱江培的信，特别是进一步提高对学好“理科”知识重要性的认识。你只有从未来的发展需要来提高对学好“理科”课程的认识，才能在爱学、苦学、巧学中，克服困难，获得新的成绩。你千万不能用等待将来“分科”的消极态度来逃避当前在“理科”课程学习上的困难。你要从我论“偏科”的那封信中意识到，今后的“政治”“政法”等文科专业不仅需要中学阶段理科知识做基础，而且还需要不断学习、吸收、提高相关理科方面的新知识。如果现在打不好理科方面的基础，那将来必定是会后悔的。

二、要把自己的特点、优点变成战胜困难的资本

我从你的信里看到，你是一个“好强的”人，有“自信的”人，是“不仅渴望有朋友”而且“更渴望有对手”的人，是能够从挫折中激发勇气和“斗志”的人，是“喜欢挑战”的人，也是向父母亲有过“承诺”的人。你有自己的“向往”和“追求”……

从你是“矿工子女中唯一考上高中的人”来看，你的“好强”“自信”是有基础的，你的“承诺”“向往”是能够实现的。

能否把上述的这些特点和优点，切实地运用于战胜你所面临的“理科”学习上的困难，这正是对你是否真“好强”、真“自信”的新考验。我想，你既然有“挑战对手”的斗志，有“越挫越勇”的品格，那么你就

应该迎难而上，战胜你在理科学习上的一个个困难。

什么是“困难”？遇到的“事情复杂，阻碍多”，就是困难（参见词典）。学习上的困难，就是在学习新知识时遇到的许多不懂、困惑、疑问、难题等很伤脑筋的事情，还有本身的胆怯心理、惰性习惯等的障碍。学生在学习过程中不断遇到困难是必然的，每学一门新课，每上一节新课，每解一道新题，都会有困难。而这一个个困难的克服，就是走向未来、向上攀登了一级又一级的台阶。学生只有提高学习的自觉性，才能敢于面对学习上的困难，才能去刻苦学习，才能在苦学中摸索出改进学习的好方法，从而获得较好的成绩。

一个优秀的学生，不仅能适应和克服被动学习（客观发展需要学，国家和学校规定必须学的课程）上的困难，而且还应该在主动学习（拓展相关知识、选读有关的课外书）上迎接困难，克服困难。学生对学习上所遇到的困难的态度怎样，不仅关系到能否提高当前的考试成绩、为将来的升学和就业创造更好的条件，而且还关系到一生的发展前途。因为，在人生道路上，在所从事的一切事业中，都有学习新知识上的种种新困难，还有其他为人处事上的种种新困难。因此，学会不断战胜学习上的困难，就是在苦练做学问、干事业的基本功。

我认为，战胜学习上的困难，并不是只用学习成绩上是否立即“由差变优”来衡量，而主要看是否摸索到了改进学习的方法，是否增强了战胜困难的信心和勇气，是否使学习成绩（或收获）在原有基础上有了较明显的进步或提高。

我想，这些对于你来说，并不是做不到的。我相信你，因为你是当地矿工子女中唯一考上剑川一中的高中生。

三、要用争取“第一”的精神来对待学业

我曾在2002年3月30日《给李成慧的信》中写道：

你在信中写道：这是在新学期开始“给您的第一封信”“已经有了新的学习计划”“奋斗目标是全班第一，然后是全校第一，最后是向高一级学校进攻”。对此，我十分高兴地说：祝你成功！只要你有

这样的志气，并坚持为它而努力，即使遇到困难，走些弯路也无所谓。今后，为了实现每一个“第一”，你就得经常关注着本班级、本校、外校的有关要求，以便及时调整和明确自己需要努力的目标、需要克服的弱点、需要发扬的优点、需要加强的环节。诚然，争取“第一”者不一定就得到第一，但没有争取“第一”的意志和为它付出辛劳的人却肯定不会得到第一。因此，争“第一”应该成为你们这一代青年的“竞争意识”和“竞争标准”，这是一个人最大限度地发挥自己的潜能、智慧、价值、作用的推动力，也是一个成功者在走向成功的历程中迈出的实际步伐。坚持为争第一而努力吧，成功在等待着你，也等待着所有不懈的努力者。

我又在2002年5月23日《给李成慧的信》中写道：

关于如何对待争取“第一”的问题，我已经给你写过信。作为努力方向、奋斗目标，高标准要求自己，要有争第一的雄心壮志，但前进的道路不是一帆风顺的，因为别人也在努力，也在拼搏。根据一般的经验和你所处的周围环境来看，你要重视了解直接与你竞争的那几个同学所具有的优势、长处，可绝不是嫉妒他人，而是为了学习他人、赶超他人，以增强自己的优势。你们班里的第一名在起起落落，原来的第一名变成第五名，原来的第三名又变成了第一名，而你的第二名比较稳定。这说明，你进一步争取第一是可能的，问题在于要善于向竞争对手们学习，发现和学习他们的长处，想办法赶超他们，从而加强自己的优势。人只要努力、上进，总会成功的。

四、要高度重视改进学习方法

我曾在2002年1月17日《给李成凤的信》中写道：

你在12月4日的信中写道：“在以后的学习中，我会改进学习的方法，努力地学，把成绩提高。”这个态度是完全正确的，既重视了“改进学习方法”，又明确了努力的目标，即“把成绩提高”。

现就如何改进学习方法的问题谈些想法，供你参考。

（一）要从总结自己较成功的学习经验入手，推而广之。在不同的学习阶段，在各门课的学习上，自己总有学得比较好的课程，从中总结出具有一定普遍意义的经验来，并把它灵活地运用于尚未学好的课程上，以便改善各门课的学习效果。

（二）要重视各门课的学习要求，贯彻始终。每门课程在导言、序言或前言里，都会提到学好该课程的目的和方法，老师开讲时也会首先强调它，如果你加以重视，并自觉地把它贯彻于学习该课程的全过程，对于理解和把握学习课程的内容，克服学习过程中的困难，都是很有益的。

（三）要在学习、学习、再学习中开窍，增强自信。学习新的课程，掌握新的知识，不能光凭兴趣（偏科正是只凭兴趣而造成的不良后果），还要强迫自己反复学习，并要在每一次的重复学习中，力求有新的收获。只要在遇到困难时，肯重复地学，并多动脑子，就会克服困难、提高学习质量、增强自信心。

（四）要善于利用各种形式向别人学习，充实自己。学生的天职就是学习，不仅要虚心向老师学，认真向课本学，还要积极参与对学习有益的活动（反过来说，就是要及时抵制妨碍学习的纯应酬活动），善于向周围的同学学习，其他一切有利于自己增长才干的新鲜知识、先进方法都要学。要在各种场合的交流中，自觉地发现和吸取别人点点滴滴的好的学习经验，并善于运用于自己的学习实践，从而检验和发展它。

（五）要坚持适当的课外文体活动，从体能上为学习提供保证。只有健康的身体，才能保证有充沛的精力，也才能坚持长期的体力和脑力劳动。学习是一种艰苦的脑力劳动，必须从适当锻炼、适当营养、适当休息中获得学习精力。只有精力充沛，也才能从根本上改进学习方法，提高学习成绩。

五、要在学习上真下功夫、肯花时间

我曾在 2001 年 12 月 25 日和 2002 年 2 月 24 日《给刘双福的信》中先后写道：

如何搞好学习，我在给其他同学的信里都写过，你可以从读那些信中了解到我的一些看法，这里不再重复。关键是自己要尽最大的努力，按各门课老师的要求去搞好学习，要善于向老师学习，向一切比自己强的同学学习，尤其要不断总结自己的经验教训，不断改进学习方法，提高学习质量。在学习过程中，既要刻苦学，也要善于学；既要肯动自己的脑筋，也要踏踏实实地一步一个脚印；既要肯花时间和精力，也要讲求效果和成绩。

了解具体的学习方法固然重要，但最根本的是要靠自己的实践，即自己要肯下功夫，自己要多动脑（思考、分析），多动手（做好作业），多动嘴（回答、提问、交流）。自己要管得住自己，上课时能做到集中精力，充分利用可能利用的时间来预习、复习、完成作业。要不耻下问，不要不懂装懂，凡在学习过程中确实有不懂的地方，要找机会问任课的老师或问周围的同学，不要怕碰钉子，要善于向比自己强的同学学习。总之，只有自己肯下功夫，才能摸索出改进学习的方法，才能提高学习成绩。

我不了解你们是如何过周末的，北京的中学生是很苦、很紧张的。就以民大附中的学生来说，周六上午都上课，周日下午五点必须回到学校，要做好老师留下的周末作业，他们每周只能休息半天，很难休息一整天。因此，我建议你不要每周末都回家，应该利用更多的时间在学校里复习、预习（特别是对难学的课程）或做作业。该背的公式、该记的单词，都要下功夫念、背、理解、运用。如果你只用上课的那五天时间来学习，那么你怎么可能缩短与基础较好、成绩较好的同学之间的差距呢？

功夫不负有心人，功夫不负吃苦人。你不仅需要有奋起直追的精神，而且需要有脚踏实地的作风。光有上进的愿望，光有着急的心情是远远不够的，一定要努力，努力，再努力。

俊梅，为了写这封信，我从昨天下午一直忙到今天中午，其中动笔与选载旧信（有的注解是这次新加的，也有某些小的删改）就花了至少10个小时，交付打印后，还得边校对、边修改三遍，时间难以计算。正因为每封信都花了不少心血，所以我才希望你们细读它，希望它能起点作用，让我能听到一点回音。我欢迎你和读到此信的其他同学与我交流思想，我会根据需要和可能给他（她）写回信，与之交流看法，即使做不到每信必回，我也会把新写的信寄给他（她）或由校长办公室复印后转给他（她）。

祝你快乐！

刘绍川

2003年5月26日—27日

赵俊梅致刘绍川

我是一个有自信的女孩

——赵俊梅向刘老师吐露心中不平，表达人生大志

刘老师：

您于1月7日写的信我在2月1日收到，也就是今天。信是一位叔叔送来的，我认识他，哥哥与我的通知单同样是他送来的。当时父亲也在场，是他先拆开的，他戴上那副老花镜首先看了起来，我母亲还在笑话他，说他像一位“教书先生”。虽然只有两页的信，可我父亲读了很久，他最后摘下眼镜把信递给我，他说：“你在家好好读信，我和你母亲都要去上夜班了。”他们走后我迫不及待地读信。这次我觉得我比我父亲读得更久，合上信后，我说的第一句话是“刘老师，对不起”。我不知道您能否听得见，可我要告诉您，这是我发自内心的歉意，望您能原谅我半年多未给您写信，就是在您遭遇车祸后我也未与您通信，未给您带去慰藉。我曾多次想着给您写信，可每当写了一半就没有再往下写，有一次信都写好了，我都不敢给您寄过去，也许您会说，您所认识的赵俊梅应该是一个有自信的女孩。我想，我的这封信，您会在我开学后才能收到，回到家再到城里寄就很不方便了，所以我按捺不住地给您写了这封信。刚才，我到叔叔家给他们念信，他们都支持我给您回信。

一学期很快就这样过去了，三年更快，新学期来临时我被分到高145班，与好朋友们都分开了，我想我会很快适应的，因为我很随和，可过了些日子我才明白，有些同学并不好相处，比如班长。我是我们班的团支部书记，学校领导或老师开会难免会同时喊我们去，而她总是摆出一副高高

在上的样子，起初我并不觉得，但慢慢地我发觉她不愿与我成为好朋友。班上甚至年级上都有人说她是“大众情人”。她的人缘很好，可都是男同学，并非是我在针对她，可她……那天见班上一位女同学穿了一双新鞋子，她走过去瞟了那双鞋子一眼后说：“蛮漂亮的，多少钱才能买到？”那位同学笑着说：“30块。”这时她又开口了：“才30元，我最便宜的一双鞋是40元。”说完，她就扬长而去了。那位同学的笑声被取代了，我知道她很委屈，她曾以拥有这双鞋子为骄傲，因为她已听到不少的称赞声，但是现在，这双鞋子却伤害了她的自尊。有一次化学测验，班长因为翻课本被老师说了几句，第二天她却告诉我，她考试时看的是“杂志”。我不相信她，她为什么会这么说？明明好多同学都看到了。我想告诉她，都是高二的同学，作弊对我们并不好，但我不想摧毁她的骄傲，而只对她说：“不要有下次了。”也许是她读懂了我的表情，后来上语文课她总与我对着干，但我不以为意，因为她有一段辉煌的历史，她懂很多我不知道的知识，我还想向她讨教。期中考，她以她的“手段”获得了第二名，令很多同学都惊讶。我最难忘的是，12月7日，高二年级在阶梯教室组织辩论赛，我不是辩手，更不是主持，每班选四位辩手、一位主持，可我只是听众。有一天，我问语文老师：“陶老师，辩论赛的辩手与主持是谁选的？”而他反问我道：“不是你们民主选举的吗？”后来，语文老师找我谈这件事，他说是他放手让班长去做，他一直都认为那是民主选举的结果。这还叫民主吗？“被选”的同学被老师“喊出去”时，还感到莫名其妙。我就觉得班长在整我，怕我比她引人注目。我并非真的想引起所有人的关注，只是想给自己求得一次机会，多有一次挑战自己、超越自己的机会。遇到这些情况，我好想写信告诉您。可是，我又想到了“宽容”“向对手学习”“靠自己”“事物是运动变化、发展的”。而我没注意到“内因是事物变化发展的根据，外因是事物变化发展的条件”。

虽然这学期我有很多不愉快的事，但经过自己努力，也取得了一点点成绩。我自荐加入学生会，还参加了剑川县资助贫困学生的启动仪式的文艺演出，我真正理解了您所说的：“怎样使自己的思想修养、学习活动、校园生活、同学友情，等等，服务于和服从于所确立的学业目标。”在这当中遇到了很多困难，但我仍然不放弃，因为这比起您在遭遇车祸后所遇到困难实在不值一提。每当周末不回家或遇到困难时，我都拿出您给我寄的信。看完信后，总感到有一种力量在鼓舞我、勉励我不能失去“上进心”。一个人平庸并不可怕，可怕的是甘于平庸，我不要做一个毫无作为的人。您在健康基本恢复的情况下，又开始寻找工作，开始新的工作，使我再一次看到您人生价值的体现，让我更加明确自己的人生观，通过学习辩证唯物主义与历史唯物主义、学习中国历史和世界历史、学习中国共产党的历史、学习国际共产主义的运动史、学习马克思主义的著作，力争为社会做出自己的一份贡献，我也要活到老学到老。我曾向一位老同学介绍“森田疗法”，她在初一时就患鼻窦炎，每当头疼难忍时就坚持看书，她打电话谢我。我说，我们应该感谢刘老师，是他一直在身后支持我们，鼓励我们继续向前。我们不会令您失望的。

我的父母现在在双河煤矿打工，我父亲48岁仍然下井，每天上班都背着一个“瓦检器”，他要先检查瓦斯，他的工作时间大多超过8个小时，每天下班都很累，我真替他担心；母亲在矿山为机车的电瓶充电。春节双河煤矿的放假时间是1月20日到1月27日，我父母都留下来值班，虽然是春节，母亲仍要隔一天爬到矿山上一次，给矿灯充电。现在整个公司都已收假，可1月的工资仍没有发。哥哥念的是湖北中西药高等专科学校，还有1年就要去实习了，毕业后还得花更多的钱，我要考一所重点大学，到那时就可以贷款来减轻父母的负担了。

刘老师，请您放心，我不会因任何不利因素而消沉下去。您给我寄的信并非石沉大海，更不是缺乏感染力，我读每一封信后都有收获。我明白，一个人的出身无法选择，在一定程度上也会影响未来的生活，但绝不可能决定一个人的未来。您知道吗？我每天都问自己同一句话——你今天给历史留下了什么？之所以我会这么问自己，是因为我不想虚度每一天。

祝您早日康复。

赵俊梅

2003年5月17日

刘绍川致赵俊梅

沟通思想，学习别人、启发别人

——刘绍川向赵俊梅论述与人“沟通思想”的意义、方法和成果

俊梅：

假如你再不来信，那么我肯定会误以为这就是对我发信的“拒绝”，我将遗憾地失去一位读者、一位朋友。幸好，你没有让我失望。

非常感谢你于2月1日写来的信，我已经仔细读过了五遍，你那“对不起”的话语，已在我耳边萦绕；你那“发自内心的歉意”，我已经想象到了。同时，我也要感谢你父亲细读过我的信，感谢你叔叔支持你给我回信。请你转达我对他们的谢意。因为他们也在支持我所从事的事业——向青年学生学习，为青年学生服务。

俊梅，你那8页稿纸的长信，只有一个错别字——把鼓“励”写为鼓“历”。能达到这个水平的同学极少。你谈到了校园生活中的若干情况和你的一些想法与做法，对我都有启发，但在此不便一一加以评论。我只从中引出一个主题来写，即怎样看待“沟通思想”这个问题。对此，我谈一些想法供你们参考，以便你们今后也从“沟通思想”的角度来看待我们之间的通信，在与各方面的人进行思想沟通中提高自己的认识。

一、沟通思想的含义

参照汉语词典中对“沟通”与“思想”的解释，我们可以把“沟通思想”的含义概括为：连通彼此对客观外界的认识（反映），交流各自的现

有想法和今后打算等。

二、沟通思想的积极意义

根据我的经验和体会，至少有以下几点：

1. 用“共鸣性”增强自信心

如果我们能在与他人连通认识，或交流各自的真实想法和看法中，获得某种“共鸣”，那就证明自己的认识成果具有一定的普遍性。这就能从“共鸣性”中增强自己的自信心，有助于培养自己独立分析问题的兴趣，提高独立判断是非的能力。

2. 用“差距性”激发上进心

如果我们在与他人沟通思想的过程中，发现在同一个问题上，别人的认识比自己的认识显得更全面、更深刻、更合理，就应该承认自己的不足，正视存在的差距，激励自己虚心好学，甘拜别人为师。

3. 用“挑战性”鼓起应战心

如果在与他人交流思想的过程中，遇到别人否定自己的观点而自己却无力加以反驳，或者别人对自己提出带有挑战性的问题，而自己确实不懂又是应该懂得的问题，那就应该以别人的“挑战”作为契机、以别人的现有的认识成果作为自己认识的起点（或参考），鼓起应战的心态，不甘示弱、奋发向上，敢于去探索必须面对的新问题，并争取达到超越挑战者的水平。

4. 用“竞争性”带动优胜心

思想交流的目的是互相启发，共同进步。因此，既要在交流中发现自己的不足，虚心向别人学习，也要以竞争、竞赛的姿态，敢于宣传自己的思想、主张或观点，充分展示自己不同于别人的认识能力和知识优势。当思想、交流中发现别人承认你的某种优势时，既要谦虚，也要加以珍惜；既要享受优胜时的快乐，也要进一步总结经验教训，完善自己的认识，发展自己的认识，特别是从今后实践中检验自己认识的真理性。思想认识上的优势是相对的，以往的、现有的认识成果，只能作为继续探求知识的新起点。

5. 用“互动性”启发公平心

思想认识上的有知与无知、先进与落后、正确与错误等本身都是相对的，而且都会在一定的条件下发生转化，无知者、落后者、错误者只要善于观察、善于思考、善于学习、善于总结，也是会后来居上的。相反地，优胜者盲目乐观也是会落后的。因此，我们在与他人交流思想的过程中应该平等相待，互相尊重，以自愿为基础互相学习，在公平竞争中展现才华。

6. 用“论战性”激活应变心

学习和掌握辩论法，培养和提高应变能力，对一个人的事业发展具有极重要的意义。各种不同场合、不同层次的辩论会，甚至是只有两人的争论，都具有一定的“论战性”。关心各种辩论，尤其是参与可能的论战，都会从中受到极强的心灵刺激。这对于自己增长有关知识、提高分辨能力、精炼表达能力、掌握应变技巧等，都有很大的好处。

7. 用“虚伪性”坚定诚实心

在与人沟通思想的过程中，有时会发现别人是在用“虚言假语”掩饰自己，是在应付你的真情实意。这自然会引起你的反感和失望。但应该从其中注意到两点：一方面，要看到社会生活的复杂性，保持清醒的头脑，便于今后相处时做到心中有数；另一方面，要从反面看到“诚实”的必要性，既然别人的虚伪令你反感，那你自己就要加以避免，从而坚持实事求是地对人对事。我们不要逢假学假，而要以真识假。我们对于不懂的问题，不要不懂装懂；对不同意的观点，我们可以暂不表态，但不要讲应付别人的假话。

8. 用“主动性”克服虚荣心

一个人的成功要立足于自己的努力，但绝不能忽视主动征求别人的意见。要运用沟通思想的适当形式，主动争取别人的帮助，征求相关人士的批评和建议，这对提高自己水平，或完善自己作品，或推动自己事业等，都有重要的意义。相反地，满足于自我欣赏、只喜欢别人恭维、听不得不同意见和批评的人，只会阻碍自己的进步，只会脱离朋友、脱离群众。虚荣心是有害无益的东西，应该加以警惕、防止和克服

9. 用“多样性”培养宽容心

与人沟通思想是一种自觉的活动，目的在于互相启发、彼此带动、共

同进步。但是，人们的个性千差万别，在当今的社会生活中更加突显，我们不可能用自己的某个思想来强求别人的认同。我们既要在“千差万别”中保护自己的独立性、个性、特点，也要从“千差万别”中学到丰富多彩的知识、精神、技能等。我们要承认主客观世界中的多样性，既坚持自己的独立性，又要培养宽容心，学会尊重有不同特点的人。我们只有宽容他人、尊重别人，别人也才可能尊重我们的个性、特点。

沟通思想的意义很多，以上仅列举了9点，仅供参考。

三、沟通思想的主要形式

沟通思想的形式多种多样，有直接的，也有间接的，比如：

1. 读别人写的作品（书、报、刊、信等）。一切作品都反映作者的某种思想认识，读者在读它的过程中若能联想自己的某些类似看法，那就是读者与作者“沟通思想”的一种形式。

2. 听别人的报告、演说、播讲或观看别人演的节目（戏剧、文艺节目、电影、电视剧等）。在观赏各种节目中，也要有意识地注意与主讲人、播音员、演员沟通思想，善于发现值得自己学习和运用的知识、精神、技能，等等。

3. 与别人当面交谈。为解决某个问题，应该与有关的人面对面交谈，甚至敞开胸怀交心。但这种当面交谈不可能字斟句酌，语言、语调中也可能有粗俗的东西，情绪可能受对方的影响而变化无常，有时可能令人感到杂乱无章，但比用文字沟通思想更添真情实感、言外之意。因此，不要计较交谈中的语轻语重，情绪如何，而只求得问题的解决、思想的沟通。只有善待面对面的自由交谈，去粗取精，才能从中获益，甚至得到宝贵的收获。不同类型的讨论会也是沟通思想的重要形式，应该充分加以利用。

4. 写感想（读书的感想，看节目的感想等）。把自己在读书或听报告、或看节目等中感受最深的心得写下来，这也是一种重要的沟通思想的形式。如果有可能的话，把它反馈给作者、演员，那更能达到沟通思想的效果（当然这不容易，但完全可以与周围的人交流各自的感想，这是容易做到的）。

5. 通信。通信是思想交流的一种好形式。我很喜欢利用它来与相关的人沟通思想，利用它来表达自己的思想、愿望、建议、批评，等等。我曾对同学一再强调，希望你们用简短的信或偶尔的短信（利用你们可能的节假日），对我所写的信做出必要的回应或可能的批评，就是为了达到沟通思想的目的。

我虽然难以做到给每一个人的来信都写回信，但我所写的每一封信都是具有一定针对性的，都是为了与你们交流思想所写，即针对你们来信中的某一方面的问题来谈我的看法。当看到你们对我的信有所反馈、提出批评（包括指错）或提出新的问题时，我就很高兴；如果我给某人写了信，却只收到某人那种各谈各的话的信，那我就免不了有所失望。

四、沟通思想会有新成果

俊梅，你虽然过了半年才给我写了这封信，但我仍很高兴。因为它使我又一次感受到了沟通思想的必要性。正是在你来信的启发和鼓励下，我才较系统地思考了“沟通思想”的问题。以上认识不一定都恰当，但也算是我在同你“沟通思想”过程中引出的一个成果。

此外，还有一个重要的成果，就是增强了我为你们写信的自觉性，特别是加深了对不“虚度每一天……”的理解。

“立志固然重要，而更为重要的是怎样使自己的思想修养、学习活动、校园生活、同学友情，等等，服务于和服从于所确立的学业目标”。这是我于2003年4月26日写的一封信中的话。你在自己的信中不仅引述了，而且谈到了是经过上学期多方面的努力后才“真正理解了”。

你在信中还写道：“周末不回家或遇到困难时，我都拿出您给我寄的信，看完信后总有一种力量在鼓舞我，勉励我不能失去‘上进心’。”

“将来，我要考一所重点大学。”（在此，我先预祝你成功！并向你表示，到时候将给你一定的奖励，以白纸黑字为证）。

“您放心，我不会因任何因素而消沉下去。您给我寄的信并非石沉大海……读后都有收获。”

“您知道吗？我每天都问自己同一句话——你今天给历史留下了什么？……因为我不想虚度每一天。”

你的这些话语，你的这种精神，使我更加增强了为你们写信的自觉性。说实在的，我是在运用自己的知识、经验、信念来面对现实生活，用不倦的热情关注青年学生的选择，用反复的劳动、无私的心血来写每一封信的。在视力越来越下降的情况下，写一封信需要让眼睛休息几次，因为不能连续写几个小时，时间一长，就看不清字了。现在的信为什么要扩大为小四号字，就是为了便于继续在你们来信的启发下挑选一些带有一定普遍意义的话题，一封又一封信地写下去。正是你们的来信成为我写信，即创作的基础。你们从以往的信中应该看到，你们已经参与了我的创作。也正因为如此，我才特别看重你们的来信。当我不能再写信的时候，我将把所有的信汇编成一本书，献给你们的后来者。

【经过 14 年之后，我才来兑现这个承诺，要出版《改变命运的进行曲》，我也恳求你们的支持，认真审改和补充我所整理的成果。当重读过去的这些书信时，我更想念你们、更感谢你们对我的启发。

——刘绍川 2018 年 10 月 6 日】

也许，如今能读到我写的信的人，并不一定都已认真推敲过它，并不一定都能理解它，更不一定都能接受信中的观点并将其运用于自己的实践。这是不足为奇的，因为现实的社会生活极为复杂，各种不同的思想，甚至是相互对立的思想在影响着人们的意识。但是，我可以这样说：真正为我的信而下过功夫的人是不会后悔的。因为我所提的要求或建议，没有做不到的。我的认识难免有一定的历史局限性和这样那样的缺陷，但信中没有任何妨碍青年人追求发展与进步的东西。我看到社会上确实存在着许多腐败的东西，并且在毒害着一些青年学生。但我相信，追求社会公正、科技进步、经济繁荣、民众幸福的历史主流是谁也无法阻挡的；青年们追求社会真理、掌握科技知识、追求光明前途的主流是谁也无法阻挡的。然而，我也认为，只有把个人的追求与社会历史发展的需要统一起来的青年，才能有真正的发展前途。因此，个人的人生选择和实际努力具有十分重大的意义。也正因为如此，你在信中提到的“我不想虚度每一天”就引起了我的特别重视。

每个人所处的发展阶段不同、环境不同，所面临的任务也不同，人的智能有差别，成绩有大小。但是，不要虚度每一天，这是每个人都可以用自己的方式做到的，也是一切成功者所走过的实实在在的正道。

青年人做到不“虚度每一天”，就会做到不“虚度青春年华”；一个人不“虚度青春年华”，就能到达不“虚度人生”的境界。一个人做到不“虚度人生”，就是把不“虚度每一天”变成生活、学习、工作的日常习惯，变成物质财富或精神财富的创造过程。一个人一旦能把不“虚度光阴”变成日常习惯与创造过程，他就能享受人生最大的快乐。一个人做到不“虚度每一天”光阴，并非不可能，问题只在于有无自觉性（有无明确的努力方向），能不能坚持。谁能加以坚持，谁就会走向成功、走向胜利。

共青团的干部应该成为青年们追求进步的榜样。希望你与更多的团员、青年们沟通思想，互相促进。若有可能，你可以把我给你的信传递给他们看（只要你认为值得推荐，只要有人表示真愿意看并能做到在寒暑假里来封信，你就可以把我的信复印给他们。我会给你寄去复印费），欢迎他们提出批评和建议。

祝你快乐！

刘绍川
2004 年 3 月 1 日

赵俊梅致刘绍川

我的自信、胆识和精力来自有精神支柱

——赵俊梅向刘老师表达读《给权纯一的信》的感想

刘老师：

您给我写的信（关于“沟通思想”问题）我已在3月22日收到了，特别高兴的是，您给我寄来了《给权纯一的信》（关于“个人的实力”问题），那是我在16岁生日那天收到的最大的礼物。2004年3月10日正是我16岁的生日，握着信，我无比的激动，您好像知道我的生日一样。

您在《给权纯一的信》中写道：“重视实力、培养实力、依靠实力，对于一个人的成长、成才、成功是绝对必要的。”这一点我深有感触。我也曾经给您写过一句话——别人选择的路让你走，还是按自己选择的路来走，就要看你是否有真才实学。我会注重“基本能力”、“创新能力”、“协调能力”和“身心能力”的培养，特别是基本能力的培养。我会一步一个脚印地向前走，实实在在地过好每一天。我很羡慕权纯一的学习条件，也佩服他用优异的学习成果来安慰其父母和您的育才之心。

刘老师，请您帮我向“权纯一”弟弟转达几句话——“现实是此岸，理想是彼岸，中间隔着湍急的河流，行动则是架在江河上的桥梁”。我们应勇敢地拼搏在湍急的河流中，以顽强的意志和艰苦的努力去架设桥梁，到彼岸去拥抱理想。

【权纯一从小就接受我的爱戴、鼓励和指引。他在小学阶段，自称是刘爷爷的“半孙子”；高中阶段，他改称是刘爷爷的“全孙子”；大学毕业后他到韩国留学，这期间，他在给我发的邮件中自称“我是您没有血缘关系的亲孙子”。他毕业的时候，他的导师挽留他在韩国工作，但他接受了我的建议，回国为祖国建设做贡献。他现已回国，并于今年8月20日上班。最近，他告诉我，对自己的工作很满意。我当时未顾及转告你的话，但他实际上就是这样做的。他是我的第一个“没有血缘关系的亲孙子”。我虽然没有其他的亲孙子，但以有他而自豪。

——刘绍川 2018年10月6日】

您说：“一个人的学历不同，他所具有的基础知识、基本能力的程度也自然不同。但是，无论上小学、中学、大学，或者上研究生、博士生，都是在为自己未来的发展打下相应的基础，本质上都属于培养基本能力的范畴。前一个阶段的知识、能力，是发展到后一个阶段的基础；最后的学历也只是随后所从事专业的基础。……只有打好基础，不断更新知识，不断提高认识能力，一个人才能充分利用现有的基础，去开拓前程，做出超越自己、超越他人的新贡献。” 我对此也有一定的感想，现在我们就正处在打基础的阶段。“世界上只有尚未被认识的事物，没有不可认识的事物”。我们应该运用辩证的思维去想问题，用辩证的眼光去看问题。人们的进取是没有极限的，因为客观物质世界在发展，人类社会实践在发展，人们的认识也在无限地发展。只有承认、理解、认识主客观世界发展的无限性，我们才能从根本上认识到，一切停止的观点、骄傲自满的观点都是不符合实际的。

高中的政治课虽然学完了，但我对政治仍然有兴趣。最近，我再一次阅读了您“给朱江培的信——关于人生观的问题”。而前周六，我在同学家看到了一张旧报纸——《中国教育报》，它头版登载了两则新闻：一是南航学生郑稳江成绩优异，提前毕业，免试攻读硕士学位；一是上海交大取消两名本科生“直升”研究生的资格。他们都有同样聪明的头脑，有同样的学习条件，前者成绩累累，后者中途跌跤。学完了高中哲学课本，我知道内因是事物变化发展的根据。据报道：郑稳江是他们年级中第一批发展的党员，一直担任班长，仅这一点，使可以看出他是品学兼优的，他学习绝非只是为了一张文凭、为了一份舒适的工作。不然的话，他为什么要在被学校确定为免试攻读硕士学位研究生之后，仍然刻苦钻研，设计了相当于三四个毕业生设计的研究课题呢？相反地，上海交大的那两个“免试生”却只为自己打算而跌跤了。我想，这鲜明的对比不是偶然的巧合，世界观决定着方法论，不同的世界观会有不同的方法论，从而也会有不同的结果。

事实又一次有力地证明了个人主义行不通。只有为了集体、为了祖国，为了全人类幸福而努力的人，才能永远不满足，永远不懈怠，才能做到生命不息、奋斗不止。您在谈“人生观”的那封信末尾写道：“人生短暂，时光宝贵，需要用自己的实际行动和实际成就来体现自己生命的价值。”我现在有了新的体会——我会把有限的青春投入无限的知识海洋中、无限的事业中。只有那样，我才会获得真正的、最后的成功。

我同样有很强的“好胜心”，看了您对权纯一所谈“好胜心”的话语后，我记住了要使自己的好胜心有利于自己的进步，有利于带动别人的进步，还要防止“好胜心”变为阻碍自己进步和脱离同学、脱离实际的障碍。

此信开头在对您的称呼中，我既直呼您的姓名，又称您为老师，就是把您当作了自己的良师益友，而我更想喊您的是一声“爷爷”。我没有见过自己的外婆，外公是一个守旧的、重男轻女的老人，他在我读四年级时已去世；奶奶早在我父亲上学时代就已去世了，而最疼我的爷爷也在我读六年级时离开了我。只记得小时候放暑假时，父亲把我送回剑川的“弥沙”老家，那时我特别挑食，总是端一碗白饭坐到门槛上，爷爷看在眼里疼在心上，他会走进他的屋里，打开箱子取出一个鸭蛋，给我做菜。我羡慕您对金月与权纯一的疼爱，我也想做您的“孙女”。

收到您来信的那天，我就往家里打电话，并把信中的大致内容都告诉了我父亲。我父亲很高兴，他要我不要辜负您的期望。就在那周的周六，我回家了，把信也带了回去。父亲在我回到家前就去上“中班”了，而母亲也在吃过晚饭后就去上“夜班”了。看完当天的新闻后，我就去做作业，十点半时电话响了，那是我父亲打来的。他说，他要下班了，他是在矿井门口给我打的电话，他要确认我当天下午是否回到了家。挂了电话，我激动得眼泪都快要流出来了，脑海中想到的是父亲，眼前都是父亲的影子，耳畔回响着父亲的话语。后来，父亲是撑着雨伞回到家的，当他去洗澡的时候，我已为他热好了饭。我父亲边吃边与我谈话，等他吃完晚饭已是十一点半，但我们的谈话还没有结束，一直谈到凌晨两点半。这是我长这么大以来，父亲与我谈话谈得最长的一次。这使我越发觉得，我与父亲的距离是那么的近，父亲是那么值得我赞颂。亲情无价，父爱无价。平凡的父亲每天都做着平凡的事，说着平凡的话，然而，他心中却有着多么不平凡的爱啊！谈话结束后，当我躺在床上的时候，泪珠滑到了自己的枕巾上。这晶莹的泪滴，体现出今日我对父亲的赞美，也蕴含着明日我对父亲的报答。我要让这滴泪化作一件雨衣，为深夜归来的父亲遮风挡雨；我要让这滴泪化作一阵清风，吹干父亲工作时额头上的汗珠。

给母亲烧水、做早点，她上夜班回来必然很累，就得让她多睡一会。

吃完早饭后，我正在书架上找一本书时，听见我父亲在门外和他的同事们谈话，听出他们都在夸我，我好像又一次成了父亲的骄傲。

后来，当我来到叔叔家时，阿姨告诉我，我父亲早上就来过了，他们也一样地希望我别令您失望，愿我永远是他们的骄傲。

下午，我要返校了，父亲送我去上车。上车前，他对我说："山外有山，山外面有更广阔的天空，有更丰富的世界等待着你。"他鼓励我去了解、去开拓、去探索……我上车前，他用粗壮有力的手紧紧地握着我的手，但我一点也不觉得疼。我上车后，从车窗里望着父亲那高大的形象，直到父亲离我的车子越来越远……但父亲那慈爱的目光和对我的期待，却仍在我的眼前。

在您谈"关于沟通思想的问题"中，我最重视的是"沟通思想的积极意义"。有的同学问我："你为什么那么自信？那么有胆识？"我说："我自信，是因为我相信自己；我敢做，是因为我想知道结果。若我不做尝试，我又如何知道我做不到或做不好呢？你也一样，倘若你尝试了，即使失败了你也不会后悔，所以你不要怀疑自己。"舍友问我："清晨，你那么早起床，为何上课时你的精神还那么好？"我告诉她们："我上课时不睡觉是因为我有精神支柱，我的精神支柱是我所爱的亲人和爱我的亲人，还有一直影响着、鼓励着我的刘绍川老师，我不想令她们或他们中的任何一个人失望。由此可见，你们同样也是能做到的。"我把您寄来的所有的信都借给了同学，我希望对她们有所影响，并动员她们给您写信，与您沟通思想。这也许是我作为团支书与共青团员们沟通思想的另一种方式吧！我不会骄傲，我知道骄傲的后果是什么，我会“用多样性培养宽容心”。在3月20日那天，我们整个年级的同学都去听“康成校长”的讲座，我在那天记住了一句话——在人之上，要把别人看作人；在人之下，要把自己看作人。我同样会把每一个清晨，看作是自己生命的开始；把每一个黄昏，看作是自己生命的小结，当然我会做到劳逸结合。您也一样，愿我们都能善待自己，善待生命。

您给李成凤的信（谈“关于竞赛过程中的心态”问题），我在4月12日也收到了，也把新收到的信转送同学了，我下次写信时再向您谈自己读信后的感想 。

祝您快乐!

赵俊梅

2004年4月9日—16日

要提高对“目的·过程·效果”统一性的认识和能力

——刘绍川鼓励赵俊梅把“目的·过程·效果”运用于发展过程

俊梅：

昨天下午临时接到报社的通知去加班，晚上七点钟才回到家，我先习惯性地去打开信箱，看有没有你们的来信。幸好收到了你和罗学娥的信，我立即拆开看了一遍才去热饭吃。饭后，我又反复读了你们的信，感谢你们在百忙中给我回信，不仅向我介绍了自己的情况，而且也指出了我信中的差错。夜里，我在反复思考，该怎样给你们写回信。经过考虑后，我认为，罗学娥提到的考试成绩问题可以从我《给李成慧的信》中解决，所以暂不专门给她写回信了，决定只给你写这封信。

我非常感谢你和你的亲属们对我的信任，无论你怎样称呼我，是直呼姓名，或称“老师”“爷爷”，我都非常乐意！因为你在很认真地支持着我的事业。我多么希望在北京迎接你来上大学！

说真心话，我从你的信里得到了特殊的感受，即得到了高于一般“资助对象”们的思想收获和精神激励。你虽然没有得到我的资助，但对我的要求、鼓励、期望、建议等理解得那么深，做得那么认真、那么踏实、那么自觉、那么自然。

把你的这封信与我们上次的通信联系起来看，你是令我很满意的。你真正理解了我写“沟通思想”的目的；你把我对“沟通思想”积极意义的说法和具体做法的建议，运用于自己学习、生活的实践过程之中；你的信所表达的那种豪情壮志和真情实意，使我看到了自己所期望的积极效果。我在社会生活中看到，有的人却只热衷于一时的美好的目的或良好的动机、主观的愿望，而忽视“每一天”的努力过程；有的人只悔恨自己遭到的不良后果，却不能从自己的目的和所经历的实践“过程”中总结出实实在在的经验教训来；有的人常常强调“重在过程”却不懂得“目的”对“过程”的指导作用，也不重视用“效果”来检验目的和过程的必要性。通过这种比较，我不仅更加认识到你们的来信对推动和参与我的创作（写信）的积极意义，而且将促使我更进一步来表现和突出你们参与创作（写信）的成果。因此，我把你的信也打印出来了，作为此信的一个主要内容，以便让你的亲友、你的老师、你的同学和其他人，都能看到你今天的思想成果，也让你在各方面的激励下，争取更大的成绩，走向美好的未来。

我坚信，一个人无论是对待自己的整个人生来说，或者对待人生旅途过程中某一阶段上的具体任务来说，甚至是对做每一件有意义的事来说，都要力求做到“目的—过程—效果”的统一。也就是说，要明确所努力的方向，明确自己行为的目的，有良好动机、充满自信心、提高自觉性；在正确思想的指导下，有目的地把身心投入实现自己目的的努力中，为自己的成功去做一切有必要的和可能的事，完成自己相应的任务；争取较好的效果，分析总结成败的经验教训，以便确立新的目的，从而又投入新的过程、达到新的效果……不断地努力吧，功夫不负有心人。

无论做什么事，如果说，即使有正确的目的（动机），也不一定达到积极的效果，那么，没有正确的目的（动机），就肯定达不到积极的效果。因为没有正确的目的，就会使自己的努力“过程”变成盲目的活动，使自己容易受到各种消极因素的干扰和困难的阻碍，因而在努力“过程”中容易发生动摇、退缩、放弃，自然也就得不到积极的效果。

然而，为什么有正确的目的（动机）也不一定达到积极的效果呢？关键在于是否能把所确定的目的变成指导、指引、支持、激励自己努力“过程”的精神力量。“目的”的价值不在于作为自己的良好愿望来加以欣赏，而在于自觉地用它来指导自己的努力过程或实践过程。没有“目的”

与“过程”的统一，再美好的目的也会失去价值，绝不会获得积极的效果。

当然，也要承认，社会生活是极其复杂的，有时会遇到或发现这样的事实：正确的“目的”、积极的“过程”因被扭曲而产生事与愿违的“效果”。因此，在分析“目的—过程—效果”的关系时，也要总结这方面的经验教训，从而使自己变得更精明一些。

效果既是检验自己的目的是否正确的一个尺度，更是检验自己努力过程的标准。只有用实际效果，才能检验认识（目的）的正确性和实践的客观效果。重视效果，就是要以实际达到的现有成果为根据，进行自我分析，自我总结；肯定成绩，发现不足；吸取经验教训，确立正确的目的，从而更加自觉地重视和坚持“目的—过程—效果”的统一。

重视效果既是检验以往认识和实践的手段，也是提高自己的认识水平和实践能力的新起点。总之，力求“目的—过程—效果”的统一，是自我教育、自我完善的根本方法，也是不断进步、走向成功的必然。

刘绍川
2004年4月25日

赵俊梅致刘绍川

每次读信有新感受　每次检验有新成果

——赵俊梅向刘老师谈读信后的新感受新成果

刘老师：

望您能原谅我迟迟未给您回信。您在4月24日收到我寄去的信，就在第二天给我回信；而后，您发现信中多印了一个“的”字，又立即给我寄来了修改稿；您为征求我的意见曾多次给我打电话；当我请您帮我找一间宿舍时，您教我应该由自己去请赵广健校长帮忙。您的每一次细微的举动或每一句话语，都能在不同程度上影响着我、激励着我，告诉我：只能成功、不能失败。

我是在5月16日才收到您于4月26日写来的信。据我的母亲说，两封信都是在5月13日收到的。在通电话时，我问父亲为什么不拆开信先读呢？他回答说：“我尊重你，你先读完后愿让我读，我才能读。”听完电话后，我特别感动。这时，我好想对全世界的人说：这就是我的父亲。接了母亲手中的信后，我当即在街道上读着，读完信后我深深地吸了一口气，并告诉母亲该信的大致内容，并让她带回家一封。我还对母亲说，等我父亲读完信后，别忘了把它带到我叔叔家。紧接着的几个星期里，我都把信放在书包里，每当有时间，我都拿出来读。每次书包里需要换书时，我都会把信再装进去。书包大多时间都与我在一起，所以我就想让那封信也常与我在一起，伴随我努力学习。我每一次读信，都有不同的感想，每读一次，就觉得是您在进一步激励我，让我别放弃、别骄傲，向自己的目标大胆地迈进。因此，我不会忘记自己下一步该做什么，明天等待自己的将是什么。语文老师读完那封信后说我长大了，并希望我能珍惜现在所拥有的一切。

数学老师（高一时的班主任）读完信后扶着我的肩膀说："好样的！在不影响学习的情况下，要继续与刘老师通信，他对你们的学习与成才是非常关心的。"我点了点头，彼此都笑了。我也把其中的一封信带给同学们传阅，我还给在湖北的哥哥寄去了一份。就像您所说的，我也想让我的亲友、我的老师、我的同学和其他人，都看到我今天的思想成果。我想，我一定会在各方面的激励下，争取到更大的成绩，走向更美好的未来。

我每次读信都会在信上做标记，特别在意我用红笔圈出的"我多么希望在北京迎接你来上大学"这句话。我想，这就是我们对未来的约定。我会竭尽全力地为高考做好准备，付出一切可以付出的代价，考一所重点大学。没有人能够把高考预定为一场盛宴，也没有人能够轻易地镇定自若地对它一笑而过，我也会用全部青春的激情投入其中，奋不顾身地去追求高考成功。我把自己比作一个坚毅的勇士，独自在深夜的海边默默地打磨自己的利剑，默默地净化自己的灵魂，努力把自己从每一个绝望的漩涡中拉起，然后仰望深邃的夜空，寻找新的转机，等待明日的晨曦。不是说"问渠哪得清如许，为有源头活水来"吗？我制订了一个大的学习计划，每周六还为下周做一个较周密的小的学习计划。我也明白，再周密的学习计划、再好的学习方法，若离开了勤奋学习与刻苦钻研，也只不过是空中楼阁，是无济于事的。因此，我会永远珍惜每一天，尽可能让自己的每一天都不是空白的、都没有留下遗憾。我要把每做一份试题的结果当作取得的一个细微的效果。我会重视每天取得的效果，进行自我分析、自我总结；肯定成绩，找出自己的不足之处；吸取经验教训，确立正确的目的。经过一次次的考验之后，一定会更加自觉地重视和坚持"目的—过程—效果"的统一。

刘老师，您把我写给您的信在打印时稍稍做了些改动，我一点也不介意。您这样做，也让我学到了如何措辞、怎样下笔，才会造就一篇好的文章。那天，我把信投入信箱，回到宿舍才想起自己把"劳逸结合"写成"劳役结合"了。当时真想再一次跑到邮局，要回所投的信，虽然后来还是没有去成，但此后每回读到其他的信件，就会想起写错的那个字，心中有一丝自责。想着您的严谨，看到自己的粗心，形成了强烈的对比，这使我更加自责。上周六在电话上，我告诉您这件事，您笑着说没关系，每个人都有难免写错的字，只要知道自己错在哪儿就行。这句话，之前我也对自己说过，但这次从您口中说出来，我听起来却觉得很特别，心里也舒服多了。我要以这一次为戒，今后无论写什么，写完后一定要认真检查一下，尽可能减少错别字。

说到借宿舍一事，我已经去找过赵广健校长了，以下是事情的整个经过：我先写了一封信，然后投入校长信箱，周一是赵老师进行巡查工作的时间，当他经过我们教室时，我多么希望他把我喊出去，可他没有。我问自己："赵校长有没有看了我给他写的信呢？"又对自己说："校长若见到信，他不会不理这件事的。"就这样过了 4 天，周五那天全校教师开会，我就在报栏旁一边读报，一边等赵校长，那时虽然下着细雨，可我已顾不上了。赵校长是最后一个走出会议室的，当他到达一楼时，我迎上去问："赵老师，我投的信您看了吗？"他很抱歉地做了回答。我知道，赵校长每天都要去处理好多重要的事。他带着我去开信箱，并把我领到了他的办公室，赵校长读完信后笑着说："噢！我原来一直要找的就是你。"他与我聊了很久，并鼓励我继续努力学习，把英语和数学提上去，用这两科去打前锋。他说，他也同样不希望我令您失望。我点了点头，并对赵校长说："果然，人外有人，天外有天，我不过是沧海一粟，但我一定要争取成功。"关于宿舍的事，他介绍了有关的情况，最后他告诉我："要想个办法……"我非常感谢赵校长，他在百忙中鼓励我、关心我，还要感谢您建议我给他写信。无论宿舍问题能否解决，您和校长的鼓励都让我更加自信。

刘老师，我已仔细读过您给施洪贞的信（关于怎样看待"热情"与"沉默"的问题），我也吸取了一些对自己有用的东西。我知道在我 17 岁人生所要经历的那座山涧中，横着一根独木桥，即面临高考这一关。过去了是芳草连天，回头是黄沙蔽日。到那时，我身旁将是全国应考大军的竞争。因此，我现在不能封闭自己，不能只顾读书，对外界漠不关心，更不能只是愤世嫉俗，而要用所有的爱去迎接一切美好的东西。我爱太阳，它温暖了我的身体；我爱小河淌水，想像它那样去荡涤污浊，来冲洗自己的心灵；我爱光明，它为我指引明天的道路；我也爱黑夜，它让我看到满天星辰的夜空。即使在灰暗的日子里，灰暗的也只是人，而不是日子；在失宠的日子里，失宠的也只是心情，而不是人。我同样不该反感别人、妒忌别人，而应该热情地对待每一个人。若我赞美和尊敬对手，对手就会因此而成为我的朋友；若我鼓励和拯救朋友，朋友间就会进一步增强手足之情。

“爱人者，人恒爱之；敬人者，人恒敬之”。不是说“知人者智，自知者明”吗？我要了解别人的言行举止，因为每个人都有闪光的一面，人人都有值得肯定的品格。我要用笑脸迎接每一个人，用爱摧毁人们用高傲与冷漠筑成的高墙，用感动开启人们用怀疑与憎恨封闭的城门。我会做到“在人之上，要把别人看作人”，这也是我做人的一个原则。

再一次阅读您前几次寄来的信，又有了新的体会。我把“海纳百川，有容乃大；壁立千仞，无欲则刚”作为自己的座右铭。我要充满宽容和博爱，渐渐养成一种“大气”。因为只有“大气”，才能让我承受压力，并把压力转化为动力。它还能让我漫步校园时油然而生“宠辱不惊，看庭前花开花落，去留无意，望空中云卷云舒”的禅意。

刘老师，您给我打电话后，我就决定不再修改原来草拟的信稿了，而是重新给您写了这封回信。我没有收到过您给李成慧的信，下次您能给我寄一封吗？请刘老师放心，我一定会努力，努力，再努力，一定不让您失望。

祝您快乐！

赵俊梅

2004 年 6 月 6 日

刘绍川致赵俊梅

点　赞

——刘绍川对赵俊梅一封信的点赞

俊梅：

你于6月6日写给我的那封信，我曾作为怎样看待“动笔写作”的好例子，用于给张花艳的回信。最近整理书信时，我把它从张花艳的回信中单独抽出来，以“在一次次读信后有新感受　在一次次考验后有新成果”为题，列入我们之间的书信中，并做了相应的处理。

通过读你的那封信，我有几点看法：

一是，表明你在写信前和写作中是有思想的。你对自己的现在和未来都有想法和打算；对自己所接触的外界都有自己的反应、看法和想法。

二是，反映了你写信的态度是很自觉的。你虽然不是我资助的对象，但在给我的信中却充满了更高的激情，充满了很自然的真情实感，充满了与我深入交流思想的自觉性、主动性。

三是，反映了你写作的作风是严肃认真的。你运用自己的语文知识、文学素养来表达自己的思想、感情、爱心与激情，为写好那封信下了不少功夫，信也抄写得很清楚。

我认为，写信本身是一种很随意的思想交流形式，可深可浅，可繁可简，可长可短，但若把写信作为一种重要的写作形式，那也是很有意义的。它对于彼此深入地交流思想、有效地互相促进很有好处，对于锻炼自己的写作兴趣或写作自觉性很有好处，对于运用相关知识，提高表达技巧、掌握语言文字能力更有好处。我相信，一个人平时锻炼好写信的能力，对于写作文、搞创作和学习、理解、把握其他学科的知识等，都是很有好处的。我通过读你的信，更加深信这一点。真是一分耕耘，一分收获啊！我确信：即使拥有“一打”看、听、说、记等的总和，也代替不了自己一次较认真的写作实践——动笔写作。

正是鉴于以上的感慨，我才决定把你的信全文打印出来，并寄给了有关的同学。我没事先征求你的同意，但我相信你会乐于同他们交流的，即使他们对你的信和我的做法提出某些不同看法，甚至批评，我想你和我一样也会认真对待的。

我之所以这样做，并不是要求他们都来给我写长信，而是希望他们通过读这封信后认识到，无论写什么作品都要把握住这个原则：必须有思想、必须能自觉、必须肯认真。我可以断言，没有思想，就没有作品；仅有想法，而没有写作的激情，也不会形成作品；有思想、有激情，但不肯下功夫，也不会产生经得起推敲的好作品。因此，一个人当他愿写作而没有想法的时候，他首先就得去观察、去探寻、去思考，然后产生某个值得写的想法。有了新的想法就要及时把它记下来，然后写出来。在写作过程中要在语言文学上肯下功夫，不要怕麻烦。

现在我虽然乐意于把写信变成一种重要的创作形式（抓住一个中心，力求有点新意），但写信只是写作或创作的一种形式，写一般的信与写其他的作品是有区别的。作为一封信，凡是彼此愿意交流的思想和相互需要通报的情况，无论是否有关联，都可以写。但是，对于其他的作品来说，每一件作品只能有一个明确的中心思想，所要写的内容和所有的表现形式就得前后呼应、互相补充、彼此配合，都应该围绕和体现所确定的中心思想的要求。

你的那封信所包含的内容、精神、价值，不只是我从“动笔写作”的角度所说到的“有思想、能自觉、肯认真”这三点，还有更深刻的东西，值得你再仔细地读读，再认真地想想。

我知道写一封有血有肉的信，尤其写出一篇有一定价值的作品需要多少付出，因此我也能想象到你的付出。我欢迎你继续从练习写作的角度给我写信，写作的形式很多，怎么有利于你搞好学习和提高自己就怎么做，没时间给我写信也没有关系，我等待你们的只是不断进步，一步一步地走向成功！

刘绍川

2004年9月1日

赵俊梅致刘绍川

克服困难是搞好学业、干好事业的基本功

——赵俊梅向刘老师汇报克服学习困难的感受

敬爱的刘老师:

您寄来的信，我都收到了，但很抱歉，直到现在才给您回信。不过，我也为迟给您写信而庆幸，因为这些日子里我读了一些文章，也经历了一些事，这让我对“压力”有了更深一层的理解，同时也对“教师”这个问题有所感想。

我第一次给您写信就谈了学习上的困难问题，那时“理科”上的困难就是我的压力。您在给我的回信中写道：“一个优秀的学生，不仅能适应和克服被动学习（客观发展需要学，国家和学校规定必须学的课程）上的困难，还应该在主动学习（拓展相关知识，选读有关的课外书）上迎接困难，克服困难。学生对学习上所遇到的困难态度怎样，不仅关系到能否提高当前的考试成绩、为将来的升学和就业创造更好的条件，而且还关系到一生的发展前途。因为，在人生道路上，在所从事的一切事业中都有学习新知识的种种困难。因此，学习不断战胜学习上的困难，就是在苦练做学问、干事业的基本功。”您让我认识到当时我的“压力”的本质，我也确实做到了“要把自己的特点、优点变成战胜困难的资本”。还有，您曾在给金月的信中所谈到的对压力的认识和态度，让我受益匪浅，我越读越觉得它意味深长，您写道：“在人生道路上，无论在学业上或者事业上，甚至在日常生活中，都会遇到各式各样的、各种性质的压力（困难、阻力、恐惧……），只有坚持努力、勤学苦练、发挥聪明才智，才能战胜困难，

获得成绩；才能超越恐惧，获得自信；才能排除压力，获得享受。这就是说，变压力为享受是一个能动的转化过程，不是自然而然地实现的，也不是一次就能完成的。换句话说，屈服于压力的人，或把‘享受’只看作‘坐享其成’的人，是不会永远获得‘享受’的。”我还感触到的一点是，无论是困难还是压力，我越把它当作“困难”或“压力”，如果我整天对自己说“我的压力这么重、困难这么多”，那么，它就是困难或压力；反之，我把它们变成学习与发展的动力，把它们当作一种对知识渴求的享受，那么压力、困难就会变成一种享受，使我更具有激情，进而促进我的全面发展。

【我曾在给赵俊梅的第一封回信的末尾，写过一段话：鉴于她那颗急切地希望得到我回信的心，我不仅马上给她写了回信，而且为复信下了很大的功夫。然而，我却一直未得到她的一点回音。这是为什么？为什么？昨夜，我辗转反思，不得其解。我希望通过赵俊梅对这批书信的审改，能给我一个如实的解释。啊，我终于在她上述的言论中，得到了赵俊梅对该信的反馈。

——刘绍川 2018 年 10 月 7 日】

现在，学习的时候，大家都在默默地学；考试的时候，大家都在默默地考；当模拟考试分数下来的时候，大家更是屏住呼吸，大气都不敢出，生怕把分数给吓着似的。在这种时候，我忽然感觉到，自己的周围不再那么喧闹了，而显得格外的寂静了，静得像深夜，静得像一潭死水。于是，我意识到从高一、高二到高三已有一个明显的变化。这不是教室、天气的变化，而是一种学习氛围的变化。这种变化所反映的本质是，同学们的心理在发生着巨大的变化。这无疑又给我们加重了心理负担或精神压力。此时此刻，我们必须“咬定青山不放松”，也就是您所说的“确定目标不动摇”。只有信守自己确定的奋斗目标，保持清醒的头脑，才能在压力面前不动摇，不迷失方向，才能把真实的压力变为具体的动力，才能求得生存、求得发展、求得成功。

我曾写过：“在灰暗的日子里，灰暗的是心情而不是人。只要心帆不倒，一切都可以重新开始；只要心中有阳光，阳光就会在我身旁，何愁太阳不宠我？”我也把“海纳百川，有容乃大，壁立千仞，无欲则刚”作为自己的座右铭，就是为了使自己多一些“大气”，我知道这种“大气”是能够渐渐养成的，它能让我承受压力，并把压力转化为动力。

刘老师，我常和鑫美说人贵有平常心，应“不以物喜，不以己悲”。您认为呢？我很欣赏的一句话是“世间千般心态，惟平平淡淡是真也”。我认为，如果我们具有“平常心”，很多“压力”都不成压力了。人贵有平常心，一路走来，既勿戚戚于平凡，又不淹没于功利，便自会有一种随心所欲的舒坦、自然，自己会有一种心游万仞的豁达、乐观。

刘老师，以上是我对“压力”的感想。我想，在不断的学习和发展中，我会更深入地理解压力，也会为变“压力”为“动力”“享受”的实践努力下去。接着，我再给您讲我读您给李成芳的信的一点感想。

瑞士著名的教育心理学家皮亚杰曾说过：“教育的主要目的是培养创新的而不是简单重复前人已做过的事的人。”所以我主张要多与老师交流。当对老师讲的东西有疑问或有不同看法时，要敢于坚持自己的观点，敢于向老师质疑甚至与老师争论。在争论中我们失去的只是错误，而得到的除了正确的认识外，还有智力的发展，还有勇气和信心的提高，最终必然会达到“青出于蓝而胜于蓝”。前几天，在老师给我们分析试题时，针对其中一道题，我提出了自己的观点，而那位老师以“你别给我生拉硬扯”一句，让我无话可说，也许当时我的观点是错误的，那他也该给我一个说明，指出我的观点究竟是错在哪里。当同学去问老师问题时，我不喜欢老师以“这个我也不知道”来打发学生，纵然那个问题老师真的无法解决，他也应该说“这个问题我不太清楚，我先去查查资料再回答你”。虽然老师并不一定知道他所任科的所有问题，但也该不断地完善自己，就像您给成芳姐姐说的：“我们每个教师都应该热爱自己的教育事业，自觉地、顽强地克服自己面对的各种困难，不断地充实自己、改进工作，力争做出自己最大的贡献！”

谈了这么多也该谈谈自己的近况了。刘老师，我的第一次模拟成绩并不理想，但我从中得到一些比分数更重要的东西——做题的经验和考试后的心态调整。我不再被分数所迷惑，“富贵不能淫，贫贱不能移”。成绩好，只是一时之事，并不代表知识就掌握得好，少信别人的赞扬，自己低着头多去干。不为名次计较，须如虚竹，中空外直，心胸如海，容纳百川，不仇视自己的对手，感谢他给我动力，向他学习。向老师、向优生、向差生请教，比自己差的同学也常有自己值得学习的东西。我现在更有“傲气”了，不惧怕任何不利的处境。人笑我笨，我承认；人笑我书呆子，我欣然接受，多谢夸奖；人骂我爱出风头答问题，我微笑；别人讽刺、讥笑我的失败，我狂笑。谁怕谁？咱们瞧谁笑到最后！

前些天，我遇到了赵校长，他勉励我“勤能补拙，一分耕耘，一分收获”。是的，我们每一个人都有一块由自己耕耘的土地，我没有权力逃避，只能尽心尽力去耕耘！正如路遥所说：“人，有时要对自己残忍一点。”如果有人要问，这年轻美好的生命如此拼搏是否值得？那么我要说，既然快速发展的时代给了我们拼搏的使命、拼搏的机会，既然不想只拥有鸡的羽翼而想练就鹰的翅膀，那为何不做拼搏呢？我们要为理想而搏，为生命而搏，道一声：“数风流人物，还看今朝！”

刘老师，天渐渐变冷，您务必要照顾好自己，我们不可能阻止您资助同学，但我不想您更苦了自己。您为我们这一代的成长吃尽了苦头，但愿您也为了我们好好照顾自己！我现在更加坚定来北京的信念，请您等着我，我一定要来北京看望您！请您多保重！

祝您身体健康！

赵俊梅　敬上

2004 年 11 月 6 日

刘绍川致赵俊梅

立足“平常”心态，追求“非常”志气

——刘绍川启发赵俊梅用辩证观点看待“平常心”

俊梅：

为了减轻你的精神负担，暂不专门复信，也避免给你带来不必要的压力，只把批改过的信给你复印了一份。

你结合自己所读的“文章”、所经历的“事”，来读、来理解我寄给你信中的观点，无论是加以肯定的，或是加以否定的，都有一定的根据，这是一种很值得发扬的科学精神。对于自己所接触的、有兴趣的新观点、新知识、新现象，都应持这种态度。只有善于运用自己有关的知识和现有的实践经验，才能有效地吸收新知识，提高认识水平。你对“压力”的认识、态度和体会，证明了你的这种学习态度是正确的，很值得继续发扬。你在信中写道：“您让我认识到自己压力的本质，我也确定做到了把自己的特点、优点变为战胜困难的资本。”这也正是我非常喜欢你的一个重要原因。

观察周围环境所发生的变化，分析这种变化已对和将对自己的影响，从而调整自己的应对方式，这就是一种科学的生存本领，也是求得新进步、获得新发展的基础。这种“观察”“分析”“调整”的自觉性越高，人的适应能力、发展能力就越高，人在社会发展过程中的主动性就越强。

我对于你括号里的这段话（我常和鑫美说人贵有平常心，应“不以物喜，不以己悲”，您认为呢？我很欣赏的一句话是“世间千般心态，惟平平淡淡是真也”。我认为如果我们具有“平常心”，很多压力都不成压力了。人贵有平常心，一路走来，既勿戚戚于平凡，也勿淹没于功利，便自会有一种随心所欲的舒坦、自然，自己会有一种心游万仞的豁达、乐观。）的意思并没有完全理解，因此也就难以清楚地表示自己的看法，但可以粗略地指出几点：

1. 你们所提到的内容广泛且深刻，但说法不大确切，需要继续思考，不要简单地、片面地下结论。

2. “平常心”“平平淡淡”“真”“平凡”，只能说是一个人平等待人、具体对事的一种方式，不要把它们绝对化。它们并不是一个人生存价值（社会价值）和对待事物的全部内容。“平常”与“非常”，或“平凡”与“非凡”，是不同的表现，两者互相联系，也能相互转化。难道“非常”“非凡”，就对社会发展和对个人的历史作用没有特殊意义吗？

3. 人既要立足于有“平常心”、能做“平常事”，但也需要有力求创造“非常”“非凡”业绩的雄心壮志。这难道不正是人们走向成功所必备的心态、实践和标志吗？

4. 只有认识人生的宝贵价值、确定自己的奋斗目标、认识成功的必要条件、战胜发展过程中各种困难的人，才能用“平常心”面对各种压力，才能做到变压力为动力，从而获得胜利的快乐。

5. “平常心”的价值不在于看淡一切，贵在于重视“平常”的实践，从“平常”认识中获得知识、经验的积累与升华。只有把平常的学习、工作、研究坚持下去，通过一个又一个“平常”成果的积累，通过一步一步“平常”认识的升华，才能到达“非常”的境界。

你在信中写道：“我主张要多与老师交流。当对老师讲的东西有疑问或有不同看法时，要敢于坚持自己的观点，敢于提出质疑，甚至与老师争论。在争论中我们失去的只是错误，而得到的是除了正确的认识外，还有智力的发展，还有勇气和信心的提高，最终必然会达到‘青出于蓝而胜于蓝’。”善于利用机会做这种交流，就会获得在课堂上难以得到的东西。我过去常常鼓励学生们这样做。现在，我实际上也在这样做。这是师生教学相长的好形式。

我在教学过程中启发和欢迎同学与我争论，我从中受到启迪，促使我用不同的方式来说服学生，或者进一步钻研教材。有时我还动员其他同学帮我回答同学提出的问题。学生应该有勇气提出不同看法，开发自己的智力，益处很多。但是，有的老师爱面子，因此，学生提问、争论时也要注意方式方法，最好是课下与老师单独讨论或递条子，由老师有选择地或有准备地答复。要以虚心求教的姿态进行，切勿让老师当众难堪。

凡是传到耳边的话，要听、要分析、要做取舍。既不要迷信别人的议论，也不要故步自封。凡是有助于实现自己目标的，都要善于吸收、积极采纳。夸奖作为对进取的鼓励与增强自信是有一定意义的，但对于追求成功的人来说，被讥笑所产生的刺激作用更大，逼使你越挫越勇。

在现实的生活环境中，有各种各样的现象，有自相矛盾的说法，有不同的发展机遇，有成功与失败的可能，个人的识别能力和选择决定着自己的未来。

刘绍川

2004 年 11 月 15 日

赵俊梅致刘绍川

大山人后代的情怀与向往

——赵俊梅向刘老师抒发高考前后的情怀

（一）

敬爱的刘老师：

我很感谢您对我的奖励（相当于其他同学所获的三年“助学金”）！

我记得有一位科任老师对我们说过：高考的大浪打过，淘走了砾石，留下了沙金，或淘走了沙金，留下了砾石。我不知道自己是高考“大浪”打过后留下的沙金还是砾石，我想谈一下自己的经验，目的是供罗学娥她（他）们参考。

学习或复习都应订计划，大至每个学期、每个月，小至每周、每天、每晚，都该对照计划，想想有多少收获，那时，肯定有一种成就感。高三时，一定要学会宽容，当时我的座右铭是：“海纳百川，有容乃大；壁立千仞，无欲则刚”。宽容豁达的人，才会更加快乐地学习，以下是我学习各科的浅见：

语文：一定要勤翻《现代汉语词典》，多阅读，多动笔。休息时和大家在宿舍聊天，也可以翻翻词典。对一个字的字形、读音、意思模棱两可时，一定要翻词典，以便把握准确、加强记忆。“开卷有益”是指，打开书本总是有好处的。我们只有选择性地读些好书，才能开阔自己的视野。在阅读时，看到优秀的语段可以抄到摘抄本上，还可以摘录一些名人名言，这也是为写作积累素材。所谓“纸上得来终觉浅，绝知此事要躬行”，只有多动笔，才能培养写作能力，要尽可能养成记日记的习惯，但不一定每一天都写上满满的一篇，只要长期坚持下来，就有练笔的效果。

数学：相比文科是重头戏，学得好，很容易在总成绩上与别人拉开距离；学不好，很容易影响总成绩。一定要提前预习和复习，不是说“凡事预则立，不预则废”吗？对于概念、定理、公式等一定要熟悉。不论以前的基础好坏，高三时每天都要加强练习，关键要学会举一反三，做出一类题，得出一种方法。绝对不能连续几天不解数学题。我在高三时有一本“错题本”，我经常翻看，不让自己在同一类题上犯第二次错误，而且我认为，纠错就是温故而知新的过程。另外，考数学时不要在一道题上浪费太多的时间，先易后难，解决容易的问题之后，再去集中精力攻“难题”。

英语：这是我的弱项，我只能说利用一切可以利用的时间，加强单词的背诵。只有拥有丰富的词汇量，做题才会游刃有余。

历史、政治：加强背诵，学会“死记活用”，把各章、节、小标题的名称也背会，以便在大脑中形成框架。背的时候一定要大声背，这样可以刺激大脑，对内容的印象比较深刻。课本要多看，虽然课本不是万能的，但没有课本是万万不能的，只要我们认真地看一遍课本，仍会从中学到很多知识，理解又会加深一层。另外，考“文综”时，思路一定要快、要宽，答题尽可能做到言简意赅。

地理：每天都要坚持看地图。

刘老师，我认为，知道再好的学习方法，如果离开了自己的勤奋刻苦与实际运用，也是无济于事的，您同意吗？希望每个学弟、学妹都能勤奋学习，刻苦钻研，找到适合自己的学习方法，提高学习效率。当然，健康是高考取胜的资本，因此，应该经常锻炼。

刘老师，随信抄录了我高考前的 5 篇日记，也为您寄来的信提出了若干修改意见，凡不对的地方，望您给予指正。

祝您身体健康，合家欢乐！

学生：赵俊梅

2005 年 8 月 20 日—9 月 22 日

（二）

赵俊梅高考前后的五篇日记：

【为了便于读者阅读和抓住中心，我为赵俊梅的五篇日记分别加了标题。这实际上也是我对赵俊梅“日记”的点评、“点赞”。

刘绍川 2005—2018】

有走出大山之志　有依恋大山之情

（2005 年 2 月 5 日 · 周六 · 晴）

我回到了我家的所在地剑川——西北部的大山中。这个令我爱了十六年，也厌了十六年的地方。我在这里渐渐成长，也在这里静下心来上学、做题、背书。

陪我成长的“大山”问：“你什么时候离开我？”我说：“快了，等到这里苹果成熟的时候。”我回答她的时候，是那么的自信。因为我相信自己，相信我一定能够离开她。这里的大山已足足困了我十六年。这十六年，就是 192 个月，768 周，5840 个日子啊！我在这里不知道迎来了多少种花开，也不知道送走了多少次花落。从我能记事时起，我就发誓：一定要走出大山。

但当我将要走出大山的时候，却首先想到的是，我应该感谢我的这座大山。这么多年来，正是她让我养成了像她一样的性格，像她的岩石那样坚贞沉稳，像她的松涛那样澎湃豪爽。她既承受了我对她的无奈发泄，也激发了我对新生活的热忱向往。我有时沉浸在大山的安静与澎湃之中，在夜间观看星星时，既使自己心情澎湃，也会感叹自己的青春在逝去；在有激情的时候，一场小雨也会使我心情涤荡；而在心情沉稳时，花开花落也引不起我的兴趣或伤感，连雷电对我也没有震撼的作用。我总在这里的一张一弛之间寻找自己的支点，小心翼翼地维系着自己的平衡，努力地尝试做自我称赞，然后轻松地对自己笑着说：“你是好样的。”

大山啊，大山！你让我走吧！我要做一只从山寨中飞出的金凤凰，我多么想飞往千变万化的城市，梦想那美好的首都北京。

大山啊，大山！即使我离开了你，也忘不了你。因为我身上有你的印记。

（2005 年 9 月 1 日修改）

自然地想到父母　以成功报答父母

（2005 年 2 月 20 日 · 周日 · 晴）

每当课间同学把零食传给我时，我就想到母亲总是把好的东西留给我；每当我与同学嬉笑时，我就想到母亲正在烈日下种田；每当夜深我想休息时，我就想到母亲还在上班，她将在长凳上度过黑夜；每当上课同学与我讲悄悄话时，我就想到父亲正在井下作业，随时都有生命的危险；每当我想不听老师讲课时，我就想到父亲的身影，想到父亲头上的丝丝白发；每当我早晨不想起床时，我就想到父亲正艰难地走向矿山；每当我……

当我想到这些的时候，我有时竟哭了，为我的现在而哭，为我的父母而哭，我已不能自已了。为了我的大学，为了学我的哥哥，我要扬眉吐气，我也要成为家里人的骄傲，永远的骄傲，我真的不能失败。

2005 年 9 月 11 日修改

担心失败后果时 要更加坚持努力

（2005 年 3 月 4 日 · 周五 · 阴）

我不停地抄英语单词，整理数学错题，我不知如何劝服自己去休息。

我好怕，什么都怕。怕自己考不上理想的大学，怕父母为我伤心，怕让刘老师失望，怕哥哥……我忽然明白，当初杨平（我的好朋友）为什么那般疯狂，杨斌（高 135 班，高一、高二的佼佼者）为何如此沉迷，我看到了他们无可奈何的处境。明年，我会向着目标再迈进吗？我会回来复读吗？若“复读”，那我对不起的人太多了，陈老师、赵校长……我怎么向他们交代？我为何会承载着如此多的关爱？如此多的期望？如此多的……肩上的负担是多么的沉重！

张鑫美同学已在床上睡得很香，她的成绩比我好得多，她也许不用担心这么多的事。她有“非云大生物工程系不读”的志气，我也有“非北大不读”的向往。我们到时候都能实现自己的愿望吗？我会一个人留在这间房子里吗？我恨不得马上到刘老师身边。

就算为了“约定”，我也要用心照顾好自己，善待自己。就像王老师教数学时所说的那样，“不能放弃英语”；像语文老师说的那样，“不能放弃学习”。是啊！该学的知识，我都不能放弃，真的不能放弃，一定要坚持下去，因为我找不到半个理由放弃这一切。

2005 年 9 月 17 日修改

欣赏那奉献精神　立志做奉献后人

（2005 年 3 月 15 日 · 周二 · 晴）

我做了一件很不恰当的事——在历史课上读信。

下午第二节课后，我收到刘老师寄来的《两代人的呼应》，本想先随便翻翻，课后再认真地阅读，但我看了前言之后，再也不愿把书装回课桌内。这回，我真正明白刘老师为何为我们这一代人操心。他说过，他所从事的事业是向青年学生学习，为青年学生服务。他完全可以享受天伦之乐，可他没有，他为了资助更多的贫困学生，而一直在打工。现在年过七十的还有几个人在打工？

他曾说：“人只要活着，只要还有正常的思维，只要还有一点实际的工作能力，就要继续做体现自己生命价值的事——力所能及地帮助别人、引导别人，为社会创造一定的物质财富或精神财富……人生短暂，时光宝贵，要用自己的实际行动和实际成就来体现自己生命的价值。”我忘不了他的这些话，他是在用自己的生命去为社会做贡献，那是何等的无私，何等的伟大，何等的……

我向往到北京念书，想见到刘老师。等我有经济能力之后，我也会去资助一些贫困生，为培养社会主义社会的建设者做出一份贡献，像他那样爱护和帮助下一代人成长与成才。

刘老师，请等待着，我迟早会来北京的。我不会让您失望，要让自己成为您的骄傲。

2005年9月19日修改

求知者，懂知识无限；有志者，能奋发不息

（2005年5月1日·周日·雨）

我又把信装进书包中，随身带着。

成芳姐姐没有令刘老师失望，她终于创造出了属于她自己的一片天地。她的条件比我们差得多，但她在好多方面都是我们学习的榜样。她比我们吃的苦多，至少我不用为我的学费发愁，不必为如何安排生活费而烦心，我还可以存钱买电子词典，我还可以……是啊，她比我遭遇了更多的不幸。同时，她也磨炼出更坚强的意志。从她身上我学到了很多，可以让我们避免一些不必要发生的事，等我考上大学后，我要向刘老师要成芳姐的通信地址，与她通信，和她成为好朋友，从她身上学到更多的“知识”。

认识刘老师，我真的很幸运！他让我的思想更活跃，让我的视野更开阔，我从他身上和成芳姐身上学到的，可以让我少走或不走一些弯路。上一次模拟考试，我的总分已超过中央民族大学预科去年在云南的录取分数线。等我升入大学后，我会像现在一样珍惜时间，不“虚度每一天”，争取提前修完学分。我曾告诉刘老师，我会把有限的青春投入无限的知识海洋中，把有限的生命投入无限的事业中。我相信，我会做到的。

我要奋发图强，为自己打造一片更自由的天地，立志做一个为社会多做贡献的人，像刘老师那样，把自己的一生都献给社会主义的发展事业。

2005年9月22日修改

刘绍川致赵俊梅

要锻炼与不正之风做斗争的意志和勇气

——刘绍川激励赵俊梅增强反对不正之风的勇气

俊梅:

你于2004年2月1日的信，我过去读过，最近整理书信时又读了。你在信中谈了各方面的情况，其中吐露了心中的不平、不快之事，尤其是反映了班干部中存在的问题，有的人只以“知识广”“人缘好”而博得老师和同学的“信任”“好感”，实际上却做了考试作弊的事，做了欺上瞒下、歧视别人、“暗整”他人的事。这样的班干部，同学不满意、不服气是必然的。然而，为什么还能继续当班干部？这里面，班主任负有主要的责任，反映出班主任工作不深入，只满足于这样的“班干部”讨他喜欢，没有倡导和带出班干部为同学服务的好班风。同时，也反映出班上的共青团员们缺乏先进性和战斗性，当然，也反映出同学中的那种不敢“得罪”班干部的消极心态。

说实在的，我在担任几届班主任期间，历来对班干部的要求都很严，不仅向他们提出具体要求，而且从实践中考察他们。我主考或监考时紧盯着他们，决不容忍班干部考试作弊、欺负同学。由于我特别注意班干部们的表现，所以班风都比较好。我给权纯一的信中也谈到了怎样当好班干部的问题。

你作为团支部书记，对班干部中存在的问题看不下去、抱不平，是应该的，但不能局限于个人得失，而应该从团的工作、班级的工作、班风的高度来抵制和纠正班里的不正之风。只要出于公心，只要占有公理，那么就会获得班主任、校领导和班里团员和其他同学的支持。我们无法去抵制社会上的一切不正之风，但有责任和能力抵制身边不正之风的侵害。其实，一切不正之风都有其虚弱之处，问题只在于缺乏抵制它的力量和环境。在不正之风面前，不能示弱，不能迁就，更不能同流合污。这虽是不容易的，但不是不可能的。如果我们作为高中生或大学生，连班里与己有关的不正之风都不敢理直气壮地碰一碰，纠一纠，那么将来怎么能为了人民群众的利益和党的利益而敢于和善于去面对社会上更复杂的不正之风呢？现在补写这些话，这并非“马后炮”，愿你更加坚强。

刘绍川
2005 年 10 月 8 日

只有看清自己　才能把握自己

——刘绍川鼓励赵俊梅看清自己、继续努力

俊梅：

你能排除高考后自己经受的某种失望、某种遗憾、某种不顺、某种不快，而用心地把自己的学习经验写出来供罗学娥等人做参考，这种无私奉献之举可嘉。你提供的高考前后的五篇日记，也很有意义。这不只反映了你个人高考前后的成长经历、学习生活、思想动态、当前担忧、人生向往，就连各种情绪也是值得各位学弟学妹们加以深思和借鉴的。你还在读信中给我指出了不少差错，有利于我今后对书信的修改工作。你的这些，都让我很高兴。

你平时的自信心、自制能力和有条不紊的学习生活安排，几年来与我的真诚相待、真情交流，等等，都给我留下了美好的、深刻的和难忘的印象。我和你一样，多么希望我们能够在北京相会，直接交流相助。虽然现在未能实现我们共同的愿望，但我相信你一定能实现自己的人生目标、美好憧憬。你善于向别人学习，重视我的经验，将来一定会比我做得更好。这是你的光荣，也会让我分享，我们互相交流的成果决不会白费。俊梅，一个人的发展道路不可能是一帆风顺的，都不可避免地经受这样或那样、这时或那时的挫折或失败，只要自己的理想不变、意志不衰、奋斗不息，总会一步一步走向成功和胜利。然而，这个过程不是自然而然就能实现的，只有在不同的发展阶段都能够自觉地、无情地剖析自己、认清自己，认清自己与客观需求之间的差距、认清自己现有条件与个人理想之间的差

距、认清自己与别人的差距，认清自己真正的优点、优势和成功的经验、方法以及失败的原因和教训，才能最终取得成功。我从一个初中毕业生到达高级知识分子、优秀党员的境地，证明了我的这段论述。我相信，你会理解和做到我的这些要求的。无论你怎样较全面地认清自己的优点、特点和任务，其中有一点务必注意：那就是力争在上预科期间做到最好，以便为升本科时创造更有利的选择条件。千万不要被大城市、大学校园生活环境中的消极影响淡化自己的拼搏精神，而要比上高三时做得更好，成绩更优秀，优势更突出。

俊梅，我之所以选用“怎样看待自己的问题”为题来写这封信，是针对你信中写到“我不知道自己”是“沙金”或是“砾石”的话说的。一个人只有知道自己的现实，才能明确今后的方向。每当自己看不清自己的时候，就必须下功夫分析自己，靠自己找到答案。别人可以很模糊地看待我们，而我们却不能模糊地看待自己。只有坚持运用唯物辩证法剖析自己、看清自己，才能把握住自己的今天和明天。

祝你进步！

刘绍川

2005年10月13日—2018年10月8日

赵俊梅致刘绍川

要争取做一个有知识、有能力、有公心的共产党人

——赵俊梅向刘老师介绍取得的成绩和争取的目标

敬爱的刘老师：

近来您的身体还好吗?

放寒假后一回到剑川，我就和几个同学到“石宝山风景名胜区”进行社会实践活动，前两天才回到家。

刘老师，您早就要我介绍一下在预科学院时的情况，可我却至今才给您写这封信。人们都说，复读的压力是别人给的，预科的压力却是自己给的。在云南民族大学预科学院，我争当了“团学干部”（担任院团委副书记、学生会副主席、本班团支部书记）。为此，我不仅要集中精力上好课，还要利用好课外时间，即一方面积极配合老师做好社会工作，另一方面就抓紧闲暇时间做好自己的功课。在学院、学校领导的教导下，经过自己的努力，我的学习和工作都受到了校领导、学院领导和同学们的充分肯定，分别荣获了2005—2006学年“院三好学生”“校三好学生”“校优秀学生”“院优秀团员”“校优秀团员”“校优秀学生干部”的称号，同时获得了2000元的奖学金。如今，预科的时光已经过去，但在预科时我曾组织过的元旦篝火晚会、担任入党积极分子培训班小组长、代表学院参加本校知识竞赛、作为唯一的学生参加“五四红旗团委”评审会，等等，这些往事，都还历历在目。

刘老师，您曾在2002年10月2日给成芳姐的信中写道：“一个人一旦选准了前进的目标，就要坚持走自己的路，别管旁人说什么。这是古今中外一切成功者的经验，真值得借鉴。”这些话我已深深地记在心间。我一定要凭

借自己的实力，一步一步地往前走，朝着自己的发展目标，奋斗不息。

半年来，我凭借在预科时的学习和生活经验，很快就适应了大学生活，同时也能主动帮助同学。如协助新同学办理绿色通道的手续（先入学后交学费）、向他们介绍距离学校最近的邮局和银行等，无论什么事，只要看到有同学需要帮忙，我都会非常热心地给予帮助。我还通过竞选和竞聘，担任了本班团支部书记和院团委办公室主任，加强同青年团员的联系，反映同学的需要，减轻老师的负担，认真做好团学工作。在对新生团员的教育工作中，我班团支部获得了“优秀团教支部”的称号，我又被评为“优秀团员”。

刘老师，感谢您曾针对成芳姐和施洪贞刚上大学后的教训所写的信，这让我避免了成芳姐进大学后因老同学常来找她玩而影响学习、施洪贞因做团学工作而影响到自己学习成绩的问题。我吸取了她俩的教训，正确处理了同学交往、专业学习、团学工作三者之间的关系。我还利用一些周末，跟随学姐们去做些推销工作，增长了自己的社会知识。

刘老师，我已在本校的党校考取了入党培训班的结业证书。我会谨记您在2002年3月17—18日给李成芳姐姐写的话：“作为一个争取入党的大学生，应该按照党员的标准，联系当前在校的专业学习、社会工作和日常生活，力争使自己进步得快些，在各方面做得好些。也就是说，要把争取入党与争当三好学生、优秀学生统一起来。用共产党员的高标准要求自己，在当前的大学生活中争当先进分子，规范行为，遵守学校规则，坚持用德智体全面发展的言行和优异成绩来为入党创造实际条件。”我会在精学专业的同时，争取早日加入中国共产党，做一个有知识、有能力、有公心的新一代共产党人。

刘老师，请您在工作的同时照顾好自己，您的健康就是我们的快乐。我把“新生团教”时写的方案和总结（公文）都寄给您，麻烦您帮我做些修改。

祝您阖家欢乐！我在这儿提前给您拜年了！

此致

敬礼！

赵俊梅

2007年2月6日

刘绍川致赵俊梅

科学总结成功经验，逐步把握成功规律

——刘绍川启发赵俊梅总结经验，把握成功规律

（2007年2月17日—3月2日）

【一个人只有坚持把发挥主观能动性变为自己的人生哲学、实际生活，发现它的无限乐趣，才能超越追求个人利益的狭隘性，达到自觉地无私奉献的高度，也才能够进一步发挥自己主观能动性的作用。实事求是地说，你不仅把我的期望、建议和要求变成了你自己的实际生活，而且做出了超乎我想象的努力，获得了我所预料不到的显著成绩。这是很有意义的，应该通过总结，加深对发挥主观能动性的认识。一个人如果没有选定正确的目标、没有坚定的信念，没有找到自己在现实生活中的立足点，不能把握住自己的前进方向，不能排除前进过程中的外界干扰，他（她）就不可能充分发挥自己主观能动性的积极作用。一个好的领导者，不能只是以身作则地发挥个人的主观能动性，更重要的是，要带出能够充分发挥主观能动性的集体、集团或团队。】

【详见中央民族大学关心下一代工作丛书《激励各级学生成才成功的心语》（中央民族大学出版社2014年5月出版）第265—269页】

(一)

刘绍川致赵俊梅

——想知道你新情况、新成就、新向往

俊梅:

本来就常想到你，最近重读了以往我们之间的书信，更加想念你，想知道你这十年多来的情况。所以，我请刘燕转告你，给我打个电话。我整天都在注意手机铃声，但未听到你的电话，心不甘，只好写出来。你给我说什么都行，写出来发邮件更好。总之，我想知道你新情况、新成就、新向往。

以往我们之间的书信，我按出版要求初步整理出来了，但因年老视力不佳，难免有不妥之处。于是，我求刘燕先替我审阅一遍，帮我纠正明显的差错，然后由她再转发给你，由你自己做最后审定。

刘绍川

2018年10月9日

（二）

赵俊梅致刘绍川

——您说的我记住了

刘老师：

您所说的，得养成及时记下自己心得要点的习惯我记住了，我有时在上下班途中想到一些心得，但到家或到单位时没有及时记下，之后又花时间回想我之前想到的。

今天在请同事扫描成 pdf 后转换成 word 时，很多文字没有转换成功，我又对照文本重新编辑。我先将这两封信的电子稿发给您，我已校对过，明天重新扫描原件后给您发一个 pdf 格式的。

赵俊梅

2018 年 10 月 30 日

（三）

刘绍川致赵俊梅

——做什么，就写什么

俊梅：

你请人扫描、自己“重新编辑”后发来的那两封长信，我已插入你我之间的书信稿中，谢谢你的支持。这两封信是很有价值的。最近，我根据新的认识，为你的“概述”做了点评，并对“概述”和与它有关的书信也做了相应的补充。我想你能理解的。

我现在要说的是把工作与写作相结合的问题。我曾经在我的微博里多次与网友谈到“工作与写作”的关系问题。我最近提醒你“及时记下自己的心得要点”，只是其中的一个要素。我的成功体验或写作经验是：做什么，就写什么；做好工作是写作、创作的前提或基础，而做好工作的标准和目的是，要把从工作实践中所摸索的、创造的、积累的成功经验总结出来，写出来，接受社会实践检验，供他人分享；通过总结和写作过程，又进一步提高自己做好工作的认识水平、工作能力和创新兴趣。这样，无论工作有何变化，都重视、都加以做好，并能写出相应的成果。我的著作虽然不多，但都是做出来的。《科学社会主义的基本问题》是我长期教学和科研的成果；《烙在校报上的育才心印》是十年办校报的成果；《激励各级学生成才成功的心语》是“退而不休”，打工助学、奖学工作的成果；《发扬传承之光》是我以从事高校基层党建工作 4 年成果为核心撰写的 20 年“退而不休”工作的总结；《两代人的呼应》是我同助学对象李成芳之间 16 年通信的“书信集”。对我来说，做什么，就写什么，已成为我的习惯。

做什么，就写什么，这不仅有助于用高标准看待工作、做好工作、总结工作、介绍工作，而且使工作与写作变成互为前提、互相带动的发展过程。这里的一个关键就是要善于捕捉自己在日常工作中、无意识思考中，所展现的对工作、对写作有意义的思想闪光点。这种偶然的闪光点，或称之心得、感悟、遐想、灵感等，是稍纵即逝的东西，及时抓住了，它就是出钱都买不来的宝贝。

抓住了这种宝贝，既能改进工作、促进创新，也能突破认识上的困惑或写作上的难题。因此，抓住这种宝贝，也是省时、省劲、巧干、善写的必要条件。

俊梅，我相信你能把我“做什么，就写什么”的经验创造性地运用于自己事业的发展过程之中。我的期望是，在我有生之年能看到你把自己创造性的工作业绩变成供人分享的著作。

刘绍川

2018 年 11 月 3 日

（四）

刘绍川致赵俊梅

——我八十四周岁的人生感悟

俊梅：

上周五下午，我接到本校2008级的两个优秀党员、免试研究生、已工作了三年多的学生的来电，说周六（11月17日）上午要来看望我。我自然很高兴，同时也引起了我的思考。当天夜里，我不仅回忆了她们在校时所发挥的先进作用和对我做党建工作的支持，而且也发自内心感谢她们在读研和工作以后与我保持的联系，对我编辑书稿的支持。但是我觉得，光当面表达谢意已经不够了，于是，我把即将年满84周岁的人生感悟提前写出来，供她们今后参考，我想这样会更有意义些。不知从几时开始动笔，在她们上午10点到达前，我已写出了十条人生感悟，并打印出了初稿，作为见面礼。随后，经过几天的反复修改，今天总算定稿了，并决定向我校老干部处的《金秋》投稿。随后，当我想到我们正在整理《改变命运的进行曲》的书稿时，我就产生了把它纳入其中，让更多人得以分享的愿望。为此，我想来想去，又想到了你——赵俊梅。

俊梅，我考虑到，你曾是那样地认真看待我的信，并从自己的实践中得出了对我的信肯下功夫不会后悔的结论。如今，你又及时审改和补充了自己的书信，还带头写出了自己的“概述”。因此，我愿把自己的“人生感悟”寄给你，请你对它做出自己的评论，以便将其纳入我们之间的书信中。这必然会增加你当前的负担，但对你、对同学们、对广大读者今后的努力是有益的。我相信你会做出自己的新贡献。何时完成任务，由你灵活安排，届时有关的标题和提要，你提出草案，与刘燕商量确定。以下是我八十四周岁的十条人生感悟：

一、牢记“一”句话：人最宝贵的是生命。像保尔·柯察金那样一生不虚度年华，比他更重视维护生命，提高保健意识，坚持保健活动，增强保健能力，维护晚年生命力（生存能力与适当工作能力）。

二、做到“两”结合，理论与实践相结合。工作与写作相结合，言行一致，自我鞭策。凡是我从实践中已确认的真理，我都把它贯彻于自己的实践之中。我在人生发展的不同历史阶段，都能做到，做什么就写什么。我不多的著作，都是我理论与实践相结合的产物，是我做什么就写什么的表现。

三、用毛泽东的“三”好（身体好，学习好，工作好）指导人生。力求使自己做到“身体好，学习好，工作好”，总以创造身心健康为基础，获得较全面进步，而使终身受益无穷。

四、自觉坚持“四”项基本原则和改革开放相结合。我以长期学习马克思主义为基础，深刻理解党的“坚持马克思主义，坚持共产党的领导，坚持人民民主专政，坚持社会主义道路”的必要性和改革开放的必要性，在国内外、党内外复杂斗争的环境中，把握改革开放的正确方向，保持共产党人的清醒头脑。

五、发扬“五·一”精神，学习和赞扬劳动人民。把“国际劳动节”的精神，变成为热爱劳动，保持以生活自理能力为荣的日常劳动习惯；关注劳动群众的权益，尊重人民群众历史创造者的地位。

六、保持“六·一”精神，永葆说真话、抒真情、办实事的童心，关心下一代成长。把关心下一代的工作，视为自己的责任与对未来的寄托。

七、牢记“七·一”建党纲领，增强党性修养的自觉性。提高当好共产党员的自觉性，坚持终生奋斗，把优秀变成习惯，选择并坚持“退而不休”，发扬为共产主义奋斗终身“誓言”的精神。

八、认识“八·一”建军意义，关注军队现代化建设。枪杆子里出政权，祖国的社会主义大业要靠现代化的人民军队来保卫，不断提高拥军、爱军的自觉性和责任感。

九、珍惜“九·九”重阳，珍惜老年幸福生活。保持舒畅、淡定的心情，维护高龄生存能力，坚持老有所为，乐于老有创新。

十、庆幸与“十·一”中华人民共和国一同成长，享受发展成果，忠诚为她服务。言传身教，激励青年为祖国的繁荣富强、人民利益和人类进步，多做贡献。

刘绍川

2018年12月25日

刘燕与刘绍川书信篇

不忘初心　方得始终

我和刘老师之间的通信是从2005年3月22日我主动给他写信开始的。当时，我并不很了解刘老师的“助学事业”，不知道刘老师从2001年就开始通过“剑川一中”校领导的推荐，来帮助家庭贫困的、学习进步较快的初中学生。我只是经常看到刘老师给其他同学写信（由于当时我在班上担任班长，所以经常去收发室帮同学取信），而且随着时间的推移，收到刘老师信的同学越来越多。同时，我还发现同学们都把刘老师的信当作珍宝。所以，我常常好奇，刘老师到底是何许人也？他的信里到底都写了些什么呢？竟会让同学如此视如珍宝。

直到2005年，我们正读高三的时候，我有幸和刘老师所帮助（物质上和精神上）的一位学生——杨淑美，同住一间教师宿舍（是当时生物老师段玉山的学校宿舍），才从她那儿了解到了许多有关刘老师的事迹。知道他是一位通过“助学”的实际行动，来回报养育他的家乡人民的老共产党员。也从他给其他学生写的部分信件中了解到，刘老师不仅在物质上帮助了不少同学，更在精神上激励学生为改变自己的命运而奋发上进，走上成才成功之路。当读完从室友那儿借过来的部分信件后，我也鼓足勇气，给刘老师写了封信，向他倾诉了自己在生活上和学习上的困难，并表明急切希望得到他帮助的心愿。从此，我们之间便有了割不断的“师生情”“爷孙亲”。

我和刘老师从2005年认识到现在已有13年多。这些年，他不仅在物质上帮助我，更在精神上引导、鼓舞、激励着我。每当我遇到困难

（无论生活上还是学习上），都会向他发出“求救信号”，而每次他都能及时地帮我解决“难题”，让我一次又一次地渡过了“难关”。我感恩于刘老师，感恩于他这些年来给予我的帮助。正是由于得到他的指引和帮助，我通过“复读”，考入了比较理想的大学——云南大学，并顺利地完成了学业。在上大学期间，我继续坚持努力学习，始终不忘刘老师的关心和帮助，时刻以刘老师为榜样，用他艰苦奋斗的精神来鞭策自己，因而也曾多次获得奖学金。学习之余，我也努力学习中国共产党的理论和方针政策，学习党章里的规章制度，积极争取加入中国共产党，以便使自己不断向刘老师“靠近”，走到一起。我于2009年顺利地由预备党员转为正式党员。

大学毕业后，我也顺利地找到了一份人民教师的工作。大四下学期（2010年4月），我到云南经济管理职业技术学院（现已更名为“云南经济管理学院”）实习。通过实习过程中的彼此了解，我于8月与该校签订了合同，成为一名真正的人民教师。

在学校任职期间，我同时担任“建筑工程制图与识图”课的任课教师和“2010级市政工程管理”班的班主任。当时，我一周有20节课，早晚还得督促同学搞好自习（由于是专科类大学，所以早晚都要上自习），晚上下自习后还要走访学生宿舍，工作真的非常忙碌，生活也非常辛苦。而且因为是刚上岗，所以在任何事情上，都要比别人付出更多的努力。那会儿，有的同事就因为受不了那种“苦”而离职了。但我受刘老师事迹和榜样的激励（在遇到任何困难时都不退缩，努力消灭“敌人”，他在退休后更是“打工助学”，真正做到“退而不休”，等等），所以我从来都不敢懈怠。每每感觉“太累”，快坚持不住的时候，就告诫自己：绝对不能放弃。不然，就对不起所有关心和帮助过我的人。于是，我更加努力、认真地对待各项工作。结果，付出总是有回报的，自己的努力没有白费。通过一年时间的付出，无论是教学上还是班级管理工作上，我都受到了学生和领导的一致好评。2011年曾被学院推荐先后参加“工程制图”骨干教师培训和“广联达图形、钢筋算量”软件培训学习。2012年我担任班主任的“2010级市政工程管理一班”被评为“省级优秀班集体”。

2012年3月，由于自己的身体原因（身体出现了一些不适，去医院检查后医生建议休养一段时间），以及学校将搬迁至安宁，所以，我没有继续留在该校任教，只好辞去了自己的第一份工作。经过短时期的休养和学习后，我重新找到了一份较适合自己实际的工作——工程招标代理。

2012年6月，我便在云南玮元工程咨询有限公司开始了自己的招标代理业务。刚进公司时，公司规定新员工试用期为3个月，表现优秀的话可以提前转正，而我用了一个月的时间，就向公司展现了自己勤奋踏实的工作作风和积极向上的工作态度，因此，试用期满一个月后，我便顺利地转为公司的正式员工。

在新的工作岗位上，我除了兢兢业业地做好自己本职工作外，还坚持有目的地奋斗。一开始，我就给自己订立明确的目标：要不断努力，向“项目经理”不断奋进，为将来成为“评标专家”努力创造各种条件。我在工作中，一方面虚心地向领导、同事学习，遇到问题积极应对，及时向领导汇报，主动向同事请教，不断提升自己的业务能力；另一方面积极地同业主、投标人以及各主管部门和监督机构沟通联系，收集各方面的反馈意见，争取做好每一个项目。因而，我曾连续几年被评为“优秀员工”。

在工作之余，我也不忘对自身党性修养和能力的提高，进一步加强专业知识学习，利用空余时间不断考取各种职业资格证书，现已取得建筑工程二级建造师证、BIM专业技术技能证书以及建筑工程师（中级）职称。2014年，我顺利通过了昆明理工大学在职研究生的笔试，但当收到学校面试通知时，我刚好怀有三个多月的身孕，又在老家休养，担心一路颠簸可能对孩子不好，所以不得不放弃了深造的机会。但我暗下决心，以后一定要继续为之奋斗。

后来，有了孩子，但双方父母都抽不出空来帮忙照顾孩子。无奈之下，我只好暂时放下自己的工作，在家专职照顾女儿。我曾经认为，自己现在连工作都没有，有负于刘老师的关心和帮助，没有脸面同他联系、没有脸面同他“见”面，所以迟迟“不敢”再与他联系。直到近期，因刘老师为了传扬同学们走上成才成功之路的经验、为改变命运而奋斗的精神，打算以“改变命运的进行曲”为题，正式出版他与同学们的书信集时，我才鼓起勇气，不得不同他恢复了联系。当我把自己的实情告诉刘老师后，他非但没有责怪我，反而安慰我。他告诉我，“带好孩子是一件大事，也是需要学习和掌握的一个大本领”。他说：“我现在了解到，你们这批人正处于人生发展过程中的困难时期，有偿还房贷的压力，有事业发展中的压力，有“上有老、下有小”的压力。我理解你们的处境，体谅你们的困难。”他还告诉我，带孩子也是一门活学问，并告诉我，不应该为带孩子感到“羞愧”，而是应该在带孩子的过程中不断发现孩子的新变化，以发现、学习和研究孩子的优点为基础，指引孩子健康成长，从小鼓励孩子学习父母的优点，树立将来超越父母的雄心壮志。他还向我提出建议，尽可能记录下孩子成长过程中的新变化。

对我来说，无论任何时候，刘老师总是能及时地帮助我解决“问题”，并给我指明前进的道路和方向。刘老师根据我的实际情况，不仅给我传授教育孩子的各种经验和教训，还教导我好好利用这段带孩子的时间来做些自己想做的事情，比如学习、写作等。鼓励我继续学习习总书记关于新时代的新思想，学习党的方针政策，时刻牢记自己是一名中国共产党党员，要重视党性修养，严格要求自己，不能虚度光阴。

刘老师还根据出书工作的需要和我当前的可能，希望我为出版《改变命运的进行曲》一书的编辑工作做点贡献。这是对我的信任，也为我提供了一个为作者和读者服务的机会。我会尽力而为。因为小时候家庭贫困，所以我从小就练就了不怕苦、不怕累，在任何事情上都会竭尽全力，从不轻言放弃的精神。后来，认识刘老师后，更是以他为榜样，在学习、生活中时刻用他的言行来鞭策自己，所以一路走来还算比较顺利。在以后的道路上，我也会继续努力，真正做到像刘老师那样“不忘初心”，不断争取新的进步、努力获得新的成果，从而达到“方得始终”的境地。

最后，我愿根据自己当前的新认识，再对《不忘初心，方得始终》的概述做个新的概括或表述，即：“不忘初心”就是我做有志青年，为成才成功、改变命运而奋斗到底的决心、意志不变；我作为共产党员，为共产主义奋斗终身的誓言不变；我作为父母的女儿，对报答父母、老师、亲友的恩情不变；我作为女儿的母亲，要做好下一代人榜样的责任不变。这样，我自己才能唱响“改变命运的进行曲”，把为成才成功、改变命运而奋斗的进程，变成为社会服务的终身事业。

刘 燕
2018 年

刘绍川对刘燕“概述”的点评

让“真实”与自己的生命、学业、事业和未来同在

我反复读了刘燕走上成才成功之路的“概述”后，有不少想法，若用两个字来加以概括，那就是“真实”。她用真实的总结，回顾了自己取得的真实进步，肯定了我对她的真实影响，也为读者提供了走向成才成功的真实故事，以及在就业后发展过程中遇到的新困难和应对这些困难的新思想、新方式、新追求。

具体一点说，刘燕同学曾经用“真实”的家境困难和本人强烈的求学愿望，向我求教求助，因而感动了我，使我决定资助她“复读”；她用“真实”的新努力、新进步、新成绩，考上了云南大学，使我看到了帮助她的意义；她上大学后，重视我对上好大学的建议和要求，按高标准要求自己，上好大学，用“真实”的优良成绩获得奖学金，并创造了“真实”的入党条件，加入了中国共产党；大学毕业后，她在每个就业岗位上都对工作任劳任怨，认真负责，获得了本单位和上级的好评；她也真实地陈述了自己当前的“无奈”选择，但她没有忘记自己追求成才成功的志气、没有忘记共产党员的初心，仍在用榜样的力量鞭策自己，继续努力，既在培育后代上下功夫，也在积极创造重新上岗的条件。

通过阅读刘燕的“概述”，我生动地看到了我助学的愿望、精神或思想，已对她的过去、现在和未来发挥了真实的影响，我也更进一步认识到出版师生书信选集的意义。

我从刘燕目前对出版本书的工作态度中真实地看到，求助者与帮助者

的地位和作用是可变的。刘燕过去是向我求教求助的学生，现在已变成应我所求的援助者、大帮手。这种真实的求助与援助，不仅是我们当前共同事业的需要，而且也是她个人事业发展、素质提高和才能进步的表现。事实上，在社会发展过程中，需要有各式各样的求助者与援助者之间的互动与变动关系。因此，在必要和可能的条件下，应坚持用求真务实的态度对人对事，发扬用真情求助和无私助人的精神。于是，我进一步想到，人生的存在、人生的奋斗过程、人生的价值，都离不开“真实”。一个人一旦脱离了真实的思想和行动，或背弃了自己的真实，那就会丧失既有成果，也就会失去可能争取到的新胜利、新成果的真实机遇。

我想，人的发展道路固然是曲折的，人的生活方式也是丰富多彩的，但人的本质、人的价值应该是真实的。因此，应该让“真实”与自己的生命、学业、事业和未来（包括后代的发展需要）同在，与我们为成才成功、改变命运而奋斗的终身事业同在。

刘绍川
2018 年

刘绍川评述他与刘燕之间的书信的基本特点

真情尝试的收获　真实互动的成果

2005年，刘燕读了我与李成芳之间的书信之后，便主动给我写了一封信，向我诉说自己经济上的困难和精神上的苦恼。她并没直接要求我资助她，只求我理解她、开导她。这引起了我的重视。我认为，刘燕来信既是她对自己处境与愿望的一种真情表白，也是她为改变其现状而进行的一种大胆“尝试”——看看她心目中的那个“大人物”会怎样看待她。从此，我们之间就开始了通信联系，结果她获得了我的自动资助，也读到了我给其他人的信，主要是对2005届高三同学谈学习、备考等方面的见解和建议。她的可贵之处是善于主动结合自己的实际，吸取信中对自己有用的东西，并把它们运用于自己的发展过程之中，特别是较顺利地完成了“复读重考”的任务，也让我从她的成功中获得了安慰。

最近，当整理完我与刘燕之间的现有书信后，一方面我感到有缺憾，即只重视让刘燕读我写给别人的信，而怕她写信占用学习时间，不要她常来信，也不及时给她回信，结果我们之间的直接通信太少；另一方面我也反复思考，怎样才能为现有的书信概括出一个新的篇目来。经过反复思考与选择，我才决定用“真情尝试的收获，真实互动的成果”这个篇目。因为，正是刘燕主动“真情尝试”的信感动了我，才使她的愿望得到了我的响应。随后，我们以真情为基础，以升学为务实目的，坚持和加深了互动、互促、互进的关系，既使刘燕追求上进、转败为胜、追求成功的努力，得到了我的鼓励、支持和帮助，也使我在这一过程中获得刘燕的启发，深化了我的认识、发挥了我的新作用。但实事求是地说，因各种原因

（时间有限和认识不足），我在这一“互动”中做得是很不够的。因此，我只好希望得到刘燕谅解。尽管我做得不够，但刘燕主动从我与别人的通信中吸取自己所需要的营养或精神，令我很感动。联想到她主动向我写信的事，我看到她具有很强的主动性。这一点是很宝贵的。因为主动性是人的积极性和创造性的基础和动力。值得刘燕加以发扬光大，也值得别的人学习。

最后，我要说，刘燕的真情实意与我的真情实意相结合，她的主动求助与我的真诚助人相结合，就是我们之间书信来往的基础、意义和历史价值，就是我们之间书信的基本特点。尽管具体做得不够、不系统，但这种“结合”已为我们或他人开辟了互动、互促、互进的交往途径。我确信：一个人在争取成才、成功的道路上，是绝对离不开自己的“真情”冲动的，更离不开敢于做“尝试”的勇气和主动行动的。当然，并非所有的真情都能得到理解，并非所有的尝试都能获得成功。但是，无真情、玩假情，靠等待、图现成，是绝对不可能为自己找到新的发展方向、开辟新的道路、获得新的帮助的，自然也就不可能获得成功。

我与刘燕之间的现有书信虽然不多，但想到“真情尝试的收获，真实互动的成果”的深刻意义，我为整理它们所下的功夫就算是没有白费。

刘绍川

2018 年 9 月 4 日

说真实的家境民情　希望得到可能的帮助

——刘燕向刘老师反映家境民情，希望得到理解帮助

敬爱的刘老师：

见信好！

近来身体可好？一切进展还顺利吧？我是剑川一中高三年级146班的学生，叫刘燕，冒昧地给您写信，希望您不要介意。

以前，我看到您寄给张花艳和施洪贞她们的信（有些是我交给她们的），但没有看到内容，也不知道您是何许人也。直到今天，我才从杨淑美那儿了解到一点儿关于您的信息（因为我和她同住在一间教师宿舍），知道您是剑阳人，是有名的"大人物"，是好多学生的精神"救助者"，也是帮助许多贫困学生重返校园的好心人……看了您最近寄给她的一部分信件后，我便有了一种冲动——给您写信。

我也来自剑阳镇，是剑阳镇新仁里合龙村的村民。家中有父母、姐姐、弟弟和我。父母都是地地道道的农民，父亲是个木匠，但很多时候没有好的活做，所以挣钱不多。然而，他总对我说："人穷志不能短，我们就吃了一辈子没读书的苦。"所以，家里哪怕是借钱也供我们念书。小学升初中时，老师说我成绩好，建议我报剑川一中，我就报了。那年我真的考上了一中，而且还是全乡第一。然而，这同时却断送了我姐姐的求学之路，她那时正念初三，因几分之差使中考落榜。她原本是去补习的，可一学期之后，她说父母太苦了，便从此辍学了。弟弟今年也上

初中了，父母的负担一天比一天重，每次开学，他们都要提前走访亲戚筹款。母亲是鹤庆人，离外公家较远，所以总是“远水救不了近火”。由于奶奶的早逝，两个叔叔的家境也并不富裕，所以父母走访亲戚也经常是徒劳的。因而学费赊账也成了我们的家常便饭，这学期的学费也是到最近才交清。二月底，学校通知想参加英语口语考试的同学报名，我也报名了，但后来听说要交学费、车费，还要住宿费，我又决定不去了。因为我不想再给父母增加负担。

小学时我和张鑫美是同学，初中时和张花艳是同学，现在和施洪贞在一个班，成绩一直和她们差不多。但有时我觉得自己真的很悲哀，从初一开学起，英语老师就建议我们买台录音机或复读机听英语，但高中都快毕业了我还没听过。幸好从高三开始，学校就安排了集体听力练习的时间，因而现在的听力还不算差。还有，别人从高一就买资料做题，我却每天只能啃那几本学校订的材料。看到别人买的“文曲星”电子词典，我羡慕不已，却无能为力……

刘老师，我跟您说这些并不奢求能得到您的资助，您已帮助了那么多的学生，挺不容易了。只希望您能更好地了解我。今天看了您给杨淑美的有关您与李成芳姐姐之间的通信后，我想认识一下您。希望能在有些问题上得到您的一点帮助。

现在距高考只有77天了，可我却经常看不进去书，上课也听不进去。制订了明确的学习计划，却时常不能按计划行动。在我们村子里能读好书的人很少，偶尔才会有一个大学生。从小学以来，我的成绩一直较好，所以村里人对我的期望特别高。我们家几代人中也没有一个高中生，所以家人对我的期望也特别高。然而，对现在这种状态，我真的很怕，怕让他们失望。我有时会想一些离谱的问题，我也知道不应该，但就是控制不住自己，有时甚至很怕上某一堂课。现在学校已进行了7次月考（包括省统测），但每次我的文理成绩总不均衡，语文和英语总是排名靠前，而“理综”和数学却比别人差很多，特别是选择题，失分最为严重。刘老师，您能教我解决这些问题的一些方法吗？在此，我真心地感谢您能倾听我的这些肺腑之言，同时也急切地期待您的回信。就此停笔!

祝您身体健康，阖家欢乐!

此致

敬礼!

学生：刘燕　敬上

2005 年 3 月 22 日

刘绍川致刘燕

我愿为你走向成功助一臂之力

——刘绍川鼓励刘燕以对父母负责为起点，锻造为人民服务本领

刘燕：

谢谢你能在高三紧张的学习中抽空给我写信！

每当我收到一位新朋友的信，我都被她（他）的主动精神和真诚语言所打动。你的这封信，也使我兴奋不已。你称我是“大人物”，其实，我只不过是一位很普通的退休教师而已。但是，我要向你说明的是，我是一个穷苦农民出身的、好学的、为改变命运而矢志不移的、不忘本的、能在市场经济条件下坚持共产主义信念的脑力劳动者。因而，我能够自觉自愿地把自己掌握的知识、挣到的钱奉献给贫困农民的有志青年。我为这种奉献而乐，但也有愁。因为我在经济上的能力太有限了，常常感到心有余而力不足。因此，我能得到你的体谅，也应该感谢你。

刘燕，作为子女，应该了解、同情、体谅父母的困难，但最根本的是要理解父母对自己的期望，竭尽全力、想尽办法、坚持不懈地为实现他们的期望——开拓比他们更美好的前程而努力。越体谅父母的困难，越要把学业搞好，不让他们失望。固然，我们要把自己造就成才，使自己获得成功，不能局限于只为父母、只为自己，这是必要的起点。一个对自己的父母都不负责任、对自己都不负责任的人，还能在社会上有大作为吗？高三、高考都是改变命运的关键时刻，制胜的信心不能动摇，只能一步一步加强。学习上的难点要积极克服，逐步巩固和提高应试能力。千万不要单

纯地干着急，也不要存有侥幸心理，而要立足于脚踏实地的“备考”实践。我没有读过高中，具体问题难以帮助你，只希望你认真读一读我给施洪贞的信（关于搞好“备考”的问题），从中吸取一些值得你学习的精神，积极改进学习办法，努力提高应试水平。

一个人力求全面发展、各科成绩都好是应该的，但总会有不平衡的问题。要从高考的需要、将来的志愿与现在的水平出发，积极提高自己，但也不要苛求自己，要坚持实事求是的态度，做了一切必要的和可能的努力就行。

刘燕，随此信再给你寄些信，供你参考。高考前的时间不多了，没有时间写回信也无所谓，高考后可以继续联系。当前买必要的学习材料有困难，我可以帮助你。办法是：①到校办给我打个电话，我会给你寄去钱；②先找刘尚标老师暂借，我过后还他（只要你说明情况就行）。考上大学后，若不嫌弃我微薄的帮助，我会考虑继续资助你的，到时再联系。既为了将来能补偿姐姐，也为了现在给弟弟做出榜样，还为了不让许多人失望，你一定要振作精神，争取高考胜利！

刘绍川

2005年4月12日

不让关心和帮助我的人失望

——刘燕向刘老师表达谢意，决心搞好学习

敬爱的刘老师:

收到您的来信，我既兴奋又感动。感谢您能给我寄来那么多的材料，也感谢您对我所说的一切。看完您的来信后，我觉得学习又有了动力，同时看后也明白了，我来学校的目的是学习，而不是混日子。请原谅我的粗心大意。您每天都那么忙了，还让您帮我那么仔细地改信，真的很对不起，以后写信我一定会注意的，谢谢您又帮我改了一个大毛病。

刘老师，在我心中（我想在那些受您资助的同学心中也一定是这样）您是个名副其实的“大人物”。您当年的生活是那么的艰辛，而如今当您可以享福的时候，您想的不是自己怎样过幸福的生活，而是想着怎样帮助我们这些在远方的贫困学生。当今世界上，像您这样能够无私奉献的人并不多。在收到您来信之后，我是想马上回信的，但由于那几天正在为第二次“省统测”做准备，所以一直拖了下来。直到今天收到您的助学金，我再也不能不写了。刘老师，我只是您素不相识的学生，在看了别人的信之后，冒昧地打扰您的人，而您却不忘记我、不孤立我，在我没有回信的几天里竟把助学金给寄来了。

在收到您来信的两天之后，刘尚标老师也找过我，他说您给他打过电话，叫他先帮我。但那时我想，在这50多天内买资料也是多此一举，况且，10位同学每人每月100元，已经使您负担不轻了，我能省就省一点吧。可没想到，我没有及时回信，您便寄钱来了。上星期天（4月17日）

我们要交130元（体检费和报名费），所以那天一大早父母就起床去卖猪了，还好，那天“生意兴隆”，等来上自习时，我手里已经有钱了。有时我真的担心，以后还交费那怎么办。现在您的这200元就能帮我解决许多问题了，近期的生活费已经有了保障。真的很谢谢您!

刘老师，她们考英语口语的同学这个星期六就要去考试了，我真的不后悔没报名，因为她们至少要交150元。我想现在不需要口语成绩的好专业还是有的，等以后有机会再到大学深造。您说得对，我应该了解、同情和体谅父母。我也不能辜负您的苦心。今后，我一定会更用功读书。我将让姐姐获得补偿，也要给弟弟做出榜样。父母对我说：“供你们读书，连房子都建不起，你们到时候可别让我们失望，让别人说‘看，他们供孩子读书，供得连房子都建不起，到头来却什么也没供出来’。”是的，我们不能让别人看笑话，唯有考上大学，才是对父母的回报，对自己十多年来读书的回报，也不让您白费心。请您放心，我一定会振作精神，自信地迎接高考的。

祝您身体健康，阖家欢乐!

您的学生：刘燕 敬上

2005年4月21日

在竞争中推动自己进步

——刘燕向刘老师表示要向600分进军

敬爱的刘老师:

见信好!

近来您身体好吗? 北京的天气怎样? 您可要注意身体，也别太劳累了，要多休息才是。

刘老师，一年来，我每天在花着您的辛苦钱，本来早该给您写信致谢的，但想起一方面您不愿意让我们把太多的学习时间花在写信上；另一方面您因视力差，看信和回信都更加吃力。因此，我便多次将那提起的笔又放下了。每当想给您写信的时候，我就告诫自己，只有把您的那些教诲运用于复读备考的过程，取得好的成绩，才能算真正地回报您。

今年学校组织的月考次数比去年多了，所以我们也得到了更多的训练。上星期的月考，我考了573分，语文125分，数学119分，英语111分，“理综”218分，但我觉得我的物理比较差，满分分数为120分，我才考了65分。这次月考的分数是我迄今取得的最好成绩，但班主任告诉我，今年云南省600分以上的人数要翻一番，我得向600分进军。

看到张花艳给您的信，她说要赶超我，我觉得很欣慰。因为只有敢于同别人竞争，才能推动自己的进步。我真希望自己在8天后能考出600分来。

现在，我一个人在家里给您写这封信。虽然下着雨，爸爸妈妈还是去栽秧了，我也想去帮忙，但他们不让我去。想起去年落榜时他们那失望的表情我都害怕，我告诫自己今年一定要成功!

刘老师，您电话没有变吧? 要是变了请您将新号码告知我，今年高考分数揭晓后我得向您汇报，到时还要寻求您的帮助。

就此停笔，下次再叙!

祝您身体健康! 阖家欢乐!

您的学生：刘燕

2006 年 5 月 29 日

已做好上大学的思想准备

——刘燕向刘老师通报读信和访问已做好上学准备

刘老师：

近来身体好吗？

时间过得真快，转眼又到秋天啦！您要注意气候变化，千万要保重自己！

您与张鑫美、杨淑美、施洪贞之间的书信，是段凌燕同学转送给我的，我已反复看了几遍。我觉得自己真的好幸运、好幸福，能通过同学们与您之间的通信，解决许多困惑和学习、生活上的问题，从而少走很多弯路。

刘老师，现在我还没进到大学校园，不知道的东西（关于大学生活的）还很多，但已知道“凡在事业上有较为显著的成就，或有某种‘新突破’‘新创造’的，都只能在某一种专业上表现出来，而很难，甚至是不可能在所有的领域都有各种突破”。尽管现在我对自己的专业（工程管理）还很不了解，但我坚信以上这句话，下决心要学好它。

刘老师，您还说：“自觉性、能动性是人不同于一般动物的本质特征。自觉性、能动性的高低、强弱，是杰出人物与普通人的本质区别。”我一定牢记您的教诲，一定要在大学生活中养成具有良好的自觉性、能动性的习惯。昨天，我就想去拜访张鑫美，但打电话过去时她妈妈说她已进城去做家教了，让她下午再来找我。所以我就在家等她，大概下午5点多她来了。她跟我说了好多关于刚入学要面临的问题，也说了自己在学校的一些情况。我觉得她真的很能干，不仅学习好，而且性格好，人缘也好。比起她，我觉得自己太差了，我的性格比较内向，不喜欢和陌生人说话，很“不出头”。但想起自己将要面对很陌生的环境和离开父母，我决心改变自己，向张鑫美学习，要有闯的劲头。

当今是网络科技时代，很多小学生就拥有电脑。而我，一个将要进入大学的学生，却对电脑一窍不通。记得有一天同学约我去上网，我说不会时，他却告诉我:“不会你得学啊，否则，上大学别人会笑话你的。”我在假期里也想学，可没人教我，所以没学。不过，我告诉自己，到大学里应该就有机会学习了，到时一定要把它学好。

刘老师，每次收到您寄来的信，我都兴奋不已。尽管大多是您与其他人之间的书信，可她们的问题也是我的问题，我时刻盼望着它们的到来。收到通知书那天，我就想第一时间给您打电话，不过打了三次才找到您。想到您 70 多岁的人还在坚持工作，还那么忙碌，我就告诫自己，一定要好好学习，活到老，学到老，像您一样使自己的生命有更多的意义。对了，刘老师，《烙在校报上的育才心印》张花艳已拿给我了。

下次再叙，祝您健康!

您的学生：刘燕

2006 年 8 月 2 日

刘绍川致刘燕

要善于正确看待别人的笑话

——刘绍川结合刘燕反映，论述对待别人“笑话”的见解

刘燕：

你于8月2日写来的信早已收到，但由于最近在整理我与张小芳之间的书信，未能及时给你回信，请谅解。

自从在电话上知道你被云大录取后，我心里就很高兴，祝贺你能把去年的“失败”转变为今年的成功！尤其读了你的来信后，我更加高兴，因为你通过读了我寄去的那些信，记住了教诲，看到了榜样，下定了决心，做好了上大学的思想准备。人们做任何事情，有无做好它的思想准确，其结果是很不相同的。因此，我相信你一定会把上大学变成走向人生目标的新起点，变成自觉地继续拼搏的新战场。

刘燕，你知道你的成功对我的助学事业有何等意义吗？你是未经校领导推荐的贫困生，也不是直接向我求助的贫困生，而是由我自动决定资助的贫困生之一，也是其中今年唯一被重点高校所录取的一位考生。这不仅对你的未来具有深远的意义，而且这也是对我当前助学事业的有力支持和实际回报。

我对主动向我求助的几位同学都及时伸出了援助之手，多么希望他们能借此而集中精力，加快步伐，把学习搞好，积极创造升学的好机会。然而，个别人把握不住自己，排除不了干扰，使学业受到了不良影响，结果当然也就考得不好。我绝不埋怨经过全力拼搏遭到的暂时失败，但崇尚的是转败为胜的坚强意志和实际本领。

我真想知道，他们的失败是经过了全力以赴拼搏后的失败吗？我希望他们都能拿出勇气来，各自都能实事求是地认真加以总结。我也有该检讨之处，在过去这一年里，我过分依赖已写过的信，过分担心通信可能影响学习，结果未能及时帮助有关同学消除消极影响。今后，我要尽力加以改进。

至于你，你去年也有过失败，但能及时正视它，并认真总结了经验教训，确立了补习、重考的信心和决心。正是你的积极态度感动了我，我才答应正式资助你。你经过一年的努力，终于转败为胜了，其意义是多方面的，不仅使我高兴，也值得你加以总结，以便为未来的成功增强信心、积累经验。

刘燕，你们都还以为我在继续“打工”挣钱资助你们，而实际上，从今年开始我就因杂志停刊等原因“失业”了。但是，为了不影响受资助的高三同学搞好备考，我没有及时说出来，只是用自己的退休金勉强维持着原来的资助范围（由于受主客观因素的影响，对已上大学的同学已不再如期资助，希望她们谅解）。在这种情况下，当了解到有些受资助的高三同学不大珍惜备考的机会和我的资助时，我怎么会高兴呢？我是用真情与真实行动来资助贫困生的，我不希望得到的只是其一时的表态、美妙的诺言，而是希望看到其脚踏实地加速前进的步伐，乃至转败为胜的成果。

刘燕，在表达了上述的真情实感后，我该为你提到的怎样看待别人的“笑话”问题，谈些看法了。

你问我，因为自己没有条件学电脑，等上大学后才想学好它，到时是否会引起别人“笑话”？简单地说，有人会笑话你，但你用不着怕。因为，这不是你无能，而是因为你没有钱买电脑，没有条件学电脑。因此，你应该讲实情，求同情，战胜别人的耻笑。当你刚学电脑的时候，同任何初学者一样也避免不了显得某种笨拙，即使引起熟练者笑话你，但也用不着怕，不要把心思放在“面子”上，避免“好”面子。不要动摇，不要不懂装懂，而是要咬住牙，静下心来虚心请教、认真钻研、反复练习，把别人的笑话当成鞭子，主动鞭策自己学好电脑。

刘燕，借重读你的这封信，我向你介绍一下自己学电脑的事。2008年，我到本校信息工程学院去做学生党建工作，党总支书记要配给我一台电脑，我说不会，便失去了机会。后来，同学们鼓励我学电脑，以便利用电子邮件与他们及时沟通。2009年国庆节放12天假，我用了11天半学电脑，只挤出半天去天安门广场参观。从此，我就开始使用电脑工作，边学边用，在办公室里碰上的同学，都是我的老师，有时在走廊里抓住谁就把他（她）请进办公室来教我。我学电脑时已是75岁，从那以后，我坚持学用结合，虽不断碰到新问题，不得不继续学习，但电脑已成为我的写作工具。为此，我感到幸运与自豪，我忘不了启发我、教过我的学生们，特别是那群优秀党员、我多年的助手（他们在读研过程中和就业后，还帮了我不少忙）。

任何人，只要你有供人说笑话的笑料，那你就堵不住别人的嘴的。一个人，当别人把你的某些话或某个故事，甚至某个形象特征当成笑话来开你的玩笑或耻笑你的时候，你自己用不着太在乎，更用不着去做过多的解释或申辩，只需要自己心中有数，从别人的笑话中吸取对自己有用的积极因素，从而加强自己的修养，提高自己的本领。

有的笑话像是别人反复抽打你的鞭子；有的笑话像是别人奉献给你开启智慧之门的钥匙；有的笑话像是给你照见自己面目的镜子；有的笑话像是回味无穷的橄榄；有的笑话还像是联络感情的纽带……

总之，人人都会有令别人感兴趣的某种笑料，因此用不着怕别人笑话自己，但要理解之，善待之。凡认为是“误导”的，欢迎批评、探讨。

祝你快乐！

刘绍川
2006年8月18日

刘燕致刘绍川

面对新的现实，接受新的挑战

——刘燕向刘老师倾诉想家情，但不忘入学后的新挑战

刘老师：

见信好！近来身体好吗？转眼秋天就到了，您可要多加件衣服，千万别着凉了。

今天是我来到云大的第二天，前天爸爸和我坐17：00的夜班车来，昨天早上一到学校就去办手续，下午三点多钟才办完。爸爸又坐夜班车回去了。我住的是6人间，可不知为什么还有2个人没来。虽然这里有好多老乡，甚至是老同学，但一旦和她们分开，我就感觉自己好孤独。我想家人，我想家乡。刘老师，我真的还不习惯，我甚至想回家。我现在是边擦眼泪边写信，宿舍里还有一个人，我不知道她是否发现我哭了。刘老师，我是不是太懦弱了？我也告诉自己，我是来学习的，有什么好哭的，但我还是控制不住自己，眼泪总是情不自禁地夺眶而出，刚才舍友发现我流眼泪了，她过来安慰我，但这毕竟是我第一次出这么远的门，我真的不知该怎么办才好。

不说这些了，不然我的眼泪真要收不住了。您寄到家的信在开学前我就收到了，我一定要学会面对新的现实和接受新的挑战，不能因为想家就不好好学习。刘老师，我决心以最快的速度，融入这个陌生的集体之中。

刘老师，现在的好多大学生一进校就想着考研，看到施洪贞要提前一年考研，张鑫美也说要考研，我想自己也应该有考研的目标。但是，一想到父母，我又觉得有点不忍心。姐姐出嫁了，弟弟正读初三，虽然读研的

学费可以申请贷款，但父母要给我生活费。我想，如果毕业能找到工作那就先挣点钱养活自己，再边工作边考研，可我又不知这样可否行得通。刘老师，给我点建议吧！您离开家乡应该有好几十年了吧，我真没想到您的“剑川白族话”还说得那么地道。那天通电话时我真的异常激动和兴奋，挂上电话后，我脸上的笑容好久没能消失，因为我真的很高兴能听到您的声音。

刘老师，尽管我们昨天才住进宿舍，可已有好多人来向我们推荐资料了，如英语周报等。但老同学说不要订，是浪费，于是我买了一本《牛津词典》（65 元）。刘老师，一提笔，又跟您唠叨个没完，今天就写到这儿，下次再聊！

祝您身体健康，阖家欢乐！

您的学生：刘燕
2006 年 9 月 3 日

刘燕致刘绍川

不让所获得的帮助与支持白费

——刘燕向刘老师汇报读信的感悟和今后的决心

敬爱的刘老师：

您寄来的助学金（500元）和两封信（一封是致杨玉萍的，另一封是给我们的“特殊的复信”），以及您编的中央民族大学党委组织部《组工通讯》第五期均已收到。

刘老师，您在给杨玉萍题为《关于“求知识、求进步、求成功”的问题》的信中写道：“所有的成功者，绝不可能为‘求知识、求进步、求成功’而受的苦累后悔、所做的奋斗后悔。只有错失了‘求知识、求进步、求成功’的年华、机遇和条件的人，才会到头来后悔。一个人在其成长过程中，有一时的过失、有某种后悔是难免的，但务必及时省悟，从头再来，重树信心，坚定意志，战胜难关，以便学到所需的知识、求得不断地进步、获取新的成功。人生要谨防的是把一个又一个的后悔累积成终身的后悔——‘后悔莫及’。”这段话让我感触太深了！我上学期6月考了英语四级，不久前知道分数了，才考了408分，没能通过。查分数那天我很难过，我说自己的英语水平没那么低啊，怎么会没有通过呢？但过后，我安慰自己是运气不好，下次争取考高分，直至看到您写的上面这段话后，我才明白自己是自以为是的，一直认为自己的英语水平不低，没有好好去准备，所以才会有这样的结果。有付出，才会有回报。而我总是把别人的成功看作“他运气好”，而把自己的失败看作“我运气不好”。所以，这学期我一定会好好地努力学习，在12月的考试中我一定争取考好。

还有关于入党的事，我也会努力去争取的。我想，有了您这么多的指导，我就比别人有了更大的优势。这个学期我一定会更加努力，积极地参与各种活动，尽力使自己成为预备党员。刘老师，我比别人幸运得多，能够获得您的物质和精神的帮助与支持，这将是我人生最宝贵的财富，我会努力的，我不会让您的苦心白费。

刘老师，您在给我们“特殊的复信”的结尾处，竟然用“此致 敬礼！”，这让我感到很吃惊！我想，可能是因为您没能及时给我们回信而特意用的吧？刘老师——我最敬爱的刘爷爷，最后，让我再由衷地说一句：“谢谢您！”

祝您国庆快乐，身体健康！

此致

敬礼！

您的学生：刘燕

2006 年 9 月 8 日

要按“考研”标准上好大学

——刘绍川提醒刘燕要适应新环境、重视“考研”要求

刘燕：

我早已盼望你的来信，张鑫美也在电话中说到你和她的信已发出，但你9月3日写的信，我到了19日才收到。你在信中要我就你的“读研”问题给点“建议”。我当然愿谈些看法。但在谈这个主题之前，我得先谈谈适应新环境的问题，因为这是今后学习生活的前提和基础。

读了你的信后，知道了你刚入学时的恋家心态，这是可以理解的。但你要及时改变认识、端正态度，否则是会妨碍你正常的学校生活的。可喜的是你已提醒自己，“我是来学习的，有什么好哭的”。只要进一步明确自己的学习目的，真正从“来学习”的高度、深度、广度，来看待所面临的新环境，才能把无法控制的恋家心态改变为了解新环境、拥抱新环境、利用新环境的新乐趣。一个人在每一个新的发展阶段都得面临新环境的考验，能否及时适应它，是能否有效学习和工作的前提和基础。昨天，我已给张花艳写了信，专门谈了怎样适应新环境，现把其中的主要内容转引如下，供你参考。

一个大学生不仅需要适应学校所在地的大环境，而且更重要的是需要适应本校的具体环境，这需要尽快地目睹本校的基本状况，通过多方观察、交谈探访、查阅资料等，较快较深入地了解学校的优势、特长，然后从理性和感性的结合上，了解和发现有利于自己学业的各种客观条件，以便为自己自觉接受学校管理、热爱专业学习打好思想

基础。假若一个大学生不了解自己的学校、不热爱自己的学校，那是不可能集中精力投身于自己的学业的。

适应新环境的内容涉及面很广，也需要一个过程，但越有自觉性就会做得越好。适应新环境是锻炼和考验一个人适应客观环境的基本能力，也是使主观意识、主观意愿与客观需要相结合的基础和条件。缺乏这种能力的人可能埋怨其所面对的一切，这必然会丧失可能获得的新成果，最终只会落伍、后悔。因此，一个真正聪明的人不在于只会赞美过去、只会留恋过去，而在于能较快地适应新的现实，敢于接受新环境中的挑战。

希望你发扬自己的优点、提高自己适应新环境的能力，把热爱学校、热爱专业、热爱自己的选择融为一体，争取不断创造出新的成绩来。人生要接受终身教育，但大学这一环不应虚度。

“考研”问题的确是值得你及早认识的问题。我想谈以下几点：

一、要从社会发展的需要，来看待“考研”的必要性

随着国内外科学技术和社会经济不断发展，高精尖人才的作用显得越来越重要。高精尖人才也就成了人才市场上争夺的主要对象。只有高精尖人才才有就业、创业的优势。因此，考研正是为自己创造就业、创业优势的一种重要途径。

二、要从个人历史定位的选择，来看待“考研”的必要性

随着义务教育的普及和高等教育的发展，读高中、上大学的人越来越多，大学生的社会作用越来越广泛，但已不能直接适应高教、科研部门的需要。只有研究生，才能进入各类高校任教或到各类科研机构任职。一个大学生若要把走上高校的讲堂或管理部门，以及进入科研机构，那就得以考研作为必要的手段，先当好大学生，再考上研究生、当好研究生。

三、要从打好学业基础的高度，来看待“考研”的必要性

随着高等教育的改革与发展，大学生接受教育的条件、形式、手段越

来越多、越来越灵活，给学生发挥个人主动性、积极性、创造性提供了各种有利条件。但在这种开放式教育的形势下，大学生的自觉性却不一样，努力程度不同，获得的成绩也不同，毕业时的走向、选择也就会不同。如果一个大学生一入学，就以“考研”作为自己大学生活的目标，通过了解考研条件，积极创造考研条件，那么，她（他）就会以高标准来上好大学。一个大学生具有了能考研的实力和基础，毕业时的选择余地就大。他既可以考研，也可以先就业、后考研，或边工作边读研，即能为自己创造更多的发展条件。

四、要从相信父母对子女的期望值，来看待“考研”的必要性

随着社会的发展，父母对子女的期望值也越来越高，支持子女深造，已成为家长们心甘情愿的义务和充满希望的寄托。一个大学生若已创造了考研的条件，并考上了研究生，只会令父母感到光荣，而不会因为暂时的困难而让子女放弃美好的前程。没有哪一个父母不愿自己的子女有最好的发展前途。大学生疼爱父母的最好方式，现在是上好大学、考研，用优异的成绩来回报父母；将来是用更优越的条件，比他们创造更多的社会财富。

刘燕，我是我们大学班里唯一考上人民大学研究生的一位。我上研究生的时候，正是国家经济困难时期，我们当时常常处于饥饿的状态。举一个例子：有一次，我们已吃过晚饭，出去校外散步时，碰到街上有卖甜菜皮的，我们每人都买了一斤，当场就吃光了。研究生的助学金比起已参加工作的工资要少，困难当然就多。但是，从发展的结果来看，我对读研不后悔。正是这个时期为我打下了专业基础，打开了学术道路，掌握了独立学习、研究的方法，使我终身受益。我是大学同学中唯一的研究生，也是最后获得正高职称的少数几个人之一。这也说明，过去不读研也可以晋升到高级职称，但如今却很难了。

刘燕，就业、工作、挣钱是一辈子的事，而读好大学、争取考研却是一去不复返的美好年华。要放眼世界，要展望未来，要确立美好的目标，要做出切实的努力。是否考研，何时读研，可以等将来再定，但培养考研的实力却必须从现在就开始！

刘燕，我还要告诉你一个好信息、好经验、好建议。当我在修改上述“建议”的过程中，我有幸征求了一位在读研究生的意见，他完全同意我的上述看法，并以自己和周围一些同学的经验证明，只要一上大学就确立考研的目标，从而学好每一门必修课，切实打好专业基础，获得较优异的成绩，英语过级，到时考研不但不难，甚至还可能获得公费读研的资格。作为优秀的贫困生，获得公费读研的机会更大（由学院推荐的公费研究生的比例会不断提高）。他还说，有考研实力的同学，即使选择先就业，也因为基础知识扎实，有较高的运用知识的能力，在工作岗位上能较快地显现自己的才华，因而能受到重用，也就为自己今后的发展创造了更有利的条件。

听了这位同学的话，我很高兴，不仅感谢他，而且愿意在这里做这个必要的补充。

总之，按考研的高标准、高要求来高度自觉地上好大学，是有百利而无一弊的好事。因此，自己应该主动积极地加以对待。

祝你愉快！

刘绍川
2006年9月20日

刘燕致刘绍川

以“考研”作为目标上好大学

——刘燕向刘老师表示要以考研为目标上好大学

刘老师:

从电话里听到您的笑声，我就放心了。您可要保重自己的身体!

刘老师，谢谢您这么快就给我写来了关于考研问题的信，帮我解决了问题。我会记住您的话: “一个大学生若要把走上高校的讲堂或管理部门，以及进入科研机构作为目标，那就得以考研作为必要的手段，先当好大学生，再考上研究生、当好研究生。”“如果一个大学生一入学，就以‘考研’作为自己大学生活的目标，通过了解考研条件，积极创造考研条件，那么，她（他）就会以高标准来上好大学。”尽管好多人都说女生不适合工程管理，而且云大还没有设硕士点，但那天我们班主任说重庆大学和北京大学都有，所以我想，只要我好好学了，那就不用愁“没出路”的。

刘老师，看到您的来信上有的字打错了，我本想在回信时给您说一下。没想到，今天就已收到了经您修改后的信。面对您的这种认真态度，我真是既感动又惭愧。

刘老师， 9月29日（即收到信后的第二天），我也收到了您寄来的汇款单。10月9日虽给您打过电话，但今天才给您写信，真的非常抱歉，我保证以后不会这样了。我参加了我们学校的“唤青社”，听说这个社团在云大的地位还不错。我是新闻组的成员。新闻组需要有2个人掌管相机，虽然以前我从没接触过它，但我对它挺有兴趣。我想，不会不是问题，不学才是问题。只要我认真对待它，那我就一定能把工作做好。

刘老师，有件事得告诉您。今年我入学前，母亲摔倒了，手骨折了，学校（剑川一中）团委的杨老师知道后帮我申请了4000元的希望工程助学金，所以这给父母减轻了许多负担。我的学费还没有交，可能再过几天学校就开始办助学贷款了，辅导员已经叫我们把资料准备好了。

刘老师，您看，我一提笔又没完没了地写。在此，我再次诚心地表达对您的谢意。这次就先聊这些，下次再叙！

祝您身体健康，阖家欢乐！

学生：刘燕

2006年10月13日

更加努力学习　乐于帮助别人

——刘燕向刘老师汇报确立新的学习目标，乐于无私奉献

刘老师：

见信好！近来身体还好吧?

这学期我们一共考了10门，学分20.5，我都已经拿到了。可分数不是很理想，连一门90分的都没有（大学生心理健康教育：78分，计算机基础：87分，思想道德与法律基础：79分，体育：83分，形势与政策：85分，英语读写：73分，英语听说：81分，城市社会学：89分，高等数学：86分，现代管理学：74分，其中“城市社会学”和“现代管理学”是我们的专业课）。不过，请您放心，下学期我一定会更加努力的，我一定要突破90分，摆脱目前最低分的。

刘老师，您说您的视力越来越差了，打工也越来越难了，那就少工作一些，甚至不要工作了，身体是最重要的。我们都希望您健康长寿，过得幸福，千万不要太累了。

在学校时，我曾给您打过几次电话（元旦那几天），可您总不在，而且好久没收到您的信，我还以为您出什么事了呢。直到回家几天后遇到张鑫美，她告诉我，您在电话里要她多带我学计算机，我才算放心了。

在求学路上，我真想把所有知识都学好，虽然困难重重，但我知道，只要有恒心、有毅力、有勇气，学习过程中的困难都算不上是真正的困难，我一定会努力的。在假期，张鑫美和一个同学办了教学班，我没有像她们那样去办教学班，可我家里每天也有一个“小班级”，是由不同年级

学生临时组成的，他们都是我的堂（表）弟（妹）们。虽然我没能像张鑫美她们那样挣到一些生活费，但我心里还是乐滋滋的，我要向您学习，尽力帮助别人。

刘老师，今年剑川下雪了，虽然下得不是很大，也没有积雪，但有“瑞雪兆丰年”的说法，我想来年的收成应该会很好吧。

转眼间，除夕快到了，一年又过去了。北京这几天应该还是很冷的，您可一定要多穿衣服，注意身体。这次就聊到这里，下次再叙！真的谢谢！

祝您身体健康，春节愉快！阖家欢乐！万事如意！

此致

敬礼！

您的学生：刘燕

2007年2月9日

刘燕致刘绍川

要积极创造拿奖学金的条件

——刘燕向刘老师表示学习长征精神，争取奖学金

刘老师：

见信佳！近来身体还好吗?

我们于3月2号就开学了，5号正式上课。这学期好多课都换了，就连体育课也重新分班了，只有英语课和高等数学课没变。计算机仍然学，但任课老师也换了。上学期我告诉您，我想买台计算机。因为我舅舅在浙江打工，本来希望他给我带一台回来。可是，他春节没有回家，而且听说他在准备结婚，所以不能买了。不过，我也想通了，有计算机也不一定就很好。我看到学校机房条件也不错，只是路途有点远。不过，年轻人有朝气、有活力，走点路算不了什么，想当年红军长征走了那么多险路，吃了那么多苦头，但最终取得了胜利。于是，我更加坚信，只要肯花时间、肯吃苦，就一定能把电脑学好。

刘老师，钱我收到了。谢谢您！您身体不好就别再去打工了，也不用再给我们寄钱了，我们尽量在课外时间找点事做，而且一定会好好学习的。

前两天，张鑫美给我介绍过一份家教，可雇主要求星期一到星期五晚上都去，而且还得在他家住（因为他家离我们学校有点远）。我想做家教是可以赚点钱，也可以锻炼自己，但作为一个学生学习是最重要的，如果答应他家的要求，那势必会影响自己的学习。同时还考虑到安全问题，所以我没有去。

这学期，我对学校的一切都不再那么陌生了，也不再那么恋家了。因此，我想应该更认真地努力学习。根据上学期的种种经验与不足，我要吸取教训，要尽量去学好每一门功课。昨天，我高中时的一个同学告诉我，这学期期末考试平均成绩能考到80多分，差不多就可以拿到奖学金（因为上学期平均分已是82分）。所以，我一定要好好学习。尽管现在我感觉到这学期的课程比上学期的难多了，但我告诫自己：一定要学好、考好，要积极创造拿奖学金的条件。

刘老师，身体若不是很好，就尽量别去打工了，即使去也别干得太多。您一定要休息好，要注意身体，养好精神。这次就写到这里，下次再叙！

祝您身体健康，阖家快乐！

您的学生：刘燕
2007年3月8日

刘绍川致刘燕

奖学金是为高标准上好大学的学生设立的

——刘燕以自信的姿态向刘老师求教、求助

刘燕：

收到你于3月8日写的信后，我反复读了几遍，首先感到你的学习态度很好。你对新学期课程的总体态度、对学习计算机的具体态度、对家教的慎重态度、对奖学金的积极态度，以及对我的体贴态度，都是令我高兴的，让我对你的未来发展更加充满希望。我读信后的想法很多，但这封信只就争取拿到奖学金或获得奖学金的重要意义谈些看法，目的是希望你们更加重视拿奖学金这个问题。

近来，我在本校党委组织部做兼职组织员，专门从事审查各院系党总支报批的大学生、研究生的入党志愿书或转正申请书，借此工作机会，接触到了不少奖学金获得者的实际表现、思想状况和人生追求。因此，我对他们产生了由衷的敬意，也不断加深了对学生拿到奖学金意义的认识。争取获得奖学金，首先就得有这个目标，树立这个信心，尤其需要有创造获得奖学金条件的奋斗过程。最近，我给张鑫美谈利益、责任、兴趣、能力相结合的问题的信中，已经表达了这种精神。那封信的内容超出了争取拿到奖学金的范围，但那封信就是因她“挂科”而失去了获得奖学金的机会所引起的。希望你联系在本校拿到奖学金的具体要求，再认真读一读那封信。这里就不再重复讲怎样去争取奖学金的问题了，而只是讲获得奖学金的意义问题。我联系到所审查的材料和长期的观察体验，深感在大学里获得奖学金的意义很多，可以说是越想越多、

越想越深远，其关系到读好大学、提高素质，关系到为读研、入党创造优势，关系到“保研”的必备条件，关系到便利就业时的优选、开拓有利前程等诸多事情。

我把获得奖学金的意义初步归结为以下几点：

（一）把获得奖学金作为优秀大学生的证明

获得奖学金是大学生经过学校综合测评、层层审核，被公认为其学习成绩优秀和坚持全面发展的证明。

（二）把获得奖学金作为有能力发挥主观能动性的证明

国家的高等教育制度、各高校的教学管理办法，都为学生创造了获得奖学金的机会、条件和办法，也鼓励学生去积极争取，公平竞争。只有那些善于利用客观条件、充分发挥主观能动性的人，才能以自己所创造的优势，达到获奖的标准，因而获得获奖的机会。

（三）把获得奖学金作为创造双效益的手段

获得奖学金不仅有助于从经济上减轻学生的家庭负担，而且是对父母的精神慰藉；不仅有助于解决经济上的实际困难、改善在校生活，而且更重要的是，能增强高标准要求自己的胜利信心和进取精神。因此，我认为，为争取奖学金而做的努力、付出，要比其他勤工俭学的形式更有意义。

（四）把获得奖学金作为争取入党的有利条件或优势

获得奖学金的同学如果对自己有更高的要求，自愿加入中国共产党，成为先进分子队伍中的一员，那么他（她）获奖所证明的优秀、先进，就有利于被党组织优先接收、被同学所信服。获得奖学金的人并非都愿做、都能做共产党人，但表现出优秀、先进应该是共产党人的必要条件。获得奖学金的大学生是在校大学生中的优秀分子、先进分子，他们在争取入党上就有一定的有利条件。而入党将促进他们不断地去进取，继续充当先进。因为，做到真正的先进，是共产党员本质的体现，是党性的要求。

（五）把获得奖学金作为获得“保研资格”的必备条件或对考研所下的硬功夫

获得奖学金是搞好专业学习、坚持全面发展的结果。获得过奖学金的人不一定都愿意或能够读研，但连续三年获得奖学金的同学，就具备了“保研”资格（经推荐，免试读研），即使未达到“保研”条件，他们也为“考研”打下了有利的基础。这样的成功事例不少。从一定意义上说，争取获得奖学金的过程和实际拿到奖学金的成果，正是切实踏上“保研”和考研的路程。

（六）把获得奖学金作为就业时选择的优势

获得奖学金是大学生在校学业成绩优秀的重要表现，是坚持全面发展、德才兼备、具有较高素质的客观证明。获奖的次数越多，人的素质就显得越高，能力就越强。这就为毕业后的就业创造了优势或有利条件。在人才竞争是一切竞争的核心的现代理念支配下，哪一个用人单位不去优先择用有优势的人才呢？

（七）把获得奖学金作为人生事业的良好开端

有意义人生是一个不断进取、不断创新的过程，也是一个反复地学习、研究、开拓的过程。任何成绩、任何奖励都是一时的，但争取好的成绩、获得相应奖励的坚定信念、进取精神、勤奋作风、成功经验和人生乐趣，却是为个人的进步永远起积极作用的。在一个既可以深造学识、也容易令人陶醉、痴迷的大学校园里，一个大学生有了创造获得奖学金条件的体验，对于其学业的发展、人生的事业都有深远的意义。

在多元物质生活、多元文化影响、多元人生追求的现实生活中，大学生活的美好时光被不少人虚度、误用，培养高层次人才的殿堂里也留下过不少人的后悔。只有与争取优秀、力求获奖相联系的大学生活，才算是高质量的青春年华、求索者的智能展示、事业上的良好开端以及成功后的美好回忆。无论是谁，争优秀、求获奖，并非有求“即应”，但只要坚持，总会有某种“必应”的好结果。在“求”与“应”过程中，要相信自己的努力，要相信会受到公平与公正的评价。我确信，竭尽全力地去创造获奖条件但尚未获奖的大学生，比起不敢、不愿去争取获奖的大学生肯定会高尚得多。我认为，只要把争取获奖当作一个开拓发展道路的过程，无论成败都是有意义的。进取者在追求成功的过程中即使有失败，那也是暂时的，总有一定的历史意义。因为，我们只要坚持有目的的奋进，善于吸取教训，就会从失败中开拓出走向成功的实际道路。

祝你快乐！

刘绍川
2007年3月23日—4月3日

刘燕致刘绍川

发挥主观能动性，争取拿到奖学金

——刘燕向刘老师表示，按他的启发，努力争取奖学金

敬爱的刘老师：

由于这学期学的“经济学”和“工程测量学”作业都很多，再加上学VB（计算机编程），得跑机房，所以一直没向您说起我的情况。在此，我诚心地向您说一句，“对不起，望您谅解”。从赵俊梅的信中，我看到了她的努力和拼搏精神，也感到了“付出总有回报”。您在给她写的《关于怎么看待发挥主观能动性的问题》中提道：“人只有尽可能地观察、考查、了解、研究、认识客观发展的需要、条件和规律；只有分析、认清自己的优势，善于发现、挖掘自己的潜能，有敢于尝试、敢于创新（包括不怕失败）的勇气；只有发现和把握住客观需要和主观可能相联系的结合点、主客观利益的一致性，才能在实践中较充分地发挥出自己的主观能动性，从而也才能取得较为显著的积极成果。” 所以，我也觉得很多事情只要你用心地去做，就会有好的结果，因此不应总去埋怨客观条件。我不再为跑机房而烦了，反而要边跑边想学好计算机的办法。

时间过得太快了，转眼间半学期又过去了。这两天我们还在上课，5月1号开始放假，放到7号。我打算和我们宿舍的同学到曲靖玩两天（有一个同学是曲靖的），然后就回学校好好复习功课，因为一收假，就要举行期中考试。

刘老师，我一定牢记您说的，“获得奖学金是优秀大学生的证明，是有能力发挥主观能动性的证明，是创造双效益的手段，是争取入党的有利

条件，是为‘保研’创造的必备条件或为考研所下的硬功夫，是就业选择的优势，是人生事业的良好开端”，我一定努力去争取。

刘老师，今年的“第七届残疾人运动会”在昆明举行，他们在各所高校都招募志愿者，我本来是要去的，可由于名额有限，所以最终没能去成。但我已加入了我们学院的青年志愿者协会，我想尽自己的力量为社会做一点点贡献，尽管不能像您那样，但我得向您学习。

看到张鑫美她们取得的优异成绩，想着您那么吃力地打工为我们挣钱，我就在心里暗下这样的决心：一定要好好学习，绝对不能辜负您、辜负我的父母、辜负自己。现在半学期过去了，我发现课程确实比上学期难多了，好多东西光靠在课堂上听讲是根本不行的，得抓紧时间，多下功夫。

刘老师，告诉您一件好事，我们学校有“勤工助学”的岗位，我已经成功申请到了。从4月1日开始在我们的住宿区执勤，每个月值班40个小时，值班时就去打扫一下卫生，协助维修工的工作或接替门卫值班。虽然有时真的很累，但想到您那么辛苦，我也就不觉得辛苦了，我一定会好好干的！

五一节将到，预祝您节日快乐！

您的学生：刘燕
2007年4月29日

刘绍川致刘燕

我尊重和赞扬校内“勤工俭学”者

——刘绍川鼓励刘燕在大学里搞好“勤工俭学”工作

刘燕：

我最近收到的来信少了，有空时又翻看了同学们以往寄来的信，其中自然重读起你寄来的一些信。你还是“大一”的学生时，就那么急切地期盼着我的信，特别是你那么认真地读我寄去的信，更可贵的是你告诉我读信后的主要感想和今后打算，这不能不使我受到激励，让我意识到自己的心血没有白费。因此，我也就更愿意优先来写这封信。

刘燕，如果你已经认真地读了我的“打工汇报”（“关于在大学生中如何做好发展党员工作的问题”），你就会看到我是怎样重视在“打工”过程中认真学习和思考问题的，也就更容易理解我给你写的这封信。你在4月29日的信中写到，你已获得了一份“勤工俭学”的工作，这很好，我希望你要认真地干好这项工作，还要争取从工作中得到更多的思想收获或精神乐趣。搞宿舍卫生既是很普通的日常工作，又是一项很必要的社会工作。怎样看待它，不仅关系到卫生工作的效果如何或质量高低，而且关系到卫生工作者个人的服务意识、思想境界、劳动态度、工作能力、所得收获、公众评价如何，等等。一个大学生参加学校宿舍卫生的工作，不能只局限于为了获得一点报酬，还应该从促进学习、提高素质上有更高的要求。

“勤工俭学”的本意是“利用学习以外的时间参加劳动，把劳动所得作为学习、生活的费用”。这种“劳动”的时间是业余的、有限的，其

“所得”也是不多的。但不能因此而忽视它的重要意义，不能草率地应付它，更不能把它当成“抬不起头”“见不得人”的精神负担。

在当今的社会上，有些人在追逐、欣赏、梦想坐享其成或不劳而获的生活，有些人抱着“少干多获”或“轻干重获”的期望，甚至安于“不劳而获”的机遇，而鄙视简单劳动、鄙视普通体力劳动者的恶习，又在滋长、又在蔓延。在这种情况下，你作为一个大学生，能够勇敢地承担起有钱人所嫌弃的脏活、累活、苦活来干，是不容易的，然而这是光荣的。因为你是在为同学服务、在为学校做贡献。

社会的发展进步越来越需要人们有高深的知识，越来越需要有更多的从事复杂劳动的专家、学者，但当今的社会日常生活还不可能一下子就摆脱掉一切脏活、累活、苦活，当今的社会条件下，还不可能很快就改变普通劳动者的处境，改善所有人的工作条件。

在大学里搞卫生工作的要求自然更高，要真正搞好它，就得下一番不怕脏、不怕累、不怕苦的功夫。但这比起落后地区农民的劳动条件，简直就是天上、地下的区别。然而，在大学生成群、知识分子成堆的环境中，大学生搞卫生不可能不受到一点精神压力或舆论压力。我曾利用业余时间打扫我曾住过的民大家属院二号高楼，这个楼有 14 层，住有 180 多户，我们负责打扫宿舍楼的楼道和楼梯（两个人从上到下，一人一半，干了一个月）。当时，并非听不到议论，但我不管别人怎样看我或怎么说我，终于用自己认真负责的精神与不辞劳苦的汗水，换来了一个称赞：“你既能写好文章，也能干好粗活。”我不仅得到了 180 元的报酬，而且还有很多思想收获。从那以后，我更加懂得珍惜清洁工的劳动，尊重那些搞卫生的清洁工人。

正因为我有过搞卫生的体验，所以，我也就有条件对你提出更多的建议和更高的要求。

你所承担的卫生工作，学校肯定有具体要求，你首先就要充分地利用所规定的业余时间，以勤快为基础，多想办法，力争达到最佳的效果。此外，我希望你在劳动过程中重视手脑并用，以促进学业为目的，在“勤”字上多下功夫，力求使勤（工）与（俭）学互相渗透，争取得到更多的收获。

要从“勤工”过程中培养为学校、为集体、为同学服务的意识，培养勤劳朴实、认真负责的劳动态度，培养以苦为乐的高尚情操。要从“勤工”过程中培养善于使“勤”与“学”互相渗透的能动性，即适当利用劳动时间搞点学习（如背英语单词，背诵有关原理、公式，思考学习中的难题等，争取在一个小时的劳动中使学习有所得），又用劳动中产生的感悟或精神推动日常的学习生活。要把珍惜自己的劳动所得，扩展到对父母劳动所得、对子女供养的珍惜，扩大到对国家、对学校给予你学习条件的珍惜，要在过俭朴生活的条件下，以更高的社会责任感搞好学习。

总之，要把“勤工俭学”过程变成培养为人民服务意识、提高个人综合素质、开发自己特殊潜能、展现自己优秀品质的手段和机会。

有人可能会轻视干脏活、累活、苦活的人，但应该坚信，大众的眼睛是雪亮的，谁能改变脏、乱、差的环境，谁就会受到人们的认可，甚至会受到称赞。由此，我想到，千千万万的农民工在外出打工中忍受着无数的艰难困苦，他们不仅在改变着自己的命运，而且也建造了一座座现代化的大城市、无数优美的新家园。他们还参与了城市的后勤服务工作、治安保卫工作、社会供应工作、家政服务和医院护理工作，等等。作为个体，农民工的地位、待遇都不高，但作为群体，他们正是当今我国社会主义现代化城市建设的主力军，谁能否认他们伟大的历史功绩呢！通过各种途径，从日常生活中了解普通劳动者，从亲身体验中理解他们的疾苦和需求，从而为他们呼喊、为他们做些可能的工作，难道不正是有识之士的一种社会责任吗？

因此，绝不要在乎别人怎样看待自己的普通劳动，也不要计较报酬的多少，但一定要在乎尽可能从“勤工俭学”中获得更多的思想收获或精神乐趣。

祝你快乐！

刘绍川

2007年5月20—28日

找到失败原因　向同学“取经”

——刘燕向刘老师表示“从哪里跌倒，就从哪里站起来”

敬爱的刘老师：

您寄来的600元助学金和两封信我已经收到了，首先我由衷地谢谢您！其次，我要对您说声：“对不起！”

刘老师，这么久才给您写信，我真的感到很抱歉。看到张鑫美、张花艳等人都取得了那么多的“成就”，我真的很惭愧，也很自责。上学期，我曾对您说过：“我要去竞选班长，而且一定会好好干。”我虽然去竞选了，但失败了，我很伤心。不过，后来我想通了，谁好好为班集体服务都行。既然我没有机会去为同学服务，那我就去好好学习。上学期我的计算机课由于基础差，考得不好，导致平均分才81分，与奖学金也失之交臂，我难过也痛恨自己。事后，我总结了自己失败的原因。我也暗下决心，一定要好好读书，像李财仁说的那样，“从哪里跌倒，就从哪里站起来”。

刘老师，我从李财仁同学拥有“成为第一”的目标与实现和保持“成为第一”的行动中，发现了自己的不足，我没有他那种坚强毅力和决心，自己的计划没有真正实行起来。今后，我一定会认真地向他们学习。我原计划在国庆节的时候给您写信的，可是中秋节那天我外婆去世了，所以未写，望您谅解！尽管如此，国庆收假后，为了本学院的迎新晚会，我参加了排练节目，彩排之后，我们班的节目被定位为压轴节目，我也算得到一种安慰。

这学期，我们专业课作业多且偏难，还要画图。但我相信，只要付出就会有所回报。下星期就要期中考试了，天气也逐渐变冷了。我决定期中考之后，中午就不回宿舍了，节约从宿舍楼到教学楼所用的时间，去自习室看会儿书，稍微休息一会儿后就去上课。

刘老师，有时候我想早点起床或晚上晚点睡，可我又害怕影响到舍友。我知道有时就算得罪她们一点儿也不应该使自己的计划被打乱，但我又想在大学里舍友就是自己最亲的人，不能和她们闹僵。所以我很矛盾，有时我真的不知道该怎么办好？

刘老师，您还记得上学期期末考试时我们宿舍作弊的那个同学吗？她被学校给予“留校察看”的处分了。这件事使我更加坚信，做人一定要诚实！同时，也让我明白了，在任何事情上，只有踏实苦干才能取得成绩，投机取巧最终只会害人害己。

对了，刘老师，我们在勤工助学过程中也有被评选为“勤工骨干”的机会，我也想通过自己的努力去好好争取。另外，天气变凉了，您一定要注意保重自己的身体！

祝您身体健康！阖家欢乐！

您的学生：刘燕

2007年10月25日

刘绍川致刘燕

要在大学里锻炼勤于学习、善于学习的本领

——刘绍川结合刘燕优点，鼓励她勤于学习，善于学习

刘燕：

读了你10月25日的来信后，我为你所要的“建议”（怎样处理个人计划与舍友关系）反复思索过，但觉得很难提出切实可行的“建议”来，所以迟迟未动笔。

你的来信谈到了好多内容，涉及不同的具体问题，主题不集中，不便一一加以评论。但经过反复的阅读之后，我产生了一个总的感想并集中地看到了你很注意在校园生活中学习实际知识、提高个人素质、鞭策自己进步的可贵精神。这是一个很有意义的学习态度和学习方法。希望你今后做得更自觉、更广泛、更深刻、更有效。

我的这个感想，是以下面这些事实为根据的：你读了别人的书信后，对照别人的好思想、好精神、好成就，看到了榜样，检讨了自己，明确了努力方向；你在竞选班长“失败”后，及时调整自己的心态，把时间和精力更多地用于自己的学习；你看清获奖学金的必要条件后，看到了自己的不足，要积极去创造相关的条件；你能掩藏外婆去世后的悲伤心事，从为班集体排练出优秀节目而出力中获得了安慰；你适应气候变化，调整自己的自习、休息与上课的时间安排；你从别人作弊、受处分中吸取教训，看到了不诚实的危害性；你已看到可能的机遇，要在勤工俭学中积极争取成为“勤工骨干”；你在探索实施个人计划与舍友之间矛盾的解决办法（包括要我提建议）。

我最后提一点“建议”：无论制订什么个人计划，不仅要有明确的目标，而且要有切实可行的措施。这种措施就包括主观可能与客观许可两方面。就自己的学习计划而言，也得考虑到如何在实际许可的作息时间内来合理地加以安排，要善于利用合理的作息时间和自由支配的时间来最有效地实施计划、开展学习，而且有必要利用一定的双休日时间搞点学习，但不要单纯靠拼时间、少休息来进行。劳逸结合，不仅是健康的需要，而且也是提高学习或工作效率的需要。学习的形式不只是拿着书本读，利用可能的时间，默记必要的公式、论点，思索有兴趣的问题，温习已学的知识，预想面对的课题，制订今后的计划等，都是有益的学习形式，都可以在入睡前后或走路过程中默默地进行。养成这样的习惯，不但有益于学习、研究、写作、探讨，而且不会妨碍别人。因此，怎样在不影响别人正常作息的情况下，来抓好自己的学习计划，是值得正确认识和合理处理的。除了自己摸索方法外，看成绩好的同学是如何处理这类问题的，甚至找机会拜访他们，通过交谈取经。可能的话，主动征求身旁老师的建议。在学习方法上，既要独立思考，不断总结和运用自己的经验教训，也要善于主动走群众路线，虚心拜他人为师。这些都是具有现实意义和深远意义的本领，要不断摸索，不断进步！

刘绍川

2007年11月18日—25日

以努力学习为基础，创造能帮人的条件

——刘燕向刘老师表达今后的努力方向

尊敬的刘老师：

我很抱歉，现在才给您写信。放假回家那几天，我爸妈都去帮别人干活了，我弟弟又去补课，所以我每天早上起来要先做饭、喂猪，后去割菜拌鸡食，再加上我几个叔叔家的儿子、女儿过来，我要教他们学习，一天就这样过去了。我不喜欢在给您写信的时候被别的事情所打搅，所以我就一直没有提笔，希望您别生气。

今天是这学期开学的第一天，我直到现在才给您写信。上学期的成绩都出来了，我的专业课都上了80分，不过英语不太理想。这学期我一定得把英语学好，去考四级。这学期的课较多，所以我没有去外面兼职的打算，只想在学习之余尽量把自己的勤工俭学工作做好，努力向做“骨干”进军。

刘老师，在您给成芳姐的信中，我看到了您不懈努力所换来的成果——国家级的奖章，那是多么伟大的荣誉啊！它让我想到了“付出总有回报，说到不如做到，要做就做最好”这句广告语。我觉得，在您身上它已不再是一句空洞的广告语，而是名副其实地概括了您的成就。您说过：“创造性的事业需要有创造性的贡献。”您自己正是这样的例子。我们一定会以您为榜样，努力地学习，努力地创造。

张花艳是我的初中同学，我们到现在也一直保持着联系。另外，由于我们的专业有些相似的地方，所以我们还时不时地进行“切磋”呢。您所帮助过的李成芳、张鑫美等同学，都是我的榜样。她们的付出和取得的成就都是值得我学习和赞扬的，也是令人羡慕的。我觉得自从上了大学，我的生活好像变了好多，尤其是在性格方面，以前曾是大方、敢想敢干的我，现在却变得有些自卑，做事也不再像以前那样干脆了。好多时候我都犹豫不决，对好多事情也总是拿不定主意。我不断地寻找其原因，我想可能是过去我对长辈的依赖性太大了，所以我决定，以后自己要学会独立思考。我总在不断地问自己："作为即将步入社会的人，对任何事情总是拿不定主意，那将来怎么在社会上立足呢？"我想，在以后的生活中我不能再盲目了。

这个假期当中，让我感受更深的是来自父母的爱。以前假期回家，他们都很关心我，在家陪伴我，因而我对他们的爱没感觉到那么深刻。但这次不同了，爸妈每天都起早贪黑地去给别人帮忙，不能在家陪我，我才更感到需要他们的爱，也才意识到他们都是在为我们而辛苦。这样，我每天在家里也比以往做的活多了，心里的感觉也更好了。刘老师，我一定要好好学习，来报答您和爸爸妈妈。将来有机会，我一定走您的路，去帮助那些需要帮助的人。

刘老师，您现在已是 74 岁的老人，您的工作应该是有限的。现在对您来说，应该是"休息为主，工作为辅"。所以，您不用再给我寄钱了，我会从各方面节约的。您的健康才是我们最大的幸福。您给我们精神上的帮助将对我们的一生都有益，我会永远将它们当成宝的。

祝您身体健康，阖家欢乐，鼠年吉祥！

学生：刘燕

2008 年 2 月 25 日

刘燕致刘绍川

为未来着想

——刘燕向刘老师吐露对就业与学业等方面的思考

尊敬的刘老师:

这学期的助学金(500元)我已于昨日收到。谢谢您!我们已经开学两个星期了,这学期的课程虽比上学期稍微少了一点,不过要学计算机(数据库),任务也不算太轻。这阵子昆明的天气都不好,经常阴天,有时还下雨,前几天居然还下了雪。俗话说"瑞雪兆丰年",我想在新的一年里,自己也要努力学习,到时候获得丰收才是。时间过得真快,转眼间,自己的大二生活也将结束。所以,我想对自己的未来也该做适当的思考了。

刘老师,由于这学期还有好多公共课,而且还得考英语四级,所以我不想去外面找工作了,想先把学校的"勤工俭学"工作和英语四级搞好。到明年(大三)再去外面找份家教工作,同时去研究一下我们这个专业(工程管理)以后的就业去向、就业趋势和就业率等,再根据具体情况去选择自己应该往哪方面(如:房地产、监理、造价等)发展。同时,决定先考研还是先就业。现在我想,如果就业机会好的话,我就先就业、后考研,如果就业机会不行,就先考研了。反正考研是早晚的事。但那样的话,父母就会更加辛苦,就算我自己可以去赚点钱,但大部分费用还得由他们来承担。我觉得,现在自己已是一个成年人了,不能再过"衣来伸手,饭来张口"的生活了。所以,我希望毕业后先工作,然后自己挣钱再去读研。因为,我看着父母日益变老,也听说您的视力日渐下降,体力衰弱，我真的不忍心再增加你们的负担啊!

过几天，今年“五月的鲜花”文艺会演在我们学校举行，许多高校都要派师生代表团来我校进行演出。我们学院有幸接待同济大学的代表团，辅导员前几天开会说，到时可能需要30个志愿者。我想也争取当志愿者，去见识一下其他高校的学生是什么样的。

刘老师，您为了我们还每天都去打工，我们真受感动！我觉得，我们是世界上幸福的孩子了，不仅能得到物质上的帮助，更重要的是能获得您精神上的鼓励和帮助。您是我最敬爱的爷爷、老师。我可以没有您生活上的帮助（物质上的），但我不能缺少您对我精神上的帮助和支持。所以，您一定要多加保重。您身体好，才是我们最想要的。

祝您身体健康！万事如意!

此致

敬礼!

您的学生：刘燕

2008年3月9日

总结自己　增强信心　把握大三

——刘绍川鼓励刘燕以总结经验教训为基础，应对大三学业

刘燕：

今年的国庆“黄金周”我计划整理四位同学的来信，然后写复信，今天才轮到给你写复信。

为了引出有针对性的话题，我反复读了你的来信，每读一遍后，都被一个个与“真”字相连的人、事、情所感动。所以我曾想就你的那份对人的真诚、对学业的认真、对未来的真情等来写信。但经过反复思考后，我终于选择了一个主题，即就你所思考的“大三”问题谈些看法，以供你和其他同学参考。

按照我所听到的说法和得到的解释，大三是大学生经历“呐喊”后进到的“伤逝”阶段，或者是从“知道不知道”阶段进到“不知道知道”阶段（有人把大学生的发展过程归纳为：“彷徨”—“呐喊”—“伤逝”—“朝花夕拾”四阶段；另一种说法是：“不知道不知道”—“知道不知道”—“不知道知道”—“知道知道”四个阶段）。究竟怎样才能科学地概括大学生不同阶段的基本特点，仍有待于人们继续去加以总结、探讨和概括，但在现有的认识中，有一点是值得肯定的，那就是大三是大学生发展过程中极为重要的一个阶段。总结和利用大学一、二年级时的经验教训（自己的和周围的），以便更加自觉地、更加有效地抓好大三阶段的学习，加强对专业理论的学习研究，或者是必要和可能的实践锻炼，以便加速自己各方面的进步，提高自己研究问题、解决问题的能力，不断走向成

熟，从而为完成大四的学业（包括毕业论文）和毕业时的就业（或考研）创造尽可能好的条件。从这个意义上说，大三是大学生学业发展链条上的中心环节，谁能把握住它、提得起它、舞得动它，它就为谁起到发展前阶段的成果（或弥补其不足）和开辟后阶段前景的特殊作用。因此，充分利用大三阶段搞好学习，对大学生的当前学业和未来事业，都具有非常重要的意义。可以肯定的是，随意应付大三学业，甚至不惜荒废大三时光的人，是不可能真正掌握做学问的本领的，因而也不可能成为合格的大学生和有专业优势的求职者，而很可能成为眼高手低、脱离实际的失意者。

基于上述的认识，我认为你能在进入大三之前就思考怎样面对大三的问题，尤其从未来发展着想来思考大三的学习等问题，是应该的、必要的、很有前瞻性的，希望你能在学习实践过程中继续思考它，解决好大三发展过程中的新问题，克服新困难，达到新高度，以便使自己的思想认识一步一步地深化，使自己的学习研究一步一步地提高，为大四打下更好的基础，为未来开创美好的前景。

刘燕，我相信你会很快适应新的发展要求，抓好大三阶段的学习的。因为你在大学一、二年级阶段的课程学习上、思想品德上、工作态度上、发展方向上等各方面，已打下了较好的基础。只要你能认真加以总结提高，就能更好地理解和把握大三阶段的特点和要求；就能进一步增强胜利信心，更加勇敢地面对大三阶段的学习任务、学习方法；就能根据新的发展要求来努力学习、认真钻研。从而就能为大四打下良好的基础，为未来开创新的局面。

刘燕，怎样面对大三的问题，值得你和其他同学们都来共同探讨、互相交流，也主要是靠你们自己去独立思考、积极应对。不过，我针对你来信中提到的问题，也来谈些想法，供你们在实践中做些参考：

（一）要在自己的专业学习上狠下功夫

通过上专业课程、看专业参考书、学有关的专业知识，比较清楚地了解自己所学专业的研究对象、历史来源、基本观点、基本方法、发展现状和未来趋势；通过实践机会进行调查研究，查阅有关的资料、关注有关的学术动态等，从而提高对专业理论的理解、把握和运用能力，提高独立思考、独立研究新情况、解决新问题的兴趣和能力，开展必要和可能的科研活动。把准备和撰写毕业论文真正当成提升专业学习质量的发展要求，当成科学研究的实践过程。

（二）要用考研的高姿态、严要求，来带动大三阶段的学业

你早有考研的愿望和决心，只是考虑如何选择时机的问题。在这种情况下，无论从直接考研来说，还是从为将来考研做准备来说，把大三当成准备“考研”的过程来抓学习，是有益无害的，是不会后悔的。

（三）要把争取入党与上好大三、准备“考研”统一起来

在大三阶段继续争取入党是为了更好地献力、献身于党和人民的事业，考研深造是为了提升自己为党、为人民服务的实际本领。争取入党和做好考研准备，都是发挥个人潜能、创造自己更高的个人价值的需要。因此，应该理直气壮地去努力、去奋斗、去争取。

（四）要积极想办法，利用假期开展实习活动

无论从真正理解所学的专业理论来说，还是从开展科学研究来说，抑或是从锻炼自己的实际本领来说，总之，应理论与实践相结合，有目的地进行一些校外的实践锻炼，争取到有关企业去学习各种实际知识。在了解情况、发现问题的基础上进行科学研究，深化自己的认识。就你来说，不应该牺牲宝贵的大三时间（包括自习时间和必要的休息时间——这种时间不应称为“空余时间”）去做家教，而应该利用假期到企业打工、实践，在被管理的过程中去体验管理的知识，发现和研究管理工作中的问题。这对于你的专业学习、科学研究（写论文）都有好处，为你今后的正式实习也能打下良好的基础。而单纯的家教对你来说，除了获得一定的报酬外，能得到多少管理知识呢？作为一个大三学生，不应该盲目地把自己当成廉价的“临时工”“家庭教师”，而应该从有助于深化自己的理论知识、推动自己的科学研究的高度，来从事必要的和可能的实践锻炼。

（五）要用长远的眼光看待眼前的困难，用高质量的学习成果来报答父母

同情父母，尽可能减轻他们的负担，因而勤俭节约、多挣点钱，都是应该的，但不能因眼前的和暂时的困难而放弃可能的深造机会。对于考研来说，你应努力争取到公费读研的条件。读研自然会延长父母的资助，但只要有可能，就可以从多方面获得支持，如争取为本科生上课而获得报酬

等。三年时间转眼就过。报答父母是一个长期的工作，只要自己有本事、不忘本，报答父母的事是可以做好的。我相信，你的父母是会支持你的，关键在于你要进一步努力！

（六）要勤于动脑动手，练习写作

长期以来我都告诫学生，不会把自己的意见、观点、主张写出来的人，不能称其为知识分子。不写东西就难以挖掘自己的聪明才智，写不出文章来就难以有效地发挥自己的社会作用——宣传、推广自己的知识。因此，作为大三学生、作为准备考研的高年级学生，务必重视练习写作（写作形式可以多样，但应结合自己的学业，暂不要去写妨碍自己正常学业的东西）。

刘燕，我就写这么多，不一定都恰当，望你独立思考。我总算按计划完成了复信计划。我已整整忙了七天，争取在剩下的两天内修改好四封复信。这期间的苦累当然免不了，但一看到自己的劳动成果，我就感到很快乐！

祝你快乐！

刘绍川

2008年10月3日

及时向刘老师报告入党转正消息

——刘燕把自己的好消息在第一时间让刘老师知道

敬爱的刘老师：

本学期您给我寄来的400元钱和先后发来的其他信件，我均已收到，谢谢！

很抱歉，直到今天我才给您写信。在此，我要告诉您两个好消息：

一是，2009年12月3日，学院党组织已批准我按期转正，我已成为一名中国共产党的正式党员；二是，我已顺利通过了“造价员”考试。(前天去查考试成绩，确认已通过)

刘老师，不知为什么，每次有什么好消息，我总是想让您在第一时间知道，虽然确实不愿增加您回信的负担，但总是收不住写信的笔。

天气越来越冷，请您多保重。

祝您身体健康，阖家欢乐！

此致

敬礼！

您的学生：刘燕

2009年12月14日

刘绍川致刘燕

共产党员要终身履行入党誓言，坚持党性修养

——刘绍川祝贺刘燕入党转正，告诫她要重视共产党员的先进性修养

刘燕：

自从我于2008年到信息工程学院做党建工作以来，写回信的时间就确实少了。现在，我断断续续地给你写信，是有特殊原因的：第一，读到你已成为一名中共正式党员的好消息，我特别高兴！这正是我所期盼的。因此，值得我高兴，值得我祝贺！第二，我正好给2008级的第一批新党员提希望，愿把其中的基本观点转达给你。第三，面对你能把自己的好消息“在第一时间”让我知道的深情厚谊，我不能不抽空来给你写回信。

学习党的基本理论和在实践中创造的先进思想，来不断深化对共产党员先进性的认识；自觉运用自我总结、自我反省和自我改进的方法，来保证在本职岗位上发挥共产党员的先进性作用；坚持把以“为共产主义奋斗终身”为核心的誓词贯彻于自己的人生发展过程中，用为党为人民多做贡献的实际成果，来体现自己的人生价值，也为后来者做出榜样。

这个“希望”包括互为前提、彼此联系、贯彻始终的三句话，而每一句话中也包含互为因果的意思。因此，我希望你也认真加以思考，尤其要从实践中来检验它、丰富它、发展它。我之所以给新党员提出上述要求，是基于我学习党的建设理论所得到的启发，也是我对怎样才能当好一名共产党员的实践体验的概括和理性认识的思考。

原总书记胡锦涛在十七大报告中从全党建设的高度提到了“先进性”

建设的重大意义，他指出："必须把党的执政能力建设和先进性建设作为主线，以加强思想建设，以造就高素质党员、干部队伍为重点加强组织建设，使党始终成为立党为公、执政为民，求真务实、改革创新，艰苦奋斗、清正廉洁，富有活力、团结和谐的马克思主义执政党。"他不仅从保证执政党的地位和作用的高度来强调"先进性"建设的重大意义，而且也从加强基层党的建设的"基础工程"意义上强调了抓"先进性"教育的必要性。他指出："先进性是马克思主义政党的生命所系、力量所在，要靠千千万万高素质党员来体现。要扎实抓好党员队伍建设这一基础工程，坚持不懈地提高党员素质。"总书记不仅高度重视通过抓先进性建设来提高党的干部的执政能力，而且要求"健全让党员经常受教育、永葆先进性长效机制，使党员真正成为牢记宗旨、心系群众的先进分子"。与此相联系，还要求"提高发展党员质量，优化党员队伍结构，及时处置不合格党员"。

从以上的引述中可以看到，抓共产党员先进性思想建设对提高党员素质、对干部队伍建设、对马克思主义执政党的建设，都有重大而深远的意义。因此，我对新党员提出深化对共产党员先进性的认识、发挥共产党员的先进性作用的希望或要求，是符合党的建设要求的。对在校大学生党员进行发挥先进性作用的教育，不仅是党员个人党性修养的需要，而且也是高校党建工作的需要。党组织不可能解决所有入党申请者的入党问题，但务必使所有申请入党的大学生都明白，只有具备了党所需要的先进性意识、在本职岗位上发挥先进性作用的先进分子，才能被党组织接收为共产党员。共产党员只有永葆其先进性（保持先进思想、发挥先进作用），才能成为名副其实的共产党员。

刘绍川
2009 年 12 月 29 日—2010 年 1 月 7 日

刘绍川致刘燕

始终不忘共产党员责任
提高发挥先进作用水平

——刘绍川对2018届大学毕业生党员谈“党性修养”

刘燕：

这是我对2018届大学毕业生党员谈“党性修养”的讲稿，给你发去，做参考。

刚进入4月下旬，我就接受了本校离退休干部处党委书记黄波同志交给的一个任务，要为本校应届大学毕业生党员讲一堂课。我愿继续做“关心下一代”工作，并本着对大学毕业生党员前程的关怀，经过一个多月的反复思考，经过与领导、学生、老同事和好朋友的多方交流和无数次修改，现讲三点个人感悟：新时代大学毕业生共产党员从走上工作岗位起，就应重视党性修养；党性修养的核心是遵守党的严明纪律和党内规矩，坚持为人民服务；共产党员的党性修养是终身的，与坚持为共产主义奋斗终身不可分。先说“感悟”。感悟是在人生奋斗过程中所探索到的有真实意义的道理。我的上述感悟，是从60多年来的人生奋斗过程中感悟到的成功经验和个人思想总结，目的是为新时代的大学毕业生党员提供一个具有方向性的参考。至于能否起作用，从根本上说，取决于同志们能否有党性修养的自觉意识和持续修养的实践过程。

新时代大学毕业生共产党员从走上工作岗位起，就应重视党性修养。

我为什么要向大学毕业生共产党员讲“党性修养”的感悟呢？

这是我人生奋斗的成功经验。我在20世纪50年代中期入党后，读过刘少奇的《论共产党员的修养》，所留下的深刻印象是，共产党员始终要根据自己所面临的时代任务、党和人民的需要，自觉地重视个人的党性修养问题。刘少奇写道：在同一个时期、同一个环境、同一个条件下工作的共产党员，是否重视自身的党性修养，其表现或发挥的作用、所取得的成就是大不一样的。这一教导，激励和影响了我一辈子，使我逐步地领悟到了自觉坚持党性修养的重要性。坚持自觉的党性修养，是使我入党后能尽可能地挖掘自己潜能、坚持自我改造、充分发挥自己先进作用的过程，也是使我坚持为共产主义理想奋斗终身的实践保证。我在1951年上初中期间，看过我们班主任等人演出的话剧《保尔·柯察金》，并经班主任推荐，借阅了《钢铁是怎样炼成的》一书。这为我随后加入青年团奠定了思想基础（实际上也为人生的发展奠定了思想基础）。从那时起，我心中记下了保尔·柯察金的人生名言，也把它当成自己的美好愿望，但还缺乏到达人生崇高目标的信心，唯一所下定的决心是从“不虚度年华”做起，并做到了迄今都“不虚度年华”，一生追求进步。于是，我从一个初中毕业生起步，先去农村青年团做基层工作，后加入共产党，随后被县委保送上大学（中央民族大学）；大学毕业前，又被党组织推荐考研（中国人民大学）；研究生毕业后，在中央民族大学的教学、科研中追求上进，随后成为校报主编（任职10年，直到退休）、研究员；退休后，自觉选择“退而不休”，继续追求进步，仍“不虚度年华”，把打工助学、奖励优秀学生当成了自己的终身事业。因而在校内荣获“优秀党员”“优秀党务工作者”称号，在校外荣获北京市教工委“关心下一代先进工作者”称号、国家教委“关心下一代先进工作者”奖章。这是我退休后始终不忘共产党员责任，力求继续为党为人民做贡献的结果。如果我入党后不坚持党性修养，那我就不可能取得在职时期的那些新进步。如果我退休后不再继续追求进步、不再坚持“不虚度年华”、不再自觉地重视党性修养，那我也不可能取得退休后的新成果。正因为我把坚持“不虚度年华”、不断追求进步与自觉坚持党性修养相结合，进而才把共产党员的优秀变为日常习惯，继续创造新成果。当我自然而然地走向崇高的人生目标时，我用自己的体验来激励当代大学生党员重视党性修养也是自然而然的，但仅供新时代的共产党员参考。

这也是我做大学生党建工作的继续和对“关心下一代”工作的深化。我于2008年至2012年在本校信息工程学院做党总支的特邀党建组织员，重点协助党组织在2008级开展党建试点工作。我不仅协助党组织把大学生中的先进分子发展入党，而且在与每个党员的谈话中，都结合其实际提出了希望，即：在人生发展的全过程中，要不断总结经验教训，在本职岗位上发挥先进作用，要坚持履行以“为共产主义奋斗终身”为核心的入党誓言。随后，我同“林八吉”（2008级党员的代称）和“闻声浆”（即“文升奖”，是我在本村创设的文榜村学生升级升学奖学金获得者的代称）们共同完成了《发扬传承之光》的书稿，现已列入我校出版社出版计划。该书稿是我20多年来奖学、党建工作的总结性成果，也为2008级党员入党后的党性修养奠定了基础。如今，我对2018届大学毕业生党员来谈党性修养问题，是对2008级党建试点工作的补充和发展，不仅给2008级党员补上一课，也为“文升奖”获得者提供了努力方向。同时，这也是我对“关心下一代”工作的深化，即把个人坚持为共产主义奋斗终身的党性修养与教育大学生党员重视党性修养相结合。我将把此讲稿加到该书稿的结尾处。

新时代大学毕业生党员的党性修养从何着手？

要从思想上认识到党性修养的必要性入手。大学毕业生党员在高校发挥先进作用、入了党，但这只是把自己塑造成真正共产主义者的起点。实际上，大学生党员在思想意识上、工作作风上、组织纪律上，距离党的先进性和纯洁性标准还相当远，若不经过自觉学习、自觉锻炼和自觉改造，即不通过党性修养，就不可能消除自己身上长期形成的各种落后性和非纯洁性，就不可能主动地挖掘自己的内在潜能，就不可能充分地发挥自己的聪明才智和首创精神，也就不可能成为用党的科学世界观和方法论武装自己的真正合格的共产党员。甚至有可能在复杂的环境中，或在困难面前犯大错误、走大弯路，甚至走到党和人民的对立面（那些贪官污吏就是实例）。因此，每个共产党员的党性修养，不仅关系到党的事业的发展，也关系到党员个人的历史作用和发展前途。大学生共产党员毕业后加强党性修养，既是继承和发扬党的优良传统的需要，也是继承和发扬个人以往优秀品质的需要。大学生共产党员党性的修养，是大学生共产党员毕业后个人在社会实践中走上成才成功的必由之路；是共产党员忠于党、忠于人民的思想保证；是共产党员在政治上与党中央保持一致，为建设国家、发展国家和保卫国家发挥创造性才能的基石。

要理解共产党员党性修养的含义和基本要求。从概念上，理解党性修养的含义。共产党员的"党性"是共产党员阶级性的最高最集中的表现，是衡量党员阶级觉悟高低和立场是否坚定的准绳；共产党员的"修养"是指党员要力求在思想、理论、知识、艺术等方面达到较高的水平，养成待人处事的正确态度和科学方法。

从完整的规定性上理解党性修养的基本要求。共产党员的党性修养，就是要按《中国共产党章程》的规定来要求自己，学习党的"总纲"，明确党的性质、任务和奋斗目标。要结合社会实际和个人思想实际，反复学习、领悟和贯彻党的指导思想。按"第一章 党员"规定，发挥党员的先进作用，履行党员的义务、权利和责任。

共产党员的党性修养重在把党对我们的要求与个人实际相结合，根据个人的发展需要来提高自己，更好地发挥自己的特点和优势，而不是照搬别人的做法。概括地说，共产党员的党性修养，就是要始终不忘记自己的党员身份和必须发挥先进作用的责任。无论从事什么职业，居于什么地位，都要坚持在本职岗位上、在实践中不断提高自己的思想觉悟、理论水平、知识水平和业务能力，自觉挖掘自己的潜能，充分发挥自己的主动性、积极性和创造性，争取为党的事业、为人民的利益做出自己可能的贡献。入党后忘掉自己党员身份的"党员"，不可能进行党性的修养，也不可能发挥共产党员的先进作用。

共产党员的党性修养，就是要以增强党员的先进性和纯洁性为标准，以最大限度地为党为人民做贡献为目的。即按照党的先进性和纯洁性进行自我反省、自我改进、自我提升，坚持全心全意为人民服务，坚持为实现党的任务而不懈奋斗、有效奋斗。

要明确新时代大学毕业生党员进行党性修养的特殊意义。新时代大学毕业生党员走上社会，就必然面临新时代中国特色社会主义事业更加宏伟、更加艰巨，也更加光荣的发展任务，将在实现党的两个“一百年”任务中发挥承上启下的作用。当代大学生共产党员只有按照习近平总书记新时代新思想和新要求来加强党性修养，才能使自己在新时代中国特色社会主义的事业中“奠定立身、立业、立言、立德的基石”，才能理解新时代的历史使命，才能为实现党的新的历史使命发挥自己的先进作用。

共产党员在党性修养过程中主要应该抓什么呢?

需要在学习党的指导思想上下功夫。我通过半个多世纪的学习实践和党性的修养，逐步认识到，学习领会、贯彻落实党的指导思想，是共产党员在实践过程中进行党性修养的指针、方向、武器、目的和标准，若脱离党的指导思想，那就不可能有正确、有效的党性修养的成果。

学习马克思主义，认识社会主义代替资本主义的必然性，确立为共产主义奋斗终身的理想信念，是共产党员发挥先进性和纯洁性的思想基础。是共产党员战胜一切艰难困苦，在本职岗位上发挥首创精神，终身忠于党和人民，做到无私奉献的思想保证。

因此，共产党员要以“党纲”为指导，学习马克思主义。要结合新形势、新任务，反复学习马克思主义的代表作《共产党宣言》。要以此为基础，确立共产主义世界观，从理论与实践的结合上坚定共产主义信念。

我经过半个多世纪以来的学习研究、教学实践和社会实践，看到了世界的变革和人类的发展。这使我确信，共产党人只有学习领会马克思和恩格斯为“宣言”所写的七篇序言，才能把握住学习研究《共产党宣言》的基本原则和科学方法，才能遵循马恩看待“宣言”的立场、观点和方法，才能科学地继承和发展“宣言”的原理，并创造性地推进本国的和全人类的解放事业。同时，要认真领会习近平总书记就《共产党宣言》的学习所发表的重要讲话。他指出：“学习马克思主义基本理论是共产党人的必修课。”“我们重温《共产党宣言》，就是要深刻感悟和把握马克思主义真理力量，坚定马克思主义信仰，追溯马克思主义政党保持先进性和纯洁性的理论源头，提高全党运用马克思主义基本原理解决当代中国实际问题的能力和水平。”“《共产党宣言》是一部科学洞见人类社会发展规律的经典著作，是一部充满斗争精神、批判精神、革命精神的经典著作，是一部秉持人民立场、为人民大众谋利益、为全人类谋解放的经典著作。”

我学习了习总书记谈学习《共产党宣言》重要性和科学方法的讲话后，倍受鼓舞，更加确信自己所走的道路是正确的。《共产党宣言》是共产党人发展着的理论和实践党纲，谁都无法一次性把握它、运用它、发展它，必须学习、学习、再学习，运用、创新，无止境。我在“答网友问”中，概述了我学习《共产党宣言》的故事。我说，《共产党宣言》我学了一辈子、用了一辈子，坚持学以致用，但并非全懂，只是尝到了无尽的甜头。它使我在创造性的事业中感到其意味无穷，使我经受了各种考验，战胜了各种困难。它是我选择“退而不休”、坚持“为共产主义奋斗终身”、热心于“关心下一代”工作的理论根据，也是我坚持终身加强党性修养、不断为党和人民做贡献的取之不尽、用之不竭的精神力量。

因此。我衷心希望我校的大学生党员也应认真学习习总书记的教导，认真地、反复地、创造性地学习和运用《共产党宣言》的立场、观点和方法，做到常学常新，做一个清醒的共产党员。

需要学习马克思主义发展的新成果。2018 年 5 月 4 日晚，我通过电视聆听了习近平在纪念马克思 200 周年诞辰大会上的讲话，深受感动。5 月 5 日清晨，我下载了新华社发的“讲话”全文，并在细读之中，联想到了自己一生的奋斗。进而领悟到，“讲话”是中国共产党在新时代坚持和发展马克思主义的光辉典范，并发了微博称赞。

我的微博获得了网友们的“赞”或积极评论。我通过回复他们，进一步抒发了读习总书记“讲话”的心得，并建议网友们沿着习总书记“讲话”的思路和线索去钻研马克思主义著作。

以下是我在“回复”中所写的读习总书记“讲话”的几则感想：

大学生党员的党性修养必须以这一“讲话”为纲，去学习、去领悟、去运用、去发展马克思的思想和品德，每个坚持这种努力的共产党员必将成为马克思主义的传承人，必将成为党的好党员、好干部，必将成为中国人民和世界人民利益的奉献者。

有志于为中国特色社会主义事业和人类进步做出新贡献的人，不能没有马克思主义的指导，不能脱离习总书记坚持和发展马克思主义的理论、道路和方法。

没有革命的理论，就没有革命的行动。没有马克思主义的立场、观点、方法做指导，就没有劳动者的解放、人类的解放。不重视或不能够用马克思主义武装自己头脑的共产党员，不可能是自觉的、坚定的共产主义战士。

我在学习和运用马克思主义著作上是下功夫的，也是一再尝到甜头的。尝到“甜头”的最新感受是：习总书记在纪念马克思诞辰200周年大会上“讲话”所涉及的那些马克思主义观点，是我学过、教过和所遵循的。正是马克思主义的立场、观点、方法，解放了我的思想，开发了我的智慧，铸造了我的人生。我坚持为共产主义奋斗终身的选择和实践，与接受马克思主义教育密不可分，也与获得中国共产党的哺育、激励和支持分不开。因此，我不仅能更深切地看到马克思主义的生命力，而且更加佩服习总书记在新时代对马克思主义的新发展、新贡献。

马克思主义是全人类的共同精神财富，是取之不尽、用之不竭的活的思想理论源泉，供共产主义事业的接班人们去学习、运用和发展。现实虽然离马克思的美好理想尚远，但中国特色社会主义的新时代正开拓走向那美好理想的光明大道。尚未读过马克思主义基本著作的青年朋友们努力吧，以习总书记为榜样，沿着他对马克思主义的思想线索、科学方法和发展方向的指引，不断前进。这是在新时代充分发挥个人作用的前提。

马克思主义的命运与共产党人的历史作用是分不开的。在国际共产主义运动史上，那些曾经打着马克思主义旗号却阉割马克思主义革命灵魂、出卖自己灵魂而千方百计讨好资产者的“智士”们，即使从资产者那里获得过“实惠”“风光”“赞美”，但他们永远洗刷不掉背叛马克思主义、背叛无产阶级革命、葬送社会主义事业的可耻历史。而那些沿着马克思主义指明的道路而献身于开创新世界的先驱者、英烈们、前辈们，无论他们在开创新世界中有过多少差错，遭遇过多少内奸外敌的报复和羞辱，但马克思主义的继承者，新世界的开拓者、建设者、改革者们绝不会忘掉他们。在中国特色社会主义发展的过程中，那些打着共产党旗号、身居高位的干部，却背离党的原则、背离人民利益而堕落成为贪官污吏，他们曾拥有亿万家产，穷奢极欲，显赫一时，但最终只落得身败名裂的可耻下场。

共产党人带领人民大众开创新世界、建设新社会的伟业，是同马克思主义的胜利分不开的。只有沿着马克思主义的发展道路前进，坚持为共产主义而奋斗，才是大有前途的。人类的共同进步、人类的自我解放、人类最终创造同享幸福的新世界，是任何力量也阻止不了的。马克思主义的真理性价值、无限生命力和不竭的潜能，就存在于这一发展过程之中。其他的任何私有观念、美妙学说，都取代不了马克思共产主义学说的指导地位。

我的以上心得，是我长期学习马克思主义心得的新体会，是我坚持为共产主义奋斗终身的精神支柱，也是我坚持党性修养的新成果。我对网友的希望和建议，也就是对大学生党员党性修养的希望和建议。

需要以党章为蓝本，加强全面的持续的党性修养。无论是大学毕业生党员，还是在各行各业、不同岗位上就业或任职的新老共产党员，都应该以党章为蓝本，进行全面的持续的党性修养。

共产党员的党性修养必须以《中国共产党章程》为蓝本，学习和坚持党章的各项规定。党章是中国共产党人集体智慧的结晶，是党不断发展、不断完善、不断创新的既有成果，是指导全体共产党员党性修养的百科全书，是动员和组织共产党员不断推进党的事业发展的根本保证。因此，无论党员处在什么环境、居于什么地位、面对什么任务，都能从党章中找到自己所需要的指导思想，所需要坚持的思想原则、政治原则、组织原则和工作方法，所需要发展的方向和道路等。

党性修养的核心是遵守党的严明纪律和党内规矩，坚持为人民服务。

根据这次讲课的需要，我从党性修养的角度，学习了《习近平关于严明党的纪律和规矩论述摘编》中的论述。通过学习关于严明党的纪律和规矩的论述，我更加明确了党性修养要以提高执行党的政治纪律和遵循党的政治规矩的自觉性为要务，并作为检验共产党员党性修养成果的集中表现：

第一，要从党的纲领、理论、性质、任务、宗旨上，提高遵守党的纪律和规矩的自觉性。要把忠于党、忠于人民与遵守党的纪律和规矩统一起来。切实地把对党中央领导负责与对人民群众利益负责统一起来。

第二，要在政治上做到与党中央的要求保持一致，维护党中央的领导权威，贯彻党中央的战略部署，按党中央的要求创造性地做好本职工作。在本职岗位上，利用自己的地位、职权和能力，做好为人民谋利益的事，而绝不做违背党和人民利益的事。

第三，要以自己的党性修养为基础，以国家的法律为准绳，敢于反对不正之风，敢于抵制和反对党内外的腐败现象，维护党和人民的利益。

共产党员的党性修养是终身的，与坚持为共产主义奋斗终身不可分。

党的事业在不断发展，党对党员的要求也必然是不断更新的、越来越高的。

因此，共产党员在不同时代、不同的发展阶段上，只有根据党的事业发展的需要，来学习党的新精神、新要求，提高自己的认识能力，增强党性修养，才能使自己不断适应党的事业发展的需要，创造性地做好本职工作。

共产党员的党性修养是一个自觉地终身修养的过程，也就是根据党的要求和党员的责任，自觉地及时地总结自身的经验教训，提高党性修养水平，发扬成绩、发扬优点、纠正错误、改进工作的不断发展过程。

共产党员在修养过程中，不仅需要发挥先进分子的作用，影响、带动和帮助身边的人或自己的服务对象，而且要通过学习先进人物、学习先进榜样和学习人民群众的集体智慧，来提高自己的党性修养水平，更出色地发挥自己的先进作用。

不仅需要向正面人物学习先进思想、先进事迹，而且要善于吸取反面人物的教训，来加强自己的党性修养，以免走到反面人物的歪门邪道上，陷入犯罪的深渊。

共产党员入党过程中接受党的先进性、纯洁性教育，是入党后党性修养的基础；在职时代取得的党性修养成果，是退休后坚持党性修养的基础。共产党员的任何修养成果，都代替不了新形势下的新修养。共产党员即使老了，也要继续学习、提高修养，这也是共产党员“退而不休”“老有所为”的前提。因此，共产党员的党性修养也应贯穿于整个人生过程，活到老、学到老、修养到老，共产党员的生命在历史上虽然是短暂的，其先进作用和历史贡献也是有限的，但共产党员的修养与其生命力是相联系的。共产党员坚持终身的党性修养的一个重要内容，就是在人生奋斗过程中，始终以为党为人民多做贡献为目的，来培养自己有利于身心健康的生活习惯、掌握必要的健身知识和技能、锻造战胜疾病的意志和能力，尽可能争取延长自我生活能力和一定的工作能力。

坚持为共产主义奋斗终身是具体的实际行动。中国新时代的共产党员应该在中华民族伟大复兴的神圣事业中，不断磨砺自己的党性，做好自己的本职工作，不断创造新的业绩，为共产主义大厦添砖加瓦，做到生命不息、奋斗不止。共产党人的事业是正义的、永存的，因为我们是后继有人的。而且后人必定能后来者居上。这是社会发展的必然，也是我们党的事业发展的必然。

共产党员的党性修养，其起点、核心、价值都取决于能否不断学习、不断思考、做到言行一致，都取决于能否保持对党的事业的无限忠诚、能否保持对人民利益的无限忠诚。坚持自觉自愿的“退而不休”，坚持为共产主义奋斗终身，为党、为下一代人做出自己力所能及的贡献，这正是共产党员坚持终身党性修养的必然成果和人生乐趣，也是为后人做出的一种榜样。

我们应当像保尔·柯察金那样看待人生。他说：“人最宝贵的是生命，生命属于人只有一次。人的一生，应当这样度过：当他回首往事时，不因虚度年华而悔恨，也不因碌碌无为而羞耻。这样在他临死的时候，他就能够说：我已经把我的整个生命和全部精力，都献给了这个世界上最壮丽的事业——为了人类的解放而斗争。”

我经过一生不虚度年华，坚持终生奋斗、终身修养，可以自豪地说，我越来越自觉地在把自己有用的智慧和有限的财力奉献给发展中的社会主义和理想中的共产主义——我所关心的下一代人。最后，让我们共同重温毛泽东于1957年在莫斯科接见中国留学生时的一段讲话，来与大家共勉。他说：“世界是你们的，也是我们的，但归根结底是你们的。你们青年人朝气蓬勃，好像早晨八九点钟的太阳，希望寄托在你们身上。”

刘绍川

2018年8月—9月

刘燕致刘绍川

大学毕业后的就业履职成果和当前现状

——刘燕向老师通报大学毕业以来的概况

刘老师:

很抱歉，这么晚给您发邮件。这几天我在看您和成芳姐姐的通信集《两代人的呼应》，感慨颇多，感觉有很多想要和您分享的东西。本来打算看完了再给您发邮件的，但今晚（确切地说应该是昨晚）看到您整理的我们“爷孙”之间的书信后，心情久久不能平复，当年的点点滴滴全部浮现在脑海中。感恩自己当年遇上了您，无论是经济上，还是精神上都受到了您的“恩惠”，特别是您在精神上的指引，让我的人生少走了很多弯路；同时，我也很抱歉自己到大四后期就断了和您的书信联系。希望能得到您的原谅。

刘老师，大学毕业后我的第一份工作也是一名人民教师，所在学校是一所大专类学校（云南经济管理职业学院），现在有些专业已经升为本科专业，学校名字也改了（云南经济管理学院）。当时我在学校当班主任，同时也上课，一周 20 节，早晚还要守自习，晚上下自习还要查宿舍，真的很累！但是每次觉得累的时候，我总是以您为榜样，用您的精神来鞭策自己，所以当时班级还被评为“省级优秀班集体”。只是到第三年的时候我身体有些不舒服，再加上学校搬去安宁，所以我就没有继续留在该校，而是重新找了一份工程招标代理的工作。虽然是新工作，不过我的努力得到了领导们的认可，还被评为“优秀员工”。 2016 年有了小孩后，没有人帮忙带孩子，所以就只好先停了工作。去年（2017

年）3月的时候我婆婆来昆明帮我们带了两个月的孩子，所以我去工作了一段时间，但是由于我公公高血压，头部有点血栓，再加上小姑子怀孕（由于我爱人在昆明，所以家人把小姑子招在家里面），我婆婆只得回家。我妈妈帮带了几天后，也要照顾我弟弟家的小孩（我弟弟和弟媳也在外面打工，爸爸也外出做木工），所以从去年十月到现在我完全没有上班。

刘老师，以上就是我毕业后的基本情况。就像那天电话里跟您说的，我有些汗颜，感觉自己没出息。不过跟您通话后我想明白了好多，前几年我考取了“二级建造师”，就在怀孕那年还考上了在职研究生，只是因为当时在老家，担心路上颠簸会影响孩子，所以没有来昆明面试。不过我不后悔，以后还可以再考，这两年我也在努力考取各种专业证书，只是带孩子花的时间太多，看书的时间太少，所以成绩还不理想。

刘老师，我有很多话想和您说，但看您视力日渐下降，很多时候我都不想再给您增加负担。这几天和您邮件联系后，我又开始像上学那会儿一样，每天期待着您的邮件。（我在手机上安装了一个QQ邮箱，每天一早，都要习惯地打开看看有没有您的邮件。）

您的学生：刘燕

2018年9月5日凌晨

刘绍川致刘燕、杨飞

祝愿一对“飞燕”展翅高飞

——刘绍川向刘燕、杨飞表达偶然的思索和真实的感悟

刘燕、杨飞：

为了尊重你们两位的“共同决定”，我不得不收回自己已发出的助人“命令”。我真为你们相知、相爱、相敬的“老乡结合”而高兴！同时，我也要表明我对你俩的心愿，祝愿你俩都能成为自己事业上一对展翅高飞的“飞燕”。

我在想，你们的名字怎么那么巧合，怎么那么美好。“杨柳”（刘）树的上空掠过一群飞燕，就是一首诗，就是一幅景。而对我来说，这就是永驻心头的乡情。我为什么最近才称呼刘燕为“燕子”？过去与刘燕交往，只局限于学习上、思想上的问题，没有时间引申出对“燕子”的历史回顾与无限思考。现在，却通过用“燕子”这一称呼，唤醒了我对童年、少年的历史回顾与无限思考，还包含着我没有忘掉我们曾经有过的共识，我没有忘掉我过去对她的期望，她也没有忘记曾向我表示过的人生追求。写到这里，我联想起了其他的燕子，凌空飞翔的燕子、张开双翼的燕子……这也证明，家乡人心中有爱燕子的深情。

回想起乡情与春天燕子的关系，我得在此写上几笔。当时，我们年纪小并不知道春天已经来到了，但我们能看到春燕归来了。我们欢迎屋檐下归来的燕子，经常看它们飞来飞去、含泥修补旧巢。不久后，便看到小燕子探出头来张望我们。当我们好奇地想把小燕子引出来的时候，奶奶就警告我们：“别碰燕子窝，谁把它弄坏了，谁会长‘瘌痢头’（长

在头上难以治愈的外疮——像燕子窝似的)。”我并不在意家里的燕子是何时离家的,但我相信它总会回来的,因为年年如此。看到田野里或村中河边的柳树上燕群飞过时,我虽然分不清哪几只燕子是我家的,但总相信,其中有我家的。

爱年年回归的燕子,是我少年时代记忆中不可磨灭的印象,也是我们白族人民的一种优良传统。

刘绍川

2018年9月6日

刘燕致刘绍川

千万不做让孩子感觉“狠”和“恨”的人

——刘燕向刘老师反映她读信、读书后的若干想法

刘老师:

谢谢您，看了您刚刚发来的邮件，我心里突然有些难过。虽然您没说您爱人（我应该尊称一声“奶奶”）不支持您之类的话，但从您说到儿子时，提到“我儿子学他妈，常与我作对，崇尚‘逆反’心理”时，我便隐隐有一种感觉：您在帮助我们这一批贫困生的时候，是不是也遇到了很多困难？我真的很庆幸自己是万千贫困生中能遇到您的那一个，要不是因为您，我的人生可能就不是现在的样子。

您提到的权纯一，虽然我不认识，但在《两代人的呼应》中我对他已经有了很深刻的认识，知道他是一个很优秀的“孩子”。在您给他写的长信中，我不仅了解到他的优秀，同时也看到了您在教育下一代方面的理念和方法，比如您为了培养他好学的精神，每月带他去书店买一本书，他只要被评上“三好学生”就给他一次奖励，还有教育他如何处理与同学们的关系等。这些都是值得我们在教育孩子过程中学习并付诸实践的东西。在信中还有一处让我很有感触，就是权纯一所说的“打是狠，骂是恨”。很多时候父母为了孩子的成长、成才的确采取了一些过激的手段。现在，我的女儿两岁多一点，我也希望她能从小养成好习惯。为了让她明年上幼儿园时能较好地适应校园生活，在她的作息时间上，我尽量按幼儿园的时间来安排。可是，她正是调皮的年龄，有时就是不按时睡午觉，就在这个假期里，我们回老家，有一天她不睡，我就

说她了，甚至表现得很生气的样子。当时，我婆婆就说：“她还是两岁的孩子，不睡就算了，等她想睡的时候再睡。比起同龄人，她已经很优秀了，不要老是说她。”（对了，刘老师，她叫杨涵颖。我怀孕之后一直在老家待产，所以她是在剑川长大的，也一直学的白族话，十个月左右就开始会喊“爸爸、妈妈”，一岁半就什么都会说了。今年五一我们才来昆明。因为之前一直租房子住，不方便，所以去年我没上班后，就回到剑川。她只在昆明待了三个月，但普通话已基本全部会说了，所以才有了婆婆说的“比同龄人优秀”的话。）之后我也想了，可能我真的对她要求太高了，大人也有“逆反”的时候，她也只是偶尔才会这样，所以就告诫自己别太苛刻了。看了权纯一所说的话后，我就更意识到自己千万不能去做让孩子觉得“狠”和“恨”的那种人。刚才您在电话里说，父母在孩子面前一定要统一意见、建议，我也一定会采纳的。人们都说，父母是孩子最好的老师，父母的言传身教对孩子是最好的教育。谢谢您的教导。

此致

敬礼！

您的学生：刘燕

2018 年 9 月 7 日

能做到让孩子觉得不“狠”不“恨”的父母并不容易

——刘绍川向刘燕介绍“家庭教育”上自己的正反面经验

刘燕：

你在信中根据我家“家庭教育”上存在的矛盾而提到，“我便隐隐有一种感觉：您在帮助我们这一批贫困生的时候，是不是也遇到了很多困难？”其他人也想到或提到过这一类问题，那我在此解释一下吧。我爱人在家庭问题上习惯性与我唱反调，但她对别人却很好。她回剑川的次数比我多，亲友都说她好；我周末招待校内的小老乡或我的晚辈，她都很热情，常常争着做菜；我偶尔接待来京的弟妹或我的学生，她都很热情。校内的几家老乡都说她比我好。在我助学、奖学问题上，她从没有表现过不满。

这似乎很奇怪，但具体问题就得具体分析。从这里可以看到，一个人在社会关系上交往的表现与在家庭教育上的表现，往往是不一样的。同时，这“不一样”也有其历史原因。我爱人是民大的学生，是学习哈萨克语的汉族学生，长期在民族系统工作，懂得尊重少数民族。我们成家后，根据剑川的传统教育，我明确地告诉爱人，剑川人非常重视乡亲关系，若怠慢老乡，会在家乡丧失民心的，而且是难以挽回的。这对她起了一定的作用。我的孩子从上学起，我就明确地告诉他们：你们上到哪一级，我就供到哪一级。你们就业后，我要用自己的余力去兑现“回报家乡人民”的诺言。因为我是靠“人民助学金”上的学，从第一次到县粮食局领取70斤大米时，我就意识到，这是剑川农民交的公粮，将来我有能力时必做回报。因此，我助学是有历史原因的。家里人能理解，没有反对。而且，我是在保证家庭生活需要的前提下开展助学活动的，并不妨碍家里的日常生活。因此，我的助学、奖学活动是得到家人的理解和支持的。现在遗憾的是，我们在如何教育孩子上没有事先考虑、交换、协调过意见，只是各行其是，所以要求不同，造成了不良后果。我得到的深刻教训是，如何教育好孩子，使其成长、成才、成功，是爱情赖以发展的基础，是家庭的大事，希望你们做得超越我们。

现在，集中谈谈父母与孩子的关系问题。这是关系到社会教育、学校教育、家庭教育及其相关问题的大问题、大难题。任何个人对它的作用都是极为有限的，但也不是无所作为的。我们可以根据历史经验、切身感受、现实条件和发展趋势，做一些可能的有益的工作，去自觉地弥补不该出现的过错。

首先，我们作为老一辈，要通过交流思想，把我们的失败教训变成你们走向成功的要素。我暴露家庭教育的失败，目的就在这里。也为了提醒你们，要把共同教育好孩子当成互爱的责任、共同的寄托，教育的方向和方法都要有利于孩子走向成长、成才、成功，而不要在孩子面前不讲是非，无原则地讨好孩子，姑息、迁就、放纵其不良倾向。父母二人的想法不同，教育的方式方法可以灵活，但绝不能拆对方的台，若有矛盾，应两人做协调后实施，或某一方无声地保留看法，等待实践的证明。孩子的失败就是父母共同的失败、共同的责任啊!

其次，要找机会，抓住机会，以自己的经验教训为基础，重新学习、重新摸索，创造出成功的经验来。我经过20多年的努力，获得了一个“没有血缘关系的亲孙子”，这是我“关心下一代工作”的重大成果。有了这个经验，我在各种场合再教育父母们、鼓励孩子们（参见我的微博）。

再次，父母要做到不让孩子感到“狠”“恨”，是很不容易的。我父亲的打骂，使我终生难忘；儿子对我的“狠”“恨”，也记在他心里。要在教育孩子的过程中使孩子感到你对他不“狠”、不“恨”，就得做多方面的努力。例如：

1. 把培养孩子的学习兴趣当成入学前的重点，常抓、实抓，每月带他（她）去书店，完全由他（她）自选有兴趣的书；

2. 利用各种沟通机会，向孩子从小灌输热爱学习、认真学习、掌握真实本领对社会、对国家、对个人的好处，不断激发孩子的学习兴趣，不断促进他增强自己的实力；

3. 激励孩子的进取精神和成绩进步，依据在校内获奖状况，兑现额外的奖励；

4. 及时了解孩子的学习情况和思想倾向，用其优点去克服其缺点，即帮助孩子把学得好的功课的经验运用到学得差的功课上；

5. 鼓励孩子把“学习同学”与“服务同学”结合起来。把听从老师的教导与充当老师的助手结合起来。带头搞好学习，全面锻炼自己；

6. 要求孩子做什么、不做什么，要从有利于他（她）身心健康、未来发展的需要出发。但父母得先想明白、讲出来，相信孩子不会拒绝对他（她）有利的好事，让孩子为自己的需要去做，而不是盲目地遵命去做；

7. 随着孩子的成长与发展，要了解他（她）、研究他（她）、学习他（她），在提高自己、改造自己的基础上去指导他（她），并注意检验自己指导的效果。

刘燕、杨飞，不再写了。以上供你俩参考。

刘绍川

2018年9月8日

刘燕致刘绍川

用《两代人的呼应》作者精神激励自己

——刘燕向刘老师交流读《两代人的呼应》的感想

刘老师:

《两代人的呼应》一书，让我对您和成芳姐姐有了更深的了解和认识。拿到书的那一刻，我先是看到了封面上您和成芳姐姐的照片，您是那么的和蔼可亲，成芳姐姐是那么的朴素动人。再打开里面，全是您和成芳姐姐的荣誉证书。这让我很感动，也很震撼。

首先，看到成芳姐的经历后，我想起了自己的过去。想起当年每个星期天去上学之前，妈妈都要为我去借20元生活费的日子，也想起了因为支持我而断送了学业的姐姐和弟弟。我在为他们惋惜和愧疚的同时，感谢她（他）们把学习的机会给了我，也庆幸自己遇到了您。还有，虽然在就业的道路上，成芳姐姐曾遇到了那么多的坎坷，但她现在取得了那么大的成绩，我真心替她高兴。真是应了“天将降大任于是人也，必先苦其心志，劳其筋骨，饿其体肤，空乏其身，行拂乱其所为”这句话。我想在以后的工作中，我将用成芳姐的精神激励自己。

其次，您的种种经历在我的心里烙下了深深的印迹。

一、您吃苦的经历。您小时候干过的农活，基本上是一个地道农民需要做的所有劳作活动（我小时候也经常帮家里干活，所以也了解一些）。当时，您才8岁，但为了能分担母亲的重担，居然做过这些农活。还有您求学道路上吃的苦也是常人不能比的，在当时的社会环境下，能像您这样坚持下来，还能取得如此大的成就的人，真是寥寥无几。

二、您有差一点就辍学的经历。您父亲当时想阻止您补习、升学，这让我想到，自己是多么幸福的人。我家境虽然贫困，但父母却从未对我说过停止学业之类的话，从来没有强迫我做什么，只要是正确的决定，他们都会支持。我感恩父母的“不离不弃”。

三、您“知恩必报”的经历。在您“出人头地”后，不忘报答曾经帮助过您的人，即便表哥等人已经离去，您都要把回报的情意用于其他下一代人。还有，因为剑川人民“养育”了您、资助过您，您就用晚年的所能作回报，帮助了一批跟我一样的“穷孩子”升学，还在村里奖励优秀学生。这些都让我深深地感动。

四、您坚持党的方针政策的经历。您把党的“两个坚持”渗透到自己的学习、工作和生活之中，并不断地学习和提高自己，这使您在“退而不休”的实践中取得了不少成果。您的这些经历，让我在日后的学习、工作、生活中，有了学习榜样。

刘老师，《两代人的呼应》是一本让我读了一遍想再读一遍的书，它对我来说是一笔宝贵的财富，我会好好珍藏，并结合自己的实践来学习它、运用它，不断自我鞭策。同时，我也想让更多的人去更好地了解您的经历，学习您的精神。

虽然现在已经是深夜了，但我一点也不觉得困，反而将这“读后感”一吐为快后，心情舒畅了许多。

祝愿您能健康快乐！就此搁笔。

您的学生：刘燕

2018 年 9 月 9 日

“养儿方知父母恩”

——刘燕同刘老师摆事业、成家、育女的感想

刘老师:

早上好!

感谢您为了让我们能在女儿的成长道路上少走弯路、走错路，告诉我您和几个孩子（您的儿子、女儿和侄儿）的故事，也谢谢您给我每天与您联系的“特权”，我一定会好好利用这个“特权”，加强与您的联系。

您说，发生在您两个孩子身上的事让您感到“后悔不及”。其实，我了解了他（她）们的经历后，也挺为他们感到惋惜的。

以前我觉得，他们作为您的孩子是多么值得骄傲的事，也是多么幸福的事。您能为我们这些从未谋面又远隔千里的孩子常常出谋划策，那么，每天生活在您身边的他们，所受的熏陶肯定比我们多得多。然而，直到今天，我才真正地了解了他们，知道了他们的不易。特别是您女儿，真的太可惜了!

您说您现在还没有孙子辈。其实，我们就像权纯一所说的，都是您“没有血缘关系的亲孙子、亲孙女”。

前天，您告诉我，您自己出去买空调，我听了既高兴又难过。高兴的是您还能自己出去买空调，说明您的身子骨还很硬朗；难过的是，我以为您是一个人生活。今天，您告诉我，您儿子和您老两口一起生活，这才让我放心了许多。

刘老师，我是多么希望能和您生活在一座城市。那样，我就可以经常地去向您学习，也可以经常地陪伴您。一直都想去看望您，但总是事与愿违，大学毕业后就忙着寻找工作，好不容易工作有了着落，又开始步入家庭的琐碎事当中。只好等杨涵颖长大一点后，我再带着她一起去看望您。

在教育孩子的过程中，我将谨记您告诉我们的经验教训，争取不去重蹈覆辙。我对您所说的“从带孩子的过程中，有意发现她的新变化，你会感到其乐无穷。你若只想让孩子按照你的愿望去做，那你就有生不完的气”这一点，现在我已经深有体会了。杨涵颖现在才两岁多，但她已很有主见，比如在穿衣服这件事情上，很多时候，她都告诉我要穿什么，不穿什么。我要是强迫她穿不喜欢的衣服，她就会反抗。而且，有时她也会让我感动。有一天早上，她就跟我说：“妈妈，你（她还不会用“您”）辛苦了，我最爱你了。”还有当她唱《我的好妈妈》这首歌的最后一句“让我亲亲你吧，我的好妈妈”时，就会在我的脸颊的每一边亲一下。虽然这些都只是小事情，但确实都挺让我感动的。在生活中，我爱人杨飞经常说的一句话是“一步错，步步错”。他说，在关键的问题上，我们一定要把握好。同时，我们也深知，孩子是在自己成长的，不可能全照我们的要求去做，所以在她的成长过程中，除了一些原则性的问题之外，我们也尽量不去阻碍她的“自由发挥”。

“养儿方知父母恩”。在抚养孩子的过程中，我也体会到了做父母的不易。由于杨飞在昆明上班，我和女儿一度生活在老家剑川，所以她的生活基本上都由我照顾。虽然，有时家人也帮忙带一下，但吃饭、睡觉、洗漱等琐事，几乎都是我自己在做。以前，没有孩子的时候，从来没有想过带孩子有多么辛苦，也从来没想过父母在抚养自己过程中有多么艰辛。父母抚养自己的时候，各种条件都没有现在好，要一边照顾我们姐弟三人，一边带着孩子去劳动。一年到头，辛辛苦苦下来，粮食都不够吃。后来，父母还要供我们上学。想想那时的生活，他们真是太不容易了！想到这些，我竟忍不住地潸然泪下，同时也告诫自己一定要好好感谢父母的养育之恩，争取多陪陪他们、多孝顺他们。

刘老师，我可能过于感性了，每每想到这些，就收不住笔，今天就写到这里。谢谢您愿意倾听我的这番“家常”话，更谢谢您不断给我提供自己的经验、意见和建议。

今天是教师节了，祝您节日快乐!

此致

敬礼!

您的学生：刘燕

2018 年 9 月 10 日

刘燕致刘绍川

表达真诚感谢　重视培养孩子

——刘燕向刘老师反映夫妇对教育孩子建议的谢意

刘老师：

早上好！

您在来信中说到，您爱人对别人很好，对老乡和您的学生都很热情，亲朋好友和老乡都说，她比您好。在您助学、奖学问题上，她从没有表现过不满。还说您的助学、奖学活动是得到家人的理解和支持的。这让我减轻了许多心里的愧疚感。我原想，您要是因为帮助我们这群与您素不相识的孩子，而和家人之间有了隔阂，那我们再怎么努力、再怎么有成就，都是对不住您的。现在看到，在这个问题上您是得到家人支持的，我也就能释怀了。

在信中您还提到，让我参见您用“关心下一代”工作取得重大成果（权纯一的成长、成才的事例）的经验，在各种场合教育父母们、鼓励孩子们的微博。在此，我要先向您说一声“对不起”，因为到现在我都还从来没有使用过微博，一直只使用微信。所以错过了好多您的“指导”。直到今天知道您一直使用微博后，我才在手机上安装了一个，第一时间关注了您，发现自己以前真的错过了好多学习的机会。

看了您在教育孩子方面的建议后，我爱人杨飞让我代他对您表示真诚的感谢！他说，感谢您对我经济上的帮助和精神上的指引，也感谢您把在教育子女上的经验分享给我们，让我们能更好地去培养孩子。

刘老师，这段时间已经习惯了每天和您联系，习惯了每天有您的邮

件，哪怕只是一句话。所以给您的邮件有些频繁了。但愿，这没有打扰到您的生活和工作。

您的学生：刘燕

2018 年 9 月 17 日

刘绍川致刘燕

要把写“读后感”当成一种创作形式

——刘绍川就刘燕的“读后感”谈读书与写作的关系

刘燕：

你读《两代人的呼应》的读后感，我早已收到了，但迟迟未写复信。因为我觉得自己作为该书的作者之一，只能任读者自由评说，不好评论读者的见解。而且，该书出版后，我看了两遍，觉得很有意义，但没有想到要再写出新感想，所以到如今也写不出来。只是在听到老朋友、老同事们对该书的热烈赞扬后，为了让更多的人知道我与其他同学的通信，我才发出了争取出版本书的“征稿启事”，着手整理尚未全面发表过的书信。在这种情况下，我不知该如何回复或评价你的读后感。

昨天上午整理完你的读后感后，我就不得不考虑对你的读后感写复信的事。经反复考虑，直到今晨，才确定今天的写法。联想起我刚写了对《钢铁是怎样炼成的》一书的读后感，便从怎样写读后感的角度，来谈些看法。根据我的体验，我认为写读后感应注意以下几点：

1. 要把写读后感当成一种写作形式，甚至是创作形式。不仅要在读前明确有写作意图，而且要将其有意识地贯穿于阅读过程，注意令你感动的情节、精神、语言，以便随阅读过程逐步形成零星的感悟，为最后动笔打下基础。

2. 要在写对全书的读后感前，对丰富的内容、繁杂的感悟做独立思考，经分析、归纳，整理出该写的要点及其相关内容，思路清晰了，才好动笔写作。

3. 要把自己的感悟、见解提供给读者（既然把写读后感当作一种写作形式、创作形式，那么其目的就是给读者看的）做参考。

4. 要敢于实事求是评价作品，既要肯定其积极的方面，也应指出其存在的不足，从而把自己写的读后感变成对原作的赞扬、批评和补充，让其他读者分享你的认识成果。

我写给你和刘环涓读的《钢铁是怎样炼成的》一书的读后感，就是这样形成的。供你们今后读书时参考。至于你读《两代人的呼应》的读后感，虽然具有上述的基本要素，但显得还不太完整，有待今后改进。

刘绍川

2018 年 9 月 18 日

刘绍川致刘燕

将改变命运的奋斗进行到底

——刘绍川对刘燕谈助学事业的新感受、新希望

刘燕：

你于9月10日所写的“摆家常”的信，我看后已有19天。为何迟迟未做回复呢？并非不重视，而是因为它既引起了我对过去经历和体验的回顾，也超乎我对你们当前状况的想象。经反复思索后，我才觉得有些想法值得我们互相交流。我起初想到的是出版本书，能较全面地反映助学过程中我们共同经历的事实、所积累的经验教训、所创造的成功业绩，以便用群体性的成功榜样，来鼓励后来者。

然而，仅限于对同学们现状的粗略了解，我就感到，同学们大学毕业仅是改变命运的起点，现有的事业也离个人的理想、成功还有漫长的路。而抚育子女、还房贷的压力还很重，孝敬父母的能力还很有限。可以说，你们都处于“创业治家的困难时期”。由此，我也想起了自己曾经的那段经历。你们面对的困难状态与我们那个阶段面对的困难状态虽有很多区别，但都处于诸种困难并存的状态。如：事业有待发展，经济状况有待改善，承受上有老、下有小的压力的能力有待增强。而每个人在这个困难阶段的努力状况如何，关系到能否确立自己在社会上的地位和前景，关系到能否改善抚育子女、孝敬父母的条件，关系到能否提高全家的生活质量。

因此，我借此信，希望你和其他同学要有“将革命进行到底”的精神，把改变命运当成自己的终身事业，继承和发扬自己原有的美好理想、高尚愿望、坚毅品格，在现有的基础上，善于利用一切积极因素，充

分发挥自己的主观能动性、积极性和创造性，战胜“困难时期”的一切困难，开拓自己的远大前程。为自己、为后代做出创造最高人生价值的榜样，尽可能把为改变个人命运而奋斗的个人事业，变成为改变人类命运而奋斗的社会事业。我对“困难时期”的认识和态度，正是我走向成功之路的关键。在我们同龄人中，比我做得好的人有的是，但经受不住这个时期的困难而沉沦的人也不少。事在人为，只有经受得住“困难时期”的考验，才能避免前功尽弃。

刘燕，通过你的来信和我所了解的情况，我现在已经意识到，我的助学事业已延伸到了对现已就业者的关注，延伸到了对他们后代的关怀，延伸到了对他们知恩难报的同情。我过去只关注你们如何上大学，现在我更希望看到的是，你们战胜“困难阶段”的困难，开创自己和家庭的光明前景，创造最高的人生价值，赋予改变命运的努力以崭新的社会内容。我希望你们成为青年学生走上成才成功之路的榜样。你们所能的，后来者也能，且能后来者居上。你愿同权纯一一样，做我“没有血缘关系的亲孙子、亲孙女”，令我自豪。

刘绍川

2018年9月29日

重读经典

——重读《钢铁是怎样炼成的》的师生对话

“人最宝贵的是生命，生命属于人只有一次。人的一生，应当这样度过：当他回首往事时，不因虚度年华而悔恨，也不因碌碌无为而羞耻。这样在他临死的时候，他就能够说：我已经把我的整个生命和全部精力，都献给了这个世界上最壮丽的事业。——为了人类的解放而斗争。”

——保尔·柯察金

【以下为刘燕、刘环涓关于学习保尔·柯察金人生名言的来信】

刘爷爷：

您的邮件我已收到。您同刘燕谈学习保尔·柯察金名言的意义，对此我也很同意。我也会好好学习保尔·柯察金和您对人生的态度。这样，每天都能让自己活得有价值，有意义！而且，我也会把这封邮件转发给我们村里“文升奖”获得者的学子们阅读。

祝爷爷保重身体，幸福安康！

刘环涓

2018年9月11日

刘老师：

邮件已收到。您的精神和做法与保尔·柯察金是一样的，您在视力已经这么差的情况下还专门去复印店扩印，坚持阅读和思考，还同我们通信，给我们出谋划策，帮我们整理书信，并时刻想着我们这些后辈……这些都是很值得青年们学习的。

刘燕

2018年9月16日

刘燕、环涓：

在你们学习保尔·柯察金人生名言的启发下，我最近新购和重读了《钢铁是怎样炼成的》。这是我在很久以前读过的一本书，影响了我一辈子。买的新书字号小，我就请人把它扩印成四号字。每小时只能读10页，用了近40小时才粗读了一遍。而实际是用了一周时间，因为视力不行，不能持续地阅读，每次读到眼睛看不清字了，我就得休息，等视力恢复了才能再读。这次重读，与初读时大不一样。那时，只是背下了保尔·柯察金的人生“名言”，只认准了要从“不虚度年华”做起。除此之外，再也写不出第二句话来。这次重读，却有不少新收获。

60多年前初读《钢铁是怎样炼成的》时，我只记住了那段“名言”，确定了“不虚度年华”这一信念。如今重读这部经典，使我加深了对它的理解，留下了诸多难忘的印象。主要有以下几点：

我看到了保尔·柯察金是一位在列宁的布尔什维克党的教育下，在十月革命洪流中成长起来的具有钢铁般生命力、战斗力、劳动创造力的共青团员、共产党员、基层干部。

他在争取个人解放、工人阶级解放、人类解放的斗争中，锻炼了自己的革命意志和宽广胸怀，把自己的英雄主义、人生理想与学习共产主义理论并为之奋斗融为一体，从而能自觉地奋不顾身地去战斗、去劳动、去工作、去创作。

他在保卫苏维埃政权而同反革命匪帮的拼杀中，选择了最艰险的战斗岗位。在英勇拼杀中负过重伤，几次死里逃生，甚至已被列入死亡者名册。

他关注党和国家命运的大事，如饥似渴地关心时事、读书学习，力求为党的事业、为保护苏维埃政权、为恢复国民经济和国家新的建设做出自己的贡献。

他在冰天雪地里忍受艰难困苦，坚持抢时间修建运送木柴的轨道，提前突击完成了最艰难的任务。

他在民兵工作中，为边境的安宁做了积极的群众工作和边防工作。

他在反对旧势力、旧习气、旧作风中，也与自己的恶习（抽烟、骂人、好斗）做斗争，提高了自己的素质。

他重视友情，珍惜爱情，但以不损害共青团、共产党的原则为前提。

他在身体状况越来越差的情况下，也要力求找到或争取到能力所及的工作，甚至，最后他双目都失明了，还想出用可触摸的格子板写作的办法，开始了新的创作工作。

他把履行自己对党的事业、对革命烈士的誓言，与启发、教育、帮助、带领年轻一代相结合，他也从新人们的进步中看到了自己的希望和社会的未来。

重读《钢铁是怎样炼成的》，使我对保尔·柯察金人生名言的背景和意义有了新认识。

原来我以为保尔·柯察金的名言，是他留下给读者的、留下给后人的。其实，这“名言”是保尔·柯察金在一个烈士陵园里对他牺牲了的战友们发出的誓言，是他为继承革命者遗志而向革命烈士们发出的誓言。保尔·柯察金随后用终身行动为革命接班人做出了履行革命誓言的榜样。

重读《钢铁是怎样炼成的》，也使我对保尔·柯察金对生命意义的实际态度有微词。

保尔·柯察金虽然说“人最宝贵的是生命”，但他实际上却缺乏珍惜生命、保护生命的自觉意识和实际行动。他虽然有生命不息、战斗不止的勇气、毅力和坚强品格，但他数次主动放弃了医生、党和政府为他提供的，甚至是命令他进行治病和疗养的机会，结果导致他过早（32 岁）地结束了自己宝贵的生命。这是我们后人应该吸取的深刻教训。

我唯一胜过他的一点，是越来越重视用自己自觉的实际行动来保护自己宝贵的生命，每天坚持健身活动。我以健康为基础，争取延长为党、为人民、为青年们做些有益事情的时间。

我常对一些老同志说，党和人民把我们培养到现在这个地步不容易，我们经过几十年奋斗达到现在这样的水平也不容易，现在生活条件又这么好，好好活着是可能的，再为党和人民做贡献也是应该的。这也是在为自己生命创造新价值啊！

重读《钢铁是怎样炼成的》，更促使我提出了“人最宝贵的是生命力”这个新论断。

2018 年 9 月，我重读了《钢铁是怎样炼成的》。这次“重读经典”，实际上也是我结合读书，对自己近 70 年人生奋斗经验做的总结：我以珍惜自己的生命、健康为基础和出发点，以终身不虚度年华为奋斗进程，以把自己的一切贡献给人类进步事业为目的的人生道路是无悔的。

我在“重读经典”的过程中和读后都在想，我们后人不仅需要用前人的先进思想、光辉榜样来鼓舞自己前进，而且也应在发现前人不足之处后，进一步做出自己的新补充和新发展。于是，我曾在谈“重读经典”的感想中，提到了保尔·柯察金“美中不足”之处，即在生命问题上的言行不一，导致过早死亡。而我则吸取了他的教训，在自我保健上比他做得更自觉更有效，到了高龄阶段仍有所作为。

然而，我还在想，仅仅这样来看待“生命”问题似乎还不够。无论从个人更进一步总结自己的经验教训来说，还是从丰富和发展保尔·柯察金的人生观来说，还需要做更深入的思考和探索。于是，我以总结自己长期以来的实践经验为基础，经过几个月的反复思考，在怎样看待生命问题上，逐渐形成了一些新的认识，其核心是把原“人最宝贵的是生命”，改为“人最宝贵的是生命力”。

2018 年 12 月 3 日，我在自己的微博上发表了新观点：“人最宝贵的是生命力，指人不仅具有为自己生存与发展取得必要条件的能力，而且还具有为他人提供条件、为社会发展做出自己可能贡献的能力。人的生命力，并非随同生命的诞生而天生，而是人经过学习知识、实践磨炼、摸索创新、总结提高的产物。维护生命力、发挥生命力的作用，是自我保健、维护生命的目的，而两者的社会价值和存亡期限却是难以一致的。”

我把“人最宝贵的是生命”，改为“人最宝贵的是生命力”，就是把“生命力”看得比“生命”更重要，即“最宝贵的”。“最宝贵”是与“较宝贵”或“宝贵”相对而言的。把“生命力”看得比“生命”更重要，就赋予了“不虚度年华”这个概念特定的含义。我当初学习保尔·柯察金的人生名言，认定要从“不虚度年华”做起时，并不明确该如何去做。经过数十年的摸索和体验之后，才意识到“不虚度年华”的过程，就是为走向成才、成功而不断学习、不断实践、不断总结、不懈奋斗的过程，就是把改变个人命运与为社会发展做出自己贡献相结合的过程，也是把自己的力量和智慧献给人类进步事业的必由之路。

“人最宝贵的是生命力”是我的新感悟。对我而言，必将使自己进一步把握住生命的本质，更加自觉地为发挥生命力的作用而努力。我也从实践中认识到，要发挥自己的生命力，就得为保护自己的生存能力下功夫。我强调生命力的重要性，并不否定生命的意义。我想换个说法：人最宝贵的是生命，而生命中最宝贵的是生命力。因为，生命力是人的智力、体力和能力的能动性展现，也是人的传承力、创新力和奉献力的综合体现。

刘绍川
2018 年 10 月

张花艳与刘绍川书信篇

不让自己的一生虚度

我是从2003年2月开始与刘绍川老师有书信往来的，但到2008年四川地震后通过一两次书信，便中断了联系，一直到2018年8月21日收到张鑫美转来的“征稿启事”和刘老师评述我们之间书信特点的《彼此珍惜机会能动地表现自己的记载》一文，才开始考虑如何写自己走上成才成功之路的“概述”。但8—10月我一直忙于工作， 10月26日生了孩子。在这期间，虽然断断续续地整理、重读了我和刘老师之间的书信，但直到现在，才写了这篇概述，反映了我近十年的境遇。

文笔一直较差的我，再次审视自己高中时候的书信时，竟觉得自己当时的表达能力真是差劲极了！也许是我的高中三年，自己给自己压力太大。父母和老师也对我进行开导，刘老师的书信更是有针对性地给我指出问题，但那时的我，好像把自己绕进了死胡同，在很长一段时间里，学习上一直没有起色。越被开导，想得越多。杂念太多（但我要强调一下，我没有做谈恋爱、上网等不符合学生身份的事），所以无形中让自己分心了，虽然花了很多时间和精力学习，但学习效率极其低。直到补习（高四），自己才慢慢地获得释放，少乱想、少顾虑，才补上了五十多分，最后考上了西南科技大学。这个成绩虽然没有达到原先设立的目标，但补习这一年，使我重拾信心。然而，对“复读”这件事，也应“因人而异”来看。“复读”是个机遇，但也有风险。我的好几个高中同学就是“复读”了一年，效果还没有应届生时考得好，浪费了一年时间。

我有幸通过“复读”，到外省去生活、学习，接触的人事多了，诸事多学，才逐渐有了进步。 2008 年暑假收假后，我综合考虑了自己的情况，没有着手复习考研，而是在专业方面下了一些功夫，毕业设计则和小组的几个同学，在导师的带领下，做了一个实体的磷化厂，主要是将废旧材料处理成水泥的重要原材料。

2010 年 7 月毕业时，我应聘到了“四川丰泰集团”设计部，但入职培训完老师觉得我更适合做营销，就把我分配到了市场部。我在“四川丰泰集团”上了 8 个月的班。之后，我母亲生病，需有人长时间照顾。考虑到我离家确实也有点远，身边也没有相互照应的亲朋好友，所以我就辞职回昆明去照顾母亲。四个月后，我才着手在昆明找工作，转行从事“建筑工程”，这也是我从 2011 年到现在一直从事的职业（从事这个职业也并非偶然。因为，从 2007 年的暑假开始，我就在大理市下关镇学做工程资料以及工程标书。之后，我辗转三家公司。 2013 年 2 月，我应聘到现在的“俊发建设集团”。这个集团是昆明房地产建筑方面市场份额最大的非公企业。也正因为如此，公司竞争很激烈。而且我家离公司比较远，上下班单程就 70 分钟（含 50 分钟的地铁）。但我庆幸能找到这样一份工作。在公司的这几年里，我从专业方面提升了自己，考取了二级建造师，评上了市政工程中级职称等，在物质方面（虽然一开始很低）也有了相对稳定的收入，为我在昆明呈贡定居打下了良好的基础。虽然现在公司竞争越来越激烈，产假休完再回去，可能会面临重新调整岗位等风险，但我相信，我会不断充实自己，迎难而上，没有过不去的坎儿。

“人生的起伏就像四季轮转，总有那段天寒地冻的艰难旅程，严寒褪尽才有大地回春。历经磨炼，方可破土重生”。我最艰苦的时光莫过于 2012 年了：我母亲出院回老家之后，我找了一份工程监理以及招标代理的工作，上了一段时间的班。但老板脾气暴躁，无端发火。有一次，他的火气就往我身上撒。我当时也按捺不住自己莫名的委屈和不爽，正面和老板对峙，老板一气之下，在会议上当众宣布，我第二天不用来上班了。说实话，我确实在那家公司也待不住了，我的职业规划里，那家公司可以有，但时间不宜太长。我在该公司里应该接触到的业务，我接触到了，应该学习的技能，我也已经学到了，只是预先没有找好工作而已。我被当时老板的言辞激怒、冲动顶撞之后，就是我职业生涯的冬天。当时已是年中了，大型公司招聘很少，我便找了一家刚起步的房地产公司。之所以进那家公司，是因为被公司豪华的装修硬件所“迷惑”了。其实，该公司的老板懂得不多，招来的人员都是新的。上班两个月后，公司一直不发工资。之后，我就找了一家专门做投标文件的公司（作坊式的公司，就四五个人），计件提成，做投标文件。2013 年初，过完春节，我便着手参加各公司的招聘面试，2013 年的 2 月底应聘到了现在的这家公司——俊发建设集团。在公司这六年来，我一步一个脚印，从文员做到专员，再到主管，不知加了多少班，从一开始不被别人看好，到后面工作已能得心应手。

我和我老公是高中时的同班同学。说到这儿，很多人都会说，那相处很久了嘛。其实，并不是大部分人所想象的那样。我俩高中时没有什么交情。他应届毕业时，就考上了哈尔滨工业大学会计专业，之后在南京上了两年班，后来考虑到离家远，母亲需要照顾，才于 2012 年回昆明。他回昆明后，一直就职于云南白药集团。我们俩是在 2013 年才开始有了联系，2014 年确定关系，2016 年元旦结婚，2018 年 10 月，生了可爱的小煊宝。我们两家的条件都很一般，所以在买房置业上，家长都没能帮上忙。好在 2015 年机缘巧合，我们就在呈贡买了房子，现在家就安在昆明呈贡。比起主城区的喧嚣，我还是更喜欢生活在呈贡大学城。虽然每周五天上班时间很奔波，但周末（不加班的时候）去大学城锻炼一下身体、随处逛逛，或是约上三五好友去附近农家乐玩玩，劳逸结合。我想，享受美好生活，也不过如此嘛。

我的求学、求职，乃至生活诸事，都不是一帆风顺、水到渠成的，但我一直很执着，努力争取在自己的专业领域里，每天进步一点点。生活方面，逐步有点富余，穷开心地面对各种困难。当回过头来看时，能发现自己“战功赫赫”，那也不错。然而，初为人母的我，更意识到未来面对的挑战更大，肩上的责任更重。但是，能与我志同道合的人并肩奋斗，我相信自己的后半生，也一样不会虚度。

张花艳

2019 年 1 月

刘绍川对张花艳“概述”的点评

不让人生虚度，展现人生光彩

在我原规定的“截稿”日期即将到来的2019年1月31日，我收到了张花艳的“概述”，即“不让自己的一生虚度”。经过反复阅读（和必要的修改）之后，我感到很高兴。我将在张花艳的启发下，又有话可说了。我更深切地感到，同学们当前所处的境地，还面临诸多困难，同时也感到，同学们仍需要在工作实践中培养写作兴趣，有必要提高自己的写作能力。我已评论了与同学们之间书信的基本特点，也同刘燕共同整理了我同有关同学的书信。继赵俊梅、刘燕之后，张花艳也在百忙中审改了她与我之间的书信，并在特殊情况下按期交付了自己的“概述”，那我也得按原来的打算，写出对她“概述”的点评。我的点评，总是先肯定原作的优点或特点，在肯定、学习原作优点的基础上，再写些自己的感想。

“不让自己的一生虚度”，是张花艳“概述”自己走上成才成功之路的主题。也可以说，这是她人生的追求、向往和目标。我认为，这很有意义。我的人生“不虚度”，是从20世纪50年代初青年时代确定“不虚度年华”开始的。数十年来，我总以此来要求自己，才一步一步地形成、凝聚、练就了自己的本领。对我来说，不虚度年华，就是要使自己的年年岁岁有新追求、有新事做、有新成绩。让自己生命的存在与自己有新追求、新事做、新成绩紧密相依相随。我以追求身心健康为基础，迄今年年岁岁都有了自己的新追求、新事做、新成绩。我20多年“退而不休”的生活，就是我“不虚度年华”的体现。

张花艳“不让自己的一生虚度”的思想境界，比起我的“不虚度年华”更明确、更高尚。她只要能把它渗透于自己一生的作为和发展过程之中，其战功必定是显赫的。我借此衷心祝愿，张花艳以及像她一样有人生志气的青年朋友们，都能在“不虚度人生”上开发自己实干、巧干的潜能，发挥自己创造性的智慧和才能。

“不虚度人生”，需要以自己一生的实践来体现、证明。这就要在人生发展的不同阶段上，都以“不虚度人生”为核心，做相应的新努力，坚持不断地进取向上。同时也得明确，在任何情况下，都要实事求是地看待自己的“不虚度人生”。“不虚度”就是要在“实做”上下功夫，就是要去做对于人生事业有必要又有条件做好的实事。而“实做”就需要有新追求。但新追求必须以现有的条件、优势、经验作为基础，而不是凭空幻想。要做出新成绩，需要有新付出，需要经历相应的发展过程，需要在发展过程中有自我总结、自我改进。

“不虚度人生”是必要的，也是可能的。只要脚踏实地、一步一步地向前走，一步一步地向上攀登，就“不虚度人生”。我从张花艳“概述”所反映的曲折经历中看到，我们需要把人生不虚度的每一步，都建立在务实的可靠的基础之上，才能及时抓住所追求的新机遇，有效地发挥新作用，做出新成绩。比如：在求职、就业的时候，就得以自己既有的知识、技能、优势为实际基础，又要使自己所求之职，有利于自己今后的发展；当你成为企业职工后，就要以为企业创造效益、价值，并以展示自己的才华为基础，争取晋升。这是必要的和可能的；当你在企业管理中取得了初级的地位后，就要以协调上下关系、兼顾各方（上、下、己）利益为原则，把协助上司改善管理、为员工服务与自己的合理利益结合起来，创造发展的新条件；假若你已成为企业的高层管理者，就要根据市场竞争形势与企业发展需要，发挥主动创造性，出谋划策，力求新发展，做出新贡献；假若你已成为企业家（高管），仍要以“不虚度人生”为标准，不断学习新知识，继续探索，追求上进，开拓创新，深入总结经验教训，提高领导艺术，提升人生修养境界。让生命的存在与人生追求完美相统一，更自觉地把你的“不虚度人生”与我们共同的“把追求成才成功、改变命运的进程变成为社会服务的终身事业”统一起来，让我们的“不虚度人生”放射出绚丽的光彩。

刘绍川

2019年1月

共同珍惜表现自己的机会
彼此互动地表现自己

每当整理完我与每位同学的书信之后，我就得为它设个篇目。有的是水到渠成，比较容易，有的则需要经过苦苦的思索。“表现自己的记载”看似很简单，却是经过十几天的苦思冥想后，才初步记载下来的。经过12年之后，即2018年，考虑出版这些书信的时候，不得不进行更全面的考虑，最后，我才把张花艳与我之间书信的基本特点概括为“共同珍惜表现自己的机会，彼此互动地表现自己”。

如果说，原来我给张花艳写的“怎样看待表现自己”一信，只具有偶然性，也具有较为抽象的理论性，那么我们之间的其他书信，就是各自一次次“表现自己”的机会，是一个个“表现自己”的真实内容、一件件“表现自己”的具体形式。

张花艳的每一封来信，都是她“表现自己”的每一次记载。同样，我给她写的每一封信，也是我“表现自己”的每一次记载。这些信只是我们各自发展过程中的一些表现，无论其中存在多少问题，但总有一定的意义。因为，它们记载了我们曾有的认识水平、已奠定的发展基础。

事实上，只要我们回顾人生和展望前程，就能看到，一个人从家庭走进学校课堂，从学校走上社会舞台，都是不断地在提高自己和表现自己，都是在不断地展现自己的才华，都是在发挥着自己的人生价值和社会历史作用。

从历史的经验和认识的规律来看，一个人在其发展过程中“表现自己”的主动性越高，“表现自己”的成效就越大，其个人的进步幅度就会越大，其社会价值也就会越高。以“表现自己”为核心来理解和评价我们当时的记载，不仅可以把我和张花艳之间一封封的散信，连接成一个整体来看，而且可以从理论与实践的结合上，认识到“表现自己”对自己发展、对人生价值的重要意义，对探索具体做法也可参考。

老实说，整理完这批书信后，我是感到很愧疚的。因为张花艳给我写了不少信，但我给她的回信却不多、不及时，我的“表现自己”不如她的“表现自己”好。然而，我聊以自慰的是，这使我真实地看到了“后生可畏”。后生们不仅有权有智批判上辈人的不足，更有责任比他们做得更好。我坚信，后来者居上，社会必进步。这也正是我为青年们付出的动力，因为，我对他们有无限的希望与寄托。

刘绍川

2018 年 8 月—10 月

张花艳致刘绍川

我绝不会辜负您的“期望”

——张花艳向刘老师表达获得助学金的心情和决心

敬爱的刘老师：

我已经收到您让赵校长转交给我的助学金和那两套信件（2月18日校长组织我们接受助学金的五位同学开了一次会议）。

首先，我向您表示衷心的感谢，感谢您不辞辛苦地帮助我们。从拿到助学金的那一刻起，我就感到无比的激动，我想，我一定会为它付出行动的，我绝不会辜负您的“期望”。想到您都快70岁了还“打工”挣钱资助我们，我确实过意不去。我真正感到这助学金的分量之重！您真值得我尊敬！

其次，您给罗学娥等人的信（两套复印件），我已读过一遍了。从我读信的过程中，我看到了您对罗学娥等人的认真负责与热心关怀，以后我也有您的栽培，使我感到无比幸运。您不仅在物质上给予我们帮助，还在精神上指导我们。可以说，您是我最好的引路人，也是我最敬佩的人。

再次，我向您介绍一下我的学习和生活概况：我是剑川县原甸南镇朱柳村人，幼儿园两年和小学六年在村里就读，初中考入剑川一中，初中毕业后，我顺利地考上了剑川一中的高中部，在学校的帮助和亲人的帮助下，现在我在高一年级144班学习。同学与我相处很好，我也很感谢他（她）们。我深知自己家境贫寒，因此，我学习很努力，上一学期期末考试在班上总分排名第三，但我要加倍地努力，争取取得更好的成绩。

刘老师，您是否有早上跑步的习惯？我建议您跑跑步。就写到这里，请您指教。

祝您幸福安康！

您的学生：张花艳
2003年2月21日

张花艳致刘绍川

看到马列主义精神，我们不能轻视政治

——张花艳向刘老师汇报读他来信后受到的启发

敬爱的刘老师：

我于3月18日收到了您汇来的“助学金”，这是我第二次收到您的载着希望的助学金，我明白它的意义重大。您于2月21日写的“给张大伟的信”我也已经收到了，我和同学都看过了。您在信中讲了学习政治的意义，使我受到了很大的启发。我的政治成绩不算太好，也需进一步改进学习方法，或许到高二时我会选择理科，但学好政治也是必要的，何况它的意义很大。我也相信张大伟会很快摆脱政治不及格的困扰的，他的确也很用功，至于马克思列宁主义理论，也许因为年龄的关系我不太理解。但我可以看出您是具有坚定的马克思列宁主义精神的。您在信中写道：“我现在不是为了‘安度晚年’而活着，而是为了能够帮助你们而活着，并为这样地活着而感到幸福。”这就是您的马列主义精神的表现，对吗？因此，我们也不应该轻视政治。

我还没有收到您给我的回信，也许您太忙了吧。您一定要注意身体！这学期我们的学习也很紧张，学期末还要完成三门会考科目——历史、地理、生物。最近作业也很多，9门课程的工作量很大。高中不像初中了，知识也深入了许多，好多同学为此而发牢骚，宿舍里的同学接二连三地病了。虽然我的学习压力也很大，但我并不常有病，因为我喜欢锻炼。锻炼对学习真有一定的好处，而且长跑还能锻炼自己的意志。

好了，就写到这里。望您指教！

您的学生：张花艳
2003年3月20日

细读来信　用心思量

——张花艳向刘老师汇报读他来信后的收获

敬爱的刘老师：

收到我的这封信，您也是意料之中吧！我于3月20日给您寄去信以后，在3月22日收到了您给我的信。说实话，我盼信已盼了好几周，在这很短的时间里收到三封信，使我感到很高兴。

首先，我衷心感谢您对我们的关心。您为我们确实花了不少心思，您的信虽然是周六才动手写的，但您为写信早就有准备，而且准备的时间也很长。我知道您是用“心”写的。可是，我希望您不要过多地占用您的休息时间。我们很关心您的健康，看到您这样“挤”时间，又这样认真地写信，我们真是过意不去！

其次，我认真地读了这些信。从第一封信说起吧，您从思想交流、学习态度、学习重心谈起，并对我们提出建议，还做了总结，向我们讲述了您的观点。很值得我们深思。我们也应该积极地采纳。您给幸运儿的信中有一句“……第一信”，我认为，这里少了一个量词“封”。再说我对第二封信的认识吧，我从您的观点中得到了很多启示，我也会认真接受这些经验教训的。第三封信是您写给我的，从看到标题起，我就打心眼里感谢您，并且立志为获得国家奖学金而努力。从文中，我看到了我们的希望，以及国家对新一代青年的支持和帮助，我为生长在这样的国家而自豪。我想，在不久的将来，祖国也会因为有我们这样的青年而骄傲。我会力争做到的！

再次，读完了您给我们三人的信后，我感到应该谈谈我的语文了。我很佩服您，您的文章写得很好。我也应该遵照您写作的基本要求，即“要有正确理论作指导，要有实际材料作根据，要有真情实感作动力”，去培养自己的写作能力。我想，这三个基本要求也正是您的文章既能表达心声，又能写出风采的原因吧？我的表达能力很糟，阅读速度也很慢，一篇文章我也要读好长时间。就上次学校所印发的您给罗学娥、李成凤等人的信来说，我读了好多天才读完一遍，就不用说像别的同学那样读几遍了。虽然我阅读过的书很少，但只要一有时间，我就会拿来读的，以后也应该多读些书。我的写作水平也差得很，每次作文本发下来，除了老师修改的符号外，还总有“注意别字，注意内容的安排”的评语。我为此也下了不少功夫，但是进展却不明显，您能指教我吗？我期待着您的来信。

祝您顺利！健康！

您的学生：张花艳

2003 年 3 月 29 日

张花艳致刘绍川

不忍心让老师冒风险

——张花艳在“非典”期间向刘老师表达关切之情

敬爱的刘老师：

您身体可好？您全家都健康吧？

我已收到了5月的助学金（4月30日罗学娥转交给我）。您为了使我们及时拿到助学金，而冒着随时被染上“非典”的危险继续工作，这使我很感动。我衷心地谢谢您！

对于“非典”，我已在新闻广播、报纸上有所了解。北京是“非典”疫区之一，它作为我国政治、文化中心，是人流最集中的地方，也是最危险的地方，但也有一定的安全保障。您一定要小心谨慎，如果有必要，您可以暂时休息几天，如果休息几天而促使汇款不足，那我宁愿少得到您给的助学金。因为看到您在冒“非典”的风险，我的心里很不是滋味。目前，云南是比较安全的，至今只有10例“研究对象”，离我们最近的丽江有一例。各级组织都对学生健康很重视，我们都很健康，您不必担心！

由于“非典”的原因，期中考试推迟到下一个星期。您放心，虽然“非典”对学习有一定的影响，但我们不会被它吓倒的，我还在继续努力学习。因为住校（集体宿舍），以前下晚自习后就只能点蜡烛看书，那样对视力不好，这学期校图书室晚息后供电。现在，我点蜡烛时间少了，我感觉视力好了些，我非常高兴，因为我很想考军校（听说军校对视力有特别的规定）。

好了，就写到这里。望您保重身体！

祝您天天健康！

您的学生：张花艳

2003年5月3日

刘绍川致张花艳

应根据客观需要和主观可能“表现自己”

——刘绍川根据张花艳愿望谈对“表现自己”的看法

（2003年12月1日）

【怎样看待“表现自己”的问题，是关乎一个人成长与发展的社会问题。认识“表现自己”的必然性，提高“表现自己”的自觉性；认识“表现自己”的科学性，从多方面加强自身修养。认识“表现自己”的艰巨性、多样性和长期性。“表现自己”应该同解放思想、实事求是的要求联系起来，这样，它才能发挥更大的作用、具有更大的意义。当今改革开放、鼓励竞争、崇尚创新的社会环境，为人们“表现自己”提供了充分的有利条件。我们应该珍惜它、利用它。我们都应该在社会历史舞台上，有声有色地充分地“表现自己”的人生才华，做出自己的社会贡献，创造自己的历史！】

【详见　中央民族大学关心下一代工作丛书《激励各级学生成才成功的心语》（中央民族大学出版社2014年5月出版）第115—117页】

张花艳致刘绍川

失败后的思故与求助

——张花艳吸取考试失败教训、向刘老师求教求助

刘老师:

最近您身体可好? 我很抱歉，这么长时间没给您写信。

1月13日就开始放寒假了，今天我到校拿到了通知书。第一眼看到班主任，我就感到今天天气不好（会“下雨”的），因为班主任的脸上有着被压抑的微笑。“这次成绩下降了，知道是什么原因吗?” 班主任问。我没有答，我只感觉大清早的阳光热得很，只是努力将我原来扣好的衣领扣子解开，我感觉到周围的老师都面带笑容，不知是为什么。我不敢再看下去，收好通知书，等待着班主任发言。

班主任说:“你可能太想均衡发展各科成绩，所以平常复习时就有些措手不及了。你有时心里不如意，感到的压力就特别大，致使成绩下降，对吗?”我不知道答什么，只是努力地点头。“其实，也不用责怪自己，在前5名间波动，这也是常事，可是跨出去前5名，那可就是麻烦事了。”班主任说着，我听着。我不知后来是怎样回到家的，到家后我才认真地看一看通知书，与第一名相差14分。语文、化学考糟了，化学不及格。我真没想到会这样，可能是当时太马虎了。

春节了，我本该向您道喜才是，可是我的成绩确实让您失望了，我自己也感到很内疚。我也感到很对不住家人，特别是爸爸，因为以前我成绩一直不差，可爸爸总在别人面前夸我，说实话，我不喜欢爸爸那样做。我总觉得，他不为自己的话负责，心里怎样想就怎样做、怎样说。也许我也

会犯同样的错，但我真受不了爸爸过于自信的表现。刘老师，您说我这样说是不是?

老师说“文如其人”。通过几次通信，我感觉您是将自己的职业融入思想并有些理想化的人，不知是否应验了您呢？考试前，老师让我们谈对死的感受。我答的是：“伟人的死是光荣，凡人的死是悲哀。”老师问我：“你是要做伟人还是凡人？”我答不出来。老师又问：“为什么总要将伟人和凡人分开呢？”我也答不上来。刘老师，您能在新学期给我写封信，谈谈您对我的感觉吗？我很希望您指出我的缺点或不足。新学期将于2月16日开学。

祝您身体健康，新年快乐！

您的学生：张花艳
2004年1月16日

写作成功的条件：有思想，能自觉，肯认真

——刘绍川用赵俊梅的信启发张花艳看待写作问题

（2004年9月1日）

【希望你们通过读一封具体的信（如：赵俊梅给我的信）认识到，无论写什么作品都要把握住：必须有思想，必须能自觉，必须肯认真。我可以断言，没有思想，就没有作品；仅有想法，而没有写作的激情，也不会形成作品；有思想、有激情，但没有下功夫，也不会产生经得起推敲的好作品。】

【赵俊梅的信表明了她在写作前和写作中是有思想的。她对自己的现在和未来都有想法和打算，她对所接触的外界都有自己的反应、看法和想法。赵俊梅的信反映了她写信的态度是很自觉的。虽然她不是我资助的对象，但她在给我的信中却充满了激情，充满了很自然的真情实感，充满了与我深入交流思想的自觉性、主动性。赵俊梅的信反映了她写作的作风是严肃认真的。她运用自己的语文知识、文学素养来表达自己的思想、感情、爱心与激情，为写好这封信，她下了不少功夫，信也抄写得很清楚。】

【详见 中央民族大学关心下一代工作丛书《激励各级学生成才成功的心语》（中央民族大学出版社2014年5月出版）第122—123页】

张花艳致刘绍川

把“期待”变成奋斗的动力和成功的目标

——张花艳向刘老师表示期待新成功的决心

敬爱的刘老师:

您好，连续收到您寄来的几封信，我都没给您写回信，向您道歉了。算算日子，我已经好长时间没给您写信了。这几次考试我都考得很差，尤其最近的一次更糟，多次想给您写信，但因我的成绩实在“挑不上筷子”，就没有给您写。

在我想写信却不敢写的时候，我就翻开您给张鑫美的信（《关于怎样看待压力的问题》）和其他的信来读，今天我终于鼓起勇气给您写信。看到张鑫美的“积极行动”我很难过。我当然并不忌妒任何人有好成绩，那是他（她）们经过努力的结果。我考不赢别人，说明我在这方面还不足，需要改进。这次考试我比别人少了一百多分，我昨天回家了，我把这次考试情况告诉了爸妈，看得出来，父母也很难过。爸爸的几句平常的话，听得我心里痛，比小时候挨打还要痛。

考完试后，我没有主动找班主任或其他科任老师谈心。但是，我从他们的话语中、眼神中也能看出他们有些失望，我的心里像打翻了五味瓶一样，好难受！但我相信，他们都是希望我好起来的，我也同样相信自己。我知道别人的劝说，只有自己把它放在心上才能有成效。这几天，我想了很多，越想就越担心。我想，我为什么考得这样差呢？是不是我没用呢？虽然我还没有找到明确的答案，但我不气馁。

别人嘲笑我，抓我的小辫子，我现在不与她们争。但我相信，这并不代表我已经败了。我要像您给罗学娥的信中所说的那样，我们不应该“高谈阔论”，而应该紧盯既定的目标，有效地利用外界提供的条件来发展自己。

您给张鑫美等的信中，有“期待”这个话题，我觉得这个话题很好。有父母对我们的期待、有老师对我们的期待、有我们自己的期待。我们现在都期待高考有个好成绩，期待将来把自己造就成一个生活的强者。我们都是青年，我们有自己的憧憬，我们正为之而做出努力，我们都很执着。刘老师，您对我们的期待是，要我们通过刻苦、更刻苦，去战胜困难，走向成功。对吧？这也是我的期待。我绝不能坐享其成，而要刻苦、更刻苦。

刘老师，给您写了这封信，我的心情好多了，我会尽快找准失败原因，全身心地投入高考“备战”中。

您的学生：张花艳
2004 年 12 月 11 日

刘绍川致张花艳

“通信”的目的在于沟通思想、互相促进

——刘绍川向张花艳说明“通信”意义

花艳：

你若因为学习紧张而来不及给我写信，我不但能谅解，而且更高兴。但是，你只因为成绩不佳而不敢写信，那就不应该了。我希望你们给我写信，除了希望知道你们有好成绩之外，更希望了解你们的思想状况和你们想与我探讨的认识问题。这是你们发展过程中的需要，也是我发展自己助学事业的需要。我正是从你们的来信中，看到了自己需要进一步深入研究的新话题，也从写回信的过程中不断提高了自己的认识，感受到了许多的乐趣。因此，我把你们在“失败”“苦恼”“困难”时给我写信，向我征求意见，看成是对我的信赖，也是对我的促进。我真不喜欢你们“报喜不报忧”，也不喜欢有的人读信后的冷漠态度。我连续给你写过两封信，你却没有一点反应，如实说，我对此是曾有过失望的。但我总往好处想，安慰自己你们是因“太忙”而来不及写信，便消解了心中的不满，但却没有想到你因怕“报忧”才不敢写信。

花艳，读了12月11日的信后，我感到很高兴。因为，我已看到了你不仅把自己考得不好的情况告诉了父母，也写信告诉了我，而且表示要进一步查找原因，今后要更加刻苦地学习，搞好“备考”。你的这种态度是完全正确的。一个人务必正视自己与别人的差距，但暂时的“失败”“挫折”不等于自己“没用”。我喜欢看女排比赛，也喜欢看邓亚萍打乒乓球，很崇拜她们那种“转败为胜”的气势、毅力和技能。假如她们没有压

倒对手的气势，没有拼搏到底的毅力，没有变换新的技能、技巧，怎么能“转败为胜”呢？这种精神很值得我们学习，可以把它运用于各方面。

我们一旦遭到失败，就要及时找准失败的原因，找到转败为胜的条件、办法、因素。这一点只能靠自己来做好。其中，最重要的就是：自信心不能动摇，转败为胜的决心不能缺，具体分析、总结自己的经验教训的过程不能跨越，更有效的办法不能不找。

花艳，为了父母的期待、老师的期待、自己的期待……坚持努力吧！

刘绍川

2004年12月20日

张花艳致刘绍川

向转败为胜的同学学习

——张花艳向刘老师表示要学习他人的好经验

敬爱的刘老师：

您好！今明两天放假，所以我回家了。今天天气不太好——阴了，时不时还飘了几滴“冬雨”。北京下雪了吗？但愿“瑞雪兆丰年”。我祝您在新的一年里身体健康，心情舒畅，也愿您在新的一年里能听到“福音”，我相信其中会有我的一份。

我看了您给幸运儿同学写的“关于怎样搞好备考问题”的信，我想就此简单谈谈我的学习问题。到现在为止，我们已经有了5次月考，而我每一次的月考都不如意（最后一次还未知）。每次成绩下来后，我都会更用功地去读，可结果却仍不如意。尤其是英语，我花在它上的时间比其他任何一门课都多，但考试成绩却总是不及格。幸运儿同学不仅有转败为胜的信心，而且做到了。我当然也有信心。我相信，我会战胜当前学习上的困难，我会成功的，关键在于要战胜自己。您在给我的信中写到，要尽快找到失败的原因。我是“快”不了的，但我会在今后的学习中加以分析、总结、改进。请相信，我不会放弃。

刘老师，从您给老朋友的信中可以看出，您特别爱您的母亲；从您对我们的关心、教导中也可以看出，您特别关爱下一辈。您真值得我们学习！

此致

敬礼！

您的学生：张花艳

2005年1月19日

从分析失败原因中找到改进办法

——张花艳向刘老师汇报找到了转败为胜的基础

敬爱的刘老师：

本来我想补完课再给您写信，于是19日的信也还没有寄出，所以回校后我又给您写了这封信，连同19日的信一起寄出。

我对最近这次月考做了分析。通过分析，我总结出一条经验，即做题应该尽可能做到坚持、细心、沉着。只有这样，才能在不该丢分的地方少丢分。再回想上几次考试，我有好多题都是因为没有“坚持到底”，所以得不了理想的分数。虽说做的题目多，但因为细心不够，所以正确率比较低。另一方面是我做题时太慌张，没有大局思维，所以成绩总不如意。我想，在以后的解题、考试中，我会努力加以改正，力求考出好成绩。

刘老师，我在信里没有写出自己的成绩，也许是怕没面子，但请您相信，我不会向任何挫折屈服。我也曾纠结于前几次接二连三考不好的分数，现在我知道了，这对我来说已没有意义。关键在于总结失分原因，认真对待每一道考题。我相信，我不是失败者，我会更加努力地“备战”的。

刘老师，对以上我所说的话，如果您有想法，我希望您能给我建议，我会虚心接受。就此停笔。

祝您新年快乐，身体安康！

您的学生：张花艳

2005年1月24日

张花艳致刘绍川

用自觉的心态和更大的付出搞好补习

——张花艳向刘老师表明对现实和未来的姿态

刘老师：

您好！这几天我总有一种莫名的恐惧感，因为大部分同学已收到了通知书，我却尚未收到。我知道，在这个八月里，我是等不到通知书了。我现在还怀有的一线希望就是，等待着九月的通知（读预科的）。我现在不是怕补习，而是怕面对我身边的人，他们越是关心我地问："报哪儿了？收到通知书了吗？"我的心就越难受。

今天，我们班的两位同学来我家找我聊天，我们聊了许多自己的理想和家人的看法，再想想自己的成绩，共同发出"目标和现实是两回事"的感慨。他们两人一个去读了他很不情愿的大学，一个决定去补习，只留下我这个还没有决定的人，因为我正在决策，所以，我给您写信并告诉您：不管我是读预科还是补习，都需要比读大学付出得更多。我和别人不同，我的高中还没走完，我也是一个走回头路的人，所以我的付出要比别人（2005年应届毕业生）长，要比别人（2006年将要毕业的应届生）更自觉。我应该明白，怎样做才更好。别人收到了通知书，而我没有，爸爸、妈妈都挺羡慕别人的，他们有时也会对我流露出失望的情绪。我能理解，我不怪他们。是我不善于用功、不够认真地对待报考的志愿，只是一厢情愿地填志愿，没知己知彼，误以为目标在很大程度上就是现实，高估了自己。

刘老师，这两天我正在看您寄来的信——三个大学生和您的通信，使我明白了达到目标是难的，更是苦的，但是能够乐在其中就是美好的。时间过得真快，还没回想过去，就要面对未来；还没完全离开父母的双臂，就需要接受社会的考验。我想，2005 年至 2006 年将会是我最难忘的学习时光。为了目标我一定会努力的。我不是一个随便就放弃的人，爱拼才会赢。

信就写到这里吧，您别为我担心，希望您保重身体。

祝您幸福，快乐!

您的学生：张花艳

2005 年 8 月 10 日

张花艳致刘绍川

变羡慕为决心，迎接下次高考

——张花艳向刘老师表示迎接高考的信心和决心

刘老师：

您好，当您收到这封信的时候，我已步入理科补习班的教室。我已经于8月23日报到注册了，8月28日开始上晚自习，我期望着这“又一场战争”打得更激烈。

虽然好多考取大学的同学对我说：“你将会比我们更有前途，更有选择的机会。”但我心里还是很不踏实，我真有点羡慕她们！但我想，当我面对下一次高考的时候，这点羡慕就将不存在了。

23日报到后，我就开始准备住宿事宜，因为学校里宿舍紧张，不给补习生提供宿舍。最后，我在校外租了一间房子，和高二的一位同学同住。房东原要价50元，最后讲到40元，也就是我俩每人一个月交20元的房租费。房子离学校很近，您还记得剑川一中旁的那一座拱桥吗，就在那座拱桥北边的一户人家里，房东是位70多岁的爷爷，他有一个三四岁、活泼可爱的孙女，叫“小咪喳”。那里离学校很近，也很安静，比住学校里还好些。23日我先去收拾了一下，24日就搬去书和其他东西，今天我便在这里给您写信。室友去上晚自习了，明天我就要回家了，计划28日下午正式住进来。我想，也应该向父母讲清楚，让他们放心。我觉得这样比较好。而且，我还得回去借几本新版的英语课本。

这一年的补习费是1200元，再加上资料费、班费，总共交了1600元。以前，我从没看到过这么多的钱从自己的兜里拿出来。这样的额外付出，更会督促我搞好学习。

刘老师，我就写到这里了，开学以后有时间再给您写信。

此致

敬礼!

您的学生：张花艳

2005 年 9 月 25 日

张花艳致刘绍川

把学习别人变成争取“复读”成功的动能

——张花艳向刘老师报告她在“复读”过程中的新感悟

刘老师：

见信好!

相继收到了您寄来的《开拓前程的印迹》和《自救求救的结合》两封信，我也没及时给您回信，希望您原谅。从这些书信中，我重新认识了我的同伴们，特别是张鑫美，她有理想、有目标，更可贵的是她会把它讲出来、写出来。这是我远不及的地方。

开学也已经三个月了，我想，我所缺少的主要是自我反省与总结经验吧！在“复读”过程中我应该重新认识自己，我感谢所有人给我这次机会，特别感谢您能在我复读的这一年里继续资助我，我的家人让我代他们向您致谢！在今后的“复读”过程中，我要争取每次考试都有所进步，争取复读成功!

这几天听到“某某考取什么大学”等的话，我还是很羡慕的。想想自己，若是有效地利用好自己的补习时间，也许会比他们强。这无疑是我学习的最大动力。

班上的同学很多（146 个），我努力，别人也在努力，更何况全国有那么多的考生。2005 年我被挤下了通往目标的火车，2006 年我应该抓住时机，我相信学习中随时都会有“暴发户”，所以我更应该努力。我的竞争对手很多，但关键还是应该战胜自我。

现在，我学英语的兴趣高了许多，我愿这个“兴趣”会促使我提高英语考分。让我头痛的就是数学，我自我感觉数学很不错，可往往分数公布下来，我就像挨了当头一棒。施洪贞说：“……我伤心的是我没有把自己知道的考出来……”很多时候，我也是这样。因此，近几次月考前，我总是提醒自己要谨慎做题，不断检查。上一次月考我写错了一个明显的化学符号，使得老师在每一次训话的时候都拿它当反面例子，这更加提醒我改掉自己粗心的毛病，我决心努力改错，减少错误。

刘老师，现在正在换季，请您多注意自己的身体。

您的学生：张花艳
2005 年 11 月 3 日

张花艳致刘绍川

有信心考好英语，要增强高考实力

——张花艳向刘老师表示要考好英语，增强高考实力

敬爱的刘老师:

最近您身体好吗? 很长时间没给您写信了，让您挂念。现离高考还有46天，这是最好的冲刺时间，我会努力利用好它，争取考出更高的成绩。现在已经进入第二轮复习时间了，面对高考，我充满信心，我要争取每天多1分成绩。这几次月考，我的最高分是546分。我不是每次都考得好，也有考得糟的，只有400多分，老师说，我的成绩不稳定，总是大起大落。与刘燕比起来确实不够稳重，英语总是拉我的后腿。我平常总是问班上英语好的同学如何学好英语，他们也会给我一些建议。因此，我还没有失去对英语的信心，我对邻桌说过:“考好英语我有信心。”我会争取考好英语，不会放弃的。她也给我信心，她说:“相信你一定能行!”刘老师，你也为我加油吧! 刘燕一直是我最好的朋友，也是我最棒的竞争对手，我有赶超她的信心。我想，她也会这么想吧! 在剩下的时间里我会更加努力。

您的学生：张花艳

2006年4月21日

张花艳致刘绍川

面对现实　重新拼搏

——张花艳向刘老师表白创新学习动力，上好大学

敬爱的刘老师：

您好！在您的支持和关爱下，我于 2006 年 7 月 22 日收到了西南科技大学的录取通知书。我将就读的学院是制造科学与工程学院，专业是过程装备与控制工程。学校位于四川省绵阳市涪陵城区，学校通知 9 月 3 日报到。当时，我感到些许遗憾，因为我没有达到复读的原定目标。虽然自己也为之努力过，但如今只能接受现实。从现在开始，我要创造新的学习动力，为自己的前程拼搏，同时，我也要感谢您的帮助和您家人的支持。之前，我已收到了您给张鑫美、施洪贞和杨淑美的信，从中我看到了大学生应有的发展目标和拼搏精神。联系到我，我会如何处理呢？这是我面临的大挑战之一，她们是我的榜样和“镜子”，看到她们与您的通信，我真想马上去读大学，感受一下那里的酸、甜、苦、辣。然而，在学校欢迎词里有这样一句话，“生活是朴素的，也是平凡的”。当激动过后，你会发现，大学生活也不像你所想象的那么令人激动。但我却相信，假如我明确自己的目标，联系自己的家庭情况，我会把四年的大学生活利用好，使自己过得充实，对得起所有关心和帮助我的人。

谈到人际关系，我也就此谈一谈。我上初中、高中都住集体宿舍，宿舍里十一二个姑娘一谈起令人激动的话题，吵闹得就跟菜市场没两样。我虽然跟同学闹过矛盾，但很快就会以不同的方式化解。人与人相处，矛盾总是有的。不然，就谈不上什么“人际关系问题”了。我发现，随着年龄

的增长，人际关系也越来越难处理好。大学生已是成年人，各人有各人的脾气。我最怕的是和不愿表达自己心声的人沟通，也许这是我将面临的大挑战之一吧。

大学英语尤其重要，好多老同学都为自己的英语着急。“复读”这一年，我的英语虽有一定的进步，但我想进大学后应该继续努力，这也是我会面临的大挑战之一。

我已收到并读了《烙在校报上的育才心印》的部分内容，虽然有些还看不太懂，但我会认真阅读的，争取在开学前看完。再次谢谢您给我寄来这本书。

祝您健康，快乐！

您的学生：张花艳

2006 年 7 月 23 日

要用高标准高姿态上好大学

——刘绍川向张花艳提出应对各种挑战的建议

（2006年8月1日—5日）

【上大学后，不能松懈求知的欲望，而且要比读高三、拼高考更自觉地对待学业，也就是要用更强烈的竞争意识、更切实的奋斗目标、更自觉的学习态度、更有效的时间支配，来争取获得优良的学习成绩和较强的实践能力，从而创造好就业或考研的有利条件。其中要注意几点：一、正确理解“挑战”与“应战”之间的竞争关系；二、要辩证地看待“挑战者”与“应战者”之间成功与失败的两种可能；三、要培养敢于“自我挑战”、敢于发起“挑战”和敢于“应战”的能力；四、要有目的地、有选择地、适时地看待自己面对的“挑战”。】

【详见　中央民族大学关心下一代工作丛书《激励各级学生成才成功的心语》（中央民族大学出版社2014年5月出版）第253—255页】

张花艳致刘绍川

上大学之初的感觉不错

——张花艳向刘老师介绍上大学初的情况

敬爱的刘老师：

您好！

这是我到新学校（西南科技大学）后给您写的第一封信。

刚到成都，一下火车就感觉空气好热，身上顿时冒大汗。我们乘车到了绵阳市后，空气依然闷热，到了学校才感觉凉爽一些，但也很难与云南相比。幸亏最近下了几场雨，空气才凉爽了一些。绵阳是一个干净的地方，虽然夏天免不了闷热、潮湿，但通过这几天的生活，我渐渐喜欢上这里了。它应该是我的第二个故乡了。也许是因为初中、高中都住校，我已养成了独立生活的习惯。虽然我有时也很想家，但看到楼长，我就像看到了家里人。楼长很和善，她第一天就能叫出我的名字，见了她就像见到了家里人。宿舍就是我的第二个家，我们住的是六楼，宿舍要住六个人，现在来了五个，除其中一人是学工业设计的外，其他四个人都是学过程装备与控制工程的。我们来自不同的省份，云南的就只有我一人。我们的关系很好，没有一个人是不和善的。

更庆幸的是，昨天我还遇到了一个学姐，她也是云南人，她已经大三了，虽然相隔远点，但有个老乡就感觉很好。她给我介绍到，西南科技大学分老校区和新校区，老校区是原清华大学绵阳分校的旧址，这里树多、树大，我们新来的大学一年级新生就住在老校区。新校区房屋现代化一些，但树少。我们还参观了清华楼，在老校区里，最古老而有意味的恐怕就是它了。它是古典的，墙上串满了爬山虎。新区操场也很漂亮，可能军训就得去那里。听楼长说，后天就要军训。我是昨天报到完的，因为我申请到了国家助学贷款 4920 元（学费），所以昨天共缴了 2304 元。

今天早上我给父母打了电话，您给我寄的信家里收到了。刚才知道学校的通信地址，所以我今天才给您写信。

您的学生：张花艳
2006 年 9 月 1 日

刘绍川致张花艳

适应新环境，打好上好大学基础

——刘绍川告诫张花艳要适应上大学后的新环境

（2006年9月19日）

【适应新环境是锻炼和考验一个人适应客观环境的基本能力，也是使主观意识、主观意愿与客观需要相结合的基础和条件。一个真正聪明的人不在于只会赞美过去、只会留恋过去，而在于能较快地适应新的现实，敢于接受新环境中的挑战。一个大学新生发扬自己的优点、提高适应新的环境的能力，把热爱学校、热爱专业、热爱自己的选择融为一体，争取不断创造出新成绩。人生纵然需要接受终身教育，但大学这一环，绝对不应虚度。】

【详见　中央民族大学关心下一代工作丛书《激励各级学生成才成功的心语》（中央民族大学出版社2014年5月出版）第256—257页】

能坚持以学习为主，拓展个人素质锻炼

——张花艳向刘老师汇报有重点又多彩的大学生活

敬爱的刘老师：

您好！

在最近的一个多月里，我已收到您寄来的三次信和两次汇款单，感谢您的关心和教导。我是幸运的，我既接受了您在经济上的帮助，也接受了您在思想上的“函授教育”。相对于我的新同学来说，我已经提前进入了“函授大学”学习，在思想上已经做了一定的准备。我还认真读了您在《烙在校报上的育才心印》中“关注学生成才”那一部分。虽然时隔一二十年，但其中的观点对于我们今天的大学新生来说，一样是有启示的，是我们走向成功的阶梯。

在您寄来的信中，我特别注意的是那封跨年度的信。因为您给我上了“关于‘羡慕’别人与令人‘羡慕’的问题”这堂课。在这一年里，我对挫折和上进有了更深入的理解。当然，我能顺利地通过第二次高考、能走进西南科技大学，这和您的付出是分不开的。回顾补习这一年，虽然心里苦，但过得很充实。我的“高四”比高三在思想上的认识要深刻些，这就是我能补习成功的原因。我能想象，假如没有我的“高四”，我将会碰多少钉子，将会受多少人的嘲笑，所以我还是喜欢现在的我。虽然我有许多缺点，但我总是在改正。现在我发现，我是喜欢我的专业课的。画机械制图的时候，我会有无限的想象，我想到，推动人类文明和进步的原理，将掌握在我的手中，甚至更先进的机械制图也将出自我的手，那是多么令人羡慕的事业啊！所以我热爱我的专业。

刘老师，我期待您整理出我们之间的书信已有很长时间了，终于在9月29日晚收到了。我很高兴，没等演出后卸妆就打开信看了起来（29日下午7：00—9：00我参加了迎新晚会，因为我有节目所以化了妆），直到室友叫我下楼打热水。半路上，我碰到了楼层管理员，她一见我就说："张花艳，好漂亮啊！"我笑答后赶紧跑到大镜子前一照，我的天哪，我还没洗脸，嘴唇还那么红，两眼旁还闪闪的，我便以百米冲刺的速度跑到水房打了水，跑回宿舍，一口气洗了个干净。这时，我已忍不住了，只好爆笑起来。忽然，班长打来电话说，班主任表扬我们女生了，因为我们在迎新晚会上的演出效果不错。我是《红旗颂》的领跳，还参加了一个独唱《美丽的草原我的家》。对于我的表演，用我们班同学的话来说，就是："够强悍的！"有点遗憾的是，我没有认真学咱们白族的舞蹈，没有把咱民家人（白族人）的风采展示给西南科技大学的老师和同学们。不过，我那双漂亮的绣花鞋，就够吸引他们了。开老乡会时，其他州县的人还视白族女性为他们向往的对象呢！作为白族姑娘，我还挺得意。

现在说说我们的军训吧，让我感触最深的是站军姿，如果站得够标准，那军人的气质就会展现出来。虽然手酸、脚痛，但总的感觉很不错。

刘老师，我来了一个多月，学校组织考了两次试，不知具体成绩，但感觉还可以。国庆前的一个星期开始上课，高数、英语、化学、机械制图、思想道德都学了一两节课，因为初学，所以感觉不难。29号的计算机课是"集体请假"，老师说可以补课，我才去参加演出的（在演出和学习之间选择，我选择的无疑是学习，因为它是我的主要任务。随着时间的过去，演出会在人们记忆中消失，而学习到的东西会成为自己所拥有的能力）。国庆放假一个星期，十月一号我们去绵阳市中心逛了一天，因为不知道路，只好见一个路牌就看，我们在一个十字路口产生不同意见，最后证实我的方向是正确的，宿舍里的同学自认是"路痴"。十月二号开老乡会，我认识了两个大理的老乡，一个大二的哥哥，是永平的，还有一个姐姐是大理市的，以后寒假回家我就有伴儿了。

军训期间，学校分团委招新，我申请并面试了分团委的素质拓展中心，现在批下来当了一个干事，我想我会在学好课程的基础上做好这项工作。虽然，老乡中一些人对我说，当干事没意思，但我个人认为，会有意思的。虽然挺难的，但我会努力的。况且，怎样看待老生对新生的影响，您在《烙印》一书中也说过，老生的认识不一定正确。今天已经是十月三号了，我想，写完这封信后我要认真规划一下剩下的四天时间，把留下的作业做完，再做一下预习。休假后应该把主力投进学习，毕竟学习最重要。

刘老师，当您收到这封信时中秋节已过，但我仍祝福您中秋快乐，健康长寿。祝福您的家人中秋快乐，团团圆圆！

此致

敬礼！

您的学生：张花艳

2006 年 10 月 3 日

张花艳致刘绍川

从比较中看到了学习榜样

——张花艳向刘老师汇报她受到了赵俊梅、张鑫美的启发

敬爱的刘老师：

您好！

相继收到了您给我的助学金、您与赵俊梅和您与张鑫美的通信。同样是大学生，但我却比不上她们。特别是我看了您给赵俊梅、张鑫美的信后，心里产生了更多的遗憾。

您给赵俊梅的信“关于怎么看待发挥主观能动性的问题”中提道：“一个大学生，一个先进青年，只要能把追求个人进步、争取合法利益、确立奋斗目标与社会发展的要求、高等教育的要求、党对青年的要求结合起来，就能够自觉地给自己施加压力，敢于争挑重担，坚持全面发展，在紧张而有序的学习和工作中发挥优势、挖掘潜能、展示才华、创造优异成绩，从而受到应有的奖励。在校期间，只要继续沿着这个方向前进，就会越来越自觉地深入理解高校对学生的基本要求，理解所学专业对学生的特殊要求，理解社会、国家和党对先进青年的殷切期望。”这也是我的努力方向。您给张鑫美的信谈到关于个人的利益、责任、兴趣和能力的结合问题，我现在还未能把四者很好地联系起来，但我会时常看这封信，自觉联系自己，用它来引导自己的上进。

这学期课程要稍多些，周末得进厂实习或上素质类的选修课。目前我还没有去找兼职，最根本的原因是，我上学期期末的成绩各科虽然都过关，但平均分很低，在班上排名靠后，我现在得更加紧学习了。这学期课

程难度显然加深，课的内容也较多，我得更加努力。

刘老师，我学的是工科专业，这要求我们有较好的动手能力。虽然我们现在只接触到一点，如工程制图，但我知道这门专业是来不得半点粗心的。假若没有空间想象的思维，那是画不好一幅图的，一小笔错了，就可能让你丢分。每当上制图课时，老师就说，开发我们大脑的时候到了。机械零件如何用视图来恰当地加以表示，都是我们要思考的；让别人看得懂自己所画的图形，也是我们必须思考的。我每天早上背英语，不仅提高了英语水平，而且呼吸了新鲜空气，精神愉快，到上课时精神也很好，这有助于提高当天的学习效率。通过学校的“迎评创优”活动，我意识到自己也要努力上进，向学姐、学长们学习。且不论以后是否考研，我现在都要读好四年大学。

您的学生：张花艳

2007 年 4 月 2 日

刘绍川致张花艳

师生书信交流　双向互受教育

——刘绍川受张花艳“函授教育”启发，更重视书信交流

花艳：

读了你于10月3日给我写来的信，我非常高兴。看到了你在拓展自己个人素质的过程中，不忘学习这个主要任务，从多方面提醒自己、提高自己：在军训中找感觉，在竞聘中争机会，在演出中受好评，在交往中坚持主见。看到了你读我寄去的信和书是那么的认真，对“函授教育”是那么的肯定……这一切，怎能不让我感到特别高兴呢？

花艳，你和其他的一些同学一样，凡能认真看待我与同学们之间通信交流的——有一定“函授教育”功能的，我都很感动、很高兴、很感激。事实上，这种函授教育是师生双向互动的，是彼此受教育的一种教育形式。既是普通的书信交流形式，又具有创新的深刻意义。你们的反应，鼓励着我继续进行自己的助学事业——教育事业的继续。而我坚持努力，对学生也是有好处的。我可以自豪地说，我如今为青年学生们所写的书信尽管还存在不少缺点，但比起我的过去，内容已经更丰富，质量也更高。因为我已把它作为自己晚年的基本事业，有了更丰富的经验教训和知识积累作为写作基础、有了反复修改作品的较多时间、有了更强烈的社会责任感和历史使命感的驱使、有了把无形期望变成有形寄托的现实感受。因此，我愿把自己提高了的认识、发展了的思想、完善了（相对而言）的作品，都奉献给自己的“函授”生们。虽然我无法具体指导“函授”生们学会自己的专业，但我希望通过师生互动、师生互学，共同来开拓走向成才成功

的道路。这也正是我用通信的形式来办“函授教育”的目的和原因。我与李成芳之间的通信集于2018年出版后，很多读者受到感动。于是，我才打算进一步整理和出版其他人的书信。现已看到，以往的书信不只是教育了人、培养了人，而且是具有历史意义的。

花艳，我并不要求“函授”生们都赞成我的观点，都能按我的要求去做，我只希望你们对我的“函授”有反馈，包括批判性的、否定性的、辩解性的，或补充性的、建议性的或商榷性的……哪怕是三言两语。每当我遇到某方面的无声和冷漠时，我就会重读自己所写的信，检查是否有错、是否无益。只要确信自己的观点没错、有益，我就会加以坚持，也总可以从热情反应者的言行中为自己寻找到某种慰藉，并等待历史来考验自己的认识。我不否认，不同的反应对我的情感有不同的影响。我的事业确实需要得到你们的真情鼓励和某种配合，但我不会因为受到某种消极影响而轻易放弃自己所从事的正义事业。我从你们的进步中，越来越看到我办“函授大学”的积极意义。我希望有更多的人能成为我的优秀的“函授生”，共同来支撑我的“函授大学”！

刘绍川

2006年10月10日

张花艳致刘绍川

知自己做得不够好　向比自己好的学习

——张花艳向刘老师汇报寒假期间感受和打算

敬爱的刘老师：

您好！

我很抱歉，现在才给您写信。我于1月29日回到了昆明，因为寒假里要完成实践报告，我只好先去了丽江。但丽江正值下雪，因此三天后我才在老同学的帮助下，到丽江的一个加油站去“实践”。其实，主要就是帮助做8个人的饭，休息时打扫卫生，有机会时才学加油，一直到2月16日才回到家里。大年初二，我和邻居小丽到“满贤林”旅游度假村做服务员，一直做到大年初六。因为旅游的人很多，白天很累，晚上回去就什么都不想做。大年初九我开始返校，现在是在学校里给您写信。寒假就这样结束了。在这个寒假期间，我没有去找刘燕聊在校的学习生活，与高中同学也只是匆匆见了一面。在这个寒假里，我才真实地体验到挣钱有多么不容易。

上学期，除了写实践报告外，我的各门成绩都出来了，平均分是77.5分。在大学里，老师讲课的速度很快，学生学习除了听讲外，主要还得靠课后的复习。我在这方面做得还不够好。英语，还是我的大问题。大一下学期有部分同学可以参加英语四级考试，我们宿舍也有同学准备去考，因此，我更要抽出时间来学习英语，以便追赶上他们。前些天，我从新闻里听说北京人都很积极地学英语。一些老年人放弃享乐时间到培训班学习英语，为的是2008年北京奥运会时能做些事。

我在学校里，对各方面都已适应，老师、同学都很关心我。以后，我还要多和刘燕等人联系，多向她们学习，同时也要向班里比我好的同学学习。

春节前后，我在探亲来回的路上遇到了各种各样的人。在与她们的交流中，我才发现自己藐小、知识贫乏。

刘老师，现在正处于换季。您千万要注意身体！

祝您在新的一年里吉祥如意，幸福安康，家庭和睦，幸福美满！

您的学生：张花艳

2007年3月4日

刘绍川致张花艳

以读好大学为中心，来处理好“兼职”问题

——刘绍川向张花艳建议，处理好上大学与兼职的关系

花艳：

上午刚写完给张鑫美的回信，下午就来给你写这封回信。从你于4月2日的来信看，你是在继续重视读我所寄去的信的，这使我很高兴。但愿我们能继续保持可能的联系，互相勉励，彼此促进。

你在信中谈到了还没有去找兼职的原因，尤其谈到了要读好四年大学。究竟怎样看待“兼职”和“读好四年大学”的关系呢？根据我的感受和长期观察来看，“读好四年大学”才是在校大学生的中心任务和本职工作，而“兼职”或“勤工俭学”以及参与其他的校内外活动，都是从属性的，都应该尽可能围绕自己的学习任务，即从某种意义上来支持和促进学业水平的提高和思想认识的深化。换句话说，对学习毫无益处的“兼职”与“活动”，不必去赶时髦、凑热闹。因此，遇事要权衡对自己学业的利弊。

在大学阶段所受的教育不可能满足一生奋斗的需要，但在这个阶段需要打下坚实的基础。即通过了解所学专业的研究对象，基本理论，基本方法及其历史、现状与发展趋势，来为自己打下做学问、坚持终身学习的知识基础；通过听各门课老师的讲授与指导，来发现和领会老师、专家、学者的治学精神、思维方式、科学方法，为自己不断扩展知识、研究问题、有所创新树立起榜样，培养起兴趣；通过在校期间阅读与专业有关的各种书刊，来为自己开拓知识领域、猎取所需知识打开无限的思路和掌握求知

的方法，等等。这就是说，上好大学对于一个人的发展是具有深远意义的。自学成长的人也可以用自己的某种方式为自己创立起成功的知识“基础”，不断做出自己的新成就，但需要付出更大的代价，经历更长的过程，甚至局限性更大。因此，在校大学生应该珍惜大学阶段的学习，珍惜学习时间，要按学校的要求、专业的要求、教师的指导，高标准地去搞好每天、每周、每月、每学期、每学年的学习。

对“兼职”或“勤工俭学”来说，一定要从实际出发。一是，经济上确有必要、客观上也有可能，就争取之；二是，尽可能选择有助于自己学业进步的工种；三是，坚持把勤（工）与俭（学）结合起来，使之互相渗透，（参见我给刘燕的信——关于“勤工俭学”问题），把挣工资与保证学习、提高认识联系起来。

如何正确地度过大学生活，我在十多年前就写过文章（见《烙印》一书256—258页）。近期，也从不同角度给你们同学写过，这里就不再多说。但希望你反复读，从中吸收一些必要的东西。这里再概括地写上几句话：

以争先为目标，高标准要求自己；以学业为中心，处理好兼职问题；
以勤奋为基础，去克服学习困难；以劳逸为手段，安排好校园生活；
以总结为镜子，把握好前进方向；以读研为鞭策，要尽力打牢基础。

花艳，我最近看到一份预备党员的“思想汇报”——她是在2007年3月28日知道自己的考研成绩之后写的。她谈了对考研的选择、过程与结果的感受。现向你推荐，可供参考：

考研成绩出来了，我以综合成绩排名第一的分数考上了北京大学哲学系伦理学专业的硕士研究生，但没有想象中的那种激动与兴奋，只是觉得该得到的终究还是得到了，心里长长地舒了一口气。

去年就已下决心要考研，但对于考什么专业、什么学校，却一直没有定下来。我每天都在像模像样地准备着，但毫无头绪，就像个无头苍蝇一样乱飞。后来，我终于决定了要考的专业与学校，这才使心平静下来，断断续续地复习着。每当听说我所要考的学校很难，或考取的比例很低，或参考书要变等等的时候，我总感到有一些无法抗拒的压力。每听到一个坏消息，我心里就要波涛汹涌几天。这常常使我处于摇摆不定的状态。

考本校还是考外校，终究是要做出抉择的。如果考外校，那就把握比较小；如果保守地选择考本校，那又是在该拼搏的时候选择了逃避，以后会不会后悔呢？问家里、问朋友、问老师、问自己，我到底追求的是什么？无论考哪个学校，我都不能说哪个好、哪个不好。关键要看自己想选择一种什么样的生活，怎么样去实现自己的生活理想。做决定的过程是需要有勇气的，需要有信念的。最终，我决定在青春的年华里做一件冒险却不后悔的事——考北大。

从9月开始，我和同学每天背着沉甸甸的书包，拿着水杯、椅垫等一些用品，开始了我的考研备战。九、十两个月是忙碌的，但也是有收获的。我们每天早出晚归，即使在吃饭和回寝室的路上都要讨论当天的学习收获。那时看书的效率极高，好像一下子对哲学产生了极大的兴趣，很有冲劲。我去图书馆借了大量的专业书籍，专心苦读，备战考研。在准备考研的过程中，让我感触到了很多东西，其中最深刻的一点就是，我后悔前几年为什么没有把时间好好地利用起来。考研的日子一步一步地逼近，我也越来越觉得时间紧迫。书越看越厚，题越做越多，身心疲惫，还不断遭受打击。最重要的是，时间不能浪费。

进入2007年1月，离考研只有十多天了，仿佛是生命的倒计时。但我知道，这个时候，心态最重要，不要因为一些外部因素的变化而乱了自己的阵脚。所以我仍然坚持每天背着书包到图书馆自习，直到考研前的一个晚上。

进入考场，我面带微笑，心情异常平静，四堂考试一气呵成。走出考场，我心里极为放松，知道即使自己没考上，也不能埋怨自己，因为我所做的已经使自己满意了。

考研这一年，我付出了很多，但收获得更多。虽然一路崎岖不平，但我相信，这要比安稳地一步到位能领略到更多的风景。在考研过程中，我始终以下面这四句诗来激励自己：

“别驻足，梦想要不停追逐；不服输，熬过黑夜是日出；

都清楚，成功就在下一步；狂欢呼，相约在巅峰共舞。”

花艳，无论你将来是否考研，但我认为这位同学的学习精神和经验教训是值得你学习的。至于该重点学什么？怎样去学？这是需要你结合自己的实际去思考的。

祝你不断上进！

刘绍川

2007年7月1日—8日

要以学长们为榜样更加努力学习

——张花艳向刘老师介绍在学长们鞭策下将更加努力

敬爱的刘老师：

很长时间没和您联系了，您最近怎样？

一转眼，我的大一也过去了。随着今年6月大四的学姐、学长们离校，我们就即将升入大二了。在此之前，学校也组织了几场“优秀毕业生交流会”，学姐、学长们的精彩演讲、辉煌成绩和美好前程让我们称赞、羡慕。相比起来，我已自知不如，所以要更加努力。

最近，各门课的成绩相继出来了，我的平均分在82分左右（因为有两门课的成绩还没提交上去）。我在社团工作中也取得了一定成绩：今年6月底顺利竞聘为我校“素质拓展中心”副主任。拿奖学金还有点困难，但我会不断努力的。

刘老师，我们在7月17日新搬了宿舍，7月20日开始放暑假，收假时间是8月18日。因为暑假不长，而且我已经在绵阳找到了暑假工——在“蓝剑饮品集团”做一种新饮品“蓝剑超爽薄荷水饮料”的推广员，所以暑假就不回家了，现已做了一个多星期的推广工作。工资不多，不包吃住，学校离市区又远。中午有两个小时的休息时间，我就去新华书店看书，偶尔打个盹，除了有点累以外，也还是很愉快的。

刘老师，现在天气很热，且变化无常，您要多加保重！信我就写到这里。

祝您身体健康！万事如意！

您的学生：张花艳

2007年7月27日

做暑假工获得丰收　实践报告获一等奖

——张花艳向刘老师汇报她做暑假工的双“丰收”

敬爱的刘老师:

　　您好!

　　我已收到了您寄来的助学金600元，谢谢您！ 9月10日，我给您打电话，您在电话里知道我做暑假工后表示鼓励和支持，我心里真还有点得意呢！您在暑假往我家里寄的信，家里人也看过了并转来给我。我父母看张鑫美等人的成绩和抱负，教育了我一番。他们的精神确实值得我学习。暑假期间，我在“蓝剑饮品集团”做推广员，通过这一实践，我不仅解决了这一个月的生活费（还有结余），而且在思想上也有了深刻的认识。我的暑期实践报告被学院评为一等奖。蓝剑公司的销售主管也对我鼓励有加，更重要的是我体验并体现了一个推广员的价值（虽然很少）。也正是因为有了这次实践，我才意识到了自己的渺小和认识的肤浅。我的销售推广点在绵阳市少年宫，那里的孩子都很有才华，我无法与他们相比。以前我们落后得太多了，如今就应该争取把握好机会。

　　我没有艺术生那样的甜美的声音，但我的民歌在学院里也是能拿得出去的；我也喜欢舞蹈，每次文艺演出，我也是很忙的；因为身高的原因，体育成为辅导员鼓励我发展的方向，也引起了我更大的兴趣。开运动会，我也不仅仅是管后勤了。今年，我继续在学院素质拓展中心做副主任，进一步拓展自己的素质。在实践中进步、在体验中学习的方法，培养了我的素质。我改变了以前羞于与人交流的习惯，拉近了和辅导员、“学办”老师的距离，扩大了自己的交际圈，并向学生会主席、分团委书记学习，从与他们的交谈中总结做好学生干部、做好社团工作的经验，培养了自己的实践能力。

2007年9月22日和23日，我有幸作为代表参加了“共青团西南科技大学第二次代表大会·西南科技大学第二次学生代表大会”。这次会议成了我政治生活的一件大事。虽然，一开始我是在未知情的情况下被分团委书记下令去当代表的。但是两天的会议下来，我已经被会议的精神所感染了。我们班只有我一个人是正式代表，是近五百个代表中的一个，这使我不由得自豪起来。对这学期开课的毛泽东思想、邓小平理论和“三个代表”重要思想及概论，我也特有精神，思想认识也在进一步提升。现在的西南科技大学是一个美丽的大花园，特别是新校区。学校“以评促建，以评促改”的实施，使学校越来越美，条件越来越好。学校为提高学生的各方面素质和展现自我提供了平台。学校鼓励各项科技活动，我近期目标是在科技创新方面下功夫，加强在机械方面的学习。

您的学生：张花艳
2007年9月25日

刘绍川致张花艳

要以学业为中心，有目的地拓展个人素质

——刘绍川提醒张花艳以学业为中心拓展个人素质

花艳：

你于9月25日写来的信，我已经收到了，并已反复读过，为你从各方面锻炼自己并得到相应的收获而感到高兴，尤其为你做暑假工后写的“实践报告”被院里评为“一等奖”而高兴。但也因为看到你信中写的丰富多彩的校园生活而有点担心，即怕你因为“业余”或“课余”活动太多而影响正课、主课的学习。这不是杞人忧天，而是我从审阅我校预备党员“思想汇报”中反复读到的一些教训。不少人在大学一、二年级时在学习上下的功夫不够，没有培养起对专业学习的兴趣，未找到学好本专业的科学方法，未打好深入专业学习的基础。一到大学三年级又忙于打工挣钱、求职联系，或彷徨于考研与择业之间……那些摇摆不定、方向不明的人，到大四时只得干着急，他们面对专业性较强的招聘、面试时不知所措、屡屡碰壁、后悔莫及。鉴于高校中确实普遍存在着这种状况，因此，我不得不提醒你注意，务必把握住学习这个中心，以学业为中心来拓展自己的素质，要使各方面素质的提高作用于或服务于专业知识的深化、专业水平的提高。一定要相信，大学生固然需要重视各方面的修养，但必须有真才实学，必须有一技之长。否则，就难以在社会上找到自己的位置，就难以借助自己的专业优势展示自己的社会价值。

大学生的根本优势不在于掌握了普通人的工作能力或实践能力，而在于掌握了某种专业知识的优势和运用其专业知识的基本能力或特长。每个

大学生围绕自己的专业所应学习的知识很多，也有不少自由支配的时间，一定要充分利用可支配的时间，认真地去学习（围绕教师的指导、授课的要求钻研教材）、读书（尽可能了解与课程相关的参考书，至少选读必读的参考书）、练笔（从各方面为将来写毕业论文打好基础——提高选题能力、培养写作兴趣、提高文字水平）。

我希望你和其他在读生要把握住自己，与学业无关的事不必羡慕，要力求的是学业上的提高。学业才是大学生未来的生存资本、竞争优势、发展前提、创新基础。在读大学生，一定要清醒地认识到学好专业的现实意义和深远意义，把握住自己的主攻方向、中心任务，从各方面促进自己的专业学习，从根本上培养适应社会发展所需要的素质、实力、能力、特长。

刘绍川

2007 年 10 月 10 日—14 日

张花艳致刘绍川

在奋斗中进步　在总结中提高

——张花艳向刘老师汇报已获得的进步和在争取的目标

敬爱的刘老师：

您最近身体好吗？望您要多加保重！

我是1月20日回到家的。不幸的是，回家前两天，我外婆去世了，我也就一直在舅舅家。今天我才有空给您写信。

刘老师，首先我要祝贺您荣获“全国教育系统关心下一代工作先进个人”。这是您应得的。这些年来，您不仅从物质上资助我们，还从思想认识上引导我们。特别是进入大学以来，您继续鼓励我们不断进取，做一个将来对社会有用的人。我在这一年半的大学生活中提升了自己各方面的能力，这些成绩与您的教导、培养是分不开的。所有受到您关心的人都应该对您说声：“谢谢您，刘老师。”您是我们学习的榜样。您不仅在任职期间做过奉献，而且在退休后还不时地关心着我们。较早接受您帮助的成芳姐已在自己教师的岗位上做出了让人羡慕的成绩。我从小就觉得教师是个特殊的职业，他们为下一代指明成功的道路。虽然我的专业与教师职业没有直接联系，以后去当教师的可能性很小，但我永远会把教师作为自己的偶像，我要像他们一样带动人们去努力、去追求。

刘老师，我回来前大部分成绩出来了，比起上一学年有一定进步。下学期就开始上专业课了，我打算提前回学校（我们三月初才正式开学），将英语和计算机再巩固一下。这样，下学期会更进步。这学期的成绩等全知道后再给您做详细汇报。2008年是个特殊的年份，在这一年里我要用新的计划来迎接它。奥运会的召开，奥运会的精神，将成为我们追求更大进步的动力。我不知道能否有机会来北京看奥运，但我会经常关注北京奥运，衷心祝福我国运动健儿能够取得好成绩。据说，我们学校要在下学期举行迎奥运的知识竞答，若有机会，我也会报名参加。

根据教育部文件，上学期我申请了“国家助学金”，每月 300 元，因此我向家里要的钱也很少了，再加上您的资助，我可以解决在学校里的开销。刘老师，从下学期开始您就不用再给我寄“助学金”了。我要更加努力，争取今后几年都能得到“国家助学金”。这样，你可以帮助其他更需要帮助的人。况且，您都已经 74 岁了，更应该做好自己的保健工作。只要您能保持健康，多在思想上引导我们，就是对我们最大的帮助。我很庆幸，我能有您这样的好老师。您让我面对家庭的贫困而更加坚强，让我从高考的失败中提高了认识，学到了知识，最后考上了西南科技大学。以后，我还会更主动地与您通信，向您汇报我的新成绩、新思想、新计划，继续争取您的指导。

回家后，我还来不及找刘燕、张鑫美等人聊。一直以来，她们都是我学习的榜样，我想以后也会是合作的好伙伴。我很想和她们交流彼此的思想，听听她们的意见。我在寒假里除做作业外，就想找她们做些交流。过完春节后，我争取提早回学校，以便为下学期的任务做些准备工作。到时，我再给您写信。

回顾过去的这一年，收获不少，但也有不如意的事。参加完党训班后，我写了入党申请书，可是由于成绩（主要是英语四级还没过）的原因，没有被列为重点发展对象，也就失去了一次成为预备党员的机会。我们宿舍有一位同学是入党积极分子，已被提名为重点发展对象，将被接收为预备党员。她提醒我们，一定要抽出时间，把自己的新思想写出来向党组织做“思想汇报”。我听取了她的建议，从那以后，每一个季度都写一份思想总结，向党组织汇报自己的得失与思想，积极向党组织靠拢，争取早日加入党组织，并成为一名合格的共产党员。

一年没回家，家乡的变化也很大，高中时的校舍也变了样子，不仅学校的建筑物增加了，学校管理制度也更加严格了。县城的规模也大了不少。当然，比起其他地方来说，还是远远不够的，但也有很多值得了解的地方。今年寒假，我想对剑川的民族文化进行了解，开学时交一份较完整的实践报告，借此加深我对本民族的认识，也为推广白族文化做点贡献。

刘老师，当您收到我这封信时，也快过年了吧？祝您新春快乐！

此致

敬礼！

您的学生：张花艳

2008 年 1 月 26 日

刘绍川致张花艳

评论大学生争取入党中的“思想汇报”

——刘绍川结合张花艳提到入党问题评论了“思想汇报”

花艳：

你于1月26日写来的信，我已于除夕前一天收到，尽管有不少信尚未回复，但读了你的信后，就觉得有必要围绕“思想汇报”问题先来写这封信。你在信中提到的“思想汇报”，是指入党积极分子或争取入党的大学生向党组织汇报自己的思想，以便使党组织了解他们在争取入党过程中所取得的进步、存在的问题和努力的方向，及时给予鼓励和指导，从而有利于他们创造更好的入党条件，加快入党的步伐。在这方面，我现在作为本校党委组织部的“兼职组织员”，自然有好多的话可以说、有好多的建议可以提。但是，我不愿把这封信当成论文来写，而是先向你“汇报”我读过你的来信后的感想。

花艳，你在各方面所取得的成绩、收获、进步，都使我很高兴。我从阅读高年级学生“入党积极分子”的思想汇报中，一再看到一些人所总结的经验教训：有的人基础好，高考分高，但由于自己不能很好地适应大学生活，而放松了对自己的要求，结果在低年级时浪费了不少宝贵的学习时光。你却在上大学后，重视我的有关意见，仍继续努力着，不断取得新的进步，并越来越自觉地按高标准要求自己，还要利用自己的假期来抓专业学习，补薄弱环节课（即搞实践锻炼），这都是我赞赏的。我相信你今后会做得越来越好。

张鑫美、李成惠已主动向我提出，今后不用再给她们寄“助学金”

了。于是，我在上学期就没有给她俩寄钱。如今，你也提出了建议，这既让我感动，也让我不知如何是好。如果说，在中学阶段我所给的“助学金”对你们还有过一定帮助作用，那么对于大学生活来说，我的那点帮助，就只具有象征性帮助的意义了。当初，我的助学金只打算资助考上大学前的中学生。但是，在助学过程中产生的感情，使我舍不得突然割断这种联系，同时，我也更加关注受助同学考上大学后的发展问题。因此，我才愿意继续资助考上了大学的贫困生。尤其是，受资助的大学生们与我的通信，对我的促进更大，确实有利于我较完整地学习、思考、探讨当代青年成长、成才、成功过程中的各种现实问题。我现在的工作意义和生活乐趣是与同大学生们的书信往来分不开的，而且我还从与李成芳、李成凤毕业后的通信中产生了对助学的一种成就感和新的社会责任感，从而继续鼓励她们去创造新的业绩。基于以上的认识，我决定利用自己现有的打工条件，继续对愿意并能够与我保持书信往来的原助学对象给予一定的关照。即使我所给的钱已起不了多少“助学”作用，那就让它起点“奖学”作用吧！你们可用它买些必读的书或买件衣服。我也希望借助你们这一批人的支持和帮助，共同来完成我们之间的“书信集”（书稿）。这是我晚年的计划和目标。但由于年龄关系，我“打工助学”的机会已经不多了，不可能再重新资助起一批从中学读到大学的人了。只能靠将来的书信集来启发更多的青少年们，让他们以你们为榜样，奋发向上，利用各种条件去改变自己的命运，去争取光明的前途，去做出更多的贡献。

花艳，以上就是我向你和其他同学所做的思想汇报。这个“汇报”如实地反映了我最近对助学问题的看法和态度，希望能得到你们的理解和支持。我认为，无论是彼此之间的“思想交流”，还是个人向组织、向上级的“思想汇报”，抑或是个人自觉的“思想总结”，只有包涵和体现目的性和真实性，才对解决实际问题和提高认识有一定的意义。这就是我对“思想汇报”等问题的基本看法。我之所以先向你写出自己的感想，向你做汇报，与你做交流，既是助学事业发展的实际需要和我的真情实感，也是想用这种事实向你说明，要想使思想汇报发挥积极作用，就得有明确的目的，就得立足于真实。我之所以强调思想汇报的目的性和真实性，是从组织发展工作的实践中感悟到的。一年多来，我在审阅入党积极分子（重点发展对象）的思想汇报或预备党员的思想汇报的过程中，既读到了许多感人的积极成果，也发现了不少不良的、消极的，甚至是伪造的东西。

在我的印象中，入党积极分子写得好的思想汇报有几个特点：一是有明确的目的性。入党积极分子向党组织写思想汇报的目的是使党组织及时了解自己创造入党条件的事实及认识，在党组织的帮助下加速自己的进步，争取早日加入党组织。二是有可靠的真实性。入党积极分子把申请入党的志愿、成为党员的条件与自己的实际生活相结合，做先进分子该做的事，起先进分子该起的作用。他们的思想汇报是对这种事实的总结和反映。三是有进取的连续性。入党积极分子争取入党需要一个不断努力的奋斗过程，也需要一个接受党组织不断考察的过程。因此，他们在不断地学习、实践、修养、总结和提高着，一次又一次的思想汇报正是他们不断进步的反映。四是有自然的总结性。凡是在争取入党过程中，在发挥先进作用和思想汇报上真正下了功夫的入党积极分子，当他们成为重点发展对象时，就能够自然而然地写出申请入党以来的思想总结。他们很自然地用已取得的成绩、进步、成果来展示自己的入党条件。读这种入党积极分子的思想汇报，确实受到种种启发教育，真为他们高兴，也为党的事业后继有人而高兴。这样的人入党后，只要继续朝着前进的方向努力，把创造转正条件与搞好预备期的思想汇报结合起来，就会有更好的发展前景。

花艳，我之所以向你介绍写得好的思想汇报所具有的“真实性”“目的性”“连续性”“总结性”，既反映我对好的思想汇报的印象、概括和赞赏，也是针对不好的思想汇报写的。有些思想汇报是与争取入党的目的毫无关系的，只是为“汇报”而写、为凑数而写，有的竟然弄虚作假，有重抄自己的或抄袭别人的，有的甚至从网上下载了别人的成果后改名换姓，等等；有些思想汇报是缺乏真实性的，只发些空泛的议论或重复一些基本的理论，看不出本人究竟做了什么实事，有了什么新的思想收获；有些人的思想汇报是缺乏连续性的，有时就事论事，几天写一次，有时又半年、超半年都不写一次。有的人没有把争取入党切实变成自己的努力过程，结果，申请入党后过了一年，甚至数年，却做不出体现自己进步过程的像样的思想总结。很显然，在创造入党条件和思想汇报上没有真正下功夫的人，是经不起审查的。

因此，我希望你和有关的同学，要严肃认真地看待入党问题，要在发挥先进性上下实际功夫，要在写思想汇报上坚持理论联系实际。为了让你和有关的同学认真地看待思想汇报，我把审查思想汇报过程中所写的评语抄录下几则，可供参考。

※ 从她的党课心得和思想总结中，可以看到她对党的认识在提高，尤其看到她把争取入党、按党员要求办事，变成自己克服困难、搞好学习和工作的动力，并展示其所取得的成绩和进步。

※ 创造入党条件，成为一名共产党员，是他上大学后在自己心中播下的“种子”。随着大学生活的磨炼，这颗“种子”已经发芽、成长。他的思想总结详细地反映了他的努力过程和所获得的成绩。他用自己的实践证明：一个有志青年把入党目标与个人所从事的专业融为一体是多么的重要、多么的有益。

※ 她从大学阶段递交入党申请书到研究生毕业前被列为重点发展对象，经历了五年多，从她的思想汇报来看，她是把争取入党变成了按高标准要求自己的过程。最为可贵的是，她能够把追求崇高的思想境界（把保尔·柯察金的名言作为自己的座右铭）与其所从事的舞蹈艺术研究结合起来，写出了自己的豪情壮志，也展示了自己的专业成果。

※ 他提出入党申请后，把立志成为党的先进分子的决心变成了实践过程。他在思想汇报和思想总结中所反映的学习成绩和思想进步都是实实在在的，他对未来的展望也是积极的。

※“做一个真正的共产党员”是他争取入党的目标。最可贵的是，他能把党的宗旨——为人民服务、党员的先进性——先锋模范作用，贯彻于他的学习、工作和生活之中。其思想汇报反映出了他的认识在不断提高，成绩日益显著，为党、为国家、为人民而奋斗的决心更加坚定。

※ 她的每一篇思想汇报都有实实在在的内容，反映出她在前进过程中对党的真情实感，字也写得漂亮、整洁，还有自觉检查修改的痕迹。她是严肃认真地看待自己争取入党的实践过程的，也是从自我总结中不断前进着的。

※ 从多方面创造入党条件的活动与认识，贯穿于他的思想汇报之中。按党员的要求规划自己、分析自己，接受批评、学习别人，加强修养、立志图强，在学习和工作中不断地取得进步。这就是他向党组织做思想汇报的基本内容。

※ 思想总结对她来说，就是其争取入党过程和成果的自我展示。她把争取入党的愿望切实变成了在社会工作中创出优秀集体、优秀个人的具体成果；把获得学业上的优异成绩、获得奖励变为入党积极分子先进性的具体表现；把党的事业的远景蓝图当成自己生命的“加油站”。他通过思想汇报，做到“在成长中体味，在体味中成长”，并愿为党的事业做出更多的贡献。

花艳，希望你仔细品读以上评语，吸取其中有益的东西，用争取入党的实际行动来带动自己的学业，为个人添彩，也为党争光。

祝你快乐！

刘绍川

2008年2月7日—22日

张花艳致刘绍川

为自己的未来准备着

——张花艳向刘老师介绍她的学校生活和打算

敬爱的刘老师:

您好!

我已经收到您给我寄来的信和300元“助学金”。您在信中说:“让它起点‘奖学金作用’吧。”谢谢您对我的奖励。但我听到用“奖学金”来命名,心里还是沉甸甸的,毕竟相比其他同学,我在各方面获得的成绩都不是最优秀的,但我会把这些钱用得更有价值,使它产生更大的助学作用!

上学期各门课的成绩都知道了,我自己算了一下,文化课成绩的绩点,比起上一学年提升了几分,思政和素质方面的成绩要等到下学期,由辅导员和班长评后才知道,我想也应该会有一定的进步吧!下个学期,我有31.5个学分要修,因为专业基础课和实验课较多。实验课一选下来,课表都排满了。我们每个周末都要准备下一个星期的实验预习。我们宿舍里身体较差的同学都已经感到体力不够,自觉去跑步锻炼了,因为每周一节体育课起不到太多锻炼作用。有时候我们会想:“以前高中时课也不少啊,怎么就感觉不像上大学一样累呢?”

寒假期间,我最好的一位同学生病住院了,她在医院里待了20多天,每次我俩聊天,她就说:“花艳,你一定要锻炼好身体,生病是很痛苦的,同学们上课了,自己还得在医院里吊药水,家里人还跟着受罪……”我到医院里看她时,也很伤心,看着其他病号都是老人,只有她一人是年轻人，她就责怪自己没有好好地保护和锻炼好身体。明天她就出院了，她现在肯定会很高兴。

刘老师，您的回信对我的启发很大，尤其是您写到的思想汇报的“真实性”“目的性”“连续性”“总结性”这一要求。从您所写的那些评语中，我可以看出一个个成功的例子背后，都有一颗颗不断进取、积极向上的心。我每一次读您寄来的信后，在思想上都会有很大进步，会更有上进的信念，并为之继续奋斗。

读了您与成凤姐的通信，联系自己，我觉得我也正在为自己的未来准备着。一直以来，有时间时我就会去图书馆借书来看，已经坚持了两年半，可有时候却感觉什么都还没有学到，应用于实际更是个大问题。我宿舍的同学打算今年暑假去“探探路”，觉得趁着放假时间“碰碰壁”，回来后才好针对自己的薄弱之处加油、使劲，以便以后少走些弯路！我很感谢您和成凤姐的建议，以后我也会争取利用假期多到招聘现场“旁听”和“实践”。

祝您身体健康！

您的学生：张花艳
2008年3月13日

张花艳致刘绍川

经受地震经历，使我更加坚强

——张花艳向刘老师介绍地震后各方面的状况

敬爱的刘老师：

6月8日就收到了您寄来的信。5月12日的地震也让您为我担心了，我没有在地震中受伤，请您放心。当天14点28分地震之后，宿舍和教学楼都被封锁了，我们在球场上熬了一天一夜。幸好地震时我在上课，穿得比当时在宿舍的同学多些，所以没被冻着。5月13日下午我们班才买回彩条篷布搭了帐篷，经老师批准，才派几个同学回宿舍拿被子。

地震后网络一直不畅，5月13日，我才和家里人联系上。因为通信录在宿舍里，您的电话也是几天后才从刘燕同学那里得知的。在球场上的帐篷里，我们通过一位同学的收音机了解地震的信息。5月14日，我第一次回宿舍，宿舍阿姨要我们在两分钟内必须下楼，我们一进宿舍，地板上、桌子上全是翻倒了的物品和书本，我捡起地上的书，顺手抓了几件衣服和一两本书就往包里塞，等我们下楼才一会儿又有余震。5月15日，我去了学校医院，也去了绵阳市里的几家医院，那里有很多伤病员，大都住在简易帐篷里，还有不少病人露天躺着，看着真让人心疼，可是我却帮不了多少忙。市里的彩条篷布都卖完了，银行门前排了很长的队，各处都能听到救护车的声音。就在15日晚上，班长开班会时说，有可能还会有余震发生。天气异常不好，若预防不好，还可能会发生瘟疫，所以让我们家近些的人尽量回家。20日我也买票回家了，21日当我快到家的时候，班长就通知学校改变教学计划，非毕业生回家自学，下学期再补考或重学。

我一回到家就感冒了。又遇农忙，我也就在家帮忙。6月13日我回到了昆明，决定一边打工，一边找高中同学借书看。就在昨天，我找到了一份工作（我想，学校还没有具体通知开课时间，但教学楼和宿舍楼等需要加固和重修，所以应该要到下学期才能开课，于是就暂时在此打工）。通过这次地震，我感觉到自己更加坚强了。当我第一次冲回宿舍把拿下来的东西分给其他同学时，我就觉得，别人也需要我的关怀。遗憾的是，我没有为更多的灾民做出贡献。每次从电视屏幕上看到和我一样的年轻人在为灾民做事时，我都自愧不如。但是，我相信回校后我肯定会为他们做出些贡献的。现在我想，我的任务是做好已找到的这份工作，这才是关键。

刘老师，为我加油吧!

您的学生：张花艳
2008年6月20日

刘绍川致张花艳

争当一名合格的共产党员是无悔的人生选择

——刘绍川向张花艳等大学生写了一封特殊的复信

花艳:

真对不起，我收到你的信后，未能及时给你回信。最近，我整理了近期因无力回复而积压下来的所有来信（共有74封），其中就有你的来信（多封），但仍没有时间和精力为所收到的来信一一写出复信，只好向你说明我近来的简况，以求得你的谅解。

近两年来，我在校党委组织部担任“兼职组织员”，随着工作的深入，只能把自己有限的时间投入“本职工作”之中，甚至在假期里也在做无偿工作。今年7月初，学校就放假了，但我利用暑假里的时间编写和修改完了《组工通讯》第四期至第六期。平时，我虽能及时阅读来信，但确实越来越难抽出专门的时间来分析来信、处理来信，复信也就写得很少了。

如今，我虽然未能像以往那样与来信者通信，但关注晚辈进步的期待与热情并未减少，我尽量把对新一代人的关注与我当前所从事的实际工作联系起来，并使之上升到更高的水平。最近，我在中央民族大学校党委组织部《组工通讯》第五期上发表的“两封信”，就是这种联系的集中表现。因此，随信寄给你一份，希望你从中吸取一些有益于进步的东西。

我在“两封信”中对本校各族学生所谈的关于入党的目的、意义和方法、怎样创造入党条件等问题，也希望引起你们的重视。我所谈的东西，既涉及我过去的亲身体验，也反映出我现实的工作成果与对未来的美好愿望。我现在虽然已进入人生的晚年，也处于“打工阶段”的后期，但我所从事的却是直接为当今青年学生中的先进分子服务的工作。我用自己的实践证明，为做一个优秀共产党员而不断地追求进步，并激励青年们追求进步，是绝对无悔的人生选择。

我通过对本校入党积极分子材料的分析，可以用许多事实证明，一个人从小立大志，特别是上大学后就确立争取加入中国共产党的大志向，按党章规定的党员条件来要求自己，在政治理论学习、专业学习和社会工作中创造优秀成绩，争当先进分子、发挥先锋模范作用，做合格的共产党员，这对党、对人民和对自己都是大有益处的。这有利于他们逐步锻造自己的实际本领，逐步创造自己的竞争优势，逐步体现自己的人生价值。当今的中国高校要求培养高层次的、多方面的创新型人才，以适应建设中国特色社会主义的需要，但并非所有的大学生都能够正确地把握住自己。多元化的校内外生活环境、文化思潮，在有形无形地左右着那些随心所欲或随波逐流的学生。一个人在当今多元化的社会生活中能够主宰自己的前途命运，学到科学本领，能够最大限度地发挥个人的社会历史作用，并不是很容易的事，但也不是高不可攀的事。他（她）只要学习、领会和树立了共产主义世界观，有了正确的人生选择——把创造最高的人生价值与为人民利益多做贡献结合起来，并把它坚持贯彻于人生奋斗的全过程，能在不同阶段上都有不达目的不罢休的坚强毅力，有求知识、求进步、求成功并不断加以创新的进取精神，有干一行、爱一行、钻一行的敬业态度，就会逐步创造出和积累起个人的社会历史作用。

在我看来，选择做共产党人，哪怕起初是模糊的、抽象的，但只要能坚持用它来激励自己去不懈地奋斗，就会用整个人生历程的每一步来诠释、充实、验证、鉴赏共产主义人生观的无穷内涵和不灭价值。每个人都会有自己的优点、特点和成绩，也难免有自己的弱点、错误和局限性。但有无正确的人生观，有无自觉的社会责任感，对其能否发挥应有的社会历史作用是大不相同的。我从审阅入党积极分子的材料中看到，真正的先进分子是少数，他们真正能发挥出先进作用也需要有一个努力过程，但他们的实践证明：一个人有追求先进、争取优秀的志向、毅力和本领，是于党于民于己大有益处的。我热情地评价大学生中入党积极分子们的努力过程和可喜成果，衷心地赞美他们的进取精神和实际进步，也希望你能善于学习他们。这就算是我给你的一封“特殊的复信”吧！

刘绍川
2008年8月8日

留念昆明打工　不忘回校任务

——张花艳向刘老师介绍在昆明打工的经历与感受

敬爱的刘老师：

您好！

最近您身体好吗？还在打工吗？

我是8月20日回到学校的，之前的两个月一直在昆明打工，学些知识，为返校学习打下基础。回校后这三个多星期，我们一直在补上学期落下的课，还有相应的考试，直到今天下午才考完最后的一门课。您寄来的助学金（500元）我也是考完试后才取到的。虽然我曾提出您可以停止对我的经济资助，但您还是继续给我寄来助学金，谢谢您！刘老师，往后您真的不用再寄钱来了。我平时也会去找些兼职做，必要时再申请些奖助学金就够了。我的学费是4920元，每年都是"绿色通道"贷的款。您也许觉得我和您的联系减少了，那是因为忙，今后我也会常提醒自己给您写回信。

在昆明打工的日子里，我也得到了不少收获，我亲眼见证了两个经理从应聘、在职到被解雇的全过程。一个是年轻气盛，可是无能又嚣张，结果老总观察了他一个月，在一次全体员工例会上毫不留情地把他解雇了；另一个是老谋深算，又急于求成，位子都没坐稳就开始要权力，结果还不到两天又被老总给解雇了。您也许会猜这位老总是一个"女强人"。她的口头禅是："成本是多少？"最后，她亲自兼任经理，由总公司的主任搞后勤。虽然他们是大材小用了，可对我们却是大有益处的。这次经历，对我和其他几个暑期工都是最好的活教材：我们是被第一个经理招聘进来的，其实大部分是暑期工。当第一个经理走时，他那懊悔的目光与神色，我永远不会忘记。也许以后我去应聘一个新职位前，我也会想想那种“目光”与“神色”。“我能做好吗？”这个挑战需要的不仅是勇气，还需要无穷的付出和最新的信息来源。在老总“执政”的二十几天里，我的收获最多。上班时，她的那种风采与头脑；下班后，她的那种随和与坦诚，都完美诠释了她为什么成功。这次打工的工资虽然很低，但这次的经历是别人花钱也买不到的。写辞职报告时好留恋，可是我很明确：我现在的首要任务是回校学习，我的知识储备确实还很少。在火车上的两天，我一直在修整自己的心情，我要以更新的面貌去面对未来。

由于补课的时间相对较短，所以考试也考得不深，虽然好几门是专业基础课，但感觉学得不透。下星期就是大三了，时间过得好快啊，我好像还没有做好面对大三的充分准备呢，好几门专业课下学期就开讲。明天领到新书就可以投入“战备状态”了。绵阳还有余震，但同学们说：“余震是还会有的，但生活还得继续，震完了接着上课去。”我们是乐观的，当然我们平时还得注意安全。

祝您教师节快乐！

您的学生：张花艳
2008 年 9 月 11 日

刘绍川致张花艳

好学上进的人，值得赞扬，值得学习

——刘绍川概括和赞扬了张花艳的好学上进精神

花艳：

在整理你以往寄来的5封信的过程中，我反复读了这些信的内容，其中给我印象最深的有两点：一是你虽然已经进入了高年级，但在我面前，你仍然是那么纯真，那么心地坦然，那么朴实热情；二是你很好学，很自觉地利用各种机会、各种条件来学习知识、学习本领，不断在促进自己的进步 。我如今在学校里工作，也在观察、研究大学生们的变化，有些大学生确实很好学，善于利用各种条件来丰富自己的知识，推动自己的进步，但不好好学习、弄虚作假、浪费青春的学生也不在少数。因此，你的学习态度、学习方法、学习成果，就使我更加感到可贵、可敬，望你继续发扬光大。

你在学习上有哪些优点和特点呢？我从你的信中归纳了几点，这既是对你现在的肯定、今后的鼓励，也是为了让别人更好地向你学习。因为，你有几个优点：

一、能明确地把学习当成自己的主要任务来抓

你通过重视复习、抽时间学英语、做预习、去图书馆借书来看、针对薄弱之处使劲等学习实践，你的学习成绩逐步上升。你大一上学期的成绩的平均分是77.5分；到大一下学期，各门课成绩的平均分上升到82分左右；你大二上学期的成绩，又比起上学年提升了几分（大二下学期的成绩，是因地震而受到影响，感觉学得不透）。

二、能有向各方面的人学知识、学本领、学经验的自觉性

你重视与老同学联系，“多向他们学习”，同时向班里比自己“好的同学学习”，也重视向做出优异成绩的学长们学习。还从读我写的评语中学习别人不断进取、积极向上的精神。

三、能把假期打工当成检验学习、推动学习的实践过程

你不是单纯地为挣钱而打工，也没有因打工而影响自己的日常学习，而是充分利用假期（包括因地震而放的假）来打工。你通过打工，理解了“挣钱不易”的道理。你只要一有可能，就把打工过程中的休息时间或空余时间用于看书学习，或去上“旁听”课，尤其能从被管理的打工过程中，用自己的专业眼光来观察，分析，对比，感受不同的管理意识、管理风格及其不同后果，从“活教材”中学习管理上的正反面经验。你也重视通过假期到人才市场上“探探路”“碰碰壁”，来发现自己的不足之处，以便更有针对性地抓好学习，更好地为未来做好准备。

四、能把虚心好学变成自我批评、勤学苦练、不断进步的动力

你自觉检查自己在学习上做得不够好的地方，发现自己与班里其他同学之间的差距。从与人们的交流中发现自己的知识贫乏，从电视新闻报道的先进事迹中发现自己“自愧不如”，等等，尤为可贵的是你有“更加努力”的自知，“加油使劲”的决心。

花艳，上述这些正是你既有的优点和特点，正是你不断进步的真实原因和具体条件，也是你进一步走向胜利的可靠基础。在当今复杂的社会环境中，在校内生活多姿多彩、各种诱惑并存的条件下，你能始终紧紧抓住学习这一主要任务，使各种活动服从于、有助于自己的学业进步，这是很可贵的。我之所以重视你的这些优点、特点，就是希望有更多的人能像你一样来对待自己的学业，以便为未来的事业创造尽可能好的发展条件。我想，你能做得到的，同龄人也是可以做得到的，关键在于有无明确的奋斗目标、有无坚强的毅力、有无好学的态度和方法。每个人的生存与发展都离不开一定的社会环境、发展机遇，但各人的发展前景和人生价值是不同的。因为人们对待学习、劳动、工作、研究的态度不同，方法不同，因而结果也不同。只有坚持好学上进的人，才能以自己的勤奋、智慧、经验为基础，善于学习他人，敢于赶超他人，也才能创造出自己相应的人生

价值。

花艳，由于时间很紧，就写到这儿，我来不及很仔细地推敲这封信上的文字，有不当之处，欢迎你批评指正。你们既是我的服务对象，也是我的学习对象。我为你们每个人所取得的每一个进步都感到无比的快乐！

祝你愉快！

刘绍川

2008 年 10 月 1 日

杨淑美与刘绍川书信篇

心怀感恩，砥砺前行

——用感恩之心，勉励自己前进

对我来说，懂得感恩，是我收获幸福的源泉 。我也希望我们每个人时刻心怀感恩，记住老师们对我们每个人的用心和付出。像他们那样，教育好我们的下一辈，教会他们去做一个有感恩之心的人。

刘老师对我的特殊照顾，帮助我完成了高中和大学的学业。我对刘老师的认知，是通过 2003 年 6 月他写给赵俊梅的书信。当赵俊梅收到刘老师的书信之后，我就借阅了。之后，我就开始了和刘老师的书信往来。但比起其他同学，我跟刘老师之间的书信不多，一是因为我的学习成绩不像其他同学那样出色，二是因为我本身性格比较内向，不善于跟别人打交道。但是，刘老师知道我的情况后，给予了我特殊的照顾。我虽然没达到他的资助标准，但他还是给予我经济上的资助，并给予我精神上的鼓励，让我在犹豫不定的时候继续往前走，完成了高中和大学的学业。

上大学，我学的是旅游管理（是服从调配之后的专业）。这个专业不是自己喜欢的专业，原本是选择了复读一年重考，出去复读了一个礼拜之后，发现精神压力好大，怕再复读一年连个二本都考不上。我就写信咨询了刘老师，刘老师说："上什么样的学校对个人的成长、发展不能说没有一定的不同影响，但归根结底，还是取决于个人的努力程度和实际收获。"所以，我最后还是选择了去玉溪师院上大学。大学期间，我没有其他同学那样卓越的成绩，只是在大学期间额外考取了高中数学教师资格证书（我们班 40 多个人去考，考过了 2 个）、会计从业资格证、导游从业资格证。毕业之后也参加了公务员考试，但是由于所学专业的限制，能考的岗位较少，所以没能考上。

在我考公务员的第二天，我妈突然得了脑出血，考完我就去大理州人民医院照顾了她一个月，直到她出院。由于母亲病情较严重，虽然及时开刀取出了血块，但由于出血量多压迫了神经，造成脸部歪斜，右半身不能动弹。所以每天给她端屎端尿，做按摩康复。她出院后，我在家照顾了她半年，她的脚基本上能慢慢地走平路了（手还是不能动），我才到深圳闯事业、成家。在此期间，我也丧失了很多找工作的机会。出来之后，我想着去大城市闯闯，所以直接到了深圳。在深圳，我才知道自己当时的阅历是那么的肤浅。你光有个文凭根本起不了作用，必须要有很强的工作经验，你才能立足。所以出来之后，我先在公司的人力行政部工作，一年之后跟公司申请调到市场营销中心做销售内勤。之后，我又被调到采购部做采购。

我是2010年来到深圳的， 2012年就有了自己的小家， 2014年有了儿子， 2017年有了女儿。来深圳8年，两个小孩都在深圳生，在深圳带着长大，虽然没有像其他人那样赚大钱，但通过我们自己的努力， 2016年我们拥有了自己的房子（120平方米，江西赣州市中心，目前价值160万元，无私人外债），小孩在自己身边带大，在礼貌和学习上我们都要求比较严格，所以两个小孩虽小，但都能礼貌待人。

自卑心使我不敢与刘老师联系，但总不忘怀他的救助之情和父母的养育之恩。去深圳之后由于一直心里很自卑，不像别的同学那样，不是考上公务员，就是考上事业单位，所以一直没敢跟刘老师联系。直到2018年初跟刘老师才再次取得了联系。我对他说，目前我们还没有能力去资助别人，但我有能力偿还我在校期间您对我的经济帮助。刘老师回答说："这不行，说什么都不能同意，你的钱我坚决不能收。"最后，他说："这钱就用到你去养育自己的两个小孩吧！"还教了我教育小孩子的方法，即对小孩的教育要以表扬为主，利用他们的优点去克服缺点；小孩有错的时候，父母双方一定要"意见统一"，不能一个人骂，另一个人哄。我俩一直记着刘老师的话，所以在之后的小孩教育中，小孩虽小，但一有错，我们就及时教导其纠正。当一个大人在教育的时候，另一个大人从不去阻止。这样，我们的小孩进幼儿园后就常常得到老师的好评。刘老师也一直教育我，再怎么穷，都不要忘记父母的养育之恩，要记住，给父母一定的经济支持。刘老师的话，我一直记在心里。我刚出来的那年，第一个月的工资留了500块钱生活费之外，就给爸妈添置了一台洗衣机。之后，每个月都会给父母寄点钱回去。在2011年的时候，国家有政策，以前在过事业单位上的老人，可以一次性付一定的金额后，每个月就能领取“退休金”，即生活补助费。当时，由于刚出来工作不久，没那么多钱，所以就选择了一次交36000元的那一档。我先一次性地交了10000元，另外借了26000元的钱（已于2012年还清）。此后，我父母每个月能领取600多元的工资，根据国家政策还慢慢在增加，目前已增加到一个月1200元左右的工资，已够两位老人的生活费。但每年，我还会不定期地给他们寄点钱，保证他们能有自由支配的余钱。

2018年9月，刘老师说由于和我的书信来往失衡，所以想叫我在老家推荐一个贫困生名额，就当作对我的补偿。由于我很少回去，所以只托老家的父母去了解情况，但是他们觉得刘老师已经高龄，为了我们这一代人已付出了不少，现在年纪大了，就应该多享几天福。而且刘老师所要找的对象是学习成绩好的，有上进心的，家庭贫困的。找了两个礼拜也没找到合适的人选，所以我就跟刘老师说没有适合的，就不推荐了。刘老师那么高龄了，也该到歇歇的时候了，人到老龄还是需要有充足的休息时间。

真的很感谢刘老师对我的关注，我每每跟老家的人或我爱人说起他，他们都一直对我说，我不能忘记这份恩情，要心存感恩。正是因为有了刘老师的鼓励和帮助，我才能一路走来，再难的路，我都咬牙坚持下来了。我付出的比别人多，但也得到了相应的回报。

刘老师让我知道了在遇到困境时该如何选择。在小孩的教育上，该如何拿出做父母的态度；在对待自己父母的养育之恩上，该如何去负起作为儿女的孝心之责。

对我来说，懂得感恩，是我收获幸福的源泉 。我也希望我们每个人都能时刻心怀感恩之心，记住刘老师对我们每个人的用心和付出。像他那样，教育好我们的下一辈，教会他们去做一个有感恩之心的新一代人。

杨淑美

2019年1月

刘绍川对杨淑美“概述”的点评

感恩是人们在继往开来中不可缺失的环节

历史是一条有源无尾的长河，我们每个人都应自觉地乐于成为其中的一滴水。感恩、报恩，就是人们在承上启下、承前启后、继往开来的过程中，不可缺失的一个环节。这也正是我们把为成才成功、改变命运而奋斗的进程，变成为他人、为社会做贡献的终身事业一个必要环节的根由。

我反复读了杨淑美对其“走向成才成功之路的概述”，即“心怀感恩，砥砺前行”之后，我进一步结合其内容，查阅了词典上对“感恩”“砥砺”含义的解释。这样，我就把她的主题理解为“用感恩之心，勉励自己前进”。虽然这不一定准确，但这是我点评其“概述”的立足点，既肯定其积极意义，又值得加以发挥。因为，“感恩”的内容、形式和意义，对于每个人，几乎都是说不完、道不尽的。

一个人在自己成长、成才、成功的发展过程中，怎样看待（理解和对待）别人（父母、老师、亲朋好友、领导者、同事、家人等）给予对自己的帮助、好处、恩惠（某种物质帮助或某种精神激励），不仅对个人的成长、成才、成功具有积极意义，而且对改善和密切社会关系，创造性地传承上下关系、承前启后关系，都有广泛和深刻的积极影响。

杨淑美在自己的“概述”中，着重表述了她在为自己的前途而奋斗中，不忘父母的养育之恩，牢记父母的期望，用自己奋斗的成果，来尽力做回报父母的好事；她也不忘记我在她发展过程中曾给予过她的实际帮助和思想开导，并要把对我的回报作为对我助学事业的支持。同时，她在说到自己回报父母的时候，也谈到了她父母从国家好政策中所得到的好处或恩惠。父母之恩、师长之恩、国家之恩，对于杨淑美的人生事业、家庭幸福来说，都是不可分割的。这些也正是勉励她继续前进的条件、信心和力量。

然而，说到“心怀感恩，砥砺前行”，仅限于以上所述，显然是不够的。无论是杨淑美，或者是我们其他人，在怎样正确看待感恩与事业的关系上，我们的认识都需要开阔些，都需要深化些，这对我们的事业发展和人生价值的展现，都是有意义的。仅以我个人的长期经历和情感记忆来说，我得到的恩惠是多方面的，我虽然历来有感恩之心，并力求用某种方式回报自己的恩人，但我实际所做的也是极其有限的。我在这里无法叙述我得到的恩惠，也不便重复我的报恩之举。但有一点，我得借此“点评”，加以追述。那首先就是，我为什么要在退休之后开展助学、奖学活动?

我是穷人出身，在苦难的旧中国，我8周岁才上学。我在上学前后，跟母亲劳动、陪母亲劳动、帮母亲劳动的过程中，特别是在做苦活、累活、脏活的过程中，母亲一再激励我，上学后要好好念书，将来才能改变自己的命运，不然就像她们那样一辈子过苦日子、穷日子。1949年去考初中的时候，村里有十几个同学去考，结果只考上了两人，我是其中之一。但家里穷，上了一学期就休学了。后来，人民政府设立了“人民助学金”，我才得以复学，读完了初中。特别难忘的是，原来我得到的乙等“人民助学金”是70斤大米，要直接到县粮食局去领。当时，我就想到，这是剑川农民交的公粮，当即许下愿，将来有力量时，要回报家乡人民。但是，一直没有条件，退休时，我只有7000元存款，每个月的退休金是1700元。我退休后决定“退而不休”，外出打工，每月的工资是1000元。我无法拿出大笔金钱来兑现我的“许诺”，才想到了给剑川一中校长写信，请学校领导向我推荐2~3位贫困生（山区的，进步幅度较大的初中生），我愿提供他们在校的生活费。我对剑川一中学生的助学事业就从2001年开始了，到2011年基本结束；同时，我认识到打好小学基础的重要性后，于2004年开始，在本村创建了“文榜村学生升级升学奖学金”（简称“文升奖”），这已成为我的终身事业。这些，就是我在50年之后所兑现的回报家乡人民的一点点“许诺”。人民之恩我一直未忘，但自己力量太有限了！

说到这里，我不能不进一步谈到我“报党恩”的事实。如果没有党对我的长期教育和培养，那么连这小点对家乡人民的有限回报，也做不到啊！无论是我从一个初中毕业生发展成为大学教授，或者是我“退而不休”的意志，抑或是我的助学、奖学事业，都归结于我要报共产党对我的恩情。当我有能力兑现50年前的许诺时，我是以共产党员的无私胸怀、共产党员的先进性能力和一定优势来行动的，我所发挥的生命力作用，都源于我在履行入党誓词——为共产主义奋斗终身的。2018年，我为出版《发扬传承之光——为共产主义奋斗终身的精神》，自付了6.5万元出版费。目的就是要结合我和学生们的事实，通过言传身教的事例，激励共产主义接班人，坚持为共产主义奋斗终身，创造自己最高的人生价值。

在感恩与回报恩人方面，我有说不完、道不尽的故事。这里只举一个最新的例子。最近，应中央民族大学原党委书记兼院长江云同志家属的邀约，我在江云同志100周年诞辰之际，写了一篇对他感恩的文稿。其标题是“留下一份长存事业，值得后人永远怀念”。现把其中的一些话语摘录如下：

> 我们每个人在不同时期的作用，都是有限的，甚至一生的作用，也是有限的。但是，只要能做出前人未达到、后人可参考的一点业绩来，那也是值得记录的，值得纪念的。正因为这样，我才在中央民族大学原党委书记兼院长江云同志100周年诞辰之际，写了这篇在心中酝酿了近30年之久的感言。
>
> 在我近70年的奋斗生涯中，得到过组织上、有关领导和亲友的支持和帮助，也常常怀念他们。但唯一得到我以连续拜年感恩达32年的，只有一位，那就是江云院长。
>
> 我对江院长的怀念，不是一时的心血来潮，而是渗入到我当时10年履职实践中和20多年“退而不休”的生活之中，延续到我生命的存在之中。因为他对我的任用，改变了我的地位，发挥了我的作用。这使我怀念和敬佩他那“重视亲自考察人才、敢于起用无名新人”的胆略见识和坚强意志；怀念他为中央民族学院校刊事业所开辟的改革发展道路；也表明我感恩于他、竭尽职守、创造性工作的业绩，并把

我对他的深情怀念，变成为数十年连续“拜年”之举的感恩意识和感恩行动。

在中央民族大学原党委书记兼院长江云同志100周年诞辰之际，我怀着感恩的深情写下一段与他的故事。20世纪80年代初，他从中央的《红旗》杂志社副总编的岗位上调到当时的中央民族学院任党委书记兼院长。我除了开全院大会时听他讲话、做报告之外，并无机会与他有个别的交往，更谈不上有什么私交。但是，我为了表示对他工作的支持，常把自己当时写的文稿送给他看。经过几年时间，他发现我有一定的才能，便想任用我出来到院里做点宣传工作。但当时，我只有讲师职称，也有缺点毛病。因此，得不到其他领导的支持。然而，江院长总不放弃对我的不断了解和任用意图。经过他一次又一次的提议，让我做这个工作被否定之后，他又利用新的机会，重提让我出来做那个工作。经过两次、三番，最后，才任命我担任校刊（院刊）编辑部主任、主编。

后来，我慢慢知道了我被任职经历的过程后，更下定决心，不仅要使校刊为学校的改革发展服务，也要通过校刊自身的改革，改变“院刊”的旧面貌。我们以改革创新的精神来推动工作，先把不定期的院刊改为定期的旬刊，使之更好地为学校的改革发展服务，也使校刊在校内外增强影响，使院领导更加重视它的作用，经过半年后，就把中央民族学院“院刊”改为“中央民族学院周报”。为了办好周报，我们总结了以往的经验教训、向校外的先进校报学习，在较短期间，就形成了责权利相结合的一套规章制度，使《中央民族学院周报》成为首都高校两家周报之一，成为全国13家周报之一，进入了首都和全国高校先进校报行列，在校内外产生了积极的影响。我用事实证明，江云院长没有看错我，没有用错我。我经过10年专注于校报工作，推动了学校的改革发展，扩大了本校在高校系统和社会上的影响，培养了大批的少数民族学生，锻炼了一批编辑人员。我退休后，出版了《烙在校报上的育才心印》（有近36万字，由青海人民出版社于2005年出版），集中体现了中央民族大学校报工作的业绩，在民大校报史上创造了先例。这里也有江院长的一份历史功劳。

我任职后不久，江院长被调到中央社会主义学院担任党政领导。但我无法忘却他。因为，他为我创造了新的工作条件。过去，我只是以一个班级的学生为教育对象、服务对象，后来以全院或全校师生为服务对象、宣传对象，使我在应对校内外复杂形势中锻炼自己。因此，我从他调离我院后，连续向他拜年 8 年；1993 年他去世后，我继续向他的夫人拜年，寄托我对江院长的怀念。我在这里不得不感谢江院长的遗孀王老。她尊重江院长的事业、理解我对江院长的怀念之情。我每年去拜年，都得到她的热情款待。试想，若缺她的作用，我能坚持数十年连续拜年之举吗？同时，我也要说，江院长让我做校报工作，使我提高了服务大众的意识和兴趣。这也为我退休后到校外报刊社“打工”，热心于资助家庭贫困生、奖励本村优秀学生，奠定了一定的思想基础和技能基础（办校报的知识和技能正是我退休后“退而不休”的基础）。实事求是地说，我的终身事业与江院长的任用分不开，我能忘得掉他吗？

不忘恩人的期望，把自己的工作、事业做得比恩人所想象的还要好。这就是我报恩的基本立场和基本标准。报恩之举，也是我推动自己人生事业、提升自己思想境界，为后人树立榜样的实际机会。没有恩人的帮助，我们无法前进，我们若不懂得感恩、报恩，怎么去带动后来者居上？

说到报恩，我不得不简单说说我的母亲。母亲从未向我要求过什么，但我一直都不忘记她，坚持每月给她寄点生活费，少则 5 元，多则 15 元，在小孩小无钱寄给她的时候，我向系主任先借来给她，事后再慢慢地还债。一位邻居老人曾对我说，村里比你有钱的人有的是，但没有一个人像你那样时常挂念着母亲。

历史是一条有源无尾的长河，我们每个人都应自觉地乐于成为其中的一滴水。感恩、报恩，就是人们在承上启下、承前启后、继往开来的过程中，不可缺失的一个环节。这也正是我们把为成才成功、改变命运而奋斗的进程，变成为他人、为社会做贡献的终身事业一个必要环节的根由。

刘绍川

2019 年 1 月

书信来往不对称，善读传信有主张

我与杨淑美之间的书信交流很不对称，但杨淑美很善于学习。她不仅在关系到其前途命运的抉择关头，主动征求了我的意见和建议，而且虚心学习、思考、对照我寄给她的写给别人的信，来改变自己。

当我整理完与杨淑美之间的书信之后，深感内疚，因为她给我写了11封信（现存的），若加上未收到的两封信，共有13封信，而我只给她回过4封信。这很不对称。然而，值得庆幸的是，杨淑美能正确面对这样的不对称，她很虚心地学习、思考、对照了我写给她的、或写给别人的信，表现了她善于学习的主动性、自觉性，留下了她在艰难困苦中坚持开拓前程的宝贵精神和善于学习的历史痕迹。

杨淑美在关系到其前途命运的抉择关头，主动征求了我的意见和建议，我也给了她精神上和物质上的特殊照顾；但更为重要的是，她在认真读我写给其他人的信时，能做到联系自己的实际，坚持独立思考，不仅自觉地从中吸取了对自己有用的精神、经验和做法，来提高自己的思想认识和处事能力，来强化自己的拼搏精神，来改进自己的学习方法，从而弥补了我对她回信太少的缺憾。不仅如此，她还能在读信后提出自己的不同见解，并依据手边的辞书，准确地指出信里字词上的差错。这既帮助我提高认识、改进工作，也强化了她自己的主动性、积极性和自觉性。

杨淑美出身于贫困地区的贫困家庭，亲身经历过那“穷忙”日子的煎熬。但她有志气改变自己的命运，追求新的生活。为此，她在读高中的过程中经受了经济上、生活上、体能上、学习上、精神上的种种困难、痛苦、压力和误解，她曾有过无奈与动摇，但终于矢志不变，经受住了考验，从而提高了应对各种实际问题时自主、自强、自决的能力。我相信，经受过种种困难考验的杨淑美，会在继续开拓自己前程的道路上，意志更加坚强、视野更加开阔、知识更加丰富、才智更加显露，从而将会更加积极主动地去充实自己，发展自己，迎接多方面的新挑战，创造自己美好的明天。

杨淑美经过多年的拼搏，完成了在学校的学业，在社会上有了自己的事业，有了自己的家庭，有了自己的两个孩子之后，仍不忘记我曾经对她的那小点帮助，她主动提出把我曾给她的“助学金”偿还我。她说，她现在还无力去帮助有困难的孩子，但已有力量偿还我曾给她的“助学金”，以便我用于资助别的贫困生。杨淑美想到了我，想到了我的助学事业，还想到了别的贫困生，这使我很受感动。但我表示，我只能心领她的好意，但绝不能接受她的钱，只希望她把这点钱用在抚育自己孩子的身上。这是我第一次意识到我的学生们的现状与未来，自然也想到了帮助他们的意义。遗憾的是，自己的力量太有限，做得不细、做得不广。最近，为筹备出版《改变命运的进行曲》，我不得不与过去的资助对象有了直接或间接的新联系，既为他们已取得的成就高兴，也注意到了他们还处在发展过程中的困难阶段。正因为这样，我更加坚定了为他们出书、为别人引路的决心，也愿自筹出版经费，既为同学们发表作品提供有利条件，也不增加他们的经济负担。我把这作为自己助学事业的继续、关心下一代工作的继续。

刘绍川

2005年9月30日—2018年10月5日

杨淑美致刘绍川

因家境艰难又不舍学业而求教求助

——杨淑美向刘老师诉说求教求助的背景

刘老师:

请原谅我冒昧地打扰您，不知道我的信是否会打扰您的工作和学习。上个星期我看了您给赵俊梅的信，我就很想向您请教一些问题。今天是星期六，看书也看不进去，我就提笔给您写信，您能否给我一些建议呢?

我叫杨淑美，是剑川一中高第148班的学生，今年18岁，家在剑川马登新民村。我家有七个兄妹，我排行老七，上面有四个哥哥，两个姐姐，他们都已成家，现在只有我和父母一起居住。我大哥有两个儿子，大儿子今年读小学五年级，二儿子由于小时候因打青霉素过度而变成一个聋哑人，如今在下关聋哑学校就读。别的几个兄长都已有了儿女。我的父亲今年六十五岁，母亲六十岁。

我们村里女孩读书的很少，大多数人小学毕业就不读书了。由于我的兄长们都是农民，我父母就坚持让我读下去。今年我考上了高中，村里人就劝我的父母别让我读了，供一个女孩读书是很不值得的，甚至有人还到我家来提亲，真让人感到滑稽，但我的父母不理会村里人的说笑，还是让我来读高中。就这样，我拿着父母的血汗钱来到剑川一中读书，我很少吃零食，也不乱花钱，我尽量节约用钱，放假我也不回去，从学校到我家需要二十多块钱的车费，那将是我一个多星期的生活费，所以我都是一个学期完了才回去。每次父母给我寄钱时，都嘱咐我好好读书，别为家里着想，今年家里养了几头猪，到时可以还上开学时借的学费。

刘老师，您知道吗？有好几次我想偷偷地去打工，可我又不甘心让命运就此被决定。我才18岁，我虽然是山区来的孩子，可我渴望学习呀！上学期期中考试我考了第五名，可这个学期却落到了第八名。我知道我不应该想得太多，可我真的做不到。这几天都在忙于会考科目的学习，我每天都努力把精力投入到学习中去，但这根本做不到。

刘老师，您说我该怎么办呢？我知道不该向您说这些，可没人理解我的苦衷。您会介意吗？您能否给我提个建议呢？我真的好矛盾啊！我虽然不是班上的尖子生，但我不想就此而放弃自己的学业。

刘老师，我对您说这些，只要求您理解我，为我如何选择提点建议。我不知道该不该继续读下去？唉，真的好难选择啊！

刘老师，您说我是该去，还是该留？您会讨厌我这样没主意的人吗？

刘老师，不再向您细说这些伤心事了。我想向您请教一下学习上的问题，初中时我的英语成绩可算是上等，可是一进入高中就感觉很难学，也渐渐对它失去了兴趣。我最薄弱的是口语，我发音不准，致使我常常记错单词，我该怎样才能克服这一关呢？这次我们分科，我选了理科，大家都说女孩读理科不好。人们说，女孩子的思维太迟钝，难学好理科，但我却对理科感兴趣，我要向它挑战。您说，我的想法和做法对吗？我觉得物理特别难学，上课老师讲的全都听懂，但下课后去做习题时却什么都不会，这是什么原因呢？

刘老师，就谈到这儿吧！希望我的问题不会耽误您很长时间。

杨淑美

2003年6月15日

刘绍川致杨淑美

鼓励农村有志有才女生升学深造

——刘绍川鼓励杨淑美坚定升学、深造的意志

【当代农村中立志升学、深造的女生，是农村女青年中的先进分子。他们不只是在为自己开辟新的发展前程，而且是在为当地的其他青年做出新的榜样。当代农村中有志气、有条件升学和深造的女生——初中生、高中生、大学生就是当代农村青年妇女的先锋。然而，她们也不得不克服更多的困难，需要创造获得支持的条件：一、要用自己的优势，来争取多方面的支持；二、要在学业的进步幅度上，来与同类比高低；三、要立足于学业、事业的发展需要，来排除异性对正常学习的干扰；四、要以社会责任感，来鞭策自己走向成功。我希望所有的农村女生都要更珍视自己的学业，我也希望女生的家长们、亲友们更加自觉地支持自己亲人的升学、深造。我相信，当你们孩子的事业有成之后，她们都不会忘记父母和亲友们的帮助。】

【详见　中央民族大学关心下一代工作丛书《激励各级学生成才成功的心语》（中央民族大学出版社 2014 年 5 月出版）第 74—78 页】

杨淑美致刘绍川

为创造获得助学金、考大学的条件而努力

——杨淑美向刘老师如实反映自己不足，表示今后决心

刘老师：

您寄来的那批信，我已于7月1日收到。看了信之后，我的心情久久不能平静下来。所以今天才给您写信。从收到信至今天，我不知道把信看了几遍，每看一遍，它都给我新的启示、新的教育。

刘老师，您知道吗？那每一封信都好像是专门给我写的，它都指出了我所存在的缺点。所以我对每一封信，都用心地去读，用心地去体会。它使我懂得了偏科的害处、政治的意义、正确看待人生观、毅力、时间、奖学金、友情等对我们的重要性。每当我看书累了或睡前，我都在思考这些问题，它给了我很大的启迪。

刘老师，您在给张大伟等的信中提到“你目前的学习成绩还不属于所定的‘甲等’助学金标准”。看到这句话，我想到了自己，我也不属于您所定的‘甲等’助学金标准。我知道别的几位同学成绩都很棒，常常是班上的前三名。而我呢？与他们相比，还差得远，这次我竟有三门课（英语65，总分120；物理45，总分87；化学59，总分100）不及格，我感到非常惭愧。但我不会放弃，我会在哪里倒下去就从哪里站起来，从失败中找出原因，吸取教训，化沉痛为动力去奋斗，争取成为您所定的‘甲等’助学金中的一员。我要用您的那种“毅力”去奋斗，去努力。

刘老师，您在给施洪贞同学的信中写道：“如果说，90分到100分之间为‘优’，那么89分之后的这1分，就是区分是否为‘优’的关键性的

量。”您说得对，我们不只是为这1分而学习、而考试，但我们应该从这1分中看到分数的重要性，从这1分中看到自己的不足之处。假如我们得到了这1分，也不应该自我满足，因为我们还有无数个1分有待去争取，去奋斗。我也要为这89分后的这1分而拼搏，不管结果如何，我决不放弃。

刘老师，看到您给张花艳的信中提到国家为品学兼优的经济困难学生发放助学金、奖学金等，我感到非常高兴，也许以后经济不再是我们的思想负担，而当前最主要的是把学习搞好，为以后获得奖学金打下基础。再过三四天又开始了新的学习，一切又从头开始，我会在新的一学年里抛开一切思想负担，向第一名进攻，向89分后的那1分进攻，向奖学金进攻。

刘老师，我也有偏科现象，我怕学历史、政治，但看了您给朱江培的信后，使我看到了偏科的不利之处，因此在以后学习过程中我一定会改正它，不再使偏科现象在我脑海里出现。内心因素是最重要的因素，我会克服自己的心理因素和外界因素，来纠正偏科现象。

刘老师，您在6月24日专门给我写的信中说得对：“关于农村提亲问题，我们无法消除它，但完全可以理智地排除它。”以后，我会排除它对我学习的干扰，珍惜这个来之不易的机会去努力学习。关于友情，我认为男女同学在一起讨论问题，有些事，相互帮助这是正常的，对吧！我和班上的一位男同学常在一起讨论问题，说的话也比较多（我跟班上的其他男同学很少说话，对有些同学，已过了一个学年，都没有说过一句话），班上的几个女生就说我们在谈恋爱。我不在乎她们怎么说，可我认为，我们这个年龄、特别是在高中阶段，来谈爱情是愚蠢的，我们还不知道爱情是什么东西，它只会浪费我们青春年华，浪费我们宝贵的学习时间。所以我意识中根本没有“爱情”这个字眼，只有纯洁的友情。

刘老师，谢谢您在这个假期中使我有了这么大的收获，您的那些看法、观点、建议，将伴着我一路前行，帮助我在以后的道路上有正确的、深远的看法。刘老师，您能否给我寄一份《受经历启迪为未来着想》这篇文章，我从您给李成芳等的信中看到陈小代和李成慧从这篇文章中受到了很大的启发，我也想读一下这篇文章，不知我的请求是否合适。

刘老师，您知道吗？如今我最大的愿望是，两年后争取考上北京的一所大学，去与您见面。以后我会为我的这个愿望、这个目标而奋斗。您会支持我吗?

刘老师，您给我们说“身体是革命的本钱”，但别忘了，您也应该遵守它，不要太过于劳累，也不要对自己的生活太苛刻。当我看到您在“非典”期间都不曾吃太贵的水果时，我的心好痛，希望您多保重身体，别只为我们着想。

祝您工作顺利，身体健康!

学生：杨淑美
2003 年 7 月 21 日

珍惜继续学习的机会，用成绩报答各方帮助

——杨淑美向各方面表达谢意，表明努力学习的决心

刘老师：

不知您的近况如何？我在7月6日就收到了您专门为我写来的信，但由于您的嘱咐及临近期末考试，也就没有马上给您写回信。

刘老师，非常谢谢您给我的帮助。那天王老师说，您给她打电话，要她转告我，在学业上不要动摇，要好好地安心学习，至于在经济上您可以帮助我。我跟王老师说，我给您写信不是要求您资助我，而是我真的决定不了，才写信向您求教的，有这样的结果，也是使我想象不到的。听王老师说，您支持的学生中还有两个是大学生，我想您的负担已经很重了，我不想再加重您的负担。我对王老师说，我不想要您的资助。王老师说："你不应该失去这样的机会，而葬送了自己的学业。你既然有这样的想法，那就更应该珍惜这个机会，用学习来回报刘老师。只有你的心里没有了负担，学习好了，才不辜负刘老师的希望"。我也考虑过王老师的话和我目前的处境，也许我现在放弃是一种愚蠢的做法，我应该更珍惜这个来之不易的机会。我的父母知道了这件事，也非常感动。他们都是文盲，受尽了苦，他们嘱咐我，要好好学习，珍惜这个机会。刘老师，非常谢谢您给了我继续学习的机会。

刘老师，昨天我刚收到通知书，我不知道该向您如何提起我的成绩，我还是原地踏步，一点也没有进步，虽然我一直是班上前十名，但那只是在本班，若从全年级看，我也许是倒数的了。我一直在找原因，也许是我

平时不够用功；也许是我有太多的思想负担，但不管是什么原因，在下个学期我一定去向第一名进攻，那才是我跟别人比的资本。

刘老师，在平时做题时，我觉得会，但到了考试时连最简单的题我也会错，有时演算上对了，抄到试卷上却错了，您说这是什么原因呢？是我不够认真吗？

刘老师，谈谈我个人对您安排我们到下关市与南涧的同学会面一事的感受，希望您听后不要生气。听李老师说，这次去下关，是和南涧的同学在学习上和生活上交流一下，也让我们看看外面的世界。我们于20日到下关，南涧的同学到下午4点多才来。那天，陈华山老师和我们一起吃饭，陈老师在21日要去出差，就让我们自己安排，我们想22日就回来，但陈老师给我们安排了三天的吃住，所以我们到23日早上才回来，虽然我们逛的地方并不多（因为下雨），下关也算不上是大城市，但让我看到了多方面的世界模样。人们说，“外面的世界很精彩”，我也有了这种感觉。对我来说，这是第一次到城市，感觉挺新鲜的。然而，我们与南涧的同学没有一次一起出去逛，李成芳在21日就出去找到了家教（我挺佩服她的社会应对能力），李成凤没来，李成慧和我们一同出去过两次，别的时间叫他们，他们也不去。有时吃早点，我们也不在一起吃，更不要说在学习上和生活上有所交流了。我向李成慧了解了她们的学习方法和技巧。同李成芳，我们却很少碰面。我的英语差，而她读的是英语，很想向她讨教一下学习方法，但没有机会，真的让我很失望。您让我们出去见识一下，是做到了，至于互相交流，却没有做好。我想，这是让我感到可惜之处。我认为，这次会面也许是一种浪费，因为我们没有达到目的。刘老师，您对这件事怎么看呢？

刘老师，昨晚我们从新闻上看到北京的温度上升到39.6℃，希望您注意自己的身体。如果您为我们而病倒了，那我们该怎么办呢？所以您的身体健康才是最重要的，千万别累坏了。

这几天，我在我二姐的理发店里帮忙，一方面可以帮他们照看孩子，另一方面也抽空复习自己的功课。这几天家里很忙，但我的父母却不让我插手，让我安心学习。我现在有了继续学习的机会，这与有您的帮助分不开。由于父母的关心，全家人的支持，还有学校老师们的帮助，我才有了继续学习的机会。我衷心地谢谢你们，我也代表我的父母和全家人谢谢您的指导和帮助。

刘老师，如果您有时间，能否给我提一下假期复习的方法？如果您没有时间就算了，别为了给我写信而耽误了您的时间。

刘老师，您寄给我的钱，我已收到了，也买了一部复读机，谢谢您对我的关心。

祝您身体健康，工作顺利！

杨淑美

2003年7月26日

刘绍川致杨淑美

后悔拘泥形式，自责“悔不当初”

——刘绍川向杨淑美谈对她资助的认识过程

淑美：

我已在最近细读了你于暑假后期写来的长信，知道你对我寄去的那批信件的认识和态度，尤其是其中谈到“在哪里跌倒就在哪里爬起来”的决心和考取北京大学时来看望我的那份信心与热情，令我深深感动，预祝你成功。

为了如实地在老师和同学们面前表明，你当初给我写信原本仅仅是为了与我进行思想交流，并未提出过需要资助的问题；也为了尊重学校对选定贫困生资助对象的有关条件和程序；还考虑到你目前的实际状况（没有根据自己的困难明确提出资助要求；你目前的学习成绩尚未达到资助标准），所以，我现在不便擅自决定给你助学金，请你谅解。

但是，为了表明我对马登地区人民的特殊感情。你作为他们的后代，又有自己的抱负，对升学有志向、有信心和决心的愿望，令我感动。为此，我在此向你做出书面保证；当你考上北京大学，或者考到北京上其他的大学，甚至其他地区大学本科时，我将一次性地奖励你2000元【后来，我进一步了解到杨淑美的实际困难后，也未经学校审批“程序”而擅自决定给她“助学金”。然而，遗憾的是，我曾拘泥于原订的“程序”而延迟了对她的及时帮助，给她增添了精神压力与实际困难。当我读到她2004年2月4日的来信后，才意识到我缺乏灵活性，做得不妥。于是，根据她“复读”的实际需要，才决定给她助学金。从2004年7月后，也每月给她

“助学金”。——2005年整理书信时加注】。此外，我将继续给你寄去今后所写的信。

淑美，向你说实话，这封信是我9月4日从医院回家后写的第一封信。8月26日下午，我在去“打工”的途中出了车祸，住了10天医院，骨科手术后需要14天才能拆线，现在伤口还在疼痛。所幸的是，只是左胳膊上的鹰嘴骨粉碎性骨折、脱臼，其他部位未受大的影响，看来，我今后还能继续做些工作，继续给你们写信。

祝你快乐！奋进！

刘绍川
2003—2018年

杨淑美致刘绍川

“助学金”使我在困境中看到了希望

——杨淑美向刘老师表达对“助学金”的谢意

刘老师：

我很抱歉，这么长时间才给您写信，想想差不多半年了。说没时间只是个借口。其实，我是很想给您写信的，可我不知道该说些什么，该写些什么，因为您于去年9月5日的来信，使我有些茫然，不知所措（我在上封信的“注”中已做了自责，并做了改进）。

我收到您的来信是在国庆节后，国庆节放假回去，我才知道我母亲由于劳累过度、又患有高血压，所以去田里干活时晕倒了，幸好村里一位阿姨看见，不然，我可能会失去母亲。之后，我母亲的眼睛看不清，所以不能像以前那样做活。不知道为什么，我父亲一到冬季全身就肿起来，所以不能做重活。他为了供我上学，就借了五六千块钱又卖了三头母猪和几头小猪，可前一段时间流行猪瘟，所以全部都死了。我当时就想辍学了，但我二姐不允许。她说，“在我们村里，家境好的学生还不容易考上高中的。因此，我家虽穷，但不管想什么办法，都要供你读下去”。但我姐的生意不好，每天只有三四十块钱的收入，她还有一个80多岁的婆婆，一个十几个月大的孩子。而我家里实在没钱给我上学的生活费，所以姐姐就给了我上个学期的生活费。王老师也帮我申请了困难补助，每个月15元钱。同学们也劝我，把这个学期先读完，别的以后再说。那段时间我又患有脑神经衰弱，所以每天都晕晕乎乎地过。

后来，收到您的来信更使我茫然。我经常拿出您的信来鼓励自己，可家里的情况常常映入脑海中，使我不能静下心来学习，导致这个学期考得很不理想。我想家里没钱供我上学，而我自己也不争气，竟让成绩下滑，我就想，下个学期不读了。

刘老师，原先我想一放假就给您写信，可放假回来，我村里的一个人要我到兰坪帮她洗头（她在那里开了理发店，而我以前帮过我姐姐做过这种活，有点基础），而我也不想再读书了，所以就去帮她打工。给您打电话时，我已在兰坪，春节时人多，生意好，所以春节我也没有回家。在夜深人静时，我有时责怪自己命不好。可过后，我也认为这样的想法太幼稚，毕竟还有关心我的人，我应该感到幸福。那天，您说能给我助学金时，使我一下子看到了希望。虽然我嘴上对父母说“不读书”，可我心里是多么想继续读下去啊！刘老师，谢谢您又给了我继续学习的机会，这次我不会再沉沦，一定会好好地珍惜学习的机会。

刘老师，昨天我才从兰坪回来，刚收到您的来信，非常高兴。您的身体已康复，看到您用坚强的毅力同伤痛做斗争时，我感到非常惭愧，竟然浪费了半个学期的学习时间，陷入了无谓的悲伤，我将吸取这次失败的教训，振作起精神来，去拼搏。

刘老师，从这段打工过程中，我尝到了“打工”的艰辛滋味，理发店的人很杂，什么人都有，接触到不同的人，使我有不同的感想。当拿到二百元的工钱时，我哭了。我不知道当时是喜还是忧。那是我拼死拼活挣来的钱啊！我将把它作为动力，更努力地去学习。我毫不留恋地离开了那个理发店，因为我还想读书，我的理想还没有实现，我不想就此放弃学习。明天，我将以全新的姿态，去投入学习，不让自己将来后悔。

刘老师，您知道吗？当我告诉别人我家的状况时，没人相信，他们认为，现在根本不存在有七个兄妹的家庭，误以为我在说谎。可这是事实。上学期我和一位老乡同学一起写了困难申请书，我才把事实写上去了。而我那位老乡的父亲是开车的，母亲在做生意，有一个妹妹不读书了，只有她和一个弟弟在读书。可是，她把家境写得好惨，最后她的申请得到了“免交学费”。我并不嫉妒她，但也怨恨为什么没有人相信我？我由于家境不好，又是个山区来的女娃娃，所以我与同学间的关系越来越远，我不知道该如何与别人沟通？刘老师，我该怎么办呢？

刘老师，这次我的语文和英语考得很糟，考试时我感觉还不错，可结果却糟透了。我虽然在它上面花的时间少了一点，可没有冷落过它，不知道是什么原因。刘老师，您能否说说，我该如何提高这两门学科的成绩呢？

刘老师，当看到您写的“半年多了也不见回信，这是否意味着她对我常发去的信的拒绝呢”时，我真的很内疚，当您躺在手术台上时，我竟没有一句问候的话语，请您原谅，好吗？

刘老师，原谅我爱莫能助。我有一个干爹，他家传有一种草药，对手、脚脱臼很有效，还是出了名的呢。虽然现在医药发达，但草药对身体没有副作用。如果需要的话，就给我捎个信，我给您寄去一些好吗？别的，我就不知道该为您做些什么了。

刘老师，祝您身体早日康复，祝您和家人春节愉快，工作顺利，在新的一年里有新的收获。

想您而爱莫能助的淑美

2004 年 2 月 3 日

杨淑美致刘绍川

向老师与同学学习　提高认识与实践能力

——杨淑美向刘老师诉说长远想法和现实努力

刘老师：

当看到其他同学给您写信，特别是看到你们“文榜小学”学生给您写的那些信时，我感到非常内疚，只能再次向您说声“对不起”。

刘老师，您知道吗？这学期开学前一天，我家请人帮忙种洋芋，那天太阳非常毒，而到了下午又刮起大风。我在太热时去喝了生水。第二天，我跟与我家有点沾亲的一位亲戚坐车去学校报到（他的儿女在剑川县城读小学），那几天水还很冷，出去后我就帮他们清洗东西。当天晚上没感觉什么，到第二天（开学的第一天）早上，我感觉脖子有点疼，下午到医院输液。但第二天还疼得非常厉害，晚上还继续输液，回校后一直发高烧，整个晚上都是40℃。后来，王老师让我去医院做全面检查。检查后，医生说是急性肺炎，必须马上住院，要不就危险。住院两个星期，医生还不让出院，但钱已花得差不多（将近三千，都是向信用社贷的款，由于最初没诊断正确，说是肺结核，所以花了四天治肺结核的钱，白白浪费了一千多块钱），而且学习也耽误了，我就请王老师帮我办出院手续，可出院后还一直吃药，最初一个月里每两个星期去复查一次，药到这几天还吃着（胸口一直感到闷）。由于住院那几天，我们班都在上新课本，出院后课程已上了一两章，而且还是一些较难的。所以，我出院后虽然一直在忙于学习，但期中考试时我考得特不理想。后来，我也一直忙于复习，又忙于会考，所以就一直没时间给您写信，希望您见谅。

【点评：生病事实、就医花钱、耽误学习、精神负担，这一切都说明，掌握基本的保健知识、减少疾病是何等重要。健康第一，提高自我保健的知识和能力，是保证正常生活、日常学习和工作的基础。在健康方面，越早重视越好，越能提高自己的认识和能力，越有益。

刘绍川　2018 年 10 月 2 日】

刘老师，您给我寄的每一封信，我都认真去读、去理解、去实践。看完每一封信后，在思想上我都有新的认识。当看您给赵俊梅写的“关于沟通思想的问题”后，我就采取其中的观点去实践。我没有赵俊梅同学那样和别人沟通的好机会，也不像她那样有甜甜的嘴，多少次别人看到我的改变时，都用怪怪的眼神看着我，特别是和男生说话时，旁人还使用特难听的话说我。当我多少次受到打击、多少次想放弃时，我就想起您的话，用它来勉励自己。我希望有一天能被别人理解，所以我一直在努力着，我不知道这样做是不是过于愚蠢。

刘老师，当看到李成芳给您写的那些话语和她那颗真诚的心时，我替您感到非常高兴，毕竟您的心血和汗水没有白费，她将是您的骄傲。同时，我却感到非常自卑，因为没能拿出一个满意的分数来让您得到安慰，没有在您病时送去问候的话语，反而让您时常为我们着想。我再自责也解决不了问题，我只能用行动来向您道歉，用行动来向您道谢。前几次放假，我都没有回家（出院后一次都没有回家），因为要补落下的课程。可是我家隔壁的阿姨（她的女儿和我是同班同桌，她家算得上是小康家庭吧）总是对我妈说一些背离事实的话，她说我不回来是跟同学去玩，过不了几天我会变成一个废人，女孩子应该自重些……当我听到这些话时，我感到非常气愤，但我知道事实是客观存在的，只要我不那样做就可以了。然而，在我们那样一个思想落后的小村庄里，这样的流言蜚语使我家人在村里抬不起头。我本想忽视它，可真的做不到，这使我每天都过得很累。刘老师，我该如何处理这些事呢？

【点评：只有当人们都达到“实事求是”的思维境界时，流言蜚语、幸灾乐祸、颠倒是非之类的非理现象，才会绝迹。在此之前，你若把别人对你的闲言碎语都当成一回事，那你一生气死几次都不够。唯有自己坚持实事求是，你才能鉴别他人议论的真伪，有则改之，无则加勉。别人不会对自己的闲言碎语负责，你却要对自己的人生负责。要做自己的主人。要坚持走自己选定的光明大道，绝不受他人议论是非所左右。

刘绍川　2018 年 10 月 2 日】

刘老师，这次我们几个舍友在一起时，谈到“假如你现在拥有一百万元，你最想用它干什么”，我第一个想法就是把它捐给像我一样需要读书的山里娃，让这些钱去培养一些人才。我要像您一样去感受帮助人后的乐趣，让更多的人去圆自己的上学梦、理想梦，让更多求学者发挥自己的聪明，去为社会做贡献。我将永远不会忘记自己许下的诺言。

【点评：当时，未写复言，对此没有做点评。其实，你的想法是值得点赞的。先有这种助人的想法、愿望、诺言，然后创造可能的条件去助人。当把愿望变成现实的时候，自己因了却心愿而自豪，别人不仅能理解你，学习你。你的思想和行为就将裂变为众人的思想和行为。个人的作用是很有限的，但个人的榜样能量是无限的。这就是人生的价值。

刘绍川 2018 年 10 月 2 日】

刘老师，您知道吗？最近我妈去垃圾堆里捡废品为我挣生活费（这几天回来，我才知道），村里人都说一些难听的话，可我因有这样的母亲而自豪，为了您的帮助和父母的期望，我会加倍努力，尽自己最大的努力去奋斗，让关爱我的每一个人能得到安慰。这个学期暑假我们要补课（可能是 7 月 23 日回校），如今我们已是高三了，学习时间也紧了，我不能像施洪贞同学那样向您保证，每个月都给您写信，因为我没她们那样好的成绩，我必须去努力，所以请您见谅。希望您不要为了我们而忘我工作，您也是上了年纪的人，况且眼睛还不大好使，您有病将影响

着我们的情绪呀，所以为了我们，您要多加休息。如果为了我们您过度劳累，那请您取消对我们的帮助好吗？因为我不想让您太过于辛苦。余言下次再叙。

祝您身体健康，工作顺利，全家幸福。

杨淑美 敬上

2004 年 7 月 2 日

学“知耻”之理　行求实之道

——杨淑美向刘老师如实报告考试失败原因和改进决心

刘老师：

见信开颜。您的来电，表示对我的资助，我于7月23日早上已收到，您寄来的钱我于7月25日也已拿到，谢谢您对我这样的关心，您不仅在精神上给了我很大的启发，还在经济上给我如此大的帮助，我不知道如何表达对您的谢意，只能用行动来表示吧。当我把这消息告知父母时，他们非常感动，说声谢谢您。

刘老师，您知道吗？由于考试那几天，我们相处得很好的同学因头痛，晚上都得出去输液，我只好陪同去，因而睡眠不足，所以考试时一直感觉昏昏沉沉，结果考得特别差，当我看到通知书那天（我们23日晚上发通知书了），我惊呆了，竟然落到倒数第十几名，开始我还以为自己看错了，可是千真万确。我不知道该如何面对自己、面对老师、面对您、面对父母。那几天，我一直处于情绪低落状态，也没读书的样子。后来，王老师骂了我一通，说我不应该这样。王老师说，这样的结果也许有好处，给自己敲个警钟。你应该找出这次失败的原因，而不应该一蹶不振。再后来，又拿到您寄来的钱，我便一下子省悟过来。我不应该沉沦下去，应该说，我没有资格，也没有权力沉沦下去。我必须在哪里跌倒就在哪里爬起来，我应该把这次失败的教训作为自己今后的动力。

刘老师，我本不想给您写信，因为我怕这次的成绩会让您失望，让您生气。可是，这些天我从语文课上学到了一个道理，即“知耻”。老师讲到了儒家思想“耻”。老师提道：知耻（有羞耻之心）是个好事，怕的是无耻（没有羞耻之心）。由此引申过来说，就是：一个人敢于承认错误或面对失败是好事，怕就怕不敢承认自己的错误或失败。我当时想到了自己的情形，也认识到了自己的错误，所以就如实给您写信，只好请求您原谅，同时，我也剖析了自己，调整了自己。

刘老师，这个学期我们换了四位老师，我们就得努力地去适应新换老师的要求；这学期虽然说是补课，但与平时的上课差不多，课本在高二就基本上讲完了，所以这几天就进行了第一轮复习，还发了许多资料，所以这些天时间也特别紧。因此，我就写到这儿，希望得到您的原谅，也希望您对我的这次失败能提出一些批评和建议，让我借鉴并作为动力。

祝您身体健康！

淑美

2004 年 7 月 31 日

我根据实践经验改变了对“压力”的看法

——杨淑美向刘老师汇报对压力的不同看法

刘老师:

这个学期开学后，我给您写过两封信，告诉过您我的情况，可迟迟没有见到您的来信，我以为您生气了，由于时间的关系也就没有再给您写信。

刘老师，每当我从刘尚标老师手中接过钱时，我就有一种“犯罪感”，因为我让您太失望。因此我就逼着自己去努力学习，可是却让我无法原谅自己，因为我做事太马虎，也太过于钻牛角尖，所以导致了惨不忍睹的结果。我会改掉这种坏习惯，在高考中仔细答卷，从而实现自己的愿望，也不辜负所有对我关心的人的期望。

刘老师，您寄给我的每一封信我都认真去看，从中找到一些经验。当我看到赵俊梅给您的信中写到，她自己去找赵校长解决宿舍问题时，我佩服她的勇气，同时也启发了自己。以前我住在混合宿舍，有高一、高三各班的同学，所以特别乱，晚上一两点钟还说个不停。晚上没睡够，第二天就提不起精神，可我从没想过改变这种现状。我看了赵俊梅的做法后，我想到了自己，所以我去找王老师，请她帮我向我们的生物老师借宿舍（因为他在镇上买了房子），我也亲自去向生物老师说明原因，生物老师答应了。以前，我不敢去做自己没有把握的事，我还一直认为凡事都应顺其自然。然而，从这件事后，我彻底消除了这种想法，也让我找回了信心。原来我自己也有能力来改变一些东西，为自己创造机会，只是以前我太妄自菲薄了，不敢去尝试罢了。以后，我会吸取这次的经验，既要把自己的能力充分表现出来，也要认清自己的不足。刘老师，从同学们给您写的信和您给大家的回信中，我学到了许多经验和方法。每次读您的信时，我都连续看了三四遍，当晚我就写下了自己的观点，但我怕自己的观点太肤浅，经过这么长时间的思考，我才决定把它写出来，希望您能给我一些建议。

您曾在一封信中写道:“利用各种压力来促进自己的发展进步”“自己给自己施加压力，从而鞭策自己，加快前进的步伐”。这是您的经验，它有一定意义。但是，我却不这样认为，上次期末考试考砸以后，我就一直处于自责中，每当看书累了想休息一下时，我就想到了父母那期望的眼神，就逼着自己去看书，但这样学习的效果特别差，不仅浪费了时间，也使自己对学习产生了恐惧感。每次模拟考试前我都会紧张一两天，我怕自己又一次失败，考试时我还提醒自己一定要好好地考，但每次考试下来都不太理想。那些试题平时都会做，可到考试时连最基本的我都会弄错，或者演算上对了，但到试卷上却错了。这样之后，我就不敢再给自己施加压力，昨天、今天，我们考试也就没有了前两次的那种紧张，效果反而觉得好一些。所以，我认为，对我来说，尽量少给自己施加压力为好。刘老师，我结合自己的情况而得出的感想，不知是否过于片面。您给李成芳的信中提到“不管春夏秋冬我都坚持用冷水洗脸，所以从来没有得过流行性感冒”。我也采用了您的办法，坚持用冷水洗脸。有时刚感冒，早操时我就尽量使自己出一身汗，比别人多跑上两圈，感冒也就没了。这也是磨炼毅力。

祝您身体健康!

淑美　呈上

2004 年 12 月 4 日

杨淑美致刘绍川

高考后的担忧

——杨淑美向刘老师反映高考后的不安情绪

刘老师:

很抱歉，今天才提笔给您写信，希望您能见谅。

今年剑川干旱，半年多一滴雨不下，马登水源又少，种的玉米都枯死了。最近，我和父母每天都挑水去浇玉米，但我们挑的那点水根本起不了作用。而那是我们一年的猪饲料啊，也是我们唯一的经济来源。我家种的洋芋，大的也就鸡蛋那么大，一个坑里就挖出两三个。马登的气候只能每年种一茬水稻，家里在我回来前就插秧了，可插下去后没水。我们还有一亩水田（因为我还上学，所以家里分家时就给我留了块田），每天夜里两三点就起床去挖水，可暴晒一天，到第二天晚上田又干了。看到父母累成那个样，我的心里有说不出的痛，我只能尽我最大的能力去帮助他们，做农民真的不容易。

刘老师，我给您打电话后的第二天我回到家（当天我在我姐那儿），我把您的问候告诉了父母，他们非常感动，让我替他们谢谢您，父亲一直催着我给您写信，告诉您我的考试情况，可一直抽不出时间来，您能谅解吗?

刘老师，您知道吗? 考试那两天我感觉从来没有那样过的平静，平静得让我害怕，可刚考完试，我就感觉从天堂到了地狱，特别烦躁，睡不着觉，我和别人有着相反的状态。考完试后，我打电话回家就想哭，我妈担心我想得太多会出事，就不断地安慰我，说考不上也没关系，家里会想办法再让我“复读”一年。我知道家人是多么希望我考上大学，给他们争口气，可我给他们的回答却是自我感觉不太好，我真的不知道怎样面对您和父母。那天给您打电话也是鼓足了勇气，我不知道我还有没有勇气把真实的分数告诉您和父母。这些天，我每晚都梦到老师、同学、您和父母，每晚都会从梦中惊醒。刘老师，对不起，让您失望了，我知道您在等待着我们的好消息，可我……

刘老师，每周二我都下去帮我姐忙（因为星期二是街子天，人比较多），您给我写信就寄到我姐那儿好了，寄到家里来怕被弄丢了。刘老师，分数下来我再打电话给您。为了我们，您也要好好休息，好吗？因为您的身体不再允许您日夜操劳了，对吧。刘老师，先写到这儿，我得睡觉了，因为我还要深夜起来去挖水呢，余言下次再谈。

祝您全家欢乐，身体健康，工作顺利！

淑美

2005 年 6 月 17 日

杨淑美致刘绍川

我不甘心沉沦下去

——杨淑美向刘老师吐露等待高考结果的苦思冥想

刘老师:

这么长时间都没有收到您的来信，感到无比的失落，您在生我的气吗? 其实，我也在生自己的气，我曾经的理想是上一所北京的大学，然而竟然只考了那样一点分数，让我感觉在别人面前抬不起头来，更对不起您和父母。每天从早做到晚，就想用体力劳动上的疼痛来减轻心灵上的伤痛。然而，每当躺在床上，即将入睡前的那一刻，我才发现心灵上的痛楚却越来越大。父母见我悲伤，劝我慢慢地等。 7 月 6 日学校通知我去参加提前招的那批面试（因为我报了云南警官学院），可是由于我的视力不够好而被淘汰了。当我面试回来后告诉他们结果时，他们那失望的脸，把我的心都撕碎了。

刘老师，那天您问我想不想“复读”时，我说不想。其实，我就想再“复读”。然而，您和父母都那么大岁数了，我忍得下心吗? 无论您认为我当时的回答是懦弱的表现也好，是让您失望也罢，我只能请求您原谅。

刘老师，这几天我爹的旧病又复发了，饭都不吃，只能躺在床上。值得高兴的是，我家的两头母猪已下了小猪。我妈又帮我二哥、三哥照看孩子去了。所以，每天的家务活就全由我一人来处理。今年干旱，田边、地里也不长杂草，每天要跑很多地方才能找回来一点猪食（野菜），早晚就在家收拾，白天就跟嫂子们下地。我不知道这种繁忙的生活会持续到何时，我真的不希望就这样过一辈子。我在慢慢地等待中已接受失望。虽然我的分数已经超过二本线12分，可是我真的不知道结果如何。我本想去打工，可看见父母那满脸的皱纹和满手的老茧，只得留在家里帮忙。

刘老师，您已完成了《追求成功的和诗》是吗？我一直收不到您的来信，让我心里特别慌，稍有空我就拿出以前的信来读。这些天，我还断断续续地读着鲁迅的小说全集，起先我觉得特别难懂，可读了四五篇后才发觉读起来特别有味。刘老师，先写到这儿，我得去给我爹做点吃的（他一整天没吃东西了），您也别忘了一定要注意身体。

祝您工作顺利，身体健康，全家幸福！

淑美

2005年7月22日

出生不能选择　理想我能主宰

——杨淑美向刘老师报告高考后的选择

刘老师：

您寄来的信我于 8 月 13 日已收到。我知道您视力不好，不应该再为一点小事而麻烦您（因为这个暑假，我已给您写了两封信），但我必须把家人的决定和我的现状告诉您，但话费太贵，因为没有手机，我只有到我姐姐那儿才能打，所以我只能写信给您，望您见谅。

刘老师，大家都认为，我只考了玉溪师院有点可惜，况且还是非师范类。我不知道这是不是命运。我和家里人都不知道预科录在最后。原来去补报志愿时，感觉就不太好，但又不想放弃这个机会，所以就随便填上一个，没想到被录取了。那天，赵俊梅打电话告诉我，她被云南民族大学的预科录取，并告诉我，预科在“二本”学校全部录完后才录取（她就放弃了“补报”的机会）。听到这个消息，我哭了两天，连饭都不吃。我不知道这是不是命运在捉弄人。

我给您打电话之前，我自己也无法决定是否去读玉溪师院，听了您的话后，我决定去读。可是，每一个认识我的人都劝我放弃，因为我们村里以前有一个男生，他读了云南民院的旅游管理，可毕业后找不到工作，只好去打工。家人知道了这件事后，也就不让我去读了，他们怕把钱打了水漂。我父母就考虑让我去打工，可我二姐一定要我去补习，她可以想一切办法给我凑齐补习费，至于生活费——先上学再说。

今天我出去报名，我与赵顺中老师说可不可以把补习费分几次交，他说不行。可是我姐只能给我借到1600元，补习生又没有宿舍，所以只能自己去租，每学期150元房租，水电费还得自己出。我真的想就此放弃，可又不甘心。我们农村的孩子只能靠我们自己去努力，如果读了不好的学校、不好的专业，那会让父母更伤心。出生是我不能选择的，但理想是我能主宰的。我姐给了我这个机会，我就应该把握住它，让它去实现我的理想。我不会轻言放弃，否则将对不起自己，更对不起我身边每一个关心我的人。

刘老师，您的视力不好就不要勉强自己，您已七十多岁了，如果有困难，您就不要再资助我了（毕业补习一年，又要浪费您很多钱），因为是我自己放弃了去读大学的机会，您会生气吗？因为在我们身上也有您许多的心血和汗水。至于生活费，那就如我姐所说的先到校后再说吧。

刘老师，您寄给我的“综合”信我先看了《追求成功的和诗》，就先写了对读《追求成功的和诗》的感想，也指出了其中的错误……

看了《追求成功的和诗》后，我感到非常惭愧，您说收到资助金或信后要给您回信，即使是三言两语也好，可我常常没有那样去做，因为我的成绩比其他几位同学差，我必须比他们占用更多的时间去学习。现在说这些像是为自己开脱，也许是我太自私，以后我一定会做到您所要求和希望的。比起其他同学，我觉得我努力得还不够，做事总是那么幼稚。我不断地读您寄给我的信，从中找到我不如他们的地方，这些信就像一面镜子映衬出我的不足之处，这些信对我来说是一笔财富。您在给我生活上资助的同时，还给了我精神上的引导、帮助，这份恩情，我会牢记在心。假如有可能，我就把您对党和人民的奉献精神延续下去。在“和诗”中，我所发现的那些差错……仅供您修改时参考。刘老师，先写到这儿，您要注意身体，视力不好就多加休息，别太累了。

祝您身体健康，阖家欢乐。

淑美　呈上

2005年8月22日

辩证看待自我发展过程中的“施压”与“放松”作用

——刘绍川结合杨淑美见解，阐述“施压”与“放松”辩证关系

淑美：

最近在整理我们之间的书信时，重读了你于2004年12月4日的信。对此信，我曾写过若干批语并复印后寄回给你，但对怎样正确看待“施压”（给自己施加压力）与“放松”（使自己精神放松）的问题，虽然提到了，但没有加以展开，现在加以补充。你结合自己在思想上因过于紧张、压力过重，而常常导致考试失败的教训，找到了在考试时把精神放松反而能获得较好效果的经验，从而对“压力”提出自己的不同见解，这种精神是极其可贵的。因为，任何创新意识、创新行动、创新成果，都离不开“与众不同”的差异性、特殊性、独特性。因此，应该在实践中培养自己的这种特殊才能。

但是，任何成功的创新都离不开具体问题具体分析、具体对待的科学方法，都得符合认识和实践的辩证规律。仅以对“施压”与“放松”的态度来说，这是两种不同的，甚至是对立的精神状态，二者的运用条件和直接效果是不一样的。因此，对处于不同状况的人来说，不能无条件地盲目地照搬别人的需要和经验。

一个人当他想放弃、无作为、已自满的时候，能“自我施压”，或“接受被压”，或“征求他压”就是一种积极的态度，就会获得好的效果。但是，一个人当他因“自压”或“被压”、或“求压”而弄得疲惫不

堪、紧张过度、近乎麻木的时候，放松思想情绪就会产生新的效果。因此，就一个人的发展过程来说，“施压”与“放松”两者都需要，但何时应该“施压”，何时应该“放松”，就应该酌情灵活处理，不能一概而论。

其实，从张鑫美等的学习过程来看，她们是做到平时在学习上给自己“施压”，而在考试时则又会“放松”的。甚至他们在总结自己“失败”的教训时，也能做到为今后吸取教训而“施压”与对未来充满自信而“放松”的结合。由此，我们应该在实践中不但要注意观察不同事物、不同现象的区别，而且还应该注意它们之间的联系与转化的可能和条件；在学术上也是如此，不但要注意分析、了解不同观点的不同特点，而且还要探求它们之间的联系与转化的可能和条件；在个人修养上，也要分析自己的发展过程、历史的经验教训和现实状况，给自己确定努力的方向，找到改进学习或工作的适当措施。

以上这些，都属于唯物辩证法的观点和方法，问题在于要结合具体问题加以运用。在这方面有意识地多下些功夫，益处极大，望你加以重视。

淑美，我常常在盼望你们来信，但我又怕你们因写信而影响了学习，特别是对于备考中的学生，时间和精力更宝贵，尤其考虑到你在学习上的困难较大，因此我总是以谅解的心情来消除期盼你来信的欲望。我想，寒假里你一定会来信的。你在这封信里写到，这学期已给我写过两次信，我确实没有收到。今后，太忙时不用写信，节假日有空再写吧，但地址一定要写清楚，最好亲自投入信箱。面对学习过程的差错、缺陷问题，只要重视具体分析，找到办法，加以改进就行，根本谈不上什么“犯罪感”。只要你继续努力，能够升学，我愿意继续给予你和其他人一样的帮助。这一想法，我已在给施洪贞同学的信上表示过。善于学习，多想办法，理论联系实际，培养创新精神，要有自信心等，都是我在信里常常提到的精神，你这次有了自己的经验体会，意义深远，要举一反三，推而广之，一定会有好的结果；即使遇到挫折，也会总结出新的教训，因而也是有意义的。以自己的经验教训为基础，来分析对待别人“施压”或“放松”的经验，从而做出符合自己实际的独立判断，灵活加以取舍，这是提高自己认识水平、改进学习方法和工作方法的有效途径。希望你今后更加自觉地去看待各种经验或观点。就怎样看待压力来说，一个人才能的发挥，没有一定的压力，一切顺其自然是不行的。但压力太大，大到难以承受，那也会适得其反。

因此，如何对待自己，我们要从自己的实际出发，一切从有利于发挥自己的才智出发，并从实践中来检验它。锻炼身体要适当，贵在坚持，形式多样，不要过多地消耗体力，而要着重于调节生活节奏，劳逸结合，消除精神过分紧张情绪。感冒也可以照样洗凉水脸，但出大汗时不能马上洗凉水脸，汗干了再洗，就不会感冒。

刘绍川

2005 年 9 月 26 日

我自做新决定，已到玉溪就读

——杨淑美向刘老师报告自己的新决定

刘老师：

我到玉溪师院一校报到已经七天了，才给您写信，望您见谅。我突然做出这样的新决定（不再复读补习，而去录取了我的玉溪师院报到），给我周围的每一个人都带来惊奇，家里人对我的决定更是措手不及，所以也没什么准备。我就带着退回的复读补习费和您给我的生活费（共2100元）到学校报到，当时我也不知道在想什么，只觉得有一股一定要来读大学的冲动。我就带着这股冲动、行李和仅有的一点钱独自来到学校（有老乡到车站接我）。

我到校后，就一直被学姐带着去办手续。她曾问我迟到的原因，我就把自己的真实情况告诉了她（班主任助理），告诉她我只带着2100元钱就来了。她给了我安慰，也给了我鼓励，并告诉我助学贷款需要准备的证件。她还说，她从来没有在现实生活中遇到过被资助上学的学生，我是第一个。

刘老师，从踏入校门的那一刻起，我就感觉压力特别大，从没有高中时想象的那样轻松。我们这个专业还需要有好口才，我们班的女生特别多，而且一个个都显得特别外向。她们知道我是白族，就要我给她们跳白族舞，可我不会。我真后悔平时只知道读书，而没有学到一技之长。我想转系，但听说要等到大二并且成绩在班上特别好才可以转，所以我会更加努力，还想多修个专业，多拿一张文凭。也许这是我从以前几位同学毕业后就业困难的经历中得到的启发、学到的经验。这儿的物价特别贵。三分之二的学生都有手机，还有特多特漂亮的衣服，但我没有羡慕的感觉，因为每天我都全身心地投入军训中，感觉特充实。每天我都积极地和旁边的同学交流，刚下来时说普通话特别扭，但这几天好多了，性格也开朗多了（比起以前）。

刘老师，再过两天，我们的军训就结束了，马上就要投入学习中去，我会尽我所有的能力去学习，争取做得更好，做到最好。我还告诉您一件喜事，我已经被系上批准参加学校的勤工俭学，虽然暂时还不知道做什么样的具体工作，但我一定把它做到最好。昨天，我还写了入党申请书，不知道会不会被选中，但我要按照您给李成芳写信时所说的那样去做，这几天我还借了一本党章看。今天我就先写到这里，请您别忘了自己的身体，不要勉强自己。《突破自我的互动》我已经看完好长时间了，但一直没时间写信。看这些信时，我还把词典放在旁边，感觉到有点不对的地方，我就查词典来加以考证，词典都被我翻脏了。

祝您健康，快乐!

杨淑美

2005年9月17日

刘绍川致杨淑美

要按高标准上好大学

——刘绍川赞扬杨淑美上大学的态度

淑美：

9月17日的来信已收到，你终于做出了去玉溪师院报到的决定；到校后又受到学校的关心，都让我很高兴。上什么样的学校对个人的成长、发展不能说没有一定的影响，但归根结底，还是取决于个人的努力程度和实际收获。

你一到校就感到有压力，并表示要更加努力地学习。你在军训结束后，就能马上投入到学习中去。你要尽己所能地去学习，“争取做得更好”，并珍惜系里批准你参加学校勤工俭学的机会，表示一定把它做到最好，你还借阅了党章，写了入党申请书，争取入党。这都是正确的态度，值得坚持。你还考虑到要多修个专业，多拿张文凭，以便为将来的就业拓宽渠道，以避免前人的教训。你按高标准要求自己的想法和做法，都是正确的方向、积极的态度，值得我称赞。你只要在今后实践中切实地加以贯彻，一定会取得好的效果。

你一上大学，就主动地、自觉地要为将来的就业做好准备，这是应该的、必要的。一个人上学的直接目的正是就业。因为就业是一个人立足现实社会、求得生存权利、体现个人价值的基础，也是自己施展才华、实现理想、享受幸福的基础。

今后，就业上的竞争会越来越严酷。随着社会的发展，各行各业对人才的要求也越来越高；随着人才的增多，争夺好的就业机会的竞争也会越来越激烈。因此，无论学什么专业，或者选修什么专业，都要注意社会上的客观需求，不仅要掌握所学的有关学科的基本理论、基本特点、基本方法，还要了解该学科本身的发展状况（取得的新成果，有待解决的新问题），尤其要重视社会生活和有关行业对自己所学专业的需求状况，从而提高自己理论联系实际的兴趣和能力，为将来的就业打下坚实的基础，做好可能的准备。我们只有从专业的理论高度和有关行业的现实需求出发，才能在就业上做出主客观相结合的正确选择。我们应该确信，只要真正能胜任实际工作，就不用愁失业、没饭吃。无论什么性质的企业、事业，都是重视依靠有真才实学的人才的。谁能为其做好工作、创造效益，谁就会受到肯定和重用：谁在这方面做得出色，谁就具有自己的一定优势。上大学只是为将来的学业与就业打下一定的基础，越重视专业学习、越重视就业需求，就越有立足社会、获得发展的前途。因此，要坚定努力方向，排除各种干扰，学好专业知识，培养适应能力，力求做一个有独立思考能力、有实际工作能力、有一定创新能力的优胜者。

刘绍川
2005 年 9 月 27 日

罗学娥与刘绍川书信篇

罗学娥对自己求学、求职之路与履行现职、努力方向的概述

站好三尺讲台，体现教师价值

刘老师在如此高龄，还计划做出版书信集的事，令我瞠目。我猜想，他一定受到了家人的反对。因为，这不是一个“年达八十五”的老人凭一己之力就能够成就的事情。然而，刘老师却真的就单枪匹马地开始了这么一件常人难以想象的事。事实上，他在这之前，已出版了《激励各级学生成才成功的心语》《两代人的呼应——李成芳与刘绍川通信集》等关心下一代成长成才的书籍，在这些成果里面，表达了他对我们和更多后人的关心。流出于他笔端的话，都是一些被用来说明人生道理的亲身经历。正是他的亲身经历感染了我，让我欣赏他那洋溢于那书中的对芸芸贫困生的无边大爱。“随风潜入夜，润物细无声”是对刘老师的真实写照。

刘老师珍视他曾经走过的路。正是他深切地体会到他当年求学之路不易，他不希望我们也跟他一样被贫困所折磨、阻拦。所以，他拿出自己辛苦挣得的“打工”钱，帮助我们解决困难。刘老师急切地帮助有上进心的穷孩子上学。不管什么年代，年轻人都需要有像刘老师这样的指路人。如今，我们也人到中年，也都是有故事的人，我们也应该用自己走向成才成功的经历，来感染我们的后来人，让他们走上正确的道路，让他们摆脱惶惶不可终日的焦虑，避免在人生路上留下遗憾。

一、我的再生父母

我和刘老师结缘于2001年10月28日刘老师给剑川一中校长写的信，

刘老师有帮助剑川一中初中部几位贫困生的意愿。我当时正是初中一年级新生，已经开学两个月，父母都没有给我交学费。因为我在学习上非常努力（当时的老师和同学的评价），很快就被班主任和同班同学推选为资助对象。当时由于年龄小，只知道自己特别幸运，遇到了“天上下凡”的大恩人。后来，才慢慢了解，刘老师是一个贫困家庭出生的、不忘家乡人的“伟人”。他要运用自己改变命运的经验，激励家乡的贫困学子也去改变自己的命运，实现自己的梦想。

很多时候，我们都过于奔波而忘了曾经走过的路。看到85岁的刘老师还要为激励下一代人而在继续努力，一回忆起我们的成长历程，我就深感惭愧，更多是产生无言的感动。我是剑川一中14位受助者中最早的一个，我不仅受到刘老师长达十年的经济资助，而且在精神上和学习经验上，更使我一辈子受益。我感谢刘老师十八年来对我的关怀；感谢刘老师在我跌落进悬崖时，依然抓住我的双手；特别感谢刘老师这么多年来对我的不放弃。每当我都要放弃自己的时候，他却依然在经济上资助我，在精神上引导我。这才使我走上了成才成功之路。

我毫不夸张地说，刘老师是我的再生父母，是给了我超级温暖的一位“爷爷”，因此，以前我给刘老师所写的信，都称刘老师为“刘爷爷”。

刘老师一个月至少给我寄一封信，鼓励我，教我学习方法。读书时代，收到刘老师的信是最快乐的事，也是最雀跃的时候。刘老师的信也是我最宝贵的精神财富，从初中搬到高中，再搬到大学，又搬回家里，最后搬到工作的地方。十八年来，我一直保存好刘老师寄给我的每一封信。除了寄生活费，还解决了很多我的实际困难，上初中时，我看到同学都有词典，学校老师也鼓励我们买，可我没有经济能力。刘老师得知我的需求后，立马在“助学金”之外额外给我多寄了60元。叮嘱我买《现代汉语词典》， 2003年2月16日，他又给我买了一本《学生实用英汉大词典》。当他把它寄过来给我时，刘老师还亲笔题字“献给勤学上进者”。收到这礼物时，我真的太欣喜了。那是我长那么大以来，第一次收到的贵重礼物，甚是温暖，甚是幸福。有了刘老师的帮助，我的生活才有了最适宜的温度，正好是我们这里四月天的样子。

二、我的读书经历

看到刘老师辛苦整理的书信，我似乎又看到了曾经那个微不足道的，可特别坚韧，如同石缝里挤出的小草——自己。将我这十八年来的改变，也就是，在刘老师的鼓励和帮助下，对我的改变梳理一遍。我是一个性格十分内向、特别不善言辞的人。家里母亲懦弱，父亲好吃懒做，在家庭暴力下成长起来的我，形成了胆小懦弱、羞涩、自卑、自我封闭的性格。但小学时的我，就是一个特别懂事、体贴父母的小孩。我父亲不务正业，不给我交学费，可我在本校里，大小考试都考第一。因此，老师心疼我，帮我凑学费。那时，我就立志当一名人民教师，也像老师关心我那样去关心我的学生。三年级以前我的字很丑。那时听老师说，多练习就会写得好。但四年级的我，买不起字帖（那时没听过“字帖”），我父母连练习本和笔都没有给我买。学习用品都是心地善良的同学给我的。没能力买练字的书，我就描摹课本上的字来练字，坚持一段时间后，字写得漂亮很多了。至今翻出当年的笔迹，还算俊秀。年幼的我逐渐懂了：只要自己肯努力，肯下功夫，就一定能做得好的。那时，我严格要求自己。我最大的梦想，就是到镇里读初中（每次看到在镇里读书的村里人，我都向他们投去羡慕的眼光）。所以我特别珍惜学校生活，非常用心地听老师讲课。因为，课外我根本没有写作业的时间（每天放学回家，就要去割猪草，放羊或去山上捡柴，还要帮父母洗衣服）。小升初考试，我以语文 92 分、数学 100 分的分数考进剑川一中的初中部（尖子班）。我是本班里唯一考上重点中学的，还超过了本村在县城里读小学（她父亲在县城教书）的那个同学。我善于学习别人的长处，有着肯向别人学习的拼劲，可我不善言辞、沉默寡言。

一上初中，我就梦想着进重点高中，坚信读书能改变我的贫穷状态。因此，我在初中时代是沉默的，每天只顾埋头学习，上课害怕回答问题，课后很少与人交流。确实，我的努力付出，使我的成绩突飞猛进。初中一年级的成绩旗开得胜，也使我得到老师和同学们的好评、认可。初一下学期期末考试排在班级第三名，获得“进步奖”。记得初三时，刘老师给我寄来中央民族大学附属中学的招生简章，好多同学都投来羡慕的眼光。第一次看到首都学校的校貌，同学们都特别兴奋。

刘老师资助我生活费。但在我们这一代农村孩子记忆中，学费真的是个可怕的数字。而我父母又是极度不负责任的人。我父母总是拖欠学费，每次老师在班上统计学费没交的，总是只剩我一个人。我（不得不）怯怯地举起了颤抖的手，头更不敢抬，眼泪早已唰唰而下，心也跟着碎了，害怕同学那异样的眼光，也害怕他们看到我湿漉漉的脸。还有同学笑话我，没有带新被褥上学，宿舍里我那破旧的被褥总是特别地突兀，也多少有些闲言碎语传到我的耳朵里，使我备受打击。从小处在比较特殊家庭的我，本来就特别敏感。这些生活中的小细节挫败了我的信心，我总担心可能第二天就会失学。我心理上受到的伤害也表现在身体上，我的眼睛疼，头也经常疼，初二开始近视也没有配眼镜，到初三时，我才用自己从刘老师寄来的生活费里节省下来的钱，配了一副眼镜。初三后成绩大幅度下降，因为学费的事村里也闹得沸沸扬扬，失眠多梦是常事，那时医生诊断，是脑神经衰弱。中考时心理素质极其差，前一天晚上都没睡着，发挥失常。报考的时候每个老师都觉得我一定能考上市里的重点高中，建议我报考州里“民族中学”的宏志班（免费高中），可中考成绩揭晓后，真的是意料之外，只能继续上本县一中。

高中阶段的我，中考的发挥失常让我失落了一段时间，一面上进，一面彷徨，没有取得优异的成绩。在一个个挫折后不断做思想斗争。还好，高中的时代我没有完全丢失自己，因为我还有我人生的灯塔——刘老师，刘老师的书信时常鞭策我进步，教会我学习方法，教我树立正确的人生观和价值观。

我父亲还是没有按时帮我交学杂费，刘老师还特地写信给我父亲劝说帮我交学杂费，可他出门打工坚持几个月又反悔。随着年龄的增长，我思想压力也很大，头痛也越来越严重。加上高中的学习课程难，学习上碰到很多困难，各科成绩只有英语好一些，高二文理分科，地理成绩不好，本着学理科的人多，选择了理科。为了提高成绩，晚上熄灯后在被窝里用手电筒照着读书到十二点多是常事，高三那年早上坚持5 :30起床去教室里自习，埋头于题海战术。终于在理科综合上取得突破。最终高考成绩在班里排名第五，使我有幸获得“爱心圆梦助学金”和信用社联社的奖助学金。

大学里，有了刘老师对我的关心，才使我得以完成学业。初进大学，很多事情都是道听途说，各种小道消息很多，听到同学之间传说，交了学费的学生就不能办理助学贷款。当时我特别着急，又没办法，于是给刘老师求助，他也帮我着急，并很快给我回信，还让我把他的回信带到学校的学生处，还给班主任老师一份，正是刘老师的这封回信，我才知道学校里还有学生处这回事。也使我的班主任对我的情况得以了解，在班里选的五位特困生中我很幸运被选到（当然也要看成绩、表现的），获得薪火工程助学金，此后我就不用再为生活费愁苦了。学费是靠助学贷款解决的（毕业后三年我才把我的助学贷款还完），还有在学校里做勤工助学的工作，周末也去打工，还有刘老师的资助，我的生活费就全靠这样解决了。毕业那个月，刘老师还多给我寄了一千元作为找工作的费用。

我怀着“学习生物技术，将来给家乡带来科学种田”的美好抱负报考了云南师范大学的生物科学学院。到大学后才发现我的专业是应用生物教育，主要是师范教育，当老师也是我从小的梦想，不负青春，学好各门功课，常去图书馆做作业看书。我时刻不忘刘老师勇于实践的教诲，我去学校应聘勤工俭学的工作。上岗后的我每天都去学院实验室清洗实验仪器，打扫实验室两个小时，坚持了三年，我得到实验室老师和师兄师姐的认可，教我做实验，我也成了他们的小助手，简单的实验放手让我做。因此大学阶段的实验课得心应手，还经常带同学做实验。我把勤工俭学过程学到的实验技能应用到自己的学习中，大二下学期，我踊跃报名参加2009年学校大学生科学研究训练基金项目，努力写科研计划，反复跟王功伍副教授请教，暑假期间也留在学校做实验，并在实验完成之余做家教。当时这样的学生是少数，跟着王老师的有两个组，可能因为假期也坚持实验，我的组结题结果优秀。因为参加科研项目表现优秀，大四毕业论文也跟着王老师做，有了之前的实验基础，毕业论文也比较顺利地完成。

我在中学阶段，头都不敢抬，眼睛不敢直视别人，自卑到谷底，所以有人说我，连话都说不清楚，学什么师范大学。为了克服自己的缺点，我在大学里积极参加社团，努力尝试与人沟通交流，积极参加英语角，胆怯地发言，周末学普通话，锻炼自己的胆量，逼自己大声说话，把自己要表达的内容表达清楚。录讲课视频，反复练习站在讲台上从容淡定地讲课。

一晃四年过去了。很多同学在实习期间了解就业形势，充分做好就业的准备，而我那时，回家乡顶岗实习，仅有紧迫感，却不知如何准备。2011 年 3 月我校举办的大型招聘会上，我们学校的学生也不是最受欢迎的，那时免费师范第一届学生毕业，他们才是招聘会上最抢手的应聘者。还有一些好的学校只要 211 学校毕业的学生。全省的各级学校来我校招聘教师，我却没有准备好，高考题不会做，没有过硬的专业知识。经过这次招聘会，班上三分之一的同学找到工作了，从那时起，各地的各类学校陆续招聘教师。我也硬着头皮去考了二十多次，每次应考过后都不断总结经验教训，应考大理市教师招聘考试进面试，却因怯场表现很糟糕，浪费了笔试成绩的优势，特别遗憾。

三、我的就业经历

2011 年 7 月，我带着不舍离开了充满书香的校园。怀着对城市的无限向往和对未来的美好憧憬，留在昆明找工作，生活不如想象的那么美好，网上、人才市场的招聘会上投简历，来之不易的工作只有 1200 元的工资，老板还克扣工资，一个月就几百元的收入，狼狈不堪的我，在 2012 年 4 月下定决心回老家做教师。

2012 年 9 月我到沙溪中学任教，那刚好是我顶岗实习三个月的学校，对环境比较熟悉，很快就融入其中。我挑起学校生物教学的担子，任 5 到 6 个班的生物教师，教的班数多，学生多，一个班一周才有 2 到 3 节课，了解学生异常困难，任务艰巨。我在课前做工作，向老教师求教，克服重重困难。在 2013 至 2014 学年中荣获教育教学优异奖，在 2014 至 2015 学年中荣获教育教学一等奖的成绩。

2016 年 9 月由于工作需要，学校里有一个名额可以自愿调到小学任教。我考虑到自己生活的便利（当时因为中学的宿舍不够，我住在小学里，我怀有身孕，生活多有不便），选择到小学里任教。从初中教师到小学教师，当时也顶着被误解的压力，不过实践证明我的选择是正确的，做小学教师充满幸福感，和学生相处时间充裕。在小学里我连续两年兼任班主任工作，两年来带的班成绩都在原基础上有进步。我的学生在日记里写道："我的老师不像我以前的几个老师，她严格又亲切，是我见过最温柔的老师。"还有的家长告诉我，学生回家跟他们反映："老师对我们特别照顾。"我的付出得到了学生和家长的肯定。

我牢记刘老师"站好三尺讲台"的训言。有的人误解教书就是教书本知识，教了几遍得心应手，反复都是那几个字，很枯燥。教师似乎是呆板的形象，教书是机械的作业。其实不然，教书是一份常做常新的工作，面对的是五颜六色的学生，一个学生一天中可能还要变几种颜色。教书也是充满挑战的事业，不仅面对不同层次、性格迥异的学生，还要面对形形色色的家长。沟通交流虽然是我的短板，但我排除万难，努力了解学生，与他们沟通交流。这学年我班上有一个彝族的学生，由于语言不通，恋家，去年九月到我班上时害怕读书，经常装病，经过我的耐心开导，不厌其烦地鼓励，两周后，她就在班上交朋友，不再装病。了解学生的同时，也使自我沟通能力不断得到提升。"师者，所以传道授业解惑也"。我不仅教学生书本知识，还要培养他们良好的生活习惯，引导他们树立积极向上的人生观。重在培育他们良好的道德品质。引导他们时刻为未来打好基础，做好准备。

初任教师，学校里受欢迎的大都是侃侃而谈的教师，出成绩的大都是凶恶的教师，我肤浅地认为幽默、能说会道，才能当好老师。我恰恰是一个安静温和的人，没有所谓严师的霸道，也缺少幽默的细胞。回顾七年的教学生活，静下心来研究这几年的得失，总结教学经验，我总结出如何做一名好老师。渐渐地我才发现，爱学生才是走进学生心灵的唯一途径。要倾听他们的声音和诉求，了解他们的具体情况，针对不同的情况采取相应的教育措施，要遵照他们的差异、实行个性化教育。我想，当我找到了原始的我、真正的我之后，我不会再踌躇不前，必定发扬自己的优点，鼓起拼搏的劲头，努力向前奔跑，做一名爱学生、爱岗敬业的优秀教师，在新的实践中创造自己服务学生、服务社会的人生价值。

四、我的心得体会和今后努力的方向

"一个鸡蛋从外面打破是食物，从里面打破是生命"。即使原生家庭塑造了残缺的性格，也曾经让有的人为我的将来担心，甚至有的人都看到了我必走的将来；可我的努力，我的奋斗，发奋图强撕裂恶劣的生活环境，粉碎了村里有些不看好我家的人的预言。我是一个不断受挫，又不断求上进的人。中学时代的我，情绪容易被旁人左右，但我能坚持争创学业优势的发展方向。由于性格缺陷所致，我的每一段人生路都走得异常艰辛。很庆幸，至今我也仍是村里人教育孩子的榜样。

记得高中毕业我获得“信用社联社”奖助学金时，校长让我发言，我说过：“要始终保持一颗爱心，怀有感恩之心。” 我秉着“感恩社会，回报社会”的宗旨，在大三的寒假到临沧凤庆县的一个小学里与韩国的大学生一起支教了21天，给闭塞的小山村送去知识和缤纷的文艺活动。和薪火工程的兄弟姐妹做义工一年75个小时，去过务工子女私立小学，看望云南省福利院的小孩，给流浪儿童救助站捐衣物、学习用具，陪他们学习，了解他们的内心世界等等。现如今，我秉持当年的爱心，在自己的能力范围之内反馈社会。比如参加富宁县薪火教学楼捐建等献爱心活动。我也热爱我的学生，刘老师对我不应有的失误、失败很痛心，但依然不忍心放弃对我的鼓励和引导。现如今，我把曾经来自各级学校的老师的爱化成对学生的爱，热爱教育事业，做好自己的本职工作。也尽量把刘老师手中的爱心接力棒接过来，尽自己绵薄之力继续鼓励后生们走上成功成才之路。但由于我刚起步，所以一听到要写总结已走上成才成功之路、改变命运的“概述”时，我真的还不敢下笔。因为，这么多年来，我虽然沿着成才成功、改变命运之路向前进，可没有取得喜人成绩，深感愧疚。

五、我与读者共勉

朋友，如果你现在正经历着迷茫、无助的状态，那么希望你读读我们将出版的这本《改变命运的进行曲》，它将带你走出迷雾，走好自己的人生道路。

朋友，千万不要说“来不及”三个字。刘老师退休后开始了他的助学、奖学事业，已达20多年，帮助了不少学子、学女，走上成才成功之路。“橙王”褚时健也曾告诉我们， 74岁创业也刚刚好。

朋友，要做有自己理想的人。奥普拉说：“一个人可以非常清贫、困顿、低微，但是不可以没有梦想。只要梦想一天，只要梦想存在一天，就可以改变自己的处境。”

朋友，要怀着一颗感恩的心。电影《无问西东》里教官说：“这个时代缺的不是完美的人，缺的是从心里给出的真心、正义、无畏和同情。”心怀感谢，人生就会过得幸福而充实。

朋友，要与时俱进，做一个了解时势的人。世界唯一不变的就是变化本身，不变的是不停地变化。我们无法让别人、时势来适应自己，而我们却要顺应时势。时势造英雄。生命的长度是有限的，可生命的宽度是无限的。人的潜力是不断挖掘的，只有不断学习，花时间、花精力，才能拓宽生命的宽度。

朋友，要拥有一个有趣的灵魂，不要过度注重自己的外貌，外面穿的衣服，再怎么漂亮也只是衣服，不会改变你的人生。更应注重内在素养的培养，坚持读书学习，腹有诗书气自华。

朋友，要懂得自律的意义。真正的自律，就是在该做的时候，不管喜不喜欢，都去做好你应该做好的事，杜绝你的依赖性，惰性。

朋友，要做到“坚持”。坚持是做好一切的前提。做好每一件事都贵在坚持，坚持下去，就是最大的成功。

朋友，要做到谦虚平和、不卑不亢。自卑是错失诸多良机、错失美好的障碍。

朋友，要有责任心，对自己、对人、对事都应有高度的责任心。责任是人一生中必不可少的东西，如果你没有了责任心，那么你将变成令别人厌恶的人；如果你没有了责任心，那么，你将一事无成；如果你没有了责任心，那么你将面临别人对你失去信心。

朋友，一定要有很强的时间观念。时间是由分秒构成的，善于利用零星时间的人，才会做出更好的成绩来。时刻做好迎接机会降临的准备，机会来的时候，不是谁都能抓住它，只有已经做好充足准备的人，才有能力抓住它。

朋友，要与良师益友站在一起。每个人在人生的每个阶段，你和什么样的人同行很重要。若与负能量居多的人在一起，那消极思想和负面情绪就像毒虫一样把你吞噬。

朋友，要善于与别人做比较，当你不如意时，跟比你弱、不如你的人比，你会知足；当你自我满足、停止不前的时候，请与你身边正在拼搏向前的人比，告诉自己你落伍了。

朋友，要言行一致、灵魂与行动统一。否则，你就找不到真实的自己、正确的方向。要认识真实的自己。《无问西东》里，当时为清华大学教务长的梅贻琦回答吴岭澜“什么是真实”的问题时说：真实是“一种从心灵深处满溢出来的不懊悔、无羞耻的平和与喜悦。”

朋友，不要夸大你的困难，很多问题都是我们自己胡思乱想出来的；要坚强，无论遇到什么困难，都要勇敢面对，不要让失败、困难打倒自己；要找到真正的自己。要做自己时间的主人，找到真实的自己。

朋友，要做到终身学习，整体思索，但不能忽略片刻可学到、能学到、应学到的知识。

以上这些做人品格、成功要素，人生追求，是我学到的知识，是我所珍视的警言，也是我今后追求的方向。既是供朋友们共同欣赏的，更是激励自己从头做起的。我在自己的人生道路上，已经走出了弯弯曲曲的相当长的一段路，才逐渐明白，人的成才成功、人的命运改变，体现人生的全部价值，是要靠终生奋斗的过程和成果来体现的。

罗学娥

2018—2019 年

要高度重视从事小学教育

罗学娥经过反复思考、反复修改，总算提交了反映其实际、符合本书主旨精神的概述。

她为作者互相交流、丰富读者阅读兴趣，提供了真实的经验教训，值得欢迎。但我不打算做全面点评，只就她现在的职责和今后的努力方向写点想法。

现在正式听你说，自己自愿去从事小学教育，我很高兴。这既可以充分发挥你上小学时的优势，也可以运用你受过全程教育的经历指导你的学生，从小立大志，逐渐努力进取的经验教训，教育好自己的学生。

你曾经是云南省剑川县玉华小学的优秀学生，当年以优异成绩考进了剑川一中初中部“尖子班”。玉华小学的师生曾把你当成他们学生学习的榜样，学生中的一面旗帜，你曾有过不让这面旗帜倒下而强忍艰难、奋发向上的责任感。我也曾因此而给予你特殊关照。你在上初中、高中过程中，克服了学习上和生活上的种种困难，终于考上了云南师范大学，成为一位受过全程教育的老师。值得为你祝贺。

我希望你认真钻研业务，言传身教，站好讲台，不要辜负学生及其家长们的期望。我期待你，用当好老师的新业绩，为自己的“成才成功、改变命运”书写新的篇章。我希望你深刻总结自己成长成才过程中的经验教训，充分发扬自己的优点，检讨自己的差错，切实地加速提高自己，为自己、为学生、为你的下一代做出新的成绩。

我希望通过本书的出版，让作者和读者都认识到，一个人走成才成功之路的必要性、连续性和艰巨性，坚持不懈努力，不能中途停滞松懈，否则是没有发展前途的。我在此向作者和读者提出四点期望和要求：

1. 我希望我的所有助学对象、奖学对象和书信读者理解我的身份。我对贫困生的助学、对优秀生的奖励，并非一般的“善举”，也没有抱任何个人企求，而是以自己的老共产党员身份，为履行为共产主义奋斗终身的入党誓言所做的工作。我人老了，就要把培养共产主义接班人、社会主义建设者，作为自己对未来的期望和寄托，以此作为自己自觉的历史责任。同时，这也是我回报党和人民救助的报恩之举、实际行为。我曾经是个穷孩子，在共产党教育下、人民政府扶持下和自己坚持努力下，才获得了成才成功、改变命运的幸福结局。所以，我以帮助贫困学生走上成才成功的方式，既是对党和人民对我救助的回报，也是以自己的亲身经历，言传身教，向青年一代证明，只要善于利用主客观条件，坚持不懈努力，即使贫穷，也有成才成功、改变命运的机会。因此，我对助学、奖学对象的要求，不是要记得我的物质帮助，而是要理解我对他们的期望与寄托，希望他们成为承前启后、后来居上的新一代。我之所以反复要求下一代这样做，是因为，这是社会发展的需要，党的事业发展的需要，也是个人最高的人生价值，最有意义的人生乐趣。我的受助者、受奖者、读者，不要只记得我对他们的关照，却不理解我的期望。我真正希望的是，希望诸君像赵俊梅同学那样去参考我的建议，更自觉地去追寻自己的理想。

2. 我希望罗学娥用自己的实践证明自己的新认知。罗学娥结合自我总结和重新学习，有了一些很好的认知。我希望你把你所明白的“人的成才成功、人的命运的改变，体现人生的全部价值，是要靠终生奋斗的过程和成果来体现的”的认知，应用于今后的实践，能变成真正的实践，即用来创造属于自己的前程和历史。这里的关键是，能否做到自我鞭策，能否做到言行一致、说到做到。

3. 我希望罗学娥以热爱学生、引导学生走向成才成功之路为核心，做好自己的本职工作。她如今从事小学教育，是“从娃娃抓起”的有利的特殊机遇，是自己回报社会、服务下一代的光荣义务，自己没有任何受轻视、受歪曲的理由。假如没有小学老师对她的关爱和帮助，她能有自己的今天吗？假如社会不给她从教的岗位，她能有更光明的前景吗？她是因得到了各级学校教师的关爱、教育和帮助，得到了校内外人士的关爱与帮助，才有幸接受了从小学、初中、高中到大学的全程教育。她的发展道路虽然不平坦、不理想，但好在她是一个不忘恩的人。因此，她有责任，也有能力回顾、理会和发扬自己所得到过的关爱，有义务把自己所得到的关爱变成奉献给自己学生的关爱。

她虽然经受了种种困难，也有不少缺点、弱点和错误，但从总体上看，她是一个有抱负、有理想、能追求上进、力求优秀的人。在她的同龄人中，也算是走上了成才成功之路的人，也是一个能承认错误，并有不服输、从头来的勇气和意志的人。她作为曾是优秀小学生，又受过全程教育的大学生，具有胜任小学教师的优势。她有足够的知识、智慧和经验教训为基础，能引导学生上好小学，朝着成才成功的道路不断前进。她能教育学生像自己一样去战胜前进道路上的各种困难、挫折、失误、失败，走向成才成功。她可以用自己没有充分利用有利条件来上好大学的沉痛教训，来教育自己的学生，使他们认识到，一个人走成才成功之路的必要性、连续性和艰巨性，教育学生在走向成才成功的道路上，每一个阶段，都不能自满、懈怠、停滞，在这飞速发展又处于激烈竞争的时代，落后、衰退是没有出路的。要用自己的经验教训，理直气壮地鞭策自己的学生引以为戒，坚持努力向上，创造自己的优势，开拓自己的前程。我期待着她能培养、激励和指引出超越自己的优秀学生。为新时代立功，也为自己的人生增添光彩。你没有忘记自己的老师，你的学生也不会忘记你。

4. 我希望罗学娥在不影响当前教学任务的条件下，继续深化自己的专业知识。无论从提高自己的素质来说，或者从拓宽自己就业途径来说，以及培养学生学习兴趣来说，都应该合理安排好自己的时间，关注自己所学专业发展的新动态，学习新的知识，研读中学教学中的有关课程，增强自己的认识能力，提高自己的学术水平。这对于培养、引导学生提高学习兴趣，灵活运用学习方法都是有益无害的，也为自己提升教学档次奠定基础。

刘绍川

2019年4月9日

刘绍川评述他与罗学娥之间书信的基本特点

在特殊关怀与不对等沟通中
同唱改变命运的进行曲

所谓“特殊关怀”是指：罗学娥是由剑川一中的赵广健校长等直接向我推荐的首批助学对象之一；是从初中到大学，全程接受我“助学金”的唯一；是我把资助贫困生与说服其家长支持其有志女儿升学相结合的唯一；是接受我全年12个月资助（而不限于一学年10个月）的唯一；是我授权有特殊困难时找我侄子想办法解决的唯一；是愿做其大学阶段申请“助学贷款”担保人的唯一。

我为什么愿给罗学娥如此的特殊关怀呢？原因有多方面：从历史上说，我在十一二岁时到过她所在的山区修过公路，中华人民共和国成立后我到过她的家乡做过青年工作，知道那里的生产生活条件艰苦、文化落后，从那里培养出的人才更有意义；我当初向剑川一中校领导提出的推荐对象是，来自山区，基础虽差，但进步较快的初中生，目标是帮助其读好初中、升入高中，争取上大学。罗学娥在重重困难的压力下积极进取，完全符合我要求的助学条件。因此，我就积极帮助她解决求学过程中的实际困难。她之所以得到我的特殊关照，从根本上说，就是她能积极努力，用不断进步的成果感动了我。她是我在剑川一中开展助学活动从初中到大学的唯一。然而，根据学校的建议，我把助学重点转移到了高中贫困学生上。因此，我的书信交流也以高中学生为主。这样，就减弱了我与罗学娥的直接书信交流，即未能打印她的每一封来信，有时只对原信“写批语”、做回复，或只针对她信中提到的问题写看法、提点建议，从而，使她常常读到的是我给高中助学对象或其他高中同学们的信。这就是“不对等沟通”的原因和表现。幸好，罗学娥有“善于学习”的特点和优点，她能从别人的优点中看到自己的缺点与不足，把别人的经验运用于自己的学习实践中，不断改进自己的学习，并摸索、总结自己的成功经验，不断提高自己的水平，不仅顺利地由初中升入了高中，最后还考上了省里的重点大学。她的这种善于学习和积极主动性，不仅推动了她自己的进步，也使我得到了新的启发，写出了新感想与她做交流，也为其他同学提供了参考。

罗学娥是一个人穷志不穷、用功学习、进步显著的山村女孩。她在小学里就得到老师的关爱，在她失学的时候，老师曾主动为她争取了复学的机会。她以优异的成绩考进了剑川县的重点中学——剑川一中，回报了她的小学老师。然而，贫穷与思想落后的父亲并不支持她上中学，又使她面临新的失学威胁。正当她陷入绝望的时刻，听到了好消息，她得到了校领导的关怀，推荐她作为我资助贫困生的对象。她对此表示十分高兴，万分感激，希望我资助她完成中学学业。她要好好学习，争取以优异的成绩来报答所获得的资助。上中学的过程虽然困难重重，但罗学娥终于挺过去了，终于完成了中学学业，考上了云南师范大学。

在罗学娥上学过程中，我结合自己的亲身经历，同情她的困难，鼓励她发扬优点，坚持学业，鼓励她用最大的努力按老师们的要求去学好各门功课。只有靠学习进步，获得升学深造的机会，走向就业、创业的成功，才能改变自己的命运和社会地位。她虚心接受我的启发，发扬了自己好学上进的优点，抓紧时间，认真学习，不断克服学习上和生活上的困难，逐渐加速了自己的进步，得到学校的奖励和同学的赞扬。

罗学娥为什么能够战胜同辈人所没有遇到的困难？因为她懂得，只有取得好成绩，才能使妈妈的泪脸变成笑脸，个人的命运方向、道路，是与妈妈、祖国和人民的命运联系在一起的。只有沿着光明的大道向前走，朝着既定的目标坚持努力，才会成功。

罗学娥在学习上的一大优点就是：善于学习。学习新知识—获得新感触—明确新方向—付诸新实践，这就是罗学娥在“善于学习”上给我的新启示。一个人的成长、成才、成功，绝不会是一帆风顺的，但最后胜利总是属于奋斗不息的有志者，尤其属于善于学习（学习前人、超越前人；学习他人、超越他人）的人。

罗学娥是一个怀着美好憧憬面对高中困难、过着俭朴生活的学生。她曾对我说："我有自卑心理，不能变压力为动力，必须得改。对于未来，我是有美好憧憬的。初中时我没有做好的，我要用高中来弥补。现在，在我们高中生中，最流行的一句话是'相约在2008年的北京'。我必须得为这个目标而努力，'专注现在就是投资未来'，要实实在在地过好每一天，最终以优秀的成绩令所有关爱我的人满意。"

罗学娥面对的特殊困难，是常人所没有的。一般家长只要孩子好好学习上进，而罗学娥不但需要好好学习上进，还要反过来争取父亲必要和可能的支持。她配合我，说服她父亲，使他认识到："要想让子女改变自己的命运，去创造自己的幸福，父母就必须尽可能为子女创造学习知识、掌握本领、发展自己的必要条件，而不是放弃培养子女的责任、阻碍子女的进步、断送他们的前程。要彻底抛弃重男轻女的旧思想，也不要受'九年义务教育'的局限，不要埋怨罗学娥要求太高，不要只看到自己有一个'与众不同'的女儿而承受着经济负担和精神压力，应为有罗学娥这样有培养前途的女儿而感到骄傲，要用最大的爱和可能的力量为自己子女的成长做出心安理得的奉献。"我们最终说服了她父亲，他决定到煤矿去当挖煤工，为罗学娥挣学费。

罗学娥是一个有社会责任感的青年学生。她在给我的信中写道："据说，我原在的小学里，学校每次开家长会都会提到我，用我来鼓励那些成绩优秀但家庭困难的学生求上进。我已成为那些学弟学妹们心中的灯塔，给他们指明了前进的道路，我若突然不坚持上学了，那他们心里树起的那面'希望之旗'也就可能倒了。"所以，她为了自己，也为了带动她那山村的孩子好学上进，要坚持抓好自己的学业、争取光明的前程。

罗学娥善于学习，且有"学强帮弱"的高尚风格。她从与同学的对比中，学习强者、帮助弱者。她从既善于学习强者，又主动关心、帮助、带动弱者中，受到鞭策，得到快乐。

罗学娥把自己的学业变为父母关心、社会需要和与个人前程相融合的事业。我从罗学娥高中阶段积极向上的学习心态中，感受到了人生发展所需要的“心声”“歌声”“动声”及其意义。人的生存与发展所需要的条件很多，能做的事情也很多，但我认定，这“三声”，是人生必不可少的。有了“心声”，才会往前走；有了“歌声”，才能有劲走；有了“动声”，才算实际走。我与她在不同条件下共同唱响了改变命运的“进行曲”。

刘绍川
2001 年 12 月—2018 年 8 月

争取以优异的成绩来报答获得的资助

——罗学娥向刘老师表达谢意，表示要好好学习

敬爱的刘爷爷：

您好！

我是剑川一中初中部的新生，我的名字叫罗学娥。今年13岁，家在偏僻的小山村，剑川县甸南镇玉华村，家里有三口人——爸爸、妈妈和我。

由于家里遇到种种困难，导致经济条件差，家庭负担重，我从10岁起就下地干活。当时母亲又得病，让我退学。在小学老师的竭力支持下，我又重返了校园。老师们捐钱帮我解决了学费。在老师们的鼓励和帮助下，我经过自己努力，考进了剑川一中。我很高兴，但令我头疼的事又摆在我面前，没办法支付学费。正当我面临失学的时候，正当我陷入绝望的时刻，听到了您要资助贫困生的消息，我十分高兴。对您的雪中送炭，我表示万分感激。希望您能资助我完成中学学业。这次期中考试，我是班上的第八名。我一定不辜负您的心意，好好学习，努力向上，争取更好的成绩，以优异的成绩来报答您。

祝您身体健康，万事如意！

此致

敬礼！

剑川一中初中生：罗学娥

2001年12月7日

刘绍川致罗学娥

要发扬优点，能坚持学业

——刘绍川结合亲身经历，同情罗学娥的困难，鼓励她发扬优点，坚持学业

学娥：

你们几位同学的来信，我都反复看了，我恨不得能帮助更多的人，但限于实际力量，只好暂时这样。今后，若条件允许，我会尽力而为的。

知道你那小小年纪所承受的因家庭困难而“退学”的经历，在小学老师的帮助下，“重返校园后的”努力成果，以及“正当面临失学”窘境。我不仅看到像你这样的学生是多么需要别人帮助，而且看到你是绝不会辜负别人帮助的、有出息的人。“在老师的鼓励、帮助和自己的努力下，考进了剑川一中”就是证明。我坚信你在校领导、班主任、其他老师和我的鼓励和帮助下，一定会更加努力地学习，不仅能完成初中、高中阶段的学习，而且会实现上大学的愿望。从你的过去，可预见你的将来，我期待着你会有考上大学的那一天。尽管因力量有限，我只承诺资助你们完成中学学业，但我的目标却是希望你们都能考上大学。

学娥，无论过去，或者现在；无论中国，或者外国，贫穷都是痛苦的。贫穷者要改变自己的社会地位也是很困难的。但是，所有的老师（至少是绝大多数老师）总是热爱学生的，都是希望学生将来能成才、成功的。因此，一定要珍惜老师们的教导，用最大的努力按老师们的要求去学好各门功课。只有靠学习进步，升学深造，创业成功，才能改变自己的命运和社会地位。尽管这是一条艰难而漫长的道路，但除此之外，我们还有

别的摆脱贫困的光明大道吗？也正因为如此，我始终不忘在学业上帮助过我的人们，同时也从学业上帮助过，或在帮助贫困学生。我现在已经不属于贫困者，但我曾经是一个贫困者。因此，我理解你们，愿意帮助你们，也寄希望于你们。当我知道你们在学校有了生活保障之后，更加奋发向上，取得新的进步时，我会为自己的付出而感到无比快乐。

学娥，你说到，你是玉华人。那里还有我的故事。当我还在11岁的时候，为了完成村里摊派给我家开挖公路的民工数，我只好跟随母亲当民工、服劳役，参加开挖途经你们玉华的那条公路。白天上山挖路，晚上住在野鸡坪（现水库地址北部）。当时，我年纪虽小，但在监工的督促下却干着挖土、背土的重活。当然，监工不在时，也在大人的保护下偷闲过。记得当民夫期间，早晚还去挖野菜。在12岁时，我随伯父从剑川去景东，那回一共步行了9天，第一天就路过我曾经开挖过的那段公路（当时未通车）。三年后，我回家时又途经那里。后来，在那里的每一次往返，都勾起了我对少年时代的那段回忆。大约1955年，我在剑川团县委工作期间，也曾在玉华做过短期的青年工作。如今，对你的资助，使我与玉华的关系更深了一步。但愿将来的玉华人能真正富裕起来。

祝你快乐！

刘绍川

2001年12月25日

罗学娥致刘绍川

坚持走求学之路

敬爱的刘爷爷:

见信佳!

收到您寄给我的第一封信，特别欣喜。收到您的助学金，我心里充满感激，您在收到信后那么快就给我写回信，第一次有人如此爱我、重视我，我无比激动兴奋。

这次期末考试我考了班里的第八名，比入学摸底考试进步了一些。有了您的关心，我会更加努力学习，争取更大的进步的。

您给我讲了您年轻时候的事，您小小年纪就能做那么苦的活，您对家乡的一件小事都记得那么清晰，您这么热爱家乡。您是照亮我前路的指路明灯，您已成为我的精神支柱，支撑我求学之路再难也要咬牙坚持走下去。我也要向您学习，将来成为为家乡做贡献的人。就此止笔。

祝您合家欢乐，事业顺利!

此致

敬礼!

剑川一中初中生：罗学娥

2001 年 12 月

刘绍川致罗学娥

人生事业需要有“精神支柱”的支撑

学娥：

今天是马年的正月初一，我盼望了好久后才收到第一封信，非常高兴。

现着重就你来信中提到的“精神支柱”问题谈些看法。你从读我给成凤、成惠等的信中懂得了“怎样学习”和“应该做怎样的一个人”，并把我对你的鼓励当成“精神支柱”，还表示“一定要努力，努力，再努力，争取实现上大学的愿望”。这使我非常高兴，我相信你会成功。

一个人的一生都需要精神支柱，需要有奋斗目标，不仅需要有总目标，而且还需要在不同时期确立不同的具体的目标。只有确立了目标，才能有努力的方向，才能自觉地为实现目标而不倦地付出辛劳；才能克服前进道路上的重重困难；也才能因为接近目标和实现目标而获得自信和欢乐。作为当代的中学生，无论从社会发展的需要来说，或从个人的前途命运来说，应该力争上大学，或接受高等教育。然而，上大学也只是人生旅途中的一个站点，一个基础，一个新的起点，此后，还应该有一个个逐步实现的目标。例如，当我还是个助教的时候，创造讲师的条件就是我的奋斗目标；当我当上讲师后，创造晋升为副教授的条件就是我的新目标；当我成为副教授之后，创造教授的条件又成为我的新目标。我就是这样一步步确定目标和实现目标的。因此，我深切地感到，一个人需要根据社会发展的需要和个人的现有基础确定切实的目标，以便自觉地去不断奋斗。

一个人的具体目标、实际能力、贡献大小是不一样的，但毕生的事业，都需要有一定的目标和精神支撑。在历史上和现实生活中扶贫济困的思想和行为早已有之，但对我来说，如果因退休而忘记了共产党人要为共产主义事业奋斗终身的誓言和目标，如果因局限于市场经济条件下的“等价交换”“自由竞争”而丧失了对社会主义、共产主义必胜的信念，那么我就不会自觉地宁愿过俭朴的生活而去无私地帮助贫困学生，就不会有把未来寄托给青年一代的热情。

我在《给剑川一中校长的信》中写道：“我将把资助贫困学生成才作为我晚年的事业、生活的乐趣和对未来的寄托。”这除了朴素的“报恩”情感之外，就是靠长期练就的共产主义精神支撑的。

也许对于你们当代的中学生来说，“共产主义”精神是很抽象的概念，然而，对我来说，共产主义不只是我深信不疑的并反复加以宣传的一种科学体系，而且已经成为我的具体奋斗实践。如果说，我在退休之前的奋斗中因生活所迫而不能不夹杂着这样那样的功利因素，那么，在退休之后的实践中，我便以更自觉的共产主义精神把自己的才能奉献给社会，在外出打工中，我争取把本职工作做到最好；在家属院美化环境中，我已坚持义务劳动三年多，为教职工管理好一个小花园。为此，在去年建党80周年时，我被学校党组织评为“优秀共产党员”。尽管比起那些最先进的、最优秀的共产党员，我还差得很远，甚至无法与他们相比，但我也为退休后能以共产主义思想做精神支柱的“老有所为”而感到快活。

共产主义作为一种科学的世界观，它是指导人们遵循社会发展的客观规律来行动的。

共产主义作为一种崭新的社会制度，它是以超越资本主义的最高成就为基础的，是以更高更发达更先进的科学技术为基础的，是以人的才能的全面发展和社会物质极大丰富为基础的，最终实现各尽所能，按需分配的社会制度。

社会主义是共产主义的低级阶段，它既要继承资本主义所能创造的一切先进的物质成果和精神成果，还要消除资本主义本身无法克服的社会矛盾、重重苦难与分配不公。

社会主义本身还得经历从初级到高级的发展过程。在社会主义初级阶段，共产党人不仅要总结社会主义建设的经验教训，而且应该重视学习和运用现代资本主义所创造的一切先进成果，以便更加切实地发展社会主义，而不是盲目地模仿资本主义，让人毁掉社会主义。

我想当代的共产党人也需要现实的生存和发展条件，但真正的共产党人不能只追求人的合法利益，更不能以权谋私、损公肥私、损人利己，还应该尽可能运用自己的知识、才华、潜力、甚至财富，争取为社会主义的发展进步和人民利益多做些贡献。我希望你们青年一代，作为社会主义、共产主义事业的接班人，也要逐步确立起共产主义的世界观，把个人的前途命运与社会发展要求和人民大众的利益联系起来。这是人生最大的精神支柱，应该加以重视。

学娥，老人话多，已经写了不少，其他的话将在给其他同学的信中去写，望你在读交换信件时加以注意。

祝你身体健康！学习进步！

刘绍川

2002 年 2 月 15 日

罗学娥致刘绍川

找试卷上做题失误的原因，力求改正

敬爱的刘爷爷：

见信佳！

三月份的助学金我已经收到并已取出，感谢您这么及时地寄给我生活费，给我带来无限温暖。上学期我在期末考试中在班上排名第八名，比期中考试进步了三名。收到通知书那刻我有点激动，可开学后当我看到试卷就挺失落的，好多题都是自己的粗心和考试时的紧张导致做错了。这学期里我要改正粗心大意的缺点，认真读书，考试认真检查，争取取得更大的进步。

祝您身体健康，万事如意！

此致

敬礼！

剑川一中初中生：罗学娥

2002 年 3 月 17 日

刘绍川致罗学娥

抓紧时间，认真学习

学娥：

你于3月17日写来的信，我已收到，但一直到今天才给你回信。你在信中反映了家里遇到的困难和麻烦，以及学习上的诸多困难，这是可以理解的，问题在于要注意正确对待。家里的其他困难只能靠家长和村里的基层组织去解决，你要把时间和精力集中在自己的学业上。据了解，我给你们的助学金可以维持在校的基本生活费用，那周末你就尽可能不要回家，抓紧时间复习、预习、做作业等，当然也要适当地休息。你要经常提醒自己：只有学业上的进步、优秀，才可能改变自己的命运和家境。因而，你要鞭策自己，不断地努力，积极向上。

至于我给你们的信，我是希望对你们有所帮助的，但假若你们不仔细加以阅读、思考，那就难以达到我的目的了。上次给你的信（2月12日—15日写的），不知你读到什么程度，错字都没有发现（“按需分配”，打印成“按需为配”）；对于信的内容，你也一点反应都没有。我没有要求你们全盘接受我的观点，只希望你们与我交流思想，并欢迎你们的批评，还用“指错有奖”的办法鼓励你们指错，但你一点反应都没有。这是使我难以理解的。我以为，作为一个学生，无论是平时听课、做作业，或者是自学、读参考书、看信，都应该集中精力、认真思索、多动脑子，力求有一定的收获。一个人要想在学业上或在事业上取得进步，不努力不行，但只花费时间而不认真也不行。今后，我希望你要认真阅读我寄给你的所有的信（我给你写的和附上给其他人写的每一封信，都不单纯是只为某个同学写的，而是针对你们写的，甚至可以说，是给立志做先进分子的青年学生们写的），尽可能从中获得一些认识上和方法上的启示，以便提高自己，加快进步。

刘绍川
2002年4月4日

罗学娥致刘绍川

只有取得好成绩，才能使妈妈的泪脸变成笑脸

敬爱的刘爷爷：

见信佳！

四月的助学金我已经收到并已取出，感谢您这么及时地寄给我生活费。您上封信对我的批评指正我都记在心里、印在脑子里了。从您寄来与别的资助对象的书信，我对李成芳姐姐家的三姐妹甚是好奇，她们是那么的优秀，值得我学习，希望有机会能直接与她们通信。

最近我的眼睛疼，老流眼泪，我同学陪我抓了药，我带病也要坚持上课，不能把功课落下。而要做到这些，首先要端正学习态度，改正缺点，努力学习。我对自己有信心。就此止笔。

祝您健康长寿！心想事成！

此致

敬礼！

您的学生：学娥 敬上

2002 年 4 月 20 日

刘绍川致罗学娥

看清光明大道　增强胜利信心

学娥：

你于4月20日写的信已收到。虽然今天才回信，但对你的信，我已读过了数遍。

你信中说，你从我的信中认识到“而要做到这些，首先要端正学习态度，改正缺点，努力学习。我对自己有信心”。读了这些话，我怎能不为你高兴呢？其实，个人选择什么方向、走什么道路，是与“妈妈”、祖国和人民的命运联系在一起的。沿着光明的大道向前走，朝着既定的目标努力，你总会成功的。

通过读信，你对李成芳、李成凤、李成慧三姐妹的成绩也有所了解，还受到她们的启发，因而希望与他们直接通信。对此，我很理解，但你们平时各自都很忙，你只要认真读我给她们的信就可以了。寒、暑假可以直接来往交流。今年暑假，我给李成慧去剑川的路费，让她去剑川看你们受我资助的三位同学。寒假，我给你去南涧李成慧家的路费。其他人若有这种愿望，我也可以同样对待，分期安排。现在，你一定要重视自己的眼睛。1. 按时点有关的眼药；2. 课间一定要抓紧时间休息，到室外活动，往远处看；3. 少看电视，偶尔看看也不要太集中眼神，半看、半听就行了；4. 自习时注意在明亮处，不能连续使用眼睛（学个把小时，就休息一会儿）；巧用眼，灵活地把读书、看书、默背与思考结合起来；5. 注意卫生，不揉眼睛，6. 保证睡眠时间。总之，一定要爱护眼睛，只要注意点药与保护，就会好的，就是没有病时，也需要按上述建议加以适当保护。

刘绍川
2002年5月4日

找到自己的知识断层，寻求有效提高成绩的方法

——罗学娥向刘老师表态，一定要在语文成绩上有突破

敬爱的刘爷爷：

见信佳!

六月的助学金我已经收到并已取出，感谢您这么及时地寄给我生活费。很感谢您每次都收到信就仔细阅读我的信，并把我存在的优点和不足一一指出来。每次写信都在向您求助，恨不得您能帮我解决所有的问题。真的特别感谢！我也要认真阅读您寄来的帮助我们成长、进步的信。我在读信过程中发现您写给刘双福的信中把“竟连我的名字”错写成了“竟连的我名字”。

几次考试语文都没及格。我小学的一到三年级都是年龄稍长的老师教的，我也没看过课外书，导致现在识字量不足，语文基础差，语文理解能力差。从今天起我要多读课外书，并写信给我的小学老师，他托付我村里的学生给我带了好几本课外书。只要我多向同班同学、高年级同学请教，我相信有朝一日能跃过语文及格线，达到语文高分线。

我身上有许多缺点，比如早上赖床，睡眠不好的时候偶尔会在课上打瞌睡，做题总是比较粗心大意，胆子特别小，课堂上不敢回答问题，害怕老师点名回答。我身上有诸多缺点，我也认识到自己的不足。“人”字只有两画，但做好人真的不容易，我一定要努力学好。我知道我们存在的缺点都是扎在您心上的刺，因为您很爱我们，以后我一定会经常自

省，写好这个“人”字。理解您对我们的爱心，学好本领，做个有益于人民的人。

祝您健健康康！事业一帆风顺！

此致

敬礼！

您的学生：学娥 敬上

2002 年 6 月 11 日

正确看待自己，掌握自己命运，开发青春价值

——刘绍川针对罗学娥在认识上存在的问题，提出了正确看待缺点和错误

学娥：

你于6月11日写的信，我已经收到了，并第一次见到了你的照片，心里很高兴。

首先感谢你为我指错，你发现我写给刘双福的信中把“竟连我的名字”打印成了“竟连的我名字”……这处错是你第一个指出的，因此也应获得奖励。究竟这错出在哪个环节，现在还回想不清楚，但最后没有看出来，总是我的错。尤其是我在批评刘双福时出现这个错，更使我感到遗憾。当然，正因为错误难免，我才需要你们为我指错，给予帮助。今后，我的态度不变，欢迎你们指错，我继续坚持“指错有奖”。

那么，我又是怎样看待你们“存在的缺点”呢？你在信中写道：“我知道我们存在的缺点都是扎在您心上的刺，因为您很爱我们，以后我一定会经常自省，写好这个‘人’字。”理解我对你们的爱心，注意经常自省，学好本领，做个有益于人民的人，即写好“人”字，是对的。但我怎么能把你们“存在的缺点”看成“扎在”我“心上的刺”呢？缺点人人都有。还有人说：“犯错误是青年人的一种权利”。我是过来人，对青年人有缺点、有错误，是完全可以理解的；同时，我也从自己的切身经验中体会到，青年人只有改正自己在成长过程中的缺点和错误，才能

成熟起来，才能走向成功。今后，当我看到或发现你们有缺点时，我只会及时指出来，只会鼓励你们正视自己的缺点，改正自己的缺点。既允许有缺点、错误，又强调要加以改正。这都是客观存在的反映，都是每个人发展的需要。每个人都要善待这个问题。既不要因为有缺点、错误而悲观，也不要因为强调改正缺点、错误而抵触。一个人，只有在前进道路上不断地发现缺点、错误，并不断地加以克服，才能不断进步，真正做出新贡献来。

你在信中谈到，自己的语文基础差的原因和表现，并正在采取积极的办法加以提高，决心有朝一日“跃过‘语文及格线’，达到‘语文高分线’”。你的这种态度是完全正确的。一个人的成长，一生事业的成就，都需要这种精神，即：面对现实，发现自己的不足；确定努力目标，采取实际措施，追赶先进水平。一个人的青春是宝贵的，因为青春蕴涵着改变现状的志向，努力进取的朝气，拼搏制胜的力量，走向成功的机遇。然而，只有能掌握自己命运的人，才能有效地开发自己青春的宝贵价值。我愿你们都能珍惜自己的青春，都能开发自己青春的宝贵价值。我有话在先，希望你们将来都不后悔。你在假期里，既要帮家里干些活，也要用适当的时间抓学习。今后的竞争很激烈，容不得松懈，要想方设法，不断地努力进取。期末考试后再来信。

刘绍川

2002年6月18日

罗学娥致刘绍川

获得了学校的学习进步奖

敬爱的刘爷爷:

见信佳!

您写给王义梅等人的信我已收到，感谢您百忙之中抽出您宝贵的时间写信给我们，教导我们一定要进步，教导我们时刻准备好迎接挑战，教我们战胜生活中的一重又一重的困难。

以前班里有些同学看着我穷困潦倒的样子，有些嘲笑我，笑我没有新被套床单等。但我经过不懈的努力，上学期的期末考试成绩在 64 人的大班里跃升到第 3 名，还获得了学校的学习进步奖，而且同学们改变了对我的态度，尤其使自己增强了今后继续拼搏制胜的信心。当然我不能就此满足，我还是有诸多不足的地方，比如不积极发言，做不出“灵活题目”，不能深入理解课文等，我会在这些方面加以改进，争取更大的进步。就此止笔。

祝您青山常在! 事业更上一层楼!

此致

敬礼!

您的学生：学娥　敬上

2002 年 9 月 6 日

刘绍川致罗学娥

要强化“善于学习”的意识和实践

学娥：

你们各位的信我已于9月20日前收到了，现就信中的内容，写几点想法，供你和其他同学参考：

一、要重视学习

“重要的问题在善于学习”。这是毛泽东一再强调的话，我经过几十年的学习和各种工作实践，从正反两面的经验教训中认识到，这个论断非常正确，非常重要。因此，我也希望你们加以理解，尤其加以运用。

无论学习书本知识，或学习实际技能，无论在校学习，或在社会实践中学习，都存在着怎样才能学得好、学得快、学得活（会运用、会发展）的问题。同学们在同一个班里学习同一门课，成绩为什么不一样，甚至大不一样。这除了基础、智力等不同外，最重要的就是因为学习的态度、学习的方法不同。当然，好的学习态度和学习方法，也不是天生的，而是向前人、向老师、向同学学习才能得到的，尤其是通过自觉地、不断地总结自己和别人的经验教训，在不断改进自己的学习和工作过程中，逐步积累和逐步发展起来的。

重视“善于学习”不等于马上就能见效，但只要不断坚持、不断摸索，总是会有好结果的。仅就你们最近的这些信来看，我觉得罗学娥是比较善于学习的。我从她的信中高兴地看到了三点：

第一，罗学娥从我给其他同学的信中，看到了我的用意。上个月，我改变了给你们写信的方式，不再逐一给你们写回信，只是写了一封带有综合性的信，但罗学娥仍然很重视它。她通过较认真地阅读，思考了我的观点，从中得到了“许多感触”，“蓦然发现”自己所存在的一些不足，并表示今后要“下更多的工夫”，“培养爱思考、爱细心分析问题的好习惯。”学习新知识—获得新感触—明确新方向—付诸新实践，这就是罗学娥在“善于学习”上给我的新启示。

第二，罗学娥用自己获得的好成绩，赢得了学校的表扬和同学的尊重。由于主客观条件的限制，罗学娥原来在班里感到“受气”，压力很大，但她经过不懈的努力，当初一年级结束时，她的期末考试成绩在64人的大班里跃升到第3名。她不仅因此而获得了学校的“学习进步奖”，而且还使同学改变了对她的态度，尤其，她使自己增强了今后继续拼搏制胜的信心。对此，我也为她高兴，并祝她不断取得新的成绩，获得新的进步！

的确，在当今充满竞争、鼓励创新、尊重知识的社会条件下，一个人的人生命运、发展前途、社会地位、家庭幸福等，都取决于自己所获得的知识水平和所具有的工作能力以及所取得的成绩。一个人要想获得“引人注目”的知识和能力，自然需要各种各样的条件和因素，但归根结底只能靠自己的努力。一个人的成长、成才、成功，绝不会是一帆风顺的，但最后胜利总是属于奋斗不息的有志者，尤其属于善于学习（学习前人、超越前人；学习他人、超越他人）的人。

第三，罗学娥以新的姿态投入新的战斗。罗学娥虽然取得了较突出的进步，也获得了更有利于自己日常学习和生活的环境，但她具体检查到了自己学习上仍有明显的不足之处，如不积极发言，做不出“灵活题目”，不能深入理解课文等，并下决心加以改进，这是非常宝贵的。有远大目标的人，有毅力奋斗不息的人，从来都不会满足于既有的成绩，绝不会掩盖自己的不足。他们只会从已有的成绩中增强对未来的胜利信心，从已发现的不足中看到今后的努力方向。当我看到她有进步而又不满足的时候，我对她的未来更增强了信心。她表示，要尽快适应老师的调换、班里人数增加等新环境，投入新的战斗，要我不必为她担心。我相信她的努力一定会有好的结果。

善于学习的问题，不是在一封信中能说清、说明、说完的，而是不断实践、不断摸索、不断发展的。我和你们一样都需要继续努力，越来越自觉、越来越有效地解决它。

李成慧来信中谈到，进入初三，感到紧张、着急，这是很自然的。但是，要真正解决问题，真正有效的办法，还得靠“善于学习”。一个人没有危机意识、没有感到竞争压力，就缺乏进取的动力，但最后制胜所靠的，还是比别人善于学习。因此，一定要强化“重要的问题在于善于学习”的意识，并努力把它运用于自己的学习实践中。

二、要重视身体健康

最近李成凤的信中谈到，她因患病住院动手术，父母为她奔波劳累，自己也耽误了课程得补习等情况，可见，个人健康问题的重要性。

在一个人的一生中，生病和治好病的经历，是会屡次发生的。因此，不必为生病而恐惧。但是，生病总要花费金钱、耽误学习或影响工作。因此，要尽可能预防疾病、减少疾病，或少生大病、重病。要做到这一点，当然需要有各方面的主客观条件，但我以为，其中最重要的是，自己要爱护自己的身体，这是任何人都无法代替的。就是说，一个人从年轻的时候起，就应重视自己的健康问题，凡是有益于自己健康的知识和做法，都要尽可能学习和实践，特别是要加以坚持；凡是对健康不利的习惯都应加以改变；凡是妨碍自己健康的各种引诱或压力，都要加以抵制。我小时候身体就弱，但我从读初中时起，就重视起健康问题，如：老师带领我们到郊外晨练（跑步）时，教我们在沟边用冷水洗脸，说这样容易减少感冒，我就坚持至今，北京常有流感，但几十年我都没有被传染过：我的肺部曾检查出有结核，当时治不起，班主任教我：敞胸晒太阳，我每天中午休息时，就到校外的田埂上坚持晒太阳，结果真的好了，至今未犯过肺病。毛主席在1953年，号召中国青年要做到“三好”，即身体好、学习好、工作好。我一直坚持把身体好作为学习好、工作好的基础来看待，在力所能及的条件下注意保护自己的健康。1954年，中国青年杂志宣传抽烟的害处，号召青年不要吸烟，我至今不吸烟。总之，我在几十年生活过程中，不断学习和运用了许多有利于健康的知识和做法，才具有了今天的工作能力。

当然，重视健康也不可能长生不老，不可能无病不死，但能够最大限度地减少疾病、推迟死亡，使自己多学些知识、多做些工作，也使自己多享受到健康、生存、生活、工作的乐趣。现在，当我看到同龄人中一些人因烟酒过量或其他原因而死亡或多病缠身时，我更感到自己的健康可贵，也意识到这健康的确来之不易，这真是几十年坚持重视它的结果。因此，我也希望你们趁早重视健康问题，学习和掌握一些有利于健康生存的实际本领。

最后，我想请你们谅解，我不再每月逐一给你们写回信。我只能结合你们来信中的内容，有选择地写些想法，供你们参考。因为，我近期每天都上班，多则一整天，少至大半天，没有时间和精力写那么多信。现在我之所以这样工作，就是想为今后继续资助贫困生增加点储备。我想再坚持工作两年，即到70岁，但要看视力能否允许，只能一天一天地坚持。将来不打工后，我的退休费、资助费就不会有剩余了。正因为这样，我才珍视当前的工作机会和适当储备。因此，为了你们或以后的其他人，我只能把工作放在第一位，每月只给你们一封综合性的信。

我提出，“不见信，不汇钱”的预告，今后，仍然希望你们在每月20日前让我收到信，我将于20-22日把钱汇出去，正赶上你们下个月使用。

刘绍川

2002年9月22日

注意力容易受他人影响怎么办?

敬爱的刘爷爷:

见信佳!

六月的助学金我已经按时收到，您寄来的信我也收到了，我会好好学习的。看到您的通信对象越来越多，我欣喜的同时，也为您的身体担忧，您在学校兼职编辑的工作，看那么多稿子，还要看几十位同学给您写的信，为了减轻您眼睛的压力，我每次都尽量把字写大一些，我的字也就这样越来越大了。您不拒绝每一个向您求助的学生，只要有学生跟您求助，您就立马回信，如果经济困难的学生，您还会给予助学金。您实在太伟大了。这使我对您更加钦佩。

我这段时间，读书老出现注意力不集中，如果有同学在旁边闲聊，我马上会受影响，甚至会加入他们的闲聊，耽误学习的时间。这种事周而复始，自控能力太差了，您能告诉我该怎么控制自己吗?

在传信的幸福日子里，我认识了段凌燕、张燕等同学，我和她们在课余时间也会相互鼓励，共同进步。谢谢您给我带来这么多的朋友，让不善交际的我得到很大的锻炼。就此止笔。

祝您身体健康!

此致

敬礼!

您的学生：罗学娥

2004 年

刘绍川致罗学娥

以自觉性和能动性为基础，正确理解和使用自己的自控能力

学娥：

你于6月13日写的信，我早已收到了（你于7月19日写的信也于7月26日收到）。你在信中不仅向我反映了你有个同学，因自己没有自控力从而平时学习抓得不紧，才造成考试时的“狼狈”现象，而且谈到自己也缺乏“自控力”，即“当自己在做作业而别人在旁边闲聊时，我也就做不进去了。我一难过，就会表现出来，有时甚至会在别人面前哭出来等”。因此，你要我说一说“一个人怎样才能很好地控制自己呢”？

你过去只是按我的建议和要求去做，几乎没有向我提出过需要我帮助解决的新问题。而这一次，你却向我提出了让我很难回答得好的新问题，即一个人怎样才能很好地控制自己的问题，即简称为“自控力”问题。

为了回答你提出的这个问题，我先后向所接触到的校内外教授、本校的低年级学生、高年级学生、应届毕业生都讨教过，希望他们能启发我怎样较好地回答你提出的问题。有的说，随着人的成长，自控力就会提高；有的说，经历的事多了，有了经验教训，就有了自控力；有的说，一次又一次的“自控”若能带来好的结果，自控就会逐步变成为一种习惯；有的说，年轻人不应拘泥于自控，而应该重在表现，并从自我表现的实践中总结经验教训，就能靠自己来提高自控力，等等。这些看法，都有一定的道理，都值得我们加以参考，但我总感到不能就这样简

单地回答你的问题。

我不断地在反复思考你提出的问题，一再琢磨怎样才能帮助你们较正确地看待这个问题。经过一段时间的学习思考和分析探索，我现在才有了一些初步的想法，并断断续续地才写出来，仅供你们参考。

一、自控力是需要的，但不是万能的，不能解决所面对的一切问题

在从理性认识上谈个人的自控力问题以前，我先来谈两个具体问题。

当你在做作业时，如果别人只是单纯地在你旁边无事地“息着”，或闲着，并不直接干扰你做作业，你也不受他的影响。那就无须有自控力。但是，如果你是想克服自己跟着别人一样地“息着”的念头，以便使自己坚持把作业做下去，那你就需要有“自控力”了。

如果你在做作业时，别人是在旁边“闲聊”，因而干扰到你做作业，气得你不满与难过，甚至用哭来发泄自己的难过和无奈，那也是可以理解的。然而，在这种情况下，企图只用“自控力”来摆脱外界干扰，那是很难做到的，甚至是不可能的。因此，需要运用其他的办法：

一是提出学习上的课题来讨论。这有利于把闲聊变成学习上的探讨或交流，以便使彼此从中获益。我想，在做作业过程中总会有这样那样的问题需要解决，既然别人的闲聊已经在妨碍你正常做作业，那你就可以趁势把想得到的问题提出来讨论，这可以转变无意义的闲聊状态，变闲聊为学习上的探讨，从而引导身边的同学也重视起学习来。

二是直接排除干扰。先用恳求的口气，动员旁边的同学也一块先做作业，然后，一同再来聊天。若无效果，就请闲聊的同学把声音尽量放小些，或者请他们换个地方，请他们到不干扰别人做作业的地方去聊。

三是改变做作业的内容和方式。若自己不敢或不能排除干扰，别人还是在身旁闲聊，那就把需要阅读背诵的作业临时先提上来做，用朗读来抵消外界的干扰，继续较有效地利用好自己的学习时间。

四是在可能的条件下，换个地方做作业。教室、宿舍、图书馆、校园花坛等，总有相对较安静的地方可供选用，只要自己真能集中精力，

小的、间接的、远处的干扰危害并不大。

五是涉及普遍性的混乱局面应向有关方面提出改善管理的意见和建议。如果是在正常自习时间，教室里混乱，就应该向班干部、班主任提出整顿意见；图书阅览室里乱，就要向学校管理人员提出意见。这有可能从总体上改善自习的环境。

六是用耳塞塞住自己的耳朵，尽量减少外界干扰。

我近期的工作经验证明，自控力是需要的，但不是万能的。近五六年来，我在报社做审读工作，就是要对自己所承担的版面仔细读、负责改一遍。我在进行这一工作时，最怕乱，也最恨乱。在坚持“消除一切疑点，提高报纸质量”的自我要求上，我是有毅力、有自控力的，在任何情况下，我都不马虎应付，总是一个字，一个符号地在读着、审着，必要时也在改着。有时因受干扰，我就不得不放声重读有关的句子，放慢工作的进度，但我也并不总是只用控制自己、苛求自己的方法，有时也在用各种办法来排除干扰。为了保证工作，我有时就不顾情面，敢于向干扰自己工作的人提意见；或者积极向领导提建议，改善办公条件。在工作条件舒适与工作环境安静的选择上，我甘愿选择安静处（宁肯受些冻，遭受些热）；在必要时，我戴上耳塞，并发声读报，以排除外界的干扰。我还常常选用与别人不一致的时间来抓紧工作等。

我之所以谈到上述的情况和做法，是想要说明什么呢？主要是想说明：一个人重视自控力是需要的，但它不能解决一切问题。我们只有把严格要求自己有“自控力”与重视培养敢于和善于排除外界干扰的能力结合起来，才能达到较有效地开展学习或工作的目的。自控力只是个人修养、个人能力的一个内容，而不是全部内容。而一个人要想实现自己的目标、完成自己的任务，做好自己的本职工作，发挥自己的才能，不能单纯地靠自己控制自己，还要学习、摸索和掌握处理各种关系的能力，还要有排除各种干扰的勇气和办法。只有这样，才能为自己创造较有利的工作条件。

一个人总是处于一定的社会关系之中，当他靠自己的“自控力”已不能继续进行学习、工作的时候，采用各种可能的办法来排除外界干扰就是首要的任务。在合情、合理、合法的条件下，我们要尊重别人的各种感情、愿望和合法权利，同样，也要维护自己正当的学习和工作权利。这种维护是正义的，应该理直气壮地进行。如果别人无视你的存在，侵犯你的合法权利，那自己为什么还怕得罪他人呢？如果别人已经不讲理并妨碍你，那你为什么还只凭借自己的“自控力”来委屈自己呢？自控力只是处理人际关系的主观条件或合理基础，而不是唯一条件。

二、“自控力”是“人的自我控制能力”，自觉性和能动性是其前提和基础

为什么要把“自控力”解释为“人的自我控制能力”呢？这既是根据人的实际生活需要，也是为了说明机器人或自动化机器所设置的那种“自动控制”功能与人的“自控力”有着本质的区别。机器的“自动控制”功能，无论其自动化程度多高，都是由人事先设置于相应的机器、设备、仪器、能源等条件和相关程序后，再由人按一定的操作规程来加以启动，使其自动运作，或终止其“自动控制”功能的。就是说，自动化过程的机器的“自控”，实质上是“被控”的，即由人控制的，而人的“自控”才是真正的“自控”。任何人都无法为自己或别人事先设定好“自控”的程序。一个人只有针对不同的具体情况，才能根据自己生存与发展的特殊需要，来灵活地运用好自己应有的“自控能力”及其他能力，去处理好与外界的关系，以便创造有利于自己生活、学习和工作的条件。可以这样说，自觉性（知道为什么做）和能动性（知道如何去做）是“自控力”的基础；而“自控力”是人的自觉性和能动性的重要表现。因此，一个人如果缺乏自觉性和能动性，或者知而不行、言而不做，那他就不可能有自控力。只有在自己的发展过程中培养理论联系实际的作风，不断重视提高自己的认识水平和工作能力，才能不断地提高自己的各种能力，也才能正确理解和使用自己的自控能力。

三、要从积极的意义上运用“自控力”

我们不能把“自控力”误解为无原则的消极忍让，无端自责，妥协低头；不能在被动、被欺、被压、被骗、被害的情况下，软弱无能；不

能用“自控”来压抑自己合情、合理、合法的正义诉求，或束缚自己的创新精神。

要从能力的必要性来重视自控力的培养。自控力是一个人所需要的多种能力之一，不能缺少它，尤其是要重视如何从实际出发来积极地运用它。任何人的进步、发展、成功，固然需要各方面的客观条件，但总离不开个人的自强不息、自尊自爱，自我鞭策、自我教育等主观条件。

要从能力的目的性来运用自控力的作用。自控力的运用必须有利于坚持追求既定的目的，执行所确定的计划，履行应有的职责，遵循有益的生活规则和锻炼身体的需要等。一旦确定了正确的目标、可行的计划等，就要在实践过程中用自控力来保证它的实施；用自控力来克服自身在实践过程中可能产生的与之相背离的各种消极、动摇的情绪和惰性的侵蚀，从而坚定地把目标、计划、职责、规则、需要等，变成自己的实际行动。我认为，理论指导实践，或言行统一，正是把握和运用自控力的核心。看看那些“聪明人”的失败，贪官们的败露，就知道，他们不是因为“无知”，而是因为言行不一、表里不一，因而失去了“自控力”，从而也才自食其恶果。

要从能力的创造性来排斥自控力的束缚。在学习、思考、探索、研究的过程中，一旦出现需要并有可能发挥自己某种创造性的时候，就要抓住自己认识上的闪光点。这时，首先需要考虑的和需要发挥的是敢于创新的精神，进一步深化认识，向前探索，而不是用“自控”来怀疑自己、束缚自己。又如，在参与竞争、竞赛的场合，或在讨论、争论、辩论的场合，需要激发的是参与的热情、个人的智慧、临场的优势、特殊的表现等，而不是自控无为，沉思琢磨（事后则需要）。

要从能力的科学性来运用自控力的约束。人既要有创新精神，也不能脱离实事求是的科学态度、科学方法。一切真正的、切实的和公认的（一定范围的）创新，都必然有一个发展过程。要想获得某个创新成果，就需要有一个自我创新、自我控制、自我约束、自我抉择的反复过程。“三思而后行”，正是保证创新的科学性所必要的发展过程和具体条件。这种“自我”的过程，就是自控的过程。有了这种自控，才能避免盲动，才能减少失误，才能不遭失败，或者不再重犯自己以往的错误或他人的错误。

要从能力的互通性来发挥自控力的协调作用。在处理彼此有直接关系的人际关系时，合情、合理、合法的自控是必要的，是有利于协调彼此关系的，但同时也需要彼此沟通思想，忍要忍在明处，让也要让在明处，以便让别人明白你“自控”的原因和善意，从而获得相应的理解和呼应。学会和掌握严于律己和与人为善的沟通本领，对于协调人际关系是必要的，对维护彼此的利益也是有好处的。

要从能力的互补性来强化自控的基础。一个正常的人，喜怒哀乐之情不能欠缺，时软时硬也很自然，妥协退让和剑拔弩张也不可避免。就是说，要学会和掌握各种有利于自己合法自卫和合理发展的实际本领，从而敢于和善于表现自己、检验自己、改造自己、提高自己。当然，不是每个人都能成为强者，但每个人都不愿受人欺侮。因此，自尊的意识、自卫的能力，对于每个人都是需要的。只有当别人知道你的自控不是懦弱的表现，而只是自觉的表现、自卫的基础时，你才可能得到相应的尊重。因此，提高识别是非的能力和培养各种能力，包括必要的战斗力（认识和揭露别人的阴谋或侵犯），同样都是必要的。

学娥，我的以上这些认识，看起来很抽象，但不是凭空写出来的，而是对人生历程中经验教训的一些总结和概括。只要你们善于联系实际，认真加以思考，具体加以运用，就会感到其中所蕴含的参考价值。经过近一个多月的思考，我才写了这封信。让我们在实践中继续探讨“自控力”这个问题，更进一步认识和对待“自控力”的意义和作用，欢迎你们提出不同的看法。

刘绍川

2004年7月1日—27日

罗学娥致刘绍川

怀着美好憧憬　面对高中困难
过着俭朴生活

——罗学娥向刘老师吐露自己对自己、对未来、对现实生活的看法

刘爷爷：

谢谢您！

十月的助学金和寄来的信，我都收到了；十一月的助学金也于昨天收到。您的这些信，又添了很多往日我们所困惑的“压力”问题，其中您提到了“自我施压”。这方面，我做得太差了。我的自卑心理，使我不能变压力为动力，我必须得改，首先要用“自控力”来要求自己，稳定自己的情绪。情绪低落时，很难做好一件事情。而我很大的缺点就是，很难控制自己的情绪，情绪极易波动，心就很难静下来。我心情低落时，就很难把该做的事做好，比如，写错字，突然会出现手颤抖；当心血来潮时，满怀壮志，做事情的效率也会很高。

从几年来的书信来往中，您已经看出了，我的写作能力差，不会用言辞，而且顺序凌乱。而赵俊梅却能组织出一篇篇好文章，而且还在学校办的“文学社”投稿，被选载了。我就做不到，感到很可悲。昨天晚自习上，我在心里想了很久，并想跟您谈谈自己的看法。

对于未来，我有美好憧憬。初中时我没有做好的，我要用高中来弥补。现在，在我们高中生中，最流行的一句话是“相约在2008年的北京”。我必须得为这个目标而努力，“专注现在就是投资未来”，要实实

在在地过好每一天，最终以优秀的成绩令所有关爱我的人满意。

随着时间的流逝，我们都长大了。成芳姐也完成了她的学业，张仙花也进入了大学生活，我也成了一个高中生。我亲眼见到她们的成功。我想，一代会比一代成功的，因为后人有前人的教训，只要后来者肯努力，肯下苦功夫。

以前就听上届的人说过读高中的恐怖，读高中的困难，我也确实感受到了。那些物理题特别难做，有些题，想几天（题目印在脑中，空余时间就思考）也想不出来。不过在我们测验之时，我还是考得好的。别人能做到的，我也会尽力去做到。我相信，我能完成好的。我们写当堂作文，时间五十分左右，到下课时，我还没有完成，交了无尾文。刘爷爷，我学习上的困难太多了，您也一一给我作答了。虽然现在还不能做好，可我相信，我会在你们的指导下逐步完善的。

爷爷，我觉得买衣服很贵，认为只要冬天能穿暖、夏天不热就可以了，我一般不买衣服，一般穿姐姐或同学的旧衣服（她们穿过，但没有破），我的有些裤子还打着补丁，因为一直坐在座位上，会把后面磨破，同学们有的笑话我，还有的故意在我面前说：她们从来都没有穿过别人的衣服，穿别人穿过的衣服，她们宁愿没衣服穿……开学那几天，要军训，必须得准备一双运动鞋，那天我正想买，初中的老同学说把她那双给我，只破了一小点，就不用去买了，我听她的。我用那省下的二十元买了一本《古汉语词典》。爷爷，您认为穿别人的衣服是对还是错？其实，我不在意那些同学的议论。反而很感谢同情我、爱我、给我旧衣服或鞋子的同学。您能说说，我的这种认识、做法对吗?

下个月我们将要参加中学生英语能力竞赛，我们班有十个同学参加，我也报名了。十二月还有作文竞赛，我也想报名去尝试一下，锻炼下自己。

罗学娥

2004 年 9 月 24 日

珍惜获得的同情与帮助
善待耳边的闲言与碎语

——刘绍川激励罗学娥正确看待好心人的帮助与其他人的闲言碎语

学娥:

你于9月24日写的信，我早已收到。但最近视力更下降，我只好控制自己，除了减少工作外，打算每月只写一封信，因此现在才来写这封信。

你的这封信写得较认真，从内容到形式，都看得出你是下了一番功夫的，比起初中阶段真有了进步，希望你继续努力。高中三年也会一晃而过，却将决定你今后的前途命运，一定要加倍珍惜。

你在信中一方面感谢同学们对你的同情与帮助，另一方面也被同学中的某些闲言碎语所刺激。为此，你要我谈谈对这方面的看法。你既然向我提出了这个要求，我也就不能回避它。但是，我并不是只来分析你所提到的那些内容，只来就事论事，而是从一个人要提高生存与发展能力的高度，来写几点看法:

珍惜同学的同情和帮助，善待耳旁的闲言碎语

一个人总有这长那短，说话、做事绝不可能十全十美。任何一件事都有方方面面，人们都会有各种看法、说法。“谁人背后无人说，谁人背后不说人”。这是历来就有的社会现象。在当今宽松的社会环境下，人

们对任何事情都更会发表不同的看法、说法，不仅会背后议论，而且当面也敢说。一个学生穿了有补丁的裤子，会遭人笑话；一个学生穿上别人送的旧衣服也会遭到同学的议论，这用得着奇怪吗？难道对于穿得起新奇的、华丽的衣服的同学，别人就会一致赞赏吗？那也未必，也难免会遭到不同的议论。只是这两种议论的内容和表现形式不同罢了。一个人无论说什么话，或者做什么事，都要尽可能做到不伤害别人的名利，但绝不要期望大家的看法完全一致。自己一定要珍惜同学之间那种真诚的同情之心、关爱之举，但不必过分计较其他人的议论。经济条件较好的同学关心周围有困难的同学，在可能条件下，对有困难的同学给予某种物质上的帮助是一种善举。这种精神是值得赞扬的。因为一个人有了对弱者的同情心和具体帮助，正是他树立关爱大众的社会责任感的基础。受到帮助的同学无法阻止别人对此说三道四，但应该把握住自己的良心，用感激之真情，对待同学给予的同情和帮助，并要学习这种精神，当自己将来有条件帮助别人的时候，也能自觉地伸出援助之手。

积极运用各方面的同情和帮助来解决生活上、学习上和工作上的困难，这是一个人求生存、求发展的一种重要能力；这也是一个人对社会、对他人做回报和奉献的历史基础。因此，用不着为求助、受助而自卑，但绝不能忘恩负义。我也接受过老师送的蘸水笔、同学送的作业本，亲戚、朋友、同志寄的30元钱（当时得到一个人寄来的10元钱，就很宝贵）等。我正是因为不忘记别人给过的帮助，并珍惜这种帮助的精神，如今也才愿意用自己的微薄力量，给予你们后来人一定的同情、鼓励和帮助。

一个人在自己的成长过程中和事业上都需要善于争取各方面的支持和帮助，但总要有自己的主见、目标和活法；而千万不能被周围的各种议论弄得无所适从。我常常为此对人说过：一个人在复杂的环境中，如果没有自己的个性、没有独立判断的能力，而被各种议论所左右，那么即使他能生生死死几次都不够。因此，我在1985年5月被任命为院刊主编的时候，就当众宣布：凡是认真完成我交给的工作任务的，在背后怎样议论我，都无所谓；凡是不认真完成我交给的工作任务的，再讨好我也没有用。退休前的那10年，我就是这样对待下属的实际工作与各种

“议论”的。

当然，这不是说我就完全漠视、否定别人的议论，而是很重视做具体分析，既善于从中吸取对自己进步、对工作有帮助的积极因素，也能敢于抵制各种消极影响。我深切地感到，这是个人进步和事业发展的需要，希望你们也注意这方面的修养。因此，不仅不要怕别人的议论，而且还要从相信群众、相信党的高度，来看待别人的议论。最近，我被校领导聘请为“关心下一代工作委员会”委员；被党组织选为即将召开的第七次校党代会的代表。这使我又一次体会到：一个人不仅要经得起人们的议论，而且更要经得起实践的检验。只要能坚持做好事，就会得到群众和党组织的公认。所以说，问题不在于别人怎样议论你，而在于你自己怎样看待别人的议论。因为，议论中会有非理性的，道听途说的、似是而非的，甚至是恶意的等消极因素，但也包含着批评人、评价人、鞭策人、启发人等积极因素，就看你能否具体加以分析、正确对待了。

对于你们贫困生来说，高中阶段要经受学习上和生活上的困难，上大学后经受的困难还会更大，要有充分的思想准备。因此，要重视提高自己战胜各种困难的本领，这就需要善于争取各方面的帮助，也要善于分析各种议论。这不仅是走向成功的必要条件，而且也是今后发展自己事业的坚实基础。

珍惜手中的钱，用于自己的迫切需要

你在信中写道，同学送给你一双鞋后，你就把本来要买鞋的钱用来买了一本《古汉语词典》。这件事，你做得很好，做得很有意义。因为，这涉及一个人的生存能力和事业心。这不由得使我回忆起了往事：我小时候跟随母亲去赶集，她总是东挑挑、西选选，总不肯干脆地买想要买的东西，我跟着她在街上转来转去，挤来挤去，心里就很烦。有一次，我问母亲，为什么要这样？她说，手里就那么点钱，不在手里捏出几把汗，就舍不得花出去，要把钱用于买最必要的东西上。母亲的这种精神，我一直没有忘。我无论在过去上学阶段（从上中学、大学、研究生）穿自己缝补的衣服时，或者在当“穷教员”阶段只过着俭朴的生活时，真该买的必要的书籍，我还是尽可能地买来读、买来用。现在，我虽然过着不愁吃、不愁穿、不愁住的生活，必要的用品也不用发愁，却仍然抑制住自己追求高档生活条件的欲望，反而善于废物利用（将来你们到我家时，再具体做解释）。

因为我要把钱尽可能用在帮助青年们成才上。目前，我用于这方面的钱每月就达上千元。因此，无论买什么，我都不能不考虑到这个重点，这种需要。有的人问我：作为一个老人，你这样做，不是太苦、太累、太苛求自己了吗？值得吗？我总是说，我愿意这样做。这不仅是我要对故乡人民做点回报，而且也是因为青年们的激情、理想、努力、进取的精神在激励着我，在不断赋予我青春的活力，促进我的学习、研究和创作；他们的志向和成绩正使我对未来的寄托变得更加生动、更加具体、更加可靠。当我读到同学们在来信中所表示的那些决心时，我更加相信，自己所能付出的代价总会得到一批新人成才、成功的社会回报。

一个人在发展过程中总会创造出自己的一定社会财富，但同时也要学会运用自己的财富来安排好自己的或家庭的日常生活，促进社会的进步。一个人应该把所创造的财富变成继续发展自己才能与事业的工具，变成造福他人的工具，而不是使自己仅变成积累个人财富的工具，变成被个人的财富欲望所支配的奴隶；更不能成为掠夺或收受不属于自己的非法财富的罪犯。积极地为创造财富而努力，正确地运用财富来服务于自己的正当事业，造福于他人的发展，对一个人一生的追求都是有积极意义的。我退休后虽然失去了服务于各族学生的舞台，但仍在社会上做出了自己力所能及的工作，目的不是积累个人财富，而是使自己的生命价值——有限的物质财富（金钱）和精神财富（人生经验、思想成果、学习方法等）能变成使一批故乡新人获得发展的因素。

珍惜发展的必要条件，且过俭朴的物质生活

谁都愿过上较富足的物质生活，但这不只是一个主观愿望的问题，而是一个现实能否提供的经济条件问题。对于在校学生来说，其物质生活的状况如何，从根本上说，是由家庭经济状况决定的，但也与其个人兴趣、对时尚的追求有一定的关系。在家庭经济状况很不一致、个人追求差异很大的社会条件下，学生要求家长给自己提供的发展条件，应该

顾及保证学习生活的必要性和家长提供的可能性。对于家庭经济状况差的贫困学生来说，更需要有“自知之明”。否则，若在物质生活条件上有脱离现实的追求、攀比，不但无助于改善物质条件，反而只会增加自己的精神痛苦，只会增加与家长的矛盾，只会滋长对现实的不满，从而分散自己的学习精力，阻碍自己对未来远大目标的追求。

我认为，学习生活上必要的需求，只要家里有可能提供的，就应该说服家长提供，或争取亲戚朋友、学校、社会的帮助，但是，绝不应该从与别人攀比的角度出发来给各方面出难题，给自己添烦恼。信任父母的爱心和同情父母的困难，应该是我们相信人民群众、关心人民群众的起点。尤其应该认识到，懂得从实际出发，来安排好自己的生活，以促进自己学业、事业的进步，就是一种生存的本领，一种智慧的表现，一种内在的力量，一种成功的条件。在经济困难的条件下，只能暂时过节俭的生活，但要有“穷则思变”“穷则思进”“穷则思富”的目标、意志和毅力，要靠自己的努力来为自己、为他人创造更好的明天。

※ 从别人的同情与帮助中，学习助人为乐的精神；从别人的藐视中，证明自己的存在价值。

※ 面对虚无缥缈的高谈阔论，要站稳自己的脚跟，迈开每一个大步；面对艰难困苦的求学生活，紧盯着既定的目标，做好每一天的功课。

※ 高贵的人并不是随意挥霍财富的人，而是自己开拓了创造财富（物质的、精神的）道路的人；可悲的人并不是父母给自己带来贫困的人，而是自己无能力改变贫困的人。

※ 任何人的成才、成功都离不开外界的各种扶持、教育、帮助等条件，但他（她）能否善于争取和有效利用外界提供的条件来发展自己，对其成败起着决定性的作用。不断努力吧！

刘绍川

2004 年 12 月 1 日

罗学娥致刘绍川

无奈的苦情　无言的心境

——罗学娥向刘老师诉说高中阶段学费压力与家境

刘老师：

展信佳！

您于2004年12月写的两封信和2005年元旦写的信我都收到了，助学金也按月收到了。

您写了三封信，我才写了一封信，我确实觉得很惭愧。不过，我真觉得自己无话可告。唉！家庭状况不如意，学习状况也不容乐观。

这学期的学费我们还没交掉，也真不知道该怪谁？本来可以交学费了，可我父亲把它拿去做生意，最后赚了，可老板不给他一分钱。说是我父亲没放多少本钱。学校老师天天催我，有一次还把我叫到总务处，他们说，你身上有多少就先交多少，另外的算了。在这以前，我母亲给我的钱，我都攒起来了，共积累了350元，就全交了，到放假结账时，学校又要我再交300元，这时粮食都卖完了，让家里去哪儿凑钱呢？平时一有点钱，父亲就会把它花掉了，我们对他没有办法。或许“上帝”可怜我，总让我遇到好心人。他们解决了我的吃、穿，父母承担的只有我的学费，但他们还是做不到，我真不知道该怎么处理？像我这样的同龄人多的是，可他们的父母把他们放在第一位，而我的父母觉得我的要求太高了，家人都不支持，我只能发愁，不知怎么办？

去年十一月，同学的母亲让我帮她找个保姆，但在我们那里，老人不会讲汉语，年轻人个个都怕脏。正好找保姆的那家人在我们放假前一天生了小孩。于是，我决定去当保姆，那家人也欣然答应。但说实话，这是挺苦的事。一天要到二百米外的地方提好几桶水，洗四次尿布，还有他们一家人的衣服，所以手都擦破了，还长了冻疮。晚上很难入眠，因为婴儿的哭声连续不断，还要带两岁半的小女孩，晚上还要给她洗澡，每天给我十三块工钱。本来说好要干一个月的，可做了十天，他们老家（湖南）的一个亲戚来他家，住不下，所以我只能回来。这次期末考试我考了619分，总分950分，与第一名相差38分，现在还不太理想，以后还要加倍努力。

您的学生：罗学娥

2005年1月30日

刘绍川致罗学娥

要正确看待农村歪风邪气的危害性

——刘绍川对罗学娥来信的批语

学娥：

昨晚收到你的这封来信，读后真难受，一夜辗转难眠，不知该如何给你回信。

原来曾听到你父亲有所转变，真为你高兴，现在又这样……这不仅让你难过，也让我难受。农村中的旧思想、旧风俗与当前经济领域的腐败和歪风邪气，在毒害着无数的人，还殃及他们子女的前程。你父亲如果不从他的长远利益着想，不从根本上改变对子女前程的态度，就无法解决今后的困难。本来， 我计划只给中学生助学金，考上大学靠助学贷款来解决困难。但现在看来，贷款难以解决全部问题。因此，我打算对考上大学的贫困生也继续给予资助，并提高金额，初步打算是每月150元。等你们这批人大学毕业后，我再考虑资助新的贫困生，我面对的是你们这一批人而不是你一个人。因此，我的作用是很有限的。我希望你多想点办法，好好打动你父亲的心，把你的前程与他今后的利益联系起来加以劝说，也可以请你过去的老师对你父亲做做工作，使他想办法支持你，以免前功尽弃，你还要善于争取亲朋好友的支持和帮助。

在你父亲转变态度，积极支持你的前提下，你才便于争取别人的帮助。在玉华，像你这样有培养前途的人不多吧，你要积极宣传自己，表明态度，去争取村里、镇里的支持和帮助，将来回报他们。总之，自己要多想办法。

最近，我弟弟的儿子要结婚，我妹妹的女儿要出嫁，他们两家都催我回老家，但我没有答应，我在信里告诉他们，要花几千元钱，我心疼，因为我要保证对贫困生的资助。我的这个事实和态度，你可以告诉你父亲，我是何等的重视你们！希望他能继续支持你，他为此所做的努力是不会后悔的。

这几天，我在感冒，但我没有休息，我在整理李成芳的来信。你也可以用李成芳的成功来证明自己不会失败、不会让父母失望。争取他们继续支持你！

预祝你春节快乐！合家幸福！

刘绍川

2005 年 3 月

刘绍川致罗学娥

建议罗学娥说服家长支持她升学

——刘老师动员罗学娥说服父亲支持她升学

学娥:

最近，我在复信中建议你想办法说服你父亲继续支持你上学，并及时把结果告诉我。本来，想等你来信后再酌情给你写信，但知道你为学费问题所苦恼后，我就一直不安。于是，我在过春节期间，只好带病专门给你父亲写了一封信。如果你同意信中的观点、意见、建议和办法，你就把这封信转送给你父亲，请他认真考虑后向我表明态度，一定要给我回一封信。如果你已经做好了他的工作，他保证今后为你提供学费等，那就不必转送这封信了；如果你只同意我信中的某些内容，那也不必转送这封信了，只要把信中有利于你说服家长的那些话变成你自己的语言，来做说服家长的工作就行了。有何情况，希望你及时来信告诉我。

祝你进步！

刘绍川
2005 年 2 月 12 日

罗学娥父亲:

自收到你女儿于 2005 年 1 月 30 日写来的关于她欠交学费问题的信后，我的心里就一直不平静，不得不马上给罗学娥复信，建议她说服你继续支持她上学，为她提供必要的和可能的费用，不知结果如何？我真诚地希望你不要让她（对上高中）失望，也不要让我失望。

我很清楚，现在父母供子女上学已成为一个沉重的负担，尤其对于贫困的农民家庭来说，更是难上加难。然而，要想让子女改变自己的命运，去创造自己的幸福，父母就必须尽可能为子女创造学习知识、掌握本领、发展自己的必要条件，而不是放弃培养子女的责任、阻碍子女的进步、断送他们的前程。做好的父母，并不一定要给子女积累大量的财富，满足其任何需求，但一定要重视、引导、支持、帮助子女去学好本领，以便由他们自己去创造财富、享用财富。我对于自己的子女和亲属子女的帮助，就只限于他们求学阶段的需要，而不是其他的任何需要。我从小就教育他们，上完学后就得自食其力。我现在之所以资助罗学娥等家乡的贫困生，绝不是因为我有用不完的钱，而是因为我自己也曾经是个穷孩子，是通过学业来改变自己命运的。因此，我也希望他们走上这条道路。

人人都期望美好的前景、都想改变自己的命运，但并非人人都能达到目标。只有那些有明确的人生目的、肯下求学功夫和知难而进的人，才可能走向成功。罗学娥从玉华这样的山区考入剑川重点中学，又从初中升入了高中，而且成绩又在本班前列，这证明，她在学业上是有发展前途的。只要我们从各方面给她提供必要的条件，她将来就能升入大学，就能在掌握一定的专业本领后立足社会、贡献社会、回报家长。对此，学校的领导和老师们有信心，我也有信心，希望你和其他的家长也有这个信心。现在的实际问题是，你作为罗学娥的主要家长，你能不能下决定继续支持罗学娥的学业，为她提供必要的与可能的费用？

罗学娥在为改变自己的命运而奋发向上、努力学习，这不只是关乎她自己的前程，也关乎你们全家人的前程，甚至可以说，她在为你们那儿的青少年们，树立新的榜样。

作为罗学娥的父亲，你要彻底抛弃重男轻女的旧思想，也不要受“九年义务教育”的局限，不要埋怨罗学娥要求太高，不要只看到自己有一个“与众不同”的女儿而承受着经济负担和精神压力，你应该为有罗学娥这样有培养前途的女儿而感到骄傲才对。

在你们那儿，比你家有钱的人家也许不少，但又有多少孩子的学业令自己的父母值得骄傲呢？像你们这样的家庭，要全靠自己的力量来供罗学娥顺利完成学业是不可能的，但也不是一点负担能力都没有。你只要能把女儿的学业放在自己的心上，把她必要的费用放在自己花钱的首位，合理支配收入，不瞎玩钱，你和家里为继续支持她上学而承受一定的负担是完全做得到的。对于罗学娥今后的困难来说，只有你们家里做出了自己的努力，其余的困难才便于争取其他方面的帮助来解决。

罗学娥父亲，我要如实地对你说，我作为已过了70岁的人，现在无论花什么钱，首先要考虑到的是：这会不会影响到我对贫困生们的承诺？无论是花钱的事，或参加社会活动、人际交往的事，只要是妨碍我资助贫困生事业的，我都不会去做，不会去参加。为了他们，我放弃了高消费、旅游、回家探亲等。因此，我也希望你更自觉、更有效地来支持罗学娥的学业，为她提供必要的费用。

我之所以给你写这封信，是为罗学娥向你求情、求助。这既是为了罗学娥现在的学业和未来的事业，也是为了让你将来不后悔。我毫不客气地对你说，你如果真的不愿再为罗学娥提供必要的和可能的费用了，那你就正式给我写一封信，来表明你的态度，即用文字来表明你将来不再支持她求学上的费用，也放弃将来她对你做回报的义务。如果是这样，我将继续资助她，并用贷款等方式，为她解决其他的费用，支持她完成自己的学业。罗学娥在完成学业，走上工作岗位、挣到钱之后，她的首要的任务就是逐步偿还所欠下的贷款或债务。至于，罗学娥还清贷款后，要不要回报你个人，这得看她自己的意愿和能力，那已不是她的义务，因为你在关乎她成败的关键时刻，放弃了对她的援助。

罗学娥父亲，我之所以尖锐地向你提出问题，要你表明态度，一方面是让你意识到现在要不要为罗学娥付出与将来能不能得到回报的关系是一致的，望你慎重考虑行事；另一方面，也只有你在正式表明不愿支持罗学娥后，我们也才有理由去争取其他方面的帮助（包括向她贷款）。只要罗学娥自己不改变立志成才的目标、下定决心搞好学习，并能忍受艰苦奋斗的磨炼，我一定要继续支持她战胜前进道路上的各种困难，帮助她去完成自己的学业。如果你放弃对她的支持，我将负责来安排她的学校生活，她就得听从我的，按我的要求去做。我不需要她将来对我做什么经济上的回报，凡是我给她与别人同等的那些助学金是无偿的，但今后超出这一范围所需的费用将作为贷款来处理，将来得由罗学娥来偿还。

无论是做父母的，或者是做子女的，都难免有错，但不能错上加错。亲情上的负债是无法还清的，精神上的创伤是难以愈合的。

罗学娥父亲，你要用最大的爱和可能的力量为自己女儿的成长、成才做出心安理得的奉献。付出的不一定都有回报，但不付出的又有什么理由期待回报呢？为了让你全面了解罗学娥给我的信和当时所写的批语，也随此信给你寄去一份，望你三思。无论你采取什么态度，你一定要给我一封回信，表明你的态度。近来感冒，又逢春节，但我为了罗学娥的学业不得不专门给你写了这封信，望你谅解。

刘绍川

2008 年 2 月 8 日—12 日

罗学娥致刘绍川

不让树立的“希望之旗”倒下

——罗学娥向刘老师诉说自己的苦情，同时也珍重自己在村里树立的榜样

刘爷爷:

您好!

您写的批语，我在开学前两天收到。本来想迅速给您回信，告诉您我会坚持下去，我会努力说服我父亲的。那时，他已同意支持我。他在往后的日子里，去“双河煤矿”当挖煤工。

其实寒假期间，我想向我爷爷借点钱的，可他说没钱。他们家里的人太愚蠢了，我五叔的大儿子今年应该读初中一年级，可他家的人认为，供他上学是把钱放进水中——有去无回，倒不如把家里的房子建设好。在这事上，我劝了他们好几次，每一次都被婶婶泼了冷水。

上星期刚好收到您的信和照片，我的心才放松了。您让我看到了希望之光，在以后的日子里，我不会再消沉了。

刘爷爷，据说，我原来的小学里，学校每次开家长会都会提到我，用我来鼓励那些成绩优秀但家庭困难的学生求上进。我已成为那些学弟学妹们心中的灯塔，给他们指明了前进的道路，我若突然不坚持上学了，那他们心里树起的那面“希望之旗”也就可能倒了。

可惜的是，我把你给我父亲的信带回去那天，父亲不在家，也不知道他自己能否看得懂。据现在村里的老人说，我父亲年幼时学习成绩好，但我奶奶得了精神病，他读到二年级就不读了，需要照看他的五个

弟弟。我母亲生来就怕读书，学校也没去过，而且她六岁就没了父亲，继父总打骂她。如我父亲没有回信，希望您能谅解。这个星期日我回去解释给他们听。我父亲很多时候总抱怨“上了文盲的当”，因而“破产”，使他无法接受，变得消沉，不敢另谋出路，又不想干农活，使他活在怨恨之中。

经老师与我父亲谈判后，他已经同意帮我交了上学期所欠的那部分学费，所以这个星期日，他卖了家里仅剩的几百斤玉米。

刘爷爷，很抱歉，我又让您操心了。虽然现在很多问题都不能解决，但我相信总有一天会解决的。成芳姐姐遇到那么多困难，还是完成了学业。虽然我父亲不务正业，可他们面对的只有我一个人，而成芳姐姐家有三姐妹。就此止笔。

祝您健康长寿!

罗学娥

2005 年 3 月 15 日

【学娥：我在阅读你这封信的过程中，一共写了 12 条批语，集中记录在你信后。希望你结合自己的信，加以理解，坚持做自己该做的事。

1. 把我的信和批语转送给你父亲（除了由你向她讲解我的批语外，他也可以请别人帮他读懂你写的信和我的批语）； 2. 记住令人失望的往事，坚守追求成功的决心。要在看不起自己的那种人面前，做出令他们意料不到的成绩； 3. 今后寒暑假那个月，我也给你助学金，但要用好每一块钱； 4. 今后，无论遇到什么问题，都要遵守校规； 5. 有特殊困难时到我侄子刘尚标老师家给我打电话，商量解决办法； 6. 你要坚持实事求是，不做违背我要求的事； 7. 为了关爱、信任、敬重自己的学弟学妹们，你要加油； 8. 为了将来改变你苦命母亲的境遇，你现在要努力、努力、再努力，用你的成功来补偿她； 9. 你最近的两封信，已转达了你父亲的态度，也就算是他已给我回信。你一定要告诉他，能否兑现对你的支持和帮助，将决定他未来的利益，希望他不要食言、变卦； 10. 你无论多么困难，都不该放弃追求目标，都不能影响日常学习。过去是你求父亲的支持，今后是考验他，并根据他的实际态度来对待他，由他来决定自己的义务和权利； 11. 李成芳的成功，就是你的榜样。

刘绍川 2005 年 3 月】

刘绍川致罗学娥

鼓励和支持罗学娥“学强帮弱”的高尚风格

——刘老师赞扬罗学娥从与同学对比中，学习强者、帮助弱者的高尚风格

学娥：

你于5月30日写的信，我早已收到，但最近真忙、真累，未能及时回信，请谅解。

你在这封信里反映了几个同学的简况，你注意从与他们的对比中，看到自己的缺点和优点，更可贵的是能不耻下问，主动求教于比自己强的同学帮助解题，还学习他们的经验、精神；同时，又利用自己思想认识上和学习作风上的优点去帮助、带动比自己差的同学。这种“学强帮弱”的精神是很值得发扬的。因为要想把自己造就成为一个强者，就必须发现自己的弱点，并善于学习强者的精神、经验、知识、方法，以便充实自己、提高自己；同时，真正的强者应该体现在有能力对弱者发挥帮助、影响、带动作用，并在这种实践中检验、锻炼、提高自己的认知能力和应变能力。

只要能做到既是一个善于学习的人，又是一个主动关心、帮助、带动弱者的人，就会受到无尽的鞭策，也会得到许多的快乐。

刘绍川

2005年6月22日

要把自己学业变成父母关心、社会需要和个人前程相融合的事业

——刘老师鼓励罗学娥为珍惜父亲的转变和自己的前途，更加努力地搞好学业

学娥：

你在学业上的进步，你对未来的追求，正是你父亲能够转变和抱有期望的基础，也是我决心继续支持你的基础。如果说，过去你主要靠自己、靠学校、靠我的帮助来发展自己的学业，那么现在，你的学业已变成你父亲所关心的事业，他把对你的支持变成他自己的一种自愿的责任，也成为他追求未来的重心。你今后不仅有获得父亲支持的有利条件，而且也就有了将来报答父亲和母亲的社会责任。作为一个女儿，当你在自己事业成功、成家立业之后能孝敬生养自己的父母，那时，不仅你自己感到无愧，父母也感到无悔，而且将用事实在你们重男轻女的村民面前表明：父母不轻视女儿、父母供女儿上学同样是值得的。事实上，现在的城市里，女儿对父母的孝敬比儿子做得好。因此，你今后要更加努力地搞好学业，千万不要让父亲转变后失望、后悔。实事求是地说，过去在学习、理解、实践方面，我对你们的要求比起李成芳是差些，所下的实际功夫也不够，但每个人都有自己的成长过程。关键是要理论联系实际，及时总结经验教训，找对前进方向，不重复旧毛病。

学娥，你在学习别人和帮助别人中注意提高自己，并通过自己的劳动获得一些社会知识和物质回报，这些都是好的，但一定要从搞好学业、实

现自己理想的高度，来清醒地应对眼前的一切。当前该做什么、不该做什么，能做什么、不能做什么，都得从这个高度的要求出发，来做出选择。对你来讲，保证考上大学不仅是你个人的前途，也是你的社会责任。为此，你要有高度的自觉性，要像李成凤那样以“只能成功，不许失败”的姿态，下决心去拼搏。你过去没有做好的一切，我都会体谅的，但不会原谅你高考失败。因为我从资助你一开始，就有这个要求，有言在先，我就是在说服你父亲转变态度时所说的意见和建议，也是从保障你能升高中、上大学的要求出发的，何况你父亲已经有了很好的实际转变，因此你更没有理由失败。我们都应该欢迎、珍惜、尊重你父亲在为你的学业而转变，在为你接受我的劝说而转变，也为他自己的未来幸福而转变。只要你进步更快、成绩更好、将来真有前途，那么，你父亲、母亲为你辛苦、为你劳累、为你节省，都会感到是值得的。代我谢谢他们对你、对我的支持！任何人都会有这样那样的错误和缺点，今后，再不要重提你父亲过去的不是，要多与他交心，彼此了解，互相尊重，鼓励他的转变，尊重他的劳动成果，促进他的进步。最重要的是，向他报告你学业上的每一点进步，安慰他。谈到你替别人“照顾铺子”，一定要做到“诚信”，既不能欺负顾客，也不要损害“铺主”的利益，一是一，二是二，铺主真心给的、而你也真需要的，不必拒绝人家的好意，但非分的，一点都不能沾，千万不要受社会上腐败风气的影响，不能做因小失大的蠢事。

刘绍川
2005年5月4日

刘绍川致罗学娥

从人生发展的需要看“心声”“歌声”“动声”的意义

——刘老师赞扬罗学娥高中阶段积极向上的学习心态

学娥:

从今年4月22日以来，你已经给我写了三封信，但我来不及给你回信，请你谅解。值得快慰的是，你总是认真地读我给你寄去的写给别人的书信，从中吸取对你有用的一些东西，来不断加速自己的进步。

最近，我又重读了你半年来的三封信，本想从中只选出一个主题来写，但总是拿不定。因为信中有几方面的内容都值得写，如对小树成长的期盼，有“心跟着希望在动”的歌声，有为达到既定目标而“很努力，很努力”的行动。最后，在你的启发下，我就以人生所需要的心声、歌声、动声来发些杂感。

当你为校园种下小树时，就期望它长成一棵枝叶茂盛、能为人们遮阳、挡雨的大树；当你看到自己种下的树在茁壮成长时，心里就充满了无尽的喜悦。这种“期望”、这种“喜悦”，难道不正是对未来的“心声”吗？你把我对你的期望也视为你对小树的期望，这难道不正是我们的共同心声吗？一个人既需要对未来有朦胧的美妙向往，也需要有充满诗情画意的具体构想。一个人假若对未来没有向往，没有构想，那他怎么会有不懈追求的方向和目标呢？在人们为达到未来理想而奋斗的过程中，自然需要各种各样的物质条件、精神条件和发展步骤，而其中总得有自己最爱唱的歌。不同时代的人自然会有不同的最爱唱的歌，但总离不开鼓舞人心的歌声的激励。我至今都有这种深刻的历史记忆和现实体验，所以也能理解你所爱唱的歌："我的未来不是梦，我的心跟着希望在动，我绝不放弃我想要的生活。"一个人在成长与发展过程中，需要有理想，需要去追求美好的未来，需要接受别人的教育、培养、帮助、激励，但归根结底，还得靠自己的努力，靠自己的实际行动。只有通过有声有色地一步一步往前走，永不满足地一个台阶、一个台阶地向上攀登，才能实现自己的目标，从而最充分地体现自己的人生价值。人的生存与发展所需要的条件很多很多，能做的事情也很多很多，但我认定，上述的"三声"，是人生过程中必不可少的。自己的心声，只有自己首先听到；自己的歌声，即使词调与别人一样，但其特殊含义只有自己清楚；自己的动声，无论是否响亮，只有自己才能感觉到。有了"心声"，才会往前走；有了"歌声"，才能有劲走；有了"动声"，才算实际走……

有一定生活经历的人，都有过这样一种有意或无意的感觉，即每当自己能把"心声""歌声""动声"融为一体的时候，那是多么的兴奋、多么的有劲、多么的快乐！

以上就是我对"心声、歌声、动声"的杂感和初探。

祝你快乐！

刘绍川

2006 年 10 月 18 日—22 日

罗学娥致刘绍川

报告高考结果　就读师范专业

——罗学娥向刘老师报告高考结果

敬爱的刘老师:

很抱歉，这么久了才给您写信。我想，最近这些天您一定在挂念着我们，在等待我们被录取的消息。现在，让我向您告知：我已被云南师范大学的生物系录取了。我的英语考得好，在剑川一中考了全年级第一，我也很喜欢英语，但由于那时经济十分困难，我没有去考口语，所以不能报英语系。不知道大学里能不能转系，您能给我提点建议吗?

我很高兴地选择了读师范。因为，从小到大，“老师”在我的心目中是最重要的人，最美好的词。是小学、中学的老师们给了我勇气，给了我希望，我才得以走向光明，才改变了自己的生活目标。

刘老师，真的很感谢您这六年来对我的关爱，您还在不断地去帮助处在逆境中的年轻人，我也将努力学习，认真完成学业，不辜负您的期望。

刘老师，我将会遵照您的教导，去实践，去行动，成功地度过大学生活。我入学的费用正在筹备之中，我相信我能顺利地走进大学校园。

放假到现在，我一直在县城里打工。即使挣的钱不多，但我仍感到很欣慰。因为我能靠自己微薄的力量为自己打拼，尽量减轻亲人的负担，所以感到很实在。我还在打工过程中看到了以前从来没有见过的许多现象，看到了地痞流氓的打架斗殴。现在，我的胆子已大了许多，心情也平静了许多，这也算是我的一大收获吧。我的工作又忙又累，就写到这里，余言后叙。

祝您健康长寿！全家幸福！

学娥　敬上

2007 年 8 月 6 日—9 月 3 日

罗学娥致刘绍川

向刘老师反映入学后碰到的问题，并征求他的意见

——罗学娥就转系问题等，征求刘老师的意见

敬爱的刘老师：

我已经看了您与师姐师兄们之间的书信，谢谢您在我开始大学生活之前所给予我的关心与指导。

我已于8月31日到校。为了节约花销，我不让父亲送我，只和村里的同学及他的父亲一起来到了昆明。

刚来时，班主任让我们做自我介绍、互相认识，但我实在放不开，而且受白族话的影响，普通话讲得不流利，就只讲了两句话。过后，后悔也来不及了。过了一天，听学校的领导讲："只有自己给自己机会，否则机会是不会给你的。"我参加了老师布置的任务，以及学校的"迎新杯"篮球赛。看了您寄来的书信，我明白了"能力只能在实践中提高"。所以，我报名参加了勤工助学活动，但是否上岗还不清楚。 8月31日那天集合点名时，我听到隔壁班，点了李成慧的名，随后我就去他们班找她，但没有找着。后来，上体育课时我认出她了，我便叫住了她，她也认出了我。我俩在一个学院学习，还是挺好的，今后一起努力。

刘老师，我的学费已经交了，生活费也暂时够。不过，这边的饭菜贵，东西也贵，比剑川的生活费高了两倍多。以后的学费就根本无着落，所以我填写了助学贷款的相关表格。但听说这事很难办，特别是我们新

生，而且80%的学生是贫困生，竞争得很激烈。希望您能给我相关的建议。

转系问题，我很犹豫，我不知道怎么办才好。很快就要进行普通话摸底考试了，我得多练习，就此停笔。

祝您身体健康！全家幸福！

您的学生：罗学娥
2007年9月

要正确看待上大学后的转系等问题

——刘老师建议罗学娥从敢于接受新挑战的角度正确看待上大学后的转系问题

学娥:

你进大学前后的两封信我都已经收到。其中，你要我对你所考虑的“转系”等问题提点建议，我当然不能推辞。

经过了解，过去“转系”问题比较麻烦，需要很多证明，但是，现在对“转系”（“转专业”）的条件放宽了。据说，只要自己提出相关要求，经统一考试合格后，就可以转。一般的条件是，第一学年所学专业的各科成绩平均在75分以上，并参加所转专业的两门主课考试合格。据说，各学校都有这方面的文件和规定。因此，你若真想考虑“转系”问题，就可以向本校的教务部门了解一下相关的规定，以便结合自己的实际，及时做出决定，努力创造条件。这就是我为你提出的一点建议。

学娥，是否“转系”的问题只能由你了解情况后慎重加以考虑，自主地做出决定。我在这里只着重就学习态度、学习兴趣、学习方法、学习经验等谈些粗略的看法，供你参考。

我在剑川一中前后资助过14位贫困生，有7位是经班主任推荐后由学校决定的（罗学娥、刘双福、王义梅、施洪贞、张仙花、张花艳、张大伟），有7位是我根据他们本人直接向我求助求教后自主决定的（杨淑美、张鑫美、张剑辉、张燕、段凌燕、刘燕、张小芳），还奖励过赵俊梅。你既是由学校决定向我推荐的首批受助者，也是珍惜我的帮助、坚持积极上进并主动争取我关照的人。你是接受我资助时间长达六年并得到我较多关照的一位。你的成绩当初并不是最好的，但你是一位勇于克服困难、坚持好学上进的人，家庭的经济困难、长辈的世俗偏见、周围的社会压力、自身的体质欠佳等，都没有动摇你的进取意志，反而促使你发扬艰苦奋斗、自力更生的精神，为自己的光明未来而拼搏、成长、进取。你面对实际困难，善于争取和珍惜校内外各方面对你的同情、关心和帮助；你取得的学业进步、高考成绩也是值得各方面关注过你的人们感到欣慰的。的确，一个人在成长、发展过程中始终都需要争取别人的信任、支持和帮助，但归根结底还得靠自己的远大理想并为之做坚持不懈的努力。你应该回顾、总结自己以往的成长、发展过程，从中得出应有的经验或结论，以便更加满怀信心地面对今后的新环境、新任务、新困难、新挑战，更加自觉、更加有效地去开辟自己的新前程。

学娥，你如今选择了今后要以教师为职业，你今后就得为当好教师而狠下功夫。受学生尊敬的教师，是善于调动学生学习积极性的教师；要想成为受学生尊敬的教师，首先就要争取先当好学生，即要从长远的教育事业的要求出发，爱学习、好学习、勤学习、会学习。只有自己在这方面有了一定的经验，将来才能指导好自己的学生。今天的在校学习，不单纯是为了考试得高分，评奖有优势，而且还得有长远的目标，即为了积累将来引导、教导、指导学生搞好学习的“资本”，也就是为将来创造好的教学方法、获得好的教学效果打下基础。

事实上，一个人无论选择何种专业、何种职业，前进过程中总免不了有重重困难；一旦了解了它、热爱上它、钻研起它、把握住它，开创了新的局面，就有无穷的乐趣……因此，使自己敢于接受新的挑战，迎难而上，战胜自己的动摇情绪，多想克服困难的实际办法，才能使自己适应客观发展的实际需要，才是个人在现实条件下获得生存、发展的需要，也才是自己将来进行开拓创新的必要条件。

人生的意义、人生的价值不在于选择了做什么，而在于为所从事的社会事业增添了什么？创造了什么？为后人的发展进步提供了什么？因此，我希望你在“转系”问题上尽快做出抉择，以便把精力集中在当前和今后的学习上；把自己过去的好经验运用于新的学习阶段，并不断地丰富自己的经验，提高自己的发展水平，积累更多的知识，掌握更多的本领。

你在英语上的进步幅度很大，高考时已达到本年级“第一”的水平，单就这一点，就值得你加以总结和推广。一个人的发展、进步需要各方面的知识，需要有适应客观发展要求的各种能力。某一门课考第一，不等于就只能学那个专业，但“考第一”的基本经验却值得总结和运用于其他学科的学习。

学娥，对于上大学后的学习，绝不能只图个人的兴趣，而是要强化自己适应所学专业需要的自觉性和能动性，也就是要把所学专业的发展前景和个人的发展需要联系起来，并为此而去接受挑战，去战胜困难，充分利用各种主客观条件来搞好当前的学习。你在大学阶段遇到的经济困难会很多，我可以坚持对你的帮助，但作用很有限。你要进一步发挥自己的主动性，去了解学校的有关规定，也要让学校老师了解你的困境。你仍需要继续积极争取和珍惜一切可能获得的帮助，以便保证自己完成学业的基本需要。你一定要把握住自己，利用好时间，重视拓展知识面，勤学习，多思考，不断提高掌握知识的实际本领。这也是你争取学校帮助的前提。学校不会无视好学上进的贫困生的困难。你只要更加地努力，更有效地学习，等有了真才实学，就不用愁将来就业无门、被人轰下讲台。

祝你快乐！

刘绍川

2007年9月11日

刘绍川致罗学娥

愿为罗学娥申请“助学贷款”提建议，做担保

——刘老师为罗学娥申请“助学贷款”提建议，做担保

学娥：

昨晚反复读了你于9月24日写来的信，我无法安睡，辗转反侧之后，不得不起身在床上写了这封信。

你在信中反映的那些不良现象，我都理解。因为现在我在校组织部做兼职组织员，能看到、听到、读到与这方面类似的东西。但是，你一定要相信本校的老师和领导，一定要经得住时间的考验。你一定要用自己的实际行动（学习、工作、生活）来证明自己是有理由获得“助学贷款”的，是值得学校加以关注的。怎样正确对待大学生活、怎样对待读师范院校，我都给你们写过信，希望你像以往那样认真按我的意见和建议去做。你只要认真去做了的，过去的已经受益，今后也是不会后悔的。我相信真正优秀的、确实贫困的大学生必定会受到学校的帮助。你一定要相信这一点，从而为逐步达到“优秀”而努力，也如实向老师反映自己的困难。你千万不要被校内外的那些眼前的、暂时的假象，不平不公等现象所干扰，而要朝着自己的目标去奋斗。

学娥，我相信你会朝着正确的方向努力，用高标准要求自己，创造出新的学业成绩来，我对你的未来充满信心。然而，我只能继续给你那一点帮助，确实没有力量帮助你解决上大学后的困难。因此，为了较顺利地申

请到“助学贷款”，你在申请助学贷款时，可以把我当作你的担保人（以此信为据）。就写到这里。

祝你继续努力，大有进步！

刘绍川

2007年10月1日

吃了不听正确劝告的苦果

——罗学娥检讨大一生活 因受“重实践、轻学业”影响而招致的失败

敬爱的刘老师：

展信开颜！

这学期您寄来的助学金已经收到了，您汇款单上的嘱咐使我深感愧疚，谢谢您没有放弃我。最近，我重读了您的来信，看到了其他进步青年们的思想和成果，让我再次审视自我。我早就想给您写信，但我在校的表现欠佳，屡战屡败，不知道该说些什么好。

在您的物质帮助和思想指导下，我已整整度过了七年，即2555个日日夜夜。您养育了我六年（中学阶段只靠您），教导了我七年。这样的恩情，我永生难忘。使恩人失望是件非常痛苦的事，我现在的状况无颜面对您。曾经是您的期望、我的愿望，却被我几乎毁灭。我既丢了挣钱的机会，也浪费了自己的时间，深感愧疚。

我的大一生活是失败的。受了重实践、轻学业观念的影响，最终落得两头空。入学时老师就再三提醒过，大学不同于高中，要自控、自律，安排好自己的时间，但我没有做到。大一上学期平时不努力上课，临时抱佛脚；下学期平时虽已抓紧，但期末“一松弓就射不出去”，没有达到自己的目标。

我的错误观念、不良习惯、不够努力、自卑、不自律，让我离成功越来越远。我也一直在努力寻找自信，寻找属于自己的路。大一下学期因为

勤工助学表现良好，假期留在实验室打工。虽然那时还三心二意（还想做份家教），没有参加更多的科研工作，但基本的操作都学会了，为我的实验技能打下了较坚实的基础。

我以前的成绩让我与入党失之交臂，但那仍然是我今后努力的目标。在您的指导下，我要积极争取入党。我把我的情况告诉您，我把所有的失败告诉您，不是想让您为我难过，让您失望，而是要告诉您我真的已很清醒，清楚地意识到自己的情况，也看到周围的形势，我真的要努力实现自己的理想，而且也给我自己一份压力，化压力为动力。

假期我在城市里打工，试出了自己的优点与缺点，我不善于言辞，但我可以实干。我曾经错过，但可以重新再来。我本学期的目标已告诉班主任，我将要实现它。从这学期开始，我想写些文章（为了综测，也为了寻找自信），和您多沟通。我在英语上是有一定优势的，我担心的是考计算机国家二、三级，但我一定要通过它，这个寒假我也打算不回家，去培训班学计算机。今后，我绝不会再被性情和失败打倒。不知道您是否还相信我，但我是认真的。我不能再为眼前的暂时利益而牺牲自己未来的前程，我要珍爱自己、珍爱青春、珍爱所有关心过我和帮助过我的人，要真正地做到严于律己、宽以待人。

祝您健康快乐！教师节快乐！全家幸福！

念您的学娥　敬上

2008 年 9 月 8 日

有无自我批评精神，决定能否不断进步

——刘老师从同学们的不同表现中论述了自我批评的重要性

学娥：

你进大学后，我总感觉你的状态跟中学时代有很大区别，是我的要求过高，或者是我的批评方法不当，因而让人受不了，甚至有反感吗？总之，我还没有弄明白其所有原因，也不知道何时才有答案。然而，我在助学事业上绝没有失望，因为我主动资助的学生们给了我无尽的快乐。李成芳、李成凤做出的榜样令我高兴，杨淑美、张鑫美、刘燕、段凌燕、张花艳、李成慧、张小芳、杨水晶仍然与我保持联系，她们继续重视读我写的信并给我写信。其中的张花艳原是学校推荐的助学对象，但她高考遇到挫折后，从“复读”开始，我就主动资助她。她们的学习态度、她们的积极努力、她们的深情厚谊，她们的不断进步，在不断地鼓舞着我。如今，你也恢复了与我的通信，我当然很高兴，因为我真不愿让你失败，也不愿让自己为你所付出的多于其他人的心血和所给的帮助前功尽弃。

学娥，我虽然没有深入分析你的来信，也无法清楚地理解你所写的每一句话。但总有些粗略的想法，现写在这里，供你参考，也供其他同学参考。我希望你在“审视”（“仔细看”）自我的基础上，进一步确立和加强“自我批评”（“自觉地对自己的错误和缺点进行批评”）意识，采取“自我批评”的行动，认真对待自己。

“自我批评”是一个人正确成长、走向成熟、获得成功所必需的。一个人假若没有“自我批评”的自觉性、坚定性和持续性，那么他（她）的既有优点、优势就得不到有效的发展和发挥，反而会被新的缺点、新的劣势所淹没或取代。因此，我真诚地希望你在大学里，根据社会发展的要求、学科发展的要求、学校培养（你的）目标的要求，来认清自己的努力方向，确立不同阶段的奋斗目标，采取必要和可能的实际措施，来发挥自己的潜能，创造自己的新优势。

“自我批评”也是一个人及时调整、使自己快乐的有效方法和抵制外界干扰的有力武器，一个人在“环境轻松”、管理不严、无人监督的情况下，假若不敢批评自己的错误和缺点，他（她）也不可能有讲是非、讲原则的勇气，也不可能去批评他人的错误，从而也不可能有效地抵制外界的干扰或错误影响。

“自我批评”也是正确处理人际关系的基础。一个人只有肯做“自我批评”，才能有自知之明，才能善于接受别人的批评，才能与人为善、团结共事。自己若缺乏“自我批评”的态度，自以为是，只是粉饰自己或批评别人的人，那是不可能令人信服的。

“自我批评”也是一种严肃的学习方法。用发展的高标准，以他人的先进事迹、先进思想、先进经验为榜样，发现自己的不足，克服自己的不足，也是开展“自我批评”的一种方法、一种形式、一种需要。你只要认真读最近我与张小芳之间的书信，就可能促使你做一番深刻的自我批评。

学娥，我不会因为你过去有做得不对的地方，或有做得不好之处而嫌弃你，但我真的不希望你只是在我面前做检讨、表“愧疚”，而是希望你用新的努力、新的进步、新的成果来展示自己的青春才华与社会价值，以开拓属于自己的真正的美好前程。我坚信，你无论将来有多高的成就，都不会忘却我对你的帮助，更抹不掉我们之间书信往来的墨迹。你只要能用自己的实践来体验和发展我们曾有的一些共同思想，就算是我们以往的共同努力没有白费。

我无法保证与我有交往的人都能顺利地走向成功，但我真的希望有更多的人走向成功！我有这个愿望，但各人的成功最终只能取决于各人的努力。

祝你快乐！

刘绍川

2008年9月20日

向同学学习，对自己负责

——罗学娥读其他同学与刘老师通信的感悟

敬爱的刘老师

见信佳!

您九月以来所寄给我的信，我都早已收到，并一直随身带着，却没有及时给您回信，真对不起。您对我总是说到做到，但我告诉您的事情却越来越少，使您觉得我疏远您了。我虽然沉沦过，没有取得什么让自己自豪的成就，但我现在每天都在脚踏实地地努力着。

您跟其他几位同学的通信让我大受启发，无论是张小芳身处困境仍积极向上，李成慧不断实践，刘燕自我突破，还有张花艳有丰富的实践认识和经验……相形之下，让我深感惭愧，也不得不去思考，我在想，她们能做到的，我为什么就做不到呢？如果不自我反省、自我清醒、自我实践，无论有多少人的帮助和鼓励，那也可能终将一事无成。所以，这学期以来，我心中在想着您的谆谆教导，一直在一步一个脚印地向前走。我的助学贷款下来了，由于有班主任的关心和自己的努力，我申请到了香港的“薪火工助学金”。谢谢您这么多年来对我的关爱。您对我的关心、祝福和期望，化作了我顺利走向成功的动因。

我曾经羡慕周围有各种各样成就的人，幻想自己能像她们一样，也能做出一些耀眼的业绩。然而，因为我没有应有的付出，也没有得到该有的回报。现在，我明白了，我要给自己正确的定位，找到适合我做的以及我能做好的事，朝着既定的目标去努力。现在，我的课外时间大多在图书馆里写作业、看书或在实验室中做老师的帮手，做些基本的实验工作。

在实验室中，我认识了许多老师和研究生，在他们的指导和帮助下，我的实验技能提高了许多，学到了不少知识，他们还教了我许多做人的道理。这虽然花费了不少时间，但过得很充实。实验室里还有一台电脑，便于我完善相应的课程。我在实验中培养起了对科研的兴趣，也使我认识到自己的知识严重匮乏，鼓舞着我多学多思。

校庆时目睹了从我校毕业后获得成功的优秀人士的风采，使我心潮澎湃，也默默许下心愿，再过十年或二十年，我也要回母校来……今天我以师大自豪，师大给我动力；那时师大则因我而骄傲。想到您在关心下一代方面获得国家级的先进个人荣誉证书和奖章，在恭喜您的同时，也希望您爱护身体。

我现在不再怪父母了，我要靠自己。以前，我对您和老师们的依赖性很强，现在我已经满二十岁了，该有自己的责任感、职业心和独立能力了，望您不要再为我操心了。但我渴望您继续做我的精神向导。您提到了我们剑川一中由学校推荐的七个资助对象的情况，我心中有说不出的惭愧。我虽然做得不够好，但能向您保证，我会坚持到最后的。至于他们，您也不要想得太多，每个人都要走自己的路。仙花现在已找到工作，我和她有联系。我们的想法都是一样的，就是觉得自己不够好，不过我们都在克服自己的弱点。

谢谢您一直都在关心和支持我。

想念您的学娥

2008年11月29日

怎样解决自己所面对的现实问题

——立足于现实，探索问题、找到办法、经受实践检验

小芳、学娥：

你们的回信我已先后收到，读了你们的信，让我感到很欣慰。你们在信中不仅反映了自己的真感悟与新作为，而且还为我着想、为其他同学着想，提出了不少好的建议。你们的信虽不长，但情很深、意很浓，值得我和有关的同学慢慢地加以深入思考。正因为这样，我就一时找不到更好的主题来写回信。经过反复思考之后，我才决定以“怎样解决自己所面对的现实问题”为题，来简单地写些看法。

你们在信中各以自己的方式，提到了“为什么”“怎么办”这种带有普遍意义的问题，引起了我的重视。因此，我也再补充一个问题，即“怎么样”？

无论在我们人生发展过程的每一个阶段上，还是在日常学习、工作、生活上，客观形势的发展需要和我们个人向上发展的需要，都使我们不得不面对现实的新难题、新压力、新启示、新机遇、新希望……无论是面对他人的成功，还是面对他人的失败；无论是面对自己的进步、发展与成功，还是面对自己的落伍、停滞、错误与失败等，都需要分析成败的原因，找到转败为胜或从胜利走向胜利的新办法，并要在实践中检验其效果如何。我们只有把“为什么”“怎么办”“怎么样”当成自己能动的思维方式、切实的工作态度和虚心的自我评估，这“三么”相联系的辩证发展过程，才能不断解决自己所面对的各种现实问题，才能不断锻炼自己的发展

能力，才能不断挖掘自己的潜能，为社会、为他人做出有益的贡献。

任何人都不可能正确地认识一切问题、解决一切问题、判断一切问题。但是任何一个人都有必要也有可能去认识自己所面对的现实问题，找到解决自己所面对的现实问题的办法，并在实践中检验、判断其（办法）效果如何。因此，我们要通过自己的观察、分析与思考，找到直接面对的现实问题产生的原因，回答“为什么”；要善于利用自己和别人的经验教训和相关知识，找到解决问题的办法，回答“怎么办”；要在实践过程中检验工作的效果，及时总结经验教训，回答“怎么样”，从而在既有的基础上，推进“为什么”“怎么办”“怎么样”发展的新过程。

一个人解决问题的能力不是从天上掉下来的，而是从立足于现实，探索面对的问题、找到发展的办法、经受实践的检验而产生和提高的。我们在解决“为什么”“怎么办”“怎么样”的过程中，需要别人的启发和帮助，但必须立足于自己的努力和善于利用自己的经验教训，必须以发挥自己的主动性、积极性、创造性为基础。一个人的实际能力，不在于他（她）能提出多少新问题、发现多少新难题，也不在于他有多少伟大梦想，而在于他（她）能够面对实际问题，从现实生活中找到既有利于自己生存与发展的条件（办法），又使自己的发展符合社会发展进步的方向并能经受得住实践的检验。因此，我们不能孤立地主观地看待自己所面对的各种实际问题，更不能无所作为，或把自己有限的时间和精力花费在与自己的利益、任务、前程无关的其他问题上。

刘绍川

2009 年 3 月 20 日—30 日

我已懂得了愧疚，也懂得了该怎样到达成功

——罗学娥用深情表达对刘老师的谢意与自己今后的决心

敬爱的刘老师：

展信开颜！

您近来身体还好吗？您寄来的助学金我已收到了，面对您的关爱和期望，我的一切都显得很苍白。我也不知道该为自己的行为做什么解释，我真的很惭愧。我的成绩比去年前进了很多，但还未挤进前 15 名（挤进前 15 名才可以入党），总分和别人差了一点。当然，即使是进到前 15 名，也不是我的最终目标。不知您对我是否已经失望，我想告诉您：您没有选错我。因为一次又一次的失败并没有打倒我，反而让我更加懂事，更加努力。当我知道自己的成绩时，心情是复杂的。虽然我努力过了，但没有取得我想要的成绩；虽然我比去年进步了，但仍没有取得令自己满意的成绩。所以，我不写信给您，几次提笔都放下了。我的泪无声而下，不等别人发现就已经打湿了我的衣裳……现在我要告诉您的是，我还是积极向上的，我相信功夫不负有心人，我将来一定能行。

在寒假里，过年时我回家待了十多天，便匆匆回学校参加计算机二级培训班。您寄到我家的书信（您和成芳姐的书信）是我母亲带下来给我的（她到省外去打工了）。看了你们之间的书信，我很受感动。她把您对她的点点滴滴温暖全记在心里，而我却没有她那么细心。回想过去，您从未

怠慢过我，当我在生活中遇到困难时，您总会在知道的第一时间帮助我。还记得您知道我欠学费时，立刻给我多汇助学金；知道我需要复读机时，立刻联系刘绍标老师先垫款帮我购置……往事一幕幕重现。您用心教导了我，用自己辛苦挣的钱供养了我，所以我一直都把您当成自己最亲的亲人，也努力按您的指导去做。但是，中考、高考都不尽如人意，尤其是我到大学后，一度表现欠佳，唯有把握好现在，我会努力的。看到成芳姐所做的努力，所取得的进步，使我很受感动。看着您把我们的信看了又看，整理了又整理，还打印出来寄给我们，我也感动得哭了。您为我们付出了那么多，我真的感到很抱歉。随着年龄的增长，我的交际能力差的缺陷也愈加明显，但我会努力克服的。我现在还在实验室里帮忙，我在看实验室里的相关文献，努力发展自我。我想将来的我，不再是令您失望的人。不过，今后得更加刻苦认真。

刘老师，我也真的很想您，很想给您写信、打电话，但一想到自己这两年来的成绩不理想，就没有勇气对您开口了。在高二文理分科时，我选了大部分人所选的理科，而与我最爱、最擅长的英语失之交臂。庆幸的是，我也喜欢生物，也在这门学科里看到了很多希望。请刘老师相信，我会从这里开始，到达成功的彼岸的。我有太多的缺点，但我会尽力克服的。我每一次给您写信，都是带着激动的心情、感恩的心情和向上的心情写的。以前，我做得不够好，是短暂的；现在，我正努力着、上进着，是真实的；将来，我对坚持长久努力、获得成功，是有决心和有信心的。

刘老师，您是我人生中最重要的人，虽然我还没有成为您所期望的“我”，但我已经懂得了愧疚、伤心，更为重要的是，我已经懂得该怎样到达成功的彼岸。世界上像您这样重视下一辈、不断写信教导下一辈的人，真的不多。

学娥　敬上

2009 年 3 月 12 日

刘绍川致罗学娥

发展方向决定发展结局

——刘老师结合先进经验与罗学娥的教训，指出确立正确发展方向的重要性

学娥：

你于3月12日写的信，我已经反复读了。你的真情、你的进步、你的自省、你的向往、你的决心……都感动着我。这使我不得不抓紧时间给你写这封短信。

本来，如果你读了我给你和张小芳的信（关于怎样解决自己所面对的现实问题），以及我给我本校信息工程学院2008级学习骨干的信（关于学习骨干的任务和作用问题），尤其是我给该院姜峰的信（关于怎样把上好大学与争取入党相结合的问题）和对她入党材料的“评价”，你就会明白自己今后正确的发展方向，就能把握住有利于自己发展的条件、机遇、时机，懂得该怎样要求自己、发展自己。因为，你已有吸取这些材料中积极因素的思想基础和发展愿望。我相信你只要经过反复学习、认真分析和深入思考，就会从上述信件中得出自己的结论来。我难以重述上述信息中的全部内容，但我深信其中有值得你和其他大学生加以学习、借鉴、深思的实际办法、有效经验和深刻启示。我在这里只强调一点，即要在学习过程中抓住一个问题，就是怎样从根本上把握自己的发展问题。各人的基础不同，各人所具有的优缺点不同，各人进取的方式方法不同，各人获得的成绩的程度不同，到达成功的先后也不同。但是，求知识、求进步、求发展、求成功，是大学生们共同的愿望和根本的利益。而其中的“求发展”是关键。因此，必须从根本上把握好自己的发展问题。

结合姜峰的先进事迹和实践经验，结合你对过去的反思和现在的新面貌，以及我的有关认识成果，我想就怎样把握好自己的发展问题，提出三点简单的意见，即：一、要把自觉地总结过去，作为今后求得新发展的切实基础；二、要把抓住当前的发展机遇，作为承前启后的发展关键；三、要把坚持不懈的追求，作为推动自己继续前进的发展动力。

我想，你只要抓住了以上这几点基本要求，去学习、运用和发挥我所寄去的书信内容，就能把握住其精神实质，就能把你现有的认识大大推向前进。

我同意你的意见，我没有选错你。我对你的资助无悔。因为，你在不断地追求着进步、有信心取得成功。而自我批评、自我反思正是你积极向上的必要条件。我也是经历过种种挫折、错误、失败，一步步向前发展的。因此，我没有任何理由对你失望、我对你的未来充满信心。这不是我的单纯愿望，而是你用过去的努力成果和如今的觉悟、信心和决心，让我充满期待的。这也不是单纯为了我，从根本上说，这是你个人发展的需要，也是你将服务的人们的需要。我基于一生奋斗的实践经验，我确信个人的进步、发展、成功与党和人民的利益是相一致的。努力吧，我们在发展的过程中必然会经历无穷无尽的艰苦奋斗，但也因为获得相应的成功而会享受无穷的快乐，使人生更充满意义，更有社会价值。

祝你快乐！

刘绍川

2009 年

张燕与刘绍川书信篇

要让自己的生命充满亮丽和光彩

敬爱的刘老师！

见信如面！

不知远方的您一切可好？时间过得真快，转眼间相识已14年了。回想当初，如果没有您的资助，我的一切梦想或希望只能成为泡影。

我生活在一个山区贫困的家庭里，家里有两个哥哥都上着大学，父母都没有固定的经济来源，由于家庭负担沉重，父母起早贪黑忙于生计，母亲更是积劳成疾。面对三兄妹的学费和生活费，全家都手足无措时，是您伸出了援助之手。当您收到我的第一封信后，您的帮助燃起了我心中的希望，使我的内心不再感到迷茫与无助。

如果没有您的实际帮助和热情鼓励，我也不可能有机会去体会那精彩纷呈的大学生活；不可能享受到大学里先进的教学资源、优良的学习环境；更不可能得到专业的高等教育。在学校里，我未曾忘记学习的机会来之不易，所以认真勤奋地学习，因而取得了不错的成绩。我还经常在课余积极参加一些志愿者活动，争取做一个合格的党员。在大学三年里，我还是幸运的，每年都因为成绩优秀而拿到助学金，也给家里减轻一点负担。

在大学里，我学的是师范类现代教育技术专业，但是毕业后我未选择当老师，而是直接来到昆明这座繁华而喧闹的城市。刚来时，人生地不熟，但我总渴望能够找到一份让自己满意的工作，每次信心满满地拿着简历去各个人才市场投递，然后，就心安理得地等待着。却不知，简历往往是石沉大海。一次次地受挫，使我第一次对自己的能力产生了怀疑。我心想，怎么找工作总是到处碰壁，想找到对口的工作就那么难！最后，我只好选择了保险公司，选择了一个与自己所学专业毫无关系的旅游险。

刚工作的前半年，我几乎是在煎熬中度过的。因为，我每一天都会遇到新的挑战，而且是来自完全陌生的领域，经常需要见各行各业的人、形形色色的人，有的厚道、有的难缠。还需要时常应对上级领导的批评。甚至要接受某些挑战自己极限的任务。因此，不得不逼着自己努力，不得不逼着自己学习。熬过了那段时光后，才使自己也变得越来越自信，工作也自然而然地开始得心应手，更幸运的是，我遇到了一个好总监。经过这段时间的磨砺，我收获颇丰。现在，即使遇到很难的事，我都能勇往直前，不到最后一刻，决不言放弃。

经过这些年的努力付出，我在事业上取得了一点成就，在生活上也还过得惬意。我已有一个温馨的小家庭。在这个家里，我有一个会体贴我、懂得我的老公，还有一个可爱的女儿，我很热爱自己现在的生活，也很感激我老公对我的包容和理解。无论什么事情，在这个小家里不会变得复杂化。我心里没有负担，内心充满的是爱的希望。父母亲也在2012年时都被两个哥哥接到昆明安享晚年。我们都想多尽一点孝心，每次看到父母渐渐苍老的容颜时，总想多给他们点体贴、陪伴和关怀，他们的容颜上记载着过去的艰辛岁月，他们虽然没有同龄人穿得那么华丽，没有那么富有，可是每天家里充满了他们的笑声。听到他们的笑声，让我们很欣慰，我想那是他们对现实生活的满足。我母亲常说："这辈子苦的值得，总算付出的，有了回报，从未想过会在这美丽的春城安享晚年，此生足矣。"他们的无私付出和养育之恩，将让我懂得"百善孝为先"，让我学会感恩。当然，有时自己也想到或感觉到有所遗憾，因为没有成为一位人民教师，没有让自己所学的专业得到发挥。但是，事到如今，既然自己的路是自己选择的，无论怎样，我都会坚持走下去。不过，我始终记得刘老师曾经对我的帮助，也记得我对他的承诺，并会努力去兑现，愿刘老师给我点时间。

在这个知识竞争的年代里，人们总是被自己的学历和能力所左右。如果自己的学历高一点，工作上可能会做得更出色些。所以， 2016年我去读云南大学会计学本科专业，读了3年，今年1月刚毕业，虽然我已拿到了云南大学本科毕业证、学位证，但不是全日制的毕业证，有些单位还是不认可。有时我想，如果上高中时多用点功，考上重点大学，那就完全不一样了。事已至此，我只能努力地工作、努力地去完善自己，也希望后来人吸取我的教训，上好高中、考好大学。

如今，我作为一位母亲，已不能有丝毫松懈。孩子虽然才 1 岁 3 个月，才刚刚会走路、学讲话，可我从长远发展出发，开始对她严格要求，培养她积极向上的精神，让她养成好学上进的习惯。因为，好的习惯是成功的第一步。我果真想要在孩子身上做出最大的投资，努力地让她接受良好的教育，培养出一个比我对社会更有用的下一代，我不能让她像我一样有遗憾。我老公能够看透我内心并时常开导我，还说："人生不可能完美无缺，也正因为有了残缺，我们才需要有梦想，才需要有希望。当我们为梦想和希望而付出努力时，我们就将拥有了一个完整的自我。人生不是一切必须拿满分的考试，它更像是一个足球赛季，最好的队也可能会输掉其中的几场比赛，而最差的队也有自己闪亮的时刻。我们的所有努力就是为了赢得更多的比赛。当我们能继续在比赛中前进并珍惜每场比赛时，我们就能赢得自己的完整。"他说的并非无道理。我应该从容豁达，用快乐轻松的态度去面对现实，化解焦虑，减轻压力，让自己显得更年轻一点，变得更有活力一点。我要让自己始终保持坦然平静的心态，抛开计较个人得和失的束缚，多一份纯真、清醒，少一份迷茫、消沉，学着自觉地为获得的去感恩，同时，也能接纳失去的事实。无论面对得与失，我总是要让自己的生命充满亮丽和光彩，不断地使自己的人生越来越精彩!

刘老师，我愿像您所期望的那样，把成才成功、改变命运变成为中国特色社会主义做贡献的终身事业，也为后来者、为下一代做出实际的榜样。

刘老师，我会铭记您孜孜不倦的教诲、最真诚的言语，敬佩您的进取精神，感恩您的无私奉献。我也要唱响自己人生奋斗的"进行曲"!

最后，祝您健康、快乐!

张燕

2019 年 3 月 26 日

刘绍川对张燕走上成才成功之路概述的点评

沿着自己开辟的道路前进

张燕：

你用过去我所熟悉和欣赏的那种写信、回信、汇报的自由形式，向我发来了你走上成才成功之路的“概述”。我已经阅读了数遍，每读一遍，都有新的感悟，都有新的联想，都有新的感动，都有要表达的话语。经过反复的思考之后，我也用回信的自由形式来写出我对你“概述”的“点评”。

从“概述”与“点评”的两个大标题说起

张燕，你的“概述”中有一句话，让我最为感动。你写道：“无论面对得与失，我总是要让自己的生命充满亮丽和光彩，不断地使自己的人生越来越精彩！”这是一句富有诗情画意的话，是一种充满辩证思维的想象，是一股激励自己充分发挥主观能动性的动力，是一盏指引自己自觉创造个人历史的明灯。因此，我把其中的短语——“让自己的生命充满亮丽和光彩”抽出来，作为你的“概述”的标题，以便让读者们能形象地理解你“概述”内容的核心、本质、价值和取向。我也以此为立足点，为我的“点评”确立了一个标题：“沿着自己开辟的道路前进”。这是我对你既有成果和发展方向的肯定，也是我对你未来的期望。

我对“概述”的几点评论，是我“点评”的要点

张燕，你的“概述”为我提供了多方面的话题，但令我十分重视的有

以下三个要点：

1. 赞赏你能脚踏实地，实事求是，经受求职磨砺后获得成功，并从热爱现实生活中，找到走向未来的有利条件、胜利信心、社会责任。你虽然未能找到学以致用的工作岗位，不得不改行，也免不了为此感到缺憾。但你的成功在于，经过多年磨砺，已迫使自己适应了新形势、担起了新任务、取得了新业绩，完成了成家立业，并以此为有利阵地，热爱现实生活，对未来承担起更大的社会责任和培育下一代充满信心。这是很可贵的精神。这与出版《改变命运的进行曲》的主旨是很合拍的。这也是你对本书的特殊贡献，必将引起读者的新兴趣。

2. 希望你能更深入地总结、运用和发展自己走向成才成功的历史经验和现实经验，创造更美好的未来，使自己的人生越来越精彩。我为你在不利的条件下所取得的现实成就而高兴，同时，也希望你更全面地、更深入地总结自己走向成才成功的经验。你如今取得的进步，虽然不是你所学专业知识的继续和扩展，但在我看来，这实质上是你以往主动争取帮助、珍惜学习机会、认真勤奋苦读、追求优秀成绩、争取入党等先进精神的习惯性运用和发展。虽然前后的形式不同，但走向成才成功的本质是一致的。这说明，你的求助求学与后来的求职求新的内在精神是一致的。不仅如此，你在运用既有精神、开拓创新的道路上，是做到了继承与创新相结合的。明确地认识这一点，是非常有意义的。用发展的观点看问题，在以往的不同阶段、不同形势、不同事务中，能取得共同的进步，对今后走向未来，争取新的更大胜利，是具有深远意义的。

一个人的一生，不可能只从事、只会做某一种职业或事务。衡量一个人的能力、功绩，也不限于看他在某一阶段所做的某项任务的能力与贡献，还应看他一生所面对各种任务的能力与贡献。因此，每个人都应善于总结、运用、发展自己既有的经验，才能创造性地应对自己所面临的新形势、新任务。一个人在面对、或从事、或总结自己所从事的不同性质的具体事项时，既要正视、分析它们各自的不同特点，也要能概括出它们之间的共同点，以便用其共性、普遍性、规律性的认识去探索、解决所面对的新任务。一个人具有这样的认识能力，才能善于改进工作，才能敢于接受新任务、有效地创新。

3. 期望你能继续坚持有目的地奋斗，按共产党员的先进性和纯洁性创先争优，根据客观需要和主观可能，兑现自己对党、对人民的承诺。我在这里提到的有目的地奋斗、按党性争先创优、根据客观需要和主观可能兑现自己对党对人民的承诺，这既是对你的期望，也是我的经验之谈。一个人只有坚持朝着自己选择的方向、目标，有目的地奋斗，有步骤地进取，才能逐步达到自己的目标。“不虚度年华，总追求上进”是我终生奋斗的目标、方向和动力，也是我实现自己早期的许诺——回报家乡人民的条件。由于历史条件和个人的能力的限制，我虽然心中一直深藏着早期的许诺，但经过40多年之后，我才创造了兑现自己早期许诺的实际条件。尽管我在家乡的助学奖学的能力极为有限，但值得自我宽慰的是，我终于兑现了自己的许诺。我通过助学奖学的实践来看，奖学金，数额可多可少，量力而行，负担小，但作用可不小。我们村里先获得“文升奖”的学生，已有一批读完大学。其中有两人凭自己的优秀成绩考到了北京重点大学（陈剑波——北京邮电大学；刘环涓——中国农业大学。都已毕业）。这在我们村里是破天荒的（我虽然是本村第一个到北京上大学的，但那是靠组织保送的）。其实，我在2004年创设“文榜村学生升级升学奖学金”时，每学年才提供1000元奖金，后来才逐步增加至几千元。最近5年，也就是5000元。从今年起，打算翻番。

张燕，我在这里之所以谈到上面这些，是因为你在自己的“概述”中写道：“……也记得我对他的承诺并会努力去兑现，愿刘老师给我点时间。”因此，我想告诉你，只要记得要帮助村里孩子的许诺就行，至于早兑现、晚兑现，或者兑现的方式方法，则要根据现实的条件和可能。

一个人兑现自己的许诺或承诺，不只是让他人或有关方受惠，而且能使自己获得心安理得的快乐。我作为老共产党员，把终身履行入党誓言当成我对党的承诺，因而我最大限度地在发挥自己的才华，坚持为党、为人民服务，热情为下一代服务，并获得了无尽的人生快乐。这也算是我对你“让自己的生命充满亮丽和光彩”的一种实际引导吧！

张燕，3月26日，你的“概述”终于发来了。我在反复审阅间，并没有看到你模仿他们的任何痕迹，从内容到形式都与他们不同。这使我清楚地看到，你完全是从自己的实际出发，总结自己成才成功的特点和经验的。从而有利于丰富本书的内容，为读者提供了争取成功的新经验。你做出了面对现实、敢于创新的生动榜样。你以学业优秀为基础，有党性、有自信，能经受求职磨砺，能适应新形势、新任务考验的成功之路，为读者树立了以立足现实为基础，进一步放眼未来为目标，以勤奋努力为手段，追求人生光彩为荣耀的新榜样。

张燕，尽管我们之间的交流过程短暂，但你的高远追求、你的人品、你的创新业绩给我留下了难忘的印象。我坚信你会带动更多的人上进。

张燕，你迟迟未提交总结自己成才成功事迹和经验的“概述”，其原因自然是多方面的，但我想到了两点，愿在这里提出来，供你参考。一是平时要注重总结自己的思想、工作和生活，这是自我教育、自我提高的必要条件，也是自我发展的认识基础。只有把实践—认识—再实践—再认识的“认识论”运用于自己的发展过程，才能成为一个清醒的、自觉的创业者；二是要养成做什么就写什么的写作习惯。这是深化认识、提高表达能力、有效展示自己奋斗成果的必要条件，也是知识分子应具备的特征。毫不谦虚地说，做到上述这两点正是我的优势。因此，我在回信中也提出来，以供你和读者们参考。

刘绍川
2019年3月29日

张燕致刘绍川

我为什么要向刘老师求助

——张燕向刘老师求助的原因：减轻父母负担，
实现升学愿望，将来服务民众

刘老师：

见信添乐！

您身体可好，心情是否愉快？在这万物复苏、满眼绿意、繁花似锦的春天里，我很高兴提笔给陌生的您写信，首先我向刘老师说声“对不起”，您这么大把年纪，我还来打扰您，希望您能够见谅。

刘老师，我不知道怎么向您开口，我真的太不好意思向您说出我的处境。但是，既然我提笔了，就必须有信心来完成我这几年的愿望。您的事迹我已知道两年多了。我也曾提笔写过一封信，但被我爸爸妈妈劝阻了。他们说：“不要再增加刘老师的负担了，他这么大年纪了，你还忍心麻烦他吗？”于是，我左思右想后，便放弃了。可是，那封信却依旧保存着，它给了我许多动力，告诉我做一名合格的学生，应该对事情有分析能力，要三思而后行，要换位思考问题。我知道我当时的抉择是对的，不应该让您增添负担，同时感到爸爸妈妈的教导是善良的、正确的。可是，我现在不知怎么了，常处于矛盾之中，我想请您帮我消除心理上的顾虑并得到您精神上的支持，所以才给您写信。我这个人的最大优点是正直，不应说的话我可能在信中写到，希望您别介意。

现在不知怎么了，我的学习并不像以前那么优异了，整天好像都被忧愁所压抑着，活得很无奈也很累，可又无处诉说，只好什么都自己往肚子里咽。因为，我家生活很拮据。但幸运的是，我父母还坚持供我们读书。他们不想让我们回到山村里又当农民，继续过他们那种“面朝黄土背朝天”的生活。

父母说“只有读好书，以后回来才能为家乡做贡献”。他们的说法很正确，但我真不忍心让饱经风霜的父母亲的额头上再迅速刻上更多的皱纹，真不想让50多岁的父母常为我奔波。我早就有了退学的念头。可是，我是村里的第一位女高中生，我真不想让这个称号化为泡影，更想考上一所大学，以便今后为村子里的孩子做些力所能及的事。因为我们村子里的人都是缺少文化的，所以生活都很贫穷，孩子们读完小学后，大多数就不读了，读到初中的寥寥无几，更不要说读高中了，我很感激我父母供我读到了高中。刘老师，您想想，村里所有的孩子都在同一间教室里上课，并且只有一位老师教，我真的很心酸，可我却无能为力。如果我完成了学业，有了钱，我也会帮助孩子们完成学业，培养一批又一批的人才为国家做贡献。刘老师，我父母供我们三兄妹读书的钱都是血汗钱，他们没有知识与手艺，除了种地就只靠捡烂木头和砍柴了。一个多月才挣300多元，提供我们兄妹的生活费。看到这些，我都不知道该怎么办？如果没有这些思想压力，我相信，我学习仍然是最棒的。刘老师，您资助了这么多的贫困生，受了不少苦，我代表他们向您说声“谢谢”！刘老师，以后我有钱，我也会像您一样资助贫困生，让生命更添几分光彩。

刘老师，这封信写得特别不好，我不该向您求助，但我又不想失去求学的机会，以及“村里第一位女高中生”的称号，我还要为村里人争光，我要考上大学，然后为国家做贡献。

祝您身体健康，万事如意，生活愉快！

剑川一中高二153班　张燕

2005年4月4日

张燕的求助打动了我　我用资助鼓励了她

——刘绍川对张燕的“求助”及时表态，鼓励她振作精神，搞好学习

张燕：

今年的春天，剑川的小燕子一只又一只飞到了我的眼前。我珍视你们对我的信任和期望，但也感受到越来越大的压力，我真想帮助更多的贫困生，而我的能力却相当有限。然而，你作为村里的第一位女高中生的来历与向往考上大学的志气，尤其是反复提到以后“有钱”时会帮助村里的孩子、贫困生完成学业，非常打动我的心。尽管我的能力越来越弱，负担又越来越重，但是，面对渴求成功的青年的困难，我不能无动于衷。为了帮助你实现自己的愿望和目标，也为了我的助学事业后继有人，我愿在你考上大学前给予你资助。为此，你要振作精神，搞好学习，用你的实际表现证明我对你的帮助是正确的。

今后，每次收到钱后，要及时来信（遇到考试时可推迟，但每月得写一封信，可长可短），以便交流思想认识。现在给你寄一些我曾写给其他同学的信，望你抽空读读。

今后遇到别人想与我交流，我很欢迎，但若是求助，请转告他们，我的负担已经相当重，现已动员在京的剑川老乡来参与帮助。建议他们向学校申报，届时若有人愿资助，会直接跟赵校长联系的。本来，我也曾想把你的“求助”先放一下，看看我动员的结果再说，但因上述的理由，才做了特殊处理。因此，我希望得到你的理解和协助。

最近，我很忙，自然也很累，主要是视力疲劳，不多写了。在原信旁写“复信”或写“评语”，虽不能深入论述某一个问题，但及时、直白，也有利于让你们保存自己的原信，不忘记对我讲过的话。

祝你快乐！奋进！

刘绍川
2005年4月4日

我将用自己的成功激励村里孩子们走向成功

——张燕向刘老师表示要做村里孩子们走向成功的榜样

刘老师：

您的来信今天已收到，我已在晚自习前读过了，每一字、每一句都像针扎在我内心的深处，让我清醒过来，同时给了我几分自信和成功的奥秘，我的那些忧愁也随之抛到了九霄云外，脑海里全洋溢着希望和信心。我坚信这种感觉是成功的第一步，另外再加上我对您所写的关于怎样搞好备考问题的认识，就等于我已成功了一半，而另一半必须用我的实际行动来实现。我不会为取得这些条件而沾沾自喜，更不会为以往微不足道的成绩而自吹自擂，昨天的失败就像秋天的落叶，虽然被埋在泥土里，却孕育的是来年春天的希望。只要能从失败中寻找原因，那么成功的希望就会越来越接近。这正是“吃一堑长一智”的体现。

刘老师，是的，对您的回报是“只能成功，不能失败”或“只许成功，不许失败”。想着成功，我感觉到它在慢慢地靠近我。可是，成功=艰苦的劳动+正确的方法+少谈空话，所以我也应该抓住这三个条件。您信中对我说“要振作精神”，我会的，因为今天的振作，就是送走昨天的迷茫，迎接明天的朝阳。昨天的失败，留给我的是苦涩和悔恨，今天的誓言，将激励着我去奋斗拼搏。将来，我会用自己的成功和微笑，激励村里的孩子们也走向成功、走向辉煌。我会回到村里帮助孩子们，那时的微笑，将宣告我已走向成功，走向辉煌。

刘老师，您在信中还孜孜不倦地为我修改书信，让我很感动，这么大年纪还在为我做修改，我向您说声“谢谢”。您的这一做法，让我懂得您的心思，让我懂得做事要认真，不能粗心大意，要一步一个脚印。我会铭记的，今后决不会马马虎虎做事。另外，我终于认识到，人才是用知识武装起来的，从您写出的每一字、每一句话都能体现出来，我也会张开求知的翅膀飞向知识的殿堂。明灯驱走黑暗，知识照亮人生。我会为这些真理而发奋的。

刘老师，以后如果您给我们回信不便的话就不要回了，我理解您。我会每月给您寄一封信，我能做得到，不管时间多紧，也不会把责任淡忘的，请您放心。刘老师，虽然我们相距太远了，但我觉得您就在我们身边指导我们。您要照顾好自己。如果我们在您的旁边，那会帮您做一些小事，可惜相距太远了，我只好在这儿衷心祝福您，希望今晚的这轮圆月把我的祝福带给您。这几天，我们很忙，因5月底就进行计算机会考，现暂时停笔，以后再谈。我代表全家向您说声“谢谢”！

祝您身体健康，万事如意！

张燕

2005年4月19日

张燕致刘绍川

取得了成绩，增强了自信

——张燕向刘老师汇报自己的新成绩、新决心

敬爱的刘老师：

见信如面！

近来一切可好？您寄来的钱已收到好多天了，可我未及时给您回音，因为那几天恰好正为期中考试而忙，希望您能够谅解。

刘老师，您看今晚的月儿是多么的亮，多么的圆！月亮如晶，月圆如盘，同时还带着难以描绘的爱、思念悬挂在深蓝色的天穹，构成了一幅完美无缺的图画。还有一颗如钻石般发光的明星，您就像这颗明星照亮我的前程。您已为我种下了珍惜奉献的种子。“春蚕到死丝方尽，蜡炬成灰泪始干”。是的，人活着就应该具有奉献精神，这才是最有价值的。刘老师，请您放心，我会用健康而有价值的方式来弥补心灵的不足之处，磨炼出一颗纯洁而善良的心。我请身边吹来的徐徐清风，把我对您的思念送到您的面前……

我这次期中考试的成绩比以前好多了，它给了我许多的启示，既反映了自己平常的疏忽，又证实了自己具有的潜能。这成绩有刘老师的一份功劳。如果没有您寄来的信，我是不会取得这么好的成绩的。如今，我觉得自己以前的思想太狭隘了，总是那么固执，可现在，我从您的信中领悟到了做人的本质，思想上比以前轻松多了。我很有信心地去做自己该做的事。当然，我不会为这点成绩而沾沾自喜、自吹自擂，我会更加自觉地为未来的前程而奋斗。我相信，只要我有信心、有勇气、有毅力去拼搏，就

没有克服不了的困难，面前的对手——困难，都会败在我的手下。

刘老师，我不知如何写完这封信，因为我的写作水平很差，写的作文总是平淡无奇，但我不会灰心。我相信，总有一天会有奇迹出现在我的面前。所以，每一次作文我都认真地把自己想到的写下来。老师那红红的几个字——“想象力丰富，但表达能力差”，既是对我的鼓励，又是对我的批评。我不灰心，我只会更有勇气和信心去面对挑战，甚至主动来挑战。

刘老师，您寄来的钱已够用了，不必挂念我们了，我们不会再向父母要钱的。另外，我再次代表全家向您说声“谢谢”。现在，我没有什么礼物回报您，只有拿成绩来向您汇报。

刘老师，最近天气不好，要注意身体，千万别着凉了。时间不早了，就此停笔。

祝您身体健康！万事如意！

张燕

2005 年 5 月 7 日

刘绍川致张燕

增强认真意识　锻炼认真作风

——刘绍川结合张燕的教训，启发她认识“认真”的重要意义和基本方法

张燕：

你从“初考”时的“一分”之差到最近计算机会考提前交卷所造成的不及格中认识到“认真”的重要性，这是很有意义的。但是，更为重要的是，今后要在实践中力求做到“认真”，在客观条件（时间、任务）许可和自己主观潜力可挖的情况下，尽可能完成好自己所面对的学习任务或工作任务。

“认真”是使学习、科研、工作等达到高质量的唯一保证，也是个人事业走向成功的关键。而高度的责任心，精益求精的自觉性，不嫌麻烦的检查、琢磨、修改等，是切实做到认真的要素。

只要有认真的精神、态度、作风、行动，就可以弥补自己的在智力、能力上的许多不足。认真同投机取巧、自以为是、粗枝大叶等是根本对立的。

愿你真正走上“认真”之路（既苦又乐之路）！

刘绍川

2005年6月9日

深化想象力　提高表达力

——刘绍川从多方面启发张燕全面看待想象力和表达力的关系

张燕：

你的来信，我已反复读过、改过，并已排印出来，希望你加以对照，能从改动处吸取一些知识，或发现一些不妥之处，这有助于提高自己的写作水平。你承认自己写作水平差，但并不灰心，相信总有一天会出现奇迹；你能重视把自己想到的写下来，但也正视自己的表达能力差，能正确面对批评和挑战。这些都是很好的，应该进一步提高认识，多下功夫。那么，从何着手呢？我想应该从深化对语文老师评语的认识着手。

“想象力丰富，但表达能力差”。这既是语文老师对你的鼓励，也是对你的批评。想象力丰富是值得肯定的，值得发扬的，而表达能力差则是需要改变的，需要提高的。不知道你是否认真地琢磨过老师评语的含义，是否有了对待它的新认识和新办法。

只有接触具体的人物、事物、社会生活的各种现象等，才能产生相应的有根有据的真实感觉；只有通过对客观现象的综合认识，才能从整体上认识或理解某一种具体事物的全貌；只有在认识某一种具体事物的基础上，才能想象或预测它的发展趋向，才能进而想象或预测这种事物与其他事物的相互作用，等等。这就是说，想象力既不是完全凭空的主观猜测，又不仅限于眼前的就事论事，而是从实到虚，从近到远，从有限到无限的联想、设想与期盼。

从这种意义上说，想象力对于我们发展认识、追求未来具有积极的意义，因而应该珍视它。但是，想象力的“丰富”也是相对的，是需要不断积累、不断更新、不断经受实践的检验（证实、修正或否定）的，因此不能满足于对一时、一事的想象。

说到表达能力问题，也应该加以具体分析。一个人应该掌握向别人表达自己对有关事物（情况）的感想、认识和想象的能力。向所面对的人，做直接的“口头表达”是人们最基本的、也是较随意的表达方式；而向别人做间接的普通的“文字表达”是一种文明的、必要的表达形式；而把自己的科学论证付诸自己的实践，则是表达能力的高级形式——“具有科学性的行为表达”。因此，表达能力的好与差、强与弱，表达水平的高低，表达形式的区别都是相对的，任何人的表达能力都需要一个培养与提高、发展与完善的渐进过程。既不要因为表达能力“差”而灰心，丧失信心，也不要企图一次成功、急于求成，应该做坚持不懈的努力。

就“想象”与“表达”的关系来说，这是内容与形式的关系，应该先有内容、后有形式，内容决定形式；但在有明确内容的基础上，采用适当的表达形式，也反过来会影响内容的充实和其作用的发挥。因此，要力求在这两方面都下功夫，要在多见多闻、苦思苦想的基础上，形成需要表达的思想内容；在反复修改、精益求精的基础上，提高自己的表达能力；在科学论证自己想象的基础上，为自己或为别人指明前进的方向，以便用科学的方式和有效的行动来加以表达和证明。

想象不是凭空的，而是以一定的事实为基础或依据的。想象不等于幻想，但想象并不排斥某种幻想。科学的想象，应该赋予幻想某种价值——对思想解放的激励、对科学成果的利用、对未来美好的启示……

总之，既要不断深化自己的思想认识，包括想象力，也要不断提高自己的表达能力，尽可能使文章做到内容与形式的统一，尽可能把自己美好的想象与脚踏实地的努力统一起来。要说给或写给别人的，先使自己听明白或看明白；要劝导别人的，先立足于自己的实践经验。

刘绍川

2005年6月10日

张大伟与刘绍川书信篇

张大伟对自己走上成才成功之路的概述

更自觉地为理想打拼

——用“血与泪的教训告诫”读者

我早就过了“而立之年”，却仍在追梦途中，甚是羞愧。思前想后，我怀着深深的愧疚和歉意，写下了这篇“概述”，希望能够让更多的学子们引以为戒，少走点人生弯路，同时也给自己增加点奋进的勇气，使自己在曲折的人生道路上继续追寻自己的梦想。

我叫张大伟，是剑川一中高148班原班长，在2003年的时候，原在剑川县“甸南二中”任职的父亲病故，使家里失去了主要的经济支柱。父亲在住院期间用完了家里所有的积蓄，母亲又经常抱病。我当时作为一无所能的学生，感到自己的学习和生活一下子陷入了两难。就在这最困难和最迷茫的时候，在学校领导和有关老师的帮助下，我有幸结识了刘绍川老师，并得到了他的资助，才得以继续我的求学之路。

我有一个无忧无虑的童年，家里虽算不上富裕，但也算是衣食无忧，更重要的是，那时我有一个完整的家，过着清贫但无比快乐、无比幸福的生活。我的父亲作为一名教师，在学习和生活上对我和弟弟的要求非常严格，而且也给予了我们无比温暖的父爱。我是幸运的，同时我也是不幸的，一直引导我前行的父亲早早地就离开了我们。这使我失去了精神支柱，使我的人生一片黑暗，感觉前方已经没有了路，我没有勇气继续前行。就在这个时候，刘老师就像是黎明前的曙光，给了我温暖，给了我信心和勇气，为我指引方向，将迷茫中的我带出了黑暗，让我对这个世界充满了希望。

在刘老师的物质帮助和精神鼓励下，我不再一蹶不振，重新燃起了对生活的渴望，向往着美好的未来。对于刘老师来说，我只是他众多资助、众多关爱的对象之一而已，但对于本身就有点叛逆和偏执的我来说，这相当于给了我一个重生的机会。每一封书信的温暖、每一段言语之间的关爱，无论是表扬还是批评，甚至是对我表现不好的怒斥，都让我感觉是幸福的，因为我不再是一个人，生活也好，学习也好，还有刘老师在关心着我、牵挂着我。刘老师给我们的每一封信、每一句话，都是经过他多年的实践和仔细推敲得出来的经验，其中有许多人生哲理和生活经验，不管是在日常的生活工作中，还是在政治思想上，都给了我们很大的启发。刘老师丰富的教学经验以及人生阅历，对我们的学习、生活和工作都有很大的帮助，这将是我们人生中一笔最宝贵的财富。

然而，我肯定不是成功者，不管是在学习上还是在生活上，我都差得太多！在我认识的众多被资助的同学中，我是唯一因为表现不好而被中止资助的，也是唯一没有考上大学的。因为各种琐事，加上有急于改善家庭生活的愿望，我没能全力以赴地投入学习中，过早地结束了自己的学业。那时的我自以为是，以为凭自己的努力，应该可以混出一片天地，为了更早地改变命运，也为了证实自己，不知天高地厚地踏上了去深圳打拼的路。可谁知，在底层的工作岗位，再辛苦、再努力，都很难有较大的发展机遇。

可以说，本该勤奋苦读的年龄，我却把这宝贵的学习机会和青春年华耗在了工厂里，在迷茫和自责中，度过了自己本该求学奋进的年华。

所以，我不得不告诫朋友们，如果你也想为了改善生活早早踏入社会，请先停下你的脚步，先想想，缺乏知识力量的你，以自己柔弱的双肩和本能，能否扛得起社会的重担和考验；先想想，自己的人生方向和目标究竟是什么。千万不要为了眼下工作能改变你目前生活状况而心动。创造有价值的人生道路，是要一步一步走的，不要急于求成。我们只有把自己的眼光放长远一点，保持乐观积极的姿态，勇敢地面对当下的困难，努力学习、努力提高自己，努力做事、努力奋斗，才能最终把理想变为现实。

从深圳回到昆明，此时我在测绘行业工作也有八九年的时光了。在这些年里，我遇见了形形色色的人和事，经历了很多的人生冷暖，但一生坚持做无私奉献的共产党人，我在现实世界中直接碰到的，就刘老师这一个。无法想象一个本该安享晚年的老人，为了资助贫困学子，为激励年轻一代，不仅打工、写信、编书，每天还坚持工作三四个小时。这是一个平凡而伟大的老人，一个无私奉献的共产党员，更是为下一代成才成功、贫困学子改变命运而甘于奋斗的老教授。因为有他，多少贫困学子有了继续求学、继续追梦的机会。资助贫困学子成才成功、奖励优秀学生奋发向上，已成了他一生的事业。“生命不息，奋斗不止”，这是刘老师曾经对我们说的话，刘老师也用实际行动诠释了这句话的真正意义。我将永远记在心里。

这么多年，我也有了自己的小家，通过一家人的共同努力，也算勉强地能在昆明生存。我们每个人虽然都只是尘世间的一粒微小尘埃，但应该有自己的追求，有自己的理想，虽然实际生活中有无数艰辛，但我相信，只要努力向上，明天一定会更好。

我没有深厚的文化底蕴，也写不出华丽的词语，我只是用自己血与泪的教训告诫本书的读者——更多的学子：在人生发展过程中，该苦学的年龄，就应该苦学；该奋斗的年龄，就应该奋斗。不要贪图享受现成的或一时的安逸，更不要安于现状，要努力学习，提高自己，改变自己，改变命运，要确信“坚持就是胜利”。只要坚持努力，总有一天会“破茧成蝶”，创造自己的精彩。

我再次感谢刘老师的教诲，也与广大学子共勉，将更自觉地为梦想打拼！

张大伟

2019年3月29日

刘绍川对张大伟回顾其人生道路“概述”的点评

确立美好理想　坚持终生奋斗

张大伟在他早就过了“而立之年”后，因“仍在追梦途中”而感到“甚是羞愧”。他怀着深深的愧疚和歉意，总结了他以往放弃学业、急于打工挣钱的“血与泪”的教训：他奉劝读者该苦学的年龄应在学校苦学，该到社会上就业、创业的年龄，就应该到社会实践中去拼搏。他用自己的教训告诉读者，只有先努力学习、提高自己，才能改变自己、改变命运。只有确信坚持就是胜利，才会“破茧成蝶”，创造自己的精彩。

张大伟总结自己以往的教训，希望既能够让读者、学子们引以为戒，少走人生弯路，同时也给自己继续奋进的勇气，使自己在曲折的人生道路上更加自觉地追寻自己的梦想。

张大伟的“概述”同其他作者一样，用个人的特殊方式，表明支持《改变命运的进行曲》的主旨——把个人成才成功、改变命运的奋斗进程，视为个人为社会服务的终身事业。他通过总结自己“血与泪”的教训，把激励自己继续奋斗与启发读者吸取他的教训，少走弯路统一起来。

读了张大伟对其走上成才成功之路的“概述”，我既因为他走了弯路却不泄气，仍有从头再来的奋发精神、追寻梦想的不懈意志而高兴，也因为他那“血与泪”的教训，使我不得不沉思。为了促进他更深入地总结经验教训，也为了让读者创造性地吸取他的教训，我有如下一些想法，供他和读者参考：

关于对“父爱”的回报，张大伟写道：“我的父亲作为一名教师，在学习和生活上对我和弟弟的要求非常严格，而且也给予了我们无比温暖的父爱。”但是，他在失去父亲后，并没有化悲痛为力量，并没有按父亲的“严格”要求，来对待自己的学习和生活，实际上是辜负了“父爱”的。我认为，作为晚辈，理解父母对自己的爱是应该的，而按他们的期望与要求去做，才是对父爱、母爱的有效回报，才有更高的社会伦理价值。

关于对助学的态度：鉴于张大伟的父亲去世给他带来的困难，学校的老师和领导都同情他，我知情后也愿意给他“助学金”。这似乎给他带来了“信心和勇气”，指引了“方向”。但是，这只激起了他一时的热情，并未能提振他奋发向上的意志。他并没有把对助学意义的理解，转化为更进一步搞好自己学习的实际行动，没有在学习上表现出更加刻苦努力，反而放纵自己、学习差劲，造成了不良影响，才迫使我取消了对他的特殊照顾。

关于“弃学打工”的后果：他在关乎人生学业的关键阶段——需要坚持苦学的高中阶段，却自动“弃学打工”，让自己走了弯路，使自己丧失了上大学的前景。后来，他才体会到“在底层的工作岗位，再辛苦、再努力，都很难有较大的发展机遇”。人需要终生学习、终生奋斗，但在学校学习则是短暂的，也是最宝贵的（奠定终身学习和打拼的基础），而在社会上的学习和打拼，则是长期的、终身的。因此，每个人都应该珍惜在校学习的机会。

关于“叛逆者”的不同作用：张大伟在说到我对他的资助时说：“对于本身就有点叛逆和偏执的我来说，这相当于给了我一个重生的机会。”然而，他没有珍惜它，未能利用好这个机会。在社会发展过程中或在科学研究过程中，以创新认识成果为根据的见解、“叛逆”行为，是有特殊意义的，“叛逆者”的革新作用是宝贵的，值得支持和发扬。而“偏执的盲目的叛逆”，则只能以失败告终。

关于三思而后行的必要性：张大伟在总结自己“血与泪”的教训后，写道：“我不得不告诫朋友们，如果你也想为了改善生活早早踏入社会，那就请先停下你的脚步，先想想，缺乏知识力量的你，以自己柔弱的双肩和本能，能否扛得起社会的重担和考验；先想想，自己的人生方向和目标究竟是什么。千万不要为了眼下工作能改变你目前生活状况而心动。创造有价值的人生道路，是要一步一步走的，不要急于求成。我们只有把自己的眼光放长远一点，保持乐观积极的姿态，勇敢地面对当下的困难，努力学习、努力提高自己，努力做事、努力奋斗，才能最终把理想变为现实。”

关于对他人的观察与评价：张大伟在其概述中，谈到了对我的观察和评价，说道：“资助贫困学子成才成功、奖励优秀学生奋发向上，已成了他一生的事业。‘生命不息、奋斗不止’，这是刘老师曾经对我们说的话，刘老师也用实际行动诠释了这句话的真正意义。我将永远记在心里。”他没有看错、说错。他能记在自己心里，也很好。但观察和评价他人的意义在于学习他人的优点，来激励自己。

我借张大伟的教训，做了上述的评论，其基本精神是：

我们只有认识所处时代的特点，才能确立自己的努力方向。当今的世界，是以科学技术为第一生产力的时代，中国要在国际竞争中获得相应的地位和可能的优势，就得发展先进的科学技术，就需要培养这方面的人才；当今的世界，是各种势力斗争尖锐复杂的世界，中国的出路、中国的优势，就在于在中国共产党的领导下，建设好中国特色社会主义，让人民共同分享社会发展的成果。中国青年的个人理想、奋斗目标，只有适应这种客观需要，为此学到本领、做出实际贡献，才有光明的前途。因此，我们无论是谈理想也好，或叫讲“梦想”也罢，都离不开这种客观发展的实际需要。

我们只有善于学习前人的优点，善于运用和发展前人的知识和经验，吸取前人的教训，才能到达超越前人的境界，创造自己新的人生价值。

我们只有把个人的美好理想与党的利益、人民的利益联系起来，把为党为人民做贡献，作为成才成功、改变命运的终身平台和终身事业，才能最大限度解放思想、挖掘潜能、做出贡献，达到最高的思想境界。发挥自己最大的社会历史作用。

我们只有把向党、向人民、向长辈的报恩之举，变成超越恩人所期望的要求，才能把承前启后、继往开来、继承与创新变成自觉的行动。享受无尽的人生快乐！

刘绍川

2019年3月30日

刘绍川致张大伟

为什么要强调学好政治课

大伟：

我读过赵校长写来的信（与通电话）和转来的申请书后，初步了解了你们几位高中生的困难情况和学习成绩，并及时给你们汇去了“助学金”。

本想等你们收到钱和读过我给赵校长的复信后来信时，我才给你们写信。但是，当我看到你在申请书中提到各门课程的学习成绩后，心情真的久久不能平静。因为，你有过病，而且刚失去了父亲，家庭很困难，但目前的学习成绩还不属于我所定的助学金标准，这使我根据困难情况和学习成绩确定对你的资助标准时感到很为难。尤其是对你的政治课学习成绩不及格，感到很不如意，但愿这是特殊情况造成的偶然现象。因此，我一方面在资助标准上先给予你优待；另一方面，已向赵校长提出建议，减轻你的社会工作负担，便于你提高学习成绩。

虽然已给你们汇了钱和给赵校长写了信，但由于你政治课不及格所引起的“心情不平静”并未消除，我反而越想越多。半个多月以来，我围绕着政治学习问题，在陆陆续续地思考着、回顾着。

对于别的人来说，也许政治“是虚的，不能当饭吃的”。然而，对于我来说，政治贯穿于我半个多世纪以来的学习过程、生活经历、工作实践、理论研究、经验教训的总结之中，以及退休后“退而不休”的追求之中。

不同的历史时代、不同的社会制度、不同的国家，都有不同的政治内涵；不同的社会阶级、阶层及其政治代表（政党及个人）对政治的理解、态度和能力也是不一样的。但是，任何人无论其从事何种职业，都离不开一定条件下的政治影响和政治制约，只不过有自觉程度或是被动层次之分而已。因此，要想做一个有政治头脑的人，就得学习政治理论。这就是我从半个多世纪的生活中所认识到的。正因为这样，我才特别关注你的政治学习问题。

为了说明学习政治的意义，我愿把近期的一些有关回顾与思考写出来，供你和其他有社会抱负的青年学生们参考。

一、热爱政治学习，坚持政治学习，正是我的成才之道和一生实实在在的生活与事业

我记得在中华人民共和国成立前夕，当我还在村里读小学的时候，李德和老师就常常把我们一小批学生带到校外僻静之处，向我们宣传全国的政治形势和解放军取得的胜利，这唤起了我们迎接中华人民共和国成立的意识和获得翻身的信心。当时，我所获得的时事政治和有关知识，有助于我后来考入中华人民共和国成立后的剑川县人民中学。我从因家贫而休学、又因政府设立人民助学金后而复学的经历中，产生了热爱党、热爱人民政府、热爱人民、热爱老师的感情。因此，很专心地听张厚喜老师讲的政治课（他爱讲“政治是啥名堂”，不仅引起了我当时学习它的兴趣，而且成为我不断深入研究的课题），还积极参加时事政治的学习，获得过时事政治学习知识竞赛奖，参加了新民主主义青年团（共青团前身）。初中毕业后，我在县里做了三年多的青年团基层工作并加入了中国共产党。这为我后来的政治理论学习与一生的事业，打下了重要基础。中共剑川县委保送我上了大学，即中央民族大学政治系，学的是以哲学专业为中心的政治理论，后来考上了中国人民大学马列主义基础系的“马列主义政治学研究班”，在三年中更系统地学习研究了马列主义政治理论。后来，长期在中央民族大学从事政治理论的教学与科研工作，退休前的十年，从事政治性很强的新闻工作（创立并主编本校《周报》），退休后到校外的报社打工、“发挥余热”，所靠的也正是自己政治理论上的一定优势和长期以来形成的政治敏锐性。有不少人认为，政治是虚的。然而，对我来说，政治就

是我实实在在的生活和事业。

二、把马克思主义政治理论贯彻到底，正是我开展助学活动的根本动力

我不可能在一封信里来概述自己通过几十年学习研究所领会到的马克思主义（包括马克思、恩格斯、列宁、斯大林、毛泽东、邓小平等）政治理论的全部内容，只能简单地说：为人类最终摆脱一切形式的剥削、压迫及其所造成的苦难，实现劳动者的彻底解放，创造使每个人都得到全面发展的物质条件和精神条件，最终达到各尽所能、各取所需的共产主义而奋斗，这就是我所理解的马克思主义政治，就是马克思主义所特有（区别于其他任何思想体系）的精神实质。我认为，关心这种政治、理解这种政治、从事这种政治、献身于这种政治，就是投身于人类最美好、最壮丽的事业。当然，这也是最艰难的长期奋斗过程。

社会主义国家的工人阶级、劳动群众和服务于社会生产力发展的知识专家、企业家、管理者，就是要在善于坚持和发展马克思主义的共产党的领导下，用不断改革、不断创新的理论和实践，正确运用国家政权的作用，有效利用所掌握的国家资源，朝着共产主义的伟大目标，不断推进社会主义的政治建设、经济建设和文化建设事业的发展。人们只要坚持把从当前的实际出发与将来的伟大目标联系起来，经过一代胜于一代的不懈奋斗，社会主义的最终胜利、共产主义的实现就是有保证的。

作为社会主义建设事业接班人和建设者的中国各族青年，应该把个人的前途、命运与社会主义的建设和发展需要联系起来。要正确认识和对待社会主义建设和发展过程的长期性、复杂性、艰巨性，善于总结社会主义建设和发展过程中的经验教训，做一个有社会主义坚定信念的和有共产主义理想的建设者、开拓者、创新者，而不做鼠目寸光、贪图享受的庸人，更不能做贪官污吏。要正确认识和对待当代社会主义与资本主义各自发展过程中的不同变化及其相互关系，既要注意洞察两者的本质区别，又要注意发现、学习、吸收、利用和发展（创新）资本主义发达国家所创造的被实践证明是有利于生产力发展的一切先进成果（科学知识、科学方法，先进技术、先进设备，资本运作、管理经验等），从而为发展中国特色社会

主义事业、开拓社会主义建设的新局面做出自己的贡献。

任何个人要想获得发展，要想为社会做出较大的贡献，都离不开胸怀大志的激励，离不开脚踏实地的奋斗。要正确认识和处理个人发展过程中的问题，就离不开一定的政治学习、政治觉悟、政治水平。只有把自己当前所从事的有限的、具体的、必要和可能的本职工作，与党和国家的大政方针、工作任务、政策法规的要求联系起来，与人民大众的现实利益和发展需要联系起来，与个人所追求的奋斗目标联系起来，才能最大限度地发挥自己的智慧潜能、聪明才干、创造能力，也才能最有效地实现个人的社会历史价值。

我作为一个近70岁的老人，当我把自己的理想信念和有限能力与一批贫困生的需要和前途联系起来之后，我觉得自己的生存价值更高了。我可以说，我现在不是为了“安度晚年”而活着，而是为了能够帮助你们而活着，并为这样地活着而感到幸福。

三、一切对社会大有作为的人，都务必懂得相应的政治

我们在社会主义建设和发展过程中，确实需要各行各业专家、名流们丰富多彩的创造性劳动成果，但决定我国社会发展方向的是从事党和政府大政方针的决策者——政治家们。而这种政治家的造成虽然不能光靠读政治理论书籍，但对政治的重视、兴趣、关注与相当高的政治理论修养，则是其必备的首要条件。至于其他各行各业的专家、名流，他们的日常业务并不需要与参政议政完全连在一起，但怎样更有效地利用社会政治环境来推进自己的业务，为社会做出更大的贡献，这都不能不涉及一定的政治觉悟、政治立场与政治水平。因此，关心政治、学习政治、理解政治、运用政治，对于立志成为某方面专家的人来说，都是一个必不可少的成功条件。

四、提高政治觉悟水平，是享有民主权利的必要条件

对于只想做一个普通劳动者的人来说，要想充分享有社会主义国家宪法和相关法律所赋予自己的权利，维护自己在政治上、经济上、文化上的权益，也需要有一定的政治知识、政治觉悟、政治水平。因此，学习政治

也是与普通人的切身利益相一致的大事，绝不能加以轻视。

我之所以用如此大的篇幅来谈论政治问题，只有一个目的，就是希望你们今后无论在中学阶段或大学阶段，都要重视政治课的学习，不断提高自己的政治水平。我真不愿看到我所资助的学生再出现政治课不及格的现象，但愿你们都能把各门功课都学好。这是你们为自己开拓未来的需要，也是我的寄托与希望。

至于如何学好政治课，我已离开教学课堂多年，更不了解中学政治课教学的内容和要求，因此谈不出所以然来，但有几点想法，可供你们参考：

(1) 要在认真学习政治课中，不断提高自己对学习政治理论的兴趣。

(2) 要把课堂学习与关心当前的时事政治联系起来（挤出一定的时间看电视新闻，或收听新闻广播，或阅读新闻报道，只要能坚持，必有收获），加深对政治理论的理解。

(3) 要逐步养成理论联系实际的学风，提高运用正确的立场、观点和方法，去观察、分析、处理实际问题的能力。在多元化的现实生活中（人们对事物的认识和态度，千差万别），分辨大是大非，排除消极和错误言行的干扰，为自己确定正确的努力方向和奋斗目标（有益于党、符合人民利益的和自己发展前途的），走自己的路，做自己所选定的事。

此信写得太长了，仅供你们参考，也欢迎你们提出不同的见解或问题。我现在每天要去打工几小时，因此时间、视力都有限，不能给每一封来信都写回信，请你们原谅。

祝你们进步！

刘绍川

2003年2月21日

正确看待“转移注意力”对减轻痛苦的作用

大伟：

你在去年7月28日的来信中，向我介绍了日本大学生森田的事迹，其中写到“他越痛苦就越勤奋学习，根本不把自己的痛当一回事”的“森田疗法”（详见《给张本灼等的信》 2003年9月17日）。尤其可贵的是，你在用森田藐视疾病，战胜疾病，刻苦学习，从而获得优秀成绩的精神来鼓励自己。

森田的精神不仅鼓舞着你，也使我更加自觉地顽强地面对车祸后的各种痛苦和困难。

我曾简单地向你们通报了所遇车祸（左尺骨鹰嘴骨粉碎性骨折，肘关节脱臼）及住院的情况。这既是为了表示对医护人员的感谢，也是为了不让你们为我担忧。单从车祸的经过和住院出院的过程来看，似乎很简单。然而，在伤后的实际康复过程中充满了各种各样的痛苦和困难。现在，我可以自豪地对你们说，我又经受了一次考验，而且是经受了人生旅途中迄今最大的一次考验。

我在八岁以前，右胳膊就因急跑而摔坏过，那时痛到何种程度早已忘了，当时虽用中草药和夹板治好了，但如今，右手的几个指尖也只能刚触到肩头。而这一次左胳膊的受伤之痛，却铭刻心头：

从不幸中看到前景

2003年8月26日的车祸发生后，当路人把我扶坐起来时，我看到被压弯了车轮的电动车、弹跳出去的电瓶（有约20公斤重，置于车座下的）和我所坐的位置，分别在三处，我无意识地用右手托着动弹不了的左手。这时，我才意识到了这突如其来的“车祸”已经发生了。但是，我也马上感到不幸中的大幸，因为我的头脑还很清楚，右手也没有问题。这就是说，我当时看到了今后还能继续工作的希望。于是，出院后，我就恢复了工作。

从痛苦中摸索办法

我在住院期间，由于打点滴、服药，活动不多，又有人护理，似乎还好受些，但第一次出院后到第二次手术后出院前的这段时间，左臂的疼痛真是遍及从指关节直到肩胛骨之间的每一部位（车祸时上身右侧先着地，伤及各处）。有时是这个部位痛，有时是那个部位痛；有静止时的胀痛、刺痛、酸麻，还有受压时、挪动时的疼痛；有时试用胳膊，就引起其他部位的连锁疼痛；也有气候变化时的反应（疼痛）……白天因工作而常常忘了疼痛，或能调整姿态，减缓疼痛，但夜里，总保持不了右侧睡觉的姿态，一旦翻身压着，那就痛得很难受。在反复经受各种各样的痛苦之后，我终于找到了应对方法，那就是在最痛苦的时候思考你们提出的问题，从而忘记或减轻疼痛。但在接受第二次手术时，只是局部麻醉，在取出那些与骨头长在一起的“钢针”“钢扣”时，就感到很疼痛。当时，为了减轻疼痛，我用右手的指头紧扣住手术台边，心里在有意识地想着同学们，口里默默地念着同学们的名字：大伟、江培、幸运儿、学娥、淑美、仙花、花艳、俊梅、东梅、成芳、成凤、成慧、本灼……直到手术结束。这既是一种真情，也确实减轻了疼痛。这使我体验到，转移注意力，真是减轻痛苦的一种好办法！

从逆境中寻找出路

我因车祸，前后住医院两次（刀口处缝了八针），第一次住院10天，第二次住院5天。每次一出院，我就去工作，亲友们都劝我就此结束“打工”，但我仍然坚持带伤去工作，因为以下三点理由：

1. 为了实现工作到70岁的目标。我很珍惜自己的工作，很想工作到70岁，我不愿因受伤而放弃工作。

2. 为了接受新的考验。我也想借此机会，用新的事实来向你们证明，我是能够战胜困难和痛苦的。出车祸后，除了住院时间外，我不但坚持了工作，而且照常给同学们写信，也照常给受资助的同学寄去了“助学金”。

3. 为了增强资助贫困生的实力。我在可能条件下继续打工、挣钱，增加积蓄，这更有利于今后坚持资助贫困生。

然而，从8月26日出事后的四个多月里，我才领到了两个月的打工工资。因为单位效益不好，人事有变动，所以没有照常发工资。在这种情况下，我只好另谋出路。在当今北京人才济济而就业相当困难的情况下，我又找到了新的工作——为两份杂志做审读工作。本来从新年开始，我已不去报社了，新工作地点也更近，工作时间更灵活，待遇不比报社的少。但是，报社挽留我继续帮助他们分担点工作，我只好答应在不影响新工作的条件下，暂时帮他们再做一小部分工作。

从退休后的几次求职中，我更加确信，只要有某方面的真才实学，只要能认真工作（做到精益求精，更新知识，改进工作），只要有相应的身体条件，就不用愁没有工作做。

从车祸中总结教训

经过4个多月的治疗、锻炼、调养，我的身体已经基本恢复，尽管疼痛尚未完全消除，左手的作用还很有限，但难关总算闯过去了。但我还得记取几点教训：

一、不了解或违反交通规则，是要付出代价的。过去我以为辅道都是自行车道，其实有些辅道还有中心线，其线外才是自行车道，线内大车也有权行驶，而我因偏离了自行车道才招致车祸，因此除了受苦外，个人还得承担三分之一的医疗费用（交通事故的费用不能由公费医疗报销）。我将记住这次教训。

二、不管遇到多大的痛苦和困难，只有精神不垮，才能去积极想办法加以战胜。我不想具体描述这四个多月生活上和工作中遇到的一切困难和痛苦，但我可以说，我比过去更坚强了，战胜困难和痛苦的勇气更大了，战胜困难和痛苦的办法也比过去更多了。

三、消除侥幸心理，重视自我保护。有人说“好人一生平安”。我平时也想，只要自己有能力，就为他人多做点好事，生命不在于长短，所以对“平安”或“安全”重视不够。但车祸证明，麻痹大意就会出事，出了事就会影响到各方面。因此，为了更好地做好事，我也要加强自我保护意识，尽量避免付出不必要的代价。

大伟，森田的精神疗法是值得我们学习的。一个人在人生道路上总免不了病痛，也需要必要的药物治疗，但任何东西都代替不了自己坚强意志的作用，代替不了自己主宰自己命运的信心、毅力、探求和办法。

大伟，为了节省你们的时间，我一再重申，你们忙时可以不写信，或写短信，但这不等于我不想看到你们的来信。我也希望我的信有某种回音（在你们可能的条件下，如节假日、寒暑假），以便互相交流，使我受到启发。当我有的信像石沉大海的时候，我会时而感到失望，责怪自己的信缺乏感染力，时而也放宽心，等待未来检验自己的见解。江培、俊梅、东梅、淑美的来信都很有启发性，但半年多了，也不见他们的回音，这是否就意味着他们对我常发去的信的拒绝呢？

预祝你春节好！

刘绍川
2004年1月7日

刘绍川致张大伟

怎样看待“真、善、美”等问题

大伟：

你于4月2日给我写的信，我已经反复读了，谢谢你对我的鼓励与安慰，更为高兴的是，我看到了你的进取精神和“第一理想”（当教师），以及你在写作上所下的功夫。你读《两代人的呼应》后对李成芳的评价也是实事求是的。李成芳的进步与成绩主要靠她自己的努力，但有一点也不能否认，她确实很重视我对她的希望，一再力求按我的建议去做。

事实证明，一个人在学业、事业上的追求及所获得的进步、成绩、发展，既离不开自己的主观努力，也不能忽视善于吸取别人的经验、意见或建议。《两代人的呼应》确实用事实表明了我们之间互助互进的关系。我相信，她将来会做得越来越好，一定会超越老一代人。我也希望有更多的剑川青年能大大超越前人。

大伟，你在信中有两处提到了“真善美”的问题，一处是说，“让我们看到这个社会还有真善美的人”；另一处是说，“不再使人们对人间的真善美产生怀疑”。在其他同学的来信中，也有涉及这方面问题的。因此，我想就此谈些想法，供你们进一步加以思考。

（一）开阔眼界，深入地看待“真善美”与“假恶丑”

1. 全面观察社会现象，在复杂的生存环境中，选择自己的努力方向

不管人们的内心世界怎样千奇百怪，甚至有多少假恶丑的东西，但几乎没有人会公开否定“真善美”的社会价值。尽管人们都普遍赞赏“真善

美”的各种表现，但又有多少人曾经深入地分析过、思考过“真善美”的丰富内涵及其存在条件和社会价值呢？无论任何现象（自然界的、社会经济的、物质生活的、政治法律的、精神文化的，等等），当我们尚未深入认识它的时候，是不可能正确地对待它的。因此，“真善美”这类现象也好，与之相对立的“假恶丑”现象也好，都需要我们去深入地认识它，才能正确地对待它。

社会现象是极其复杂的，是很难简单地用“真、善、美”与“假、恶、丑”这两类六种来加以概括和区分的。然而，我们总得让自己在复杂的社会中占有相应的立足之地，谋求生存与发展的一定机遇，能发挥个人的某种积极作用。而正确看待“真善美”与“假恶丑”，是有利于我们在识别大是大非的基础上选择努力方向的。

无论在社会历史上，或者在现实社会中，真善美确实存在，假恶丑也有的是。但是，我们不能因为只看到“假恶丑”的各种现象及其危害，甚至只看到其中的某些现象，就产生悲观思想，就厌恶整个社会，就看不清自己的努力方向，甚至屈服于“假恶丑”的压力而随波逐流。尽管“真善美”的数量和能量不一定在任何情况下都超过“假恶丑”，但“真善美”的社会价值是谁也无法公开否定的。对于厌恶“假恶丑”的人来说，反其道而行之，即追求“真善美”才是正确的，因为这与促进社会的文明进步、反映群众的利益愿望、体现个人的人生价值是一致的。

2. 具体分析社会现象，以透过现象看清本质为基础，把握自己的发展方向

仅以“真善美”与“假恶丑”来说，究竟有多少人曾经具体地分析过其各自内涵及其相互关系呢？我听到这些字眼、词语、概念，已经有几十年了，但从来没有具体地系统地分析过它们，只处于似是而非、似懂非懂的认识状态。为了写这封信，我才开始对它们做了些分析与思考，目的是希望你们今后去进一步研究它们，正确地看待它们。为了较正确地看待“真善美”与“假恶丑”的社会现象，我觉得应该从以下几方面做些分析：

从现象与本质的一致性与非一致性上加以分析

以真善美的相互关系来看，真人、真事、真情、真物等该属“真”，但并非所有具备“真”实性的人、事、情、物等都有“善”的性质，其是否具有“善”的性质，要做具体分析，才能得出结论。也并非所有“真”的人、事、情、物等都有“美”的形式、“美”的形象，或内在的美、气质的美。

从假恶丑的相互关系来看，假人、假事、假情、假物，该属于“假”，但并非所有的“假”都是“恶”、都是“丑”，例如画像、雕塑、玩具（“洋娃娃”）等是假人，但并不恶，有的不但不丑，反而可能比真人更美。假事、假情、假物，即使就其本质来说具有“丑恶性”，但也不可能都假、都丑，总得有某种迷惑人、引诱人、讨人喜欢的真实性和美的伪装，否则，它们就无法存在。

从内涵上加以分析

由于社会生活是极其复杂的，因此，人们所表现的“真善美”或“假恶丑”的具体形式，也是千差万别的，难以一一加以概括。但是，为了从根本上正确认识和对待“真善美”或“假恶丑”，也应该把握一定的原则或标准。

在这里，我仅从个人修养或人生追求的角度来谈谈对“真善美”的理解。我认为，“真”是能够掌握创造物质财富或精神财富的一种实际本领（认识生存环境与客观需求的真实性，掌握适应社会需求与发展自己的真本事）；“善”是自愿为需要帮助的人提供某种物质帮助或精神帮助的实际行为；“美”是做到理想与实践的统一，言行一致，能把追求真理、崇尚进步与尽可能让人理解、接受相统一。人们赞赏与追求“真善美”，对社会发展、群众利益和个人进步都是有益的。因此，我们需要加深对“真善美”的理解，加强个人的修养。但同时，我们也应该提高对“假恶丑”的识别能力。因“假恶丑”只不过是人们对种种消极社会现象本质的揭露，而几乎所有包含“假恶丑”本质的东西，总是被各种手段或形式所掩盖、所伪装、所美化。那么，怎样才能透过现象来识别“假恶丑”的本质呢？

简单地讲，就是以上述的“真”来识假；以“善”来识恶；以“美”来识丑。只有崇尚真理、尊重真情，具有真实本领的人，才能识破他人之假，自己也不作假；只有助人为乐的人，才厌恶欺人、害人的“恶”行；只有言行一致，以务实为美的人，才能识别用伪装所掩饰的丑恶。总之，一个人对“真善美”的修养过程是离不开与“假恶丑”现象做斗争的。

从数量与质量上加以分析

无论以“真善美”，或者以“假恶丑”的情况来说，做到“真善美”完全统一或者基本一致的人，其数量虽然不多，但质量却很高，影响也很大；同样，“假恶丑”完全一致或基本一致的人，其数量更少，但影响坏、危害大。而在社会实际生活中，让它们彼此割裂或互相渗透、互相影响的人，其数量却很多。没有高标准、严要求的人，没有科学态度的人，就无法摆脱世俗的状态，就不可能做到“真善美”的统一。

从追求目标与实际效果上来加以分析

当一个人懂事之后，都会自发或自觉地把某种真善美的目标作为自己的追求，谁也不会自愿去做“假恶丑”的事，更不愿去做这类人。但是，事实上，并非人人都能如愿。在极其复杂的社会生活中，人们由于主观的努力不同，应对复杂环境的能力不同，因此，既可能真正锻造出“真善美”的品格，也可能产生事与愿违的不良后果。有的甚至从被迫弄虚作假、盲目作恶多端、自发丑态百出，逐步演变为有意伪装，去做“假恶丑”的事，结果既害人也害己。

（二）辩证思维，辩证地看“真善美”与“假恶丑”

1. “真善美”是相对于“假恶丑”而产生和存在的

因为社会上存在着不同的发展条件、不同的物质利益、不同的价值追求，从而也就会造成“假恶丑”的人物、事件、现象的危害性，人们也就有必要用追求与赞赏“真善美”来与之对抗。

2.“真善美”与“假恶丑”的关系是相对的

从本质（透过复杂的现象）上说，“真善美”与“假恶丑”是对立的，互不相容的，然而从现象上看，无论是两者之间，或者其各自的相互关系上，彼此之间就有着某种互相联系、互相渗透、互相转化的关系。以“真善美”来说，“真的”不一定善、不一定美；“善的”应有一定的真实性，也有某种内在美，但也不等于“真”，也不一定有形象（形状）上的美；而“美的”只有与真实、善举相一致时，才是真美，但“美的”也不一定都真、都善。一句话，在通常所说的“真善美”中，就可能蕴含着“假恶丑”的因素；而在一定的条件下，“假恶丑”也可能向“真善美”转化。以“假恶丑”来说，“假的”可能导致恶、丑，但“假的”不等于都是恶的、丑的；“恶的”表现为对抗善良时，那是真显其恶，但某种“恶”举，若作为反抗强暴的手段时，那又含有一定的善意；“丑的”也不一定就是假的、恶的，还可能是一种未掩饰的真实现象。一句话，“假恶丑”中也会有一定的“真善美”因素。

也就是说，我们无论看待“真善美”或是“假恶丑”，都要具体问题具体分析，具体情况具体对待，既不要肯定一切，也不要否定一切。“真善美”与“假恶丑”也只不过是社会现象的一部分，只是人们辨别是非的一种思维方式，实际的社会生活比这种简单的区分要复杂得多，真假在变化，善恶在变化，美丑在变化。也就是说，我们看待世界、看待社会、看待“真善美”或“假恶丑”都不要简单化，而要认识其复杂性；不要表面化，而要深入地认识其本质。

（三）选准目标，能动地看待“真善美”与“假恶丑”

我们要深入地考察社会生活的复杂性，用发展变化的观点辩证地分析“真善美”与“假恶丑”的内涵及其各自特点和相互关系，目的是为自己选准一个基本的努力方向，以便在复杂多变的社会生活中把握住自己的前进方向。在曲折的人生道路上实现自己所追求的崇高目标，发挥自己的历史作用，为社会的进步和人民的利益做出应有的积极贡献。这就是说，绝不要因为看到社会上存在着各式各样的“假恶丑”就悲观失望，更不要因屈服于“假恶丑”的影响、压力、引诱而放弃对自己所崇尚的“真善美”

的追求。要在同“假恶丑”的斗争中，加强对“真善美”的修养。

一个人所应追求的“真善美”，应该是同社会发展的方向、社会进步的要求、普通群众的利益相一致的，而所能达到的“真善美”的程度也应该是符合自己实际的、具体的、切实可行的、量力而行且有利于促进自己逐步发展的。我们在复杂的社会中既不要无所作为，也不要急于求成。追求“真善美”的过程，无论对个人来说，或是对人类来说，都是没有止境的。我们只能为它丰富内容，增添光彩，而不可能终结它。

“真善美”只是给一切崇尚它、追求它、实践它、发展它的人，提供一个广阔的发展空间、无尽的努力方向、高尚的行为方式。真正崇尚“真善美”的人，就应该用自己切实可行的方式去分析它、思考它、实践它。

祝你进步！

刘绍川
2005年5月1日

附　录

刘绍川致剑川一中校长赵广健的三封信

（一）

赵校长：

我原是本校初中部7、8班（合班）的毕业生。1952年冬季毕业时，因1953年的招生统一改为秋季招生，我没有等待上高中，而是参加了剑川县团的工作。1956年，我有幸被剑川县委保送进入中央民族学院政治系学习。1960年，我又考上了中国人民大学马列主义基础系马列政治学研究班就读。1963年毕业，我被分回中央民族学院工作，主要从事教学工作，退休前的10年担任校报主编。1996年初，我正式退休。

校长，我从一个贫苦农民的孩子发展成为高等学校的教授，涉及多方面的因素，我感谢各方面给予我的支持和帮助。其中令我最难忘的，就是在剑川中学的日子。我是1949年中华人民共和国成立后第一批考入“剑川县人民中学”的学生，但因家境贫困，于1950年春就休学了。当年下学期学校设立了人民助学金，我才有了复学的机会。我是完全靠乙等人民助学金完成初中阶段的学业的。而这一阶段，正是我毕生事业的基础。因此，我一直不忘党和政府的恩情，不忘剑川人民的恩情（初期的助学金就是到剑川县粮食局去领每月的70斤大米——那就是剑川农民交纳的），不忘剑川中学的老师们的恩情。

长期以来，我就有知恩必报的意识。当我在教育自己的孩子时，常对他们说：我只供你们上学，工作后要自食其力，生活上的困难自己克服，不要指望我。我若有所积蓄，临终前未花完，就捐献给我的母校——剑川中学。话虽这样重复说，他们也能理解，但究竟能做到什么地步呢？先期是工资不高，家庭负担重，后来子女工作后，虽无家庭负担，但又退休了，尤其面临房改，得借钱购房。如今不再欠债，但积累很有限，人也更衰老了。在这种情况下，我便产生了直接资助母校几个贫困学生上学的念头，以实现我的报恩愿望。我把想法和朋友、儿子都说了，他们也赞成。于是，我才正式给您写这封信，希望您和校领导给予支持，为我选择两个资助对象（我还在资助南涧山区的两个学生，打算共资助四个学生，每人每学年 1000 元）。

资助对象如何确定，请学校领导决定。我的建议是：（1）家庭经济确有困难的（非公务员、非专业户、非个体户的子女，而是乡里贫困农民的子女，若属军烈属后代则优先）；（2）遵守校规校纪、尊师好学，学习进步较快的（因条件限制、基础较差，但入学后勤学苦练，进步较快的）；（3）2001 级初中部的（男女各一人）。

请学校领导酌情确定资助对象后，通知他们直接与我联系，我将从接到来信的当月起寄去助学金（要求他们每次收到钱后写封信）。

接受我资助的学生要集中精力，努力学习，如果将来考到本州重点高中，或考上本校高中部的前 10 名，我将继续资助他（她）完成高中学业。否则，将从新一届初中生中物色资助对象。只要我健在，我将继续资助贫困的学生。我将把资助贫困学生成才作为我晚年的事业、生活的乐趣和对未来的寄托。

我将与校领导或资助对象所在班的班主任进行联系，通报有关情况，在必要时有调整资助对象的自由，亦在此事先说明。

校长，我是怀着报恩的思想给你写这封信的，我要向剑川人民“还点债”，以了却我多年的愿望，请及时给予支持。

为了让资助对象也了解我的心意，我把这封信打印出来了，共寄去三份，到时可以转交所确定的资助对象。

信写得太长了，到此止笔。

此致

敬礼！

校友：刘绍川

2001 年 10 月 28 日

（二）

赵校长：

您好！

反复读了您的回信，深感到您对我的热情鼓励，但绝不敢接受其中关于“白族人民的优秀儿子”的赞词。我向来不忘记自己是白族农民的儿子并继承和发扬了剑川人勤学好胜和注重老乡感情的精神，但我的确称不上“白族人民的优秀儿子”。比起真正优秀的人，我真算不了什么。这不是谦虚，而是事实。不少人已经直接、间接地为剑川人民出了不少力，做了不少贡献，而我到了67岁，才有余力给剑川人民一点小小的回报，这是应该的。说到这点回报，您可以告诉几位同学，他们不只是以个人的名义接受我的资助，而是代表剑川人民接受我的这点回报。他们对于我的资助是绝不需要回报的，但剑川人民的事业却需要他们将来做一定回报。他们可以忘掉我这个人，但不能忘掉剑川人民、剑川的老师们对于他们的培育。这是一种社会责任，也是一种个人奋发向上的动力。

同时，我也希望您多多鼓励剑川一中的老师们，鼓励他们不断提高为学生成才服务的意识和本领，竭尽全力地去教育、引导和帮助学生，让学生们在老师们的教导和帮助下去开拓自己的前程。我在剑川中学时，在我直接接触到的老师中，欧阳淑娟老师、杨敦福老师、张厚喜老师、何宗卓老师给我的帮助和开导，都给我留下了终生难忘的印象。我曾经写过《把老师给予的爱奉献给自己的学生》一文，原载于剑中校史上，后做了修改，这次也随信寄上一份。

赵校长，为了互相鼓励，我把给你的信、你的回信、学生的信都复印后订在一起，给每人一份，也把有关的信寄给每人一份。在我寄去的信中，您保留一份，转给127班、128班班主任各一份，受资助的学生每人一份（但到期末考试完毕后再请班主任转交，让他们在寒假期间给我写回信）。

预祝新春快乐！

校友：刘绍川

2001年12月25日

（三）

赵校长：

您好！

自去年10月28日给您的第一封信到今天，已经过了一年多，第三个学期也即将结束，这意味着我给母校初中生罗学娥、王义梅、刘双福的资助进程也将完成一半。他们的实际经济状况和学习成绩如何，不仅关系到我为他们所付出（寄钱与写信）的意义如何，更关系到学校（您和有关班主任等）推荐他们所带来的影响如何。为了使这项很有限的工作发挥尽可能好的效果（真能促进贫困学生个人的进步和对周围同学的某种带动作用，真能体现学校的关怀和我的期望），我提出以下一些建议和要求，请酌情处理。

第一，重申资助条件

我在去年10月28日给您写信提出的资助对象条件主要有两条，即：(1) 家庭经济确有困难的；(2) 遵守校规校纪、尊师好学，学习进步较快的。

我在2002年10月22日写的《给李成芳等的信》中又重申："我为剑川一中选择助学对象时，就曾提出两个基本条件，一是家庭确有困难的，二是基础较差，但学习进步较快的。这两个条件是互相联系的，无论缺哪一条，都不符合我的'助学'本意，望你们深思。"此信同样也寄给了剑川一中的三位学生。

第二，检查资助效果

罗学娥等三位学生经过三个学期校内学习与生活的实践，他们每个人都应该检查一下接受资助后的实际生活状况和学习进步幅度。(1) 所得的"助学金"对维持自己在校内的生活是必需的，还是可有可无的？"助学金”是怎么花掉的？(2) 受资助后（不仅得钱，而且得信），学习是否有较快的进步？这一点要用三个学期期末考试的具体成绩与班级排名位置（以本班人数按成绩划分为四个档次，即优、良、中、差。在原档次基础上，有跨越档次的，如由“差”跨越到“良”“优”，或由“中”跨越到“优”的，算“有显著进步的”；已升到上个档次的，如由“差”上升为“中”，或由“中”上升为“良”的，算“有一定进步的”；仍停留在原档次“差”“中”的，算“成绩较差的”）来加以说明。

上述检查，由学生自己写出书面的检查报告，请校领导责成该生班主任和校办负责人签署意见。

第三，改变资助办法

本着培养学生实事求是的科学精神和竞争意识的原则，为促进学生的自尊自爱和奋发向上，要使资助工作切实发挥鼓励先进和鞭策后进的作用，我对今后的资助工作提出以下几点意见，供有关学生酌情申报：

1. 欢迎原受资助的学生主动放弃“助学金”。如果家庭经济有了改善，已不需要接受资助的，那就主动向学校声明，放弃“助学金”，以便把这份“助学金”让给比自己更困难的同学；如果感到“助学金”可有可无，又感到承受不了来自多方面的压力（周围同学的议论、师长的关注、自我的愧疚、我的催促等）的，也可以向学校声明，放弃“助学金”，以便使自己摆脱各种压力。

2. 自报“助学金”档次。需要继续获得“助学金”的学生，以前面提到的检查资助效果的报告（用已有的具体的实际条件，而不再是“检讨”“承诺”的表态）为根据，可以实事求是地对号入座，即：

① 家庭经济确有困难和学习成绩有显著进步的（由“差”跨越到“良”“优”，或由“中”跨越到“优”，或保持“优”者），自报每月100元。

② 家庭经济确有困难，学习有一定进步的（由“差”上升为“中”，或由“中”上升为“良”，或保持“良”者），自报每月70元。

③ 家庭经济确有困难，但学习成绩较差的（停留在原档次“中”“差”者），自报每月60元。

今后，受资助的学生要在新学期开学后根据上学期期末考试取得的新成绩，为新学期及时申报相应的资助档次（该升则升、该降则降）。其办法仍然是个人自报，经学校（班主任、校办负责人）签字认可，然后把有关材料寄给我，我将按新的标准调补“助学金”额。

第四，增加资助名额

学校可根据上述条件和原来三位学生的申报情况，共向我推荐5个受资助的名额，无论是属于原受资助的，或者是新增加的（老生、新生，初中生、高中生，男生、女生都可以），均按上述有关标准自报档次标准，经学校认可后，把有关材料寄给我。

赵校长，希望您收到此信后，责成学校办公室负责同志在期末考试后、放寒假前，召集有关学生开个会，转发此信，并提出学校方面的相应要求。此调整结果最好在寒假结束前告诉我，以便我于2月下旬开始给他们寄出下学期的生活费。上述建议和要求，有何不妥，请及时来电话联系。

此致

敬礼！

校友：刘绍川

2002年12月23日

后　记

让知己的奉献精神与《进行曲》同在

——刘绍川怀念人生知己、书信义务审读员李宗铭

常言道："人生得一知己足矣！" 我却真不知"足"。因为我已失去了自己的知己李宗铭。因为失去了他，我感到了无法弥补的缺憾，留下了我对他的无尽思念。

李宗铭同志任中央民族大学党委纪律检查委员会原副书记、离休干部、彝族，于2018年4月11日在北京去世，享年90岁。

在2008年正月初一那天，我同他的亲友们为他祝贺八十大寿的时候，敬赠了他一幅墨底彩色的"国色天香"雕塑挂图，我在两旁打印上红底黑字的条幅：前条上写着"献给跨世纪变革考验的知己者"，后条上写着"祝愿宗铭为健康创新树长寿榜样"，落款是"刘绍川 戊子年正月初一敬"。从那以后，李宗铭同志用了10年的岁月，为我树立了长寿的榜样。

我为什么称李宗铭为"知己者"？李宗铭又为什么欣然接受我对他的敬称？因为我们不仅彼此相互了解，而且情谊深切。这里先举个例子：他也受人们对"七十三、八十四"的担忧，曾在他84岁那一年里，要我把他留给子女的几句训词，输入我的电脑。其"训词"是：远走高飞不忘本，落叶归根表真情；终身跟党变命运，回报乡亲献忠心。（由岳父母迁坟回乡引起的记录　李宗铭2017年3月26日晨）

过了84岁，我问他，你的“训词”还需不需要保存？他说：“不用了，但要把我的意思转告我的后代人，让他们不要忘本，要珍惜党和国家给我们的幸福。”这是他作为翻身农民子弟、老共产党员、老纪委干部其本色的反映，也是对我高度信任的集中表现。

1956年，我们分别被本县领导保送到原中央民族学院（现为中央民族大学）学习。我们先在昆明民委招待所相会，一同受云南省民委领导的送别，一同乘火车、汽车、轮渡，一同到原中央民族学院政治系报道，一同学习哲学专业。他是我们的宿舍长。我们相处多年，按时作息，都努力学习，毕业时，均获得留京深造或留校工作的机会。后来，我们长期同在本院工作，互相关注，即使在风云变幻、互相争斗的年代，我们虽然分属不同的“派”，但都未伤害过别人，彼此也没有互相攻击过。我们在改革开放的新形势下，都信任党、紧跟党走（他的家属也才获得了进京就业或就学的机会）；我们都从中层干部的负责岗位上先后退休，但都不忘记自己是共产党员，都不忘记对党的誓言，都关注国内外的大事，都仍然信任党、跟党走。我们都在无职无权的新条件下，履行着普通共产党员的义务，都愿为党和人民做点力所能及的工作。其中最主要的是，以培养共产主义接班人、社会主义建设者为己任，激励青少年们奋发向上，鼓励大学生们积极进取，创造优良成绩、争取入党，走上成才成功之路。而具体的表现是，我坚持“退而不休”，长期对家乡学生做助学、奖学工作，并在做大学生党建工作6年的基础上，长期做大学生党员的教育工作。在这个过程中，李宗铭同志则以老共产党员的身份，自觉自愿地、长期地、热情地支持我为党培养下一代所做的具体工作。在将近20年的岁月中，他对我总是有求必应，及时地帮助审改我与学生的通信，或我为党建工作所写的文稿。这不是偶然的，除了我们有共同的理想信念、自觉的党性外，也有深刻的历史背景。

我们在长期交往的过程中，彼此都回忆和交流了各自在旧中国度过的苦难的童年、青少年时代。我们各自居住在不同的地区、属于不同的民族，年龄不同、家境有别，但都有好学图强的进取精神，都有努力学习的习惯。特别是在中华人民共和国成立后，我们都在紧跟党搞社会变革、国家建设中，有求上进的经历。我们虽然都没有读过高中，但都因有在基层工作时的积极表现，因而都被党组织保送来上大学。于是，我们都有以自己的切身经验为基础，来启发当代青少年成长的共同意识和共同责任。所以，我前后所写的上百万字的书信、文稿，李宗铭同志都审阅过，有的还反复检查过。而他每一次所做的检查，都肯定能挑出我的差错，而我则以他的指点为启示，重新全面审改作品，再做进一步修改。他在帮助我的过程中，不仅为我指出了具体差错，也常常给予我实事求是的肯定或鼓励。他常结合具体实际，说我对党的事业、对马列主义的信仰、对下一代的关心，都是真心实意的。因此，他把支持我的工作，视为自己继续发挥老共产党员作用的一种责任。所以，他对我的求助，没有一次怠慢过。我需要他认真检查、准确指错的作用，更赞赏他在市场经济条件下所做的无私奉献。他不仅直接帮助了我，而且也为我的服务对象们做了自己的特殊贡献。因此，我在《激励各级学生成才成功的心语》一书中，发了我俩并肩站立的彩照和图片说明：

> 【刘绍川与他的老同学、知己、书信无偿审读员李宗铭：李宗铭是我的大学同学、知己。他是中央民族大学党委纪委原副书记，现年85岁。十多年来，他是我写文章和写书信的义务审读员，以至于未经过他审改过的书信、文章，我都不敢放心发。在人们斤斤计较经济利益的环境中，李宗铭同志却始终无偿地、有求必应地、认真负责地支持我“退而不休”所进行的事业。我和他一样，都把他的这种作用视为老共产党员“老有所为”的一种表现。我在坚持为培养党的接班人而奋斗的过程中，因有这样一位知己者而常常兴奋不已。我相信，我的受助者、受奖者、受信者和本书读者了解这一情况后，都会敬爱这位无私奉献的老共产党员】。

我在此难以全面追述李宗铭同志对我的支持和鼓励，但我愿在此分享一个故事。我于2006年应聘到本校党委组织部组织科做“兼职组织员”，负责参与做审查大学生入党材料的工作。在实践中，我发现了基层党建工作中存在不少问题。为了摸索解决这类问题的经验，我在2008年主动向领导提出愿到基层去摸索大学生入党的全程经验。经当时的党委副书记兼组织部部长刀波同志同意，在学校“关工委”主任周兴健同志的支持和协助下，我去做信息工程学院党总支的原“兼职组织员”，协助党总支做该院各年级的党建工作，重点是做2008级的“党建试点工作”。我还给平时关注“党建试点工作”的党委副书记李东光同志写了一封信，希望组织上允许我以“志愿者”身份，无偿地全面完成“党建试点工作”。我把这封信拿去给李宗铭同志先看，征求他的意见。他完全支持我的态度和要求，他说：“看这能不能感动上帝？”还补充说：“领导会考虑的吧。”于是，我就大胆地把该信报送李副书记。果然，我的信得到了李副书记的支持。他的大力支持，才使我全面顺利地完成“党建试点工作”。其成果已汇集于《发扬传承之光——传承共产党员为共产主义奋斗终身之精神》一书中。后来，信息工程学院调来了新任总支书记叶孔敏同志，他得知我自带工具（电脑）、主动坐班工作却无报酬的情况后，不仅充分肯定了我的工作，在全院介绍2008级党建工作经验，还为我争取到了劳务报酬。

正因我与李宗铭同志之间有这样的深情厚谊，所以在他2018年4月11日去世后的第一时间，我便接到了他家人发来的信息。得知此不幸消息后，我就马上去安慰他的家人。从此，我也深深地陷入悲痛之中。特别是在向他灵车告别的那天，我的人生第一次体验到了什么是“撕心裂肺的痛哭”。从那以后，我常常思念他。当我抬头仰望他的窗口时，或到我们曾一起去过的地方时，或见到像他那样瘦高个头的人影时，都会想到他。只要有空外出活动，都想起曾约他、挽着他臂膀、靠着他并行的那种感觉。特别是，每当我有新作的时候，更想念他的检查指正。在我的一生中，还没有任何一个人，能令我如此牵挂难舍。我不是要想他时才想起他，而是自然而然地想起他，怀念他，请教他。甚至，有时也埋怨他，怨他没有虚心听取亲友们的劝告，未能自觉地利用现有的诸多有利条件和主观可能，进行必要的日常体能锻炼，结果未能实现他“多陪大家几年”的愿望。当然，我同他的亲人一样，也从失去他的悲痛中，更深切地认识到生的可贵、走的可惜，更加看重自我保健的重要性。

人们常说，“人生得一知己足矣”！我从数十年的生涯中真正体会到了“知己难求”，但我有幸获得了知己并体会到了知己的可贵。然而，我却没有完全读懂“得一知己足矣”这句话的意思。对于我有“知己”者却感到不知“足”来说，并不是指“知己”者本身的不足，而是因为我失去了难得的人生知己者，失去了我作品的无偿审读者，而使我的生存、事业、生活产生了无法弥补的缺憾。我在各方面都是充满自信的，但我已无法找到能替代李宗铭的新知己。

经过几百天的日思夜想，在他去世十个月后，我在微博上发了一条对他的思念和感想："去年，我撕心裂肺的痛哭，送别了我的知己李宗铭同志。我忘不了他。他从来不声张对我助学事业的无私帮助，却常对我说，'我欠你的太多，只能下辈子还'。今年是他去世后的第一个春节，他的四个孩子特意来向我拜年。他们所表现的那种真诚的朴实情感、所送的那些厚礼，使我想到，'下辈子'无法信，还看到了我与'知己'的情谊已流传于后代。"这条微博在一个多月里，获阅读者 1725 人，获评论者、转发者各 7 人，获点赞者 4 人。

宗铭同志所说的"欠"我的，我想主要是指，长期以来我俩外出去颐和园、香山、樱桃沟等地游玩时，不是我先做好能带的午餐，就是在外面吃饭时我买单。但这是我自觉自愿的，这是我感谢他平时无私帮助我的一种方式。其实，他对我也很好，有人给他送来家乡的特产，如石屏豆制品或大石榴，他会拿给我分享；他钓来鱼，或采来蘑菇，或摘来野菜，也会想到送到我家一份。

说到我与"知己的情谊已流传于后代"，也使我想到了自己应负的责任。我不仅向他的遗孀拜年，今年的 3 月 23 日，也就是在李宗铭骨灰下葬前的一天，我还到李宗铭家向李大嫂送去了慰问金，之后于 3 月 24 日参加了他的骨灰下葬仪式。凌晨 3 点半我醒来后，不敢再睡，一直等到预约的 5 点钟，坐上李宗铭的小儿子李云章家的轿车，与亲属们一道赴昌平李宗铭的墓地。这是我有生以来第三次亲见葬礼，第一次是送别我的祖母，第二次是亲手把一位同班同学送进他的"地下宫殿"（回民的墓穴），第三次，就是亲临知己骨灰的下葬仪式。

知己的骨灰安葬完毕后，李宗铭的亲属和生前好友们在当地的农家乐就餐，大儿子李云昌致辞，感谢在座的朋友和亲属亲临父亲的下葬仪式。我也发了言。我说："我们送别了过世的人，我们每个人都要更热爱生活，珍惜自己的生命，把自我保健作为自己生活、学习和工作的前提和基础。"我还感慨道："经过去年这一年的锻炼，我才恢复了腿部的健康，今天才能爬上山坡，参加知己的葬礼。因此，希望在座的各位，都要珍惜自己的健康，重视锻炼自己的身体。”同时，我也劝诫在座的家长们互相配合，教育自己的子女好学上进。我还公开表示，李宗铭的外孙女、孙子考上大学时，我一定会给予他们奖励。同时，我还特别引用我们白族人的俗语，意思是强调母亲对家庭的特殊作用，希望在座的亲属们今后要关心、鼓励、支持老太太坚持锻炼的好习惯，把她的健康视为大家的幸福。

席间有人说，当今老人有人管，到我们老了时就没有人管了。我说：“社会会管的，但最重要的是，我们每个人都要培养自己的生活自理能力，学会管理自己。这是维护自己生命力的需要，是别人不可替代的。”

刘绍川

2019 年 4 月 5 日